三國志演義

2

삼고초려

三國志演義

Romance of the Three Kingdoms

나관중 지음 김민수 옮김

삼고초려

제 2 권

솔과학

주요 인물 소개

한헌제漢獻帝

181-234

이름은 유협劉協이며 동한의 마지막 황제이다. 영제靈帝가 특별히 사랑한 왕미인 소생으로 중평6년서기 189년 영제가 죽고 소제少帝가 즉위할 때 그는 발해왕에 봉해졌다가 다시 진류왕이 되었으나, 동탁이 소제를 폐하고 당시 아홉 살이던 그를 황제로 세웠다. 32년간 제위하면서 처음에는 이각과 곽사에게서, 후에는 조조의 꼭두각시 노릇을 하다가 결국 조조의 아들 조비에게 자리를 물려주고 말았다.

유비劉備

161-223

자는 현덕玄德이며 탁현涿縣 출신이다. 소열황제昭烈皇帝로 촉한을 건국했다. 황건적의 난이 일어나자 관우·장비와 함께 도원결의를 맺고 군사를 일으켜 공을 세우고 서주목, 예주목, 좌장군 의성정후에 봉해졌으나 세력이 약해 각지를 전전하다 삼고초려 끝에 제갈량을 얻은 뒤 뜻을 펼치며 촉을 유장에게 빼앗고 한중 땅을 차지한 뒤 황제가 되어 국호를 촉한蜀漢이라 했다. 관우의 복수를 위해 오나라를 치러 갔다가 이릉전투에서 패하고 백제성에서 죽었다.

관우關羽

?-219

자는 운장雲長이며 하동 해량解良 출신으로 충의忠義와 무용武勇의 상징으로 현재도 관성제군關聖帝君으로 숭배되고 있다. 술이 식기 전에 화웅을 베고 원소의 명장 안량과 문추를 죽였으며, 조조의 온갖 회유에도 유비를 찾아 다섯 관을 지나며 여섯 장수를 베었다. 적벽대전에서 의리 때문에 조조를 살려 보내 주었으며 형주를 지키던 중 자신을 너무 과신하다 결국 죽음을 맞고 말았다.

장비張飛

?-221

자는 익덕翼德, 축군涿郡 출신으로 유비·관우와 함께 의형제를 맺고 평생 의리를 저버리지 않았다. 성격이 괄괄하고 술을 좋아해 여포에게 성을 빼앗긴 적도 있지만 장판교 다리 위해서 기개 하나로 홀로 조조의 백만 대군을 물리친 적도 있다. 관우의 복수를 위해 오를 칠 준비를 하다가 불같은 성정을 못 이기고 결국 부하에게 암살되었다.

동탁董卓

?-192

자는 중영仲穎 농서 임조臨洮 출신이다. 공적도 없으면서 뇌물로 벼슬을 얻어 십상시 난 때 낙양으로 들어가 권력을 장악하고 황제를 폐위하고 권력을 농단했다. 낙양 궁궐을 모두 불태우고 장안으로 도읍을 옮겼다. 그가 얼마나 잔인하고 포악한 행동을 했으면 정사 삼국지에도 글자로 나타낸 이래로 이러한 자는 없었다고 기록하고 있다. 왕윤의 연환계로 초선을 이용하여 여포에게 죽임을 당했다.

여포呂布

?-198

자는 봉선奉先이며 오원군五原郡 출신이다. '마중적토 인중여포'馬中赤兎 人中呂布라는 말이 나올 정도로 당시 무장들 가운데서 무용이 가장 뛰어난 인물이다. 병주并州) 자사 정원 밑에서 주부로 지내던 중, 적토마 등을 준 동탁에 매수되어 정원을 죽이고 동탁의 수양아들이 되었다. 그러나 왕윤의 연환계에 걸려 초선을 두고 동탁과 다투다가 동탁을 죽였다. 이각과 곽사에게 패해 이리저리 떠돌다 결국 조조와 유비의 연합군에 의해 죽었다.

조조曹操

155-220

본성은 하후夏候이며 자는 맹덕孟德이고 패국沛國 초현譙縣 출신이다. 황건적의 난을 진압하며 공을 세우고 동탁을 제거하기 위해 원소 등과 제휴하여 대권을 장악했다. 이후 수많은 전투에 참가하여 여러 차례 죽을 고비를 넘기며 여포·원소·유표 등을 차례로 평정하여 중국 북부를 통일했다. 난세의 간웅으로서 문무를 모두 겸비했으며 상황 판단과 결단력이 빠르고 휘하에 유능한 모사와 장수들이 많아 위나라를 세울 기틀을 마련했다.

하후돈夏候惇

?-220

자는 원양元讓이며 패국 초현譙縣 출신이다. 조조가 처음 군사를 일으킬 때부터 함께하여 조조와 같은 해에 사망했다. 고순과 싸우다 조성이 쏜 화살이 왼쪽 눈에 꽂히자 그 눈알을 바로 삼키고 달려가 조성을 죽였다. 박망파 전투에서 제갈량에게 패하자 스스로 포박하고 죽기를 청했는데 조조가 풀어줬다. 출정할 때도 스승을 모시고 학문을 익혔으며 늘 청렴하고 검소한 생활을 했다.

장료張遼

169-222

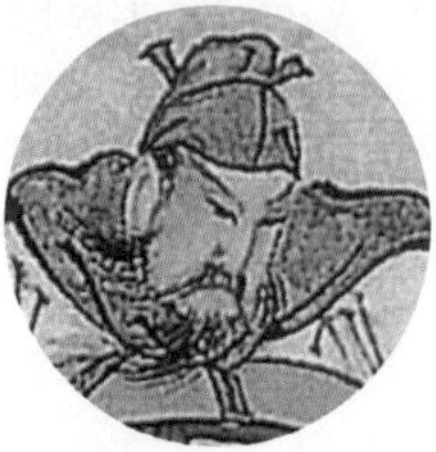

자는 문원文遠이며 안문군 마읍현馬邑縣 출신이다. 원래 여포의 부장이었으나 여포가 패하고 죽을 때 조조에게 귀순했다. 서주에서 유비가 조조에게 지고 달아나고 관우가 고립무원이 되었을 때 장료가 세 가지 죄를 들어 관우를 설득하여 항복하게 한다. 관우가 유비를 찾아 나서며 오관참육장을 하고 하후돈과 싸우려 할 때 조조의 명을 알리며 싸움을 말린다. 장료는 주로 동오와의 싸움에서 수많은 공을 세웠다.

원소袁紹

?-202

자는 본초本初이며 여남 여양汝陽 출신이다. 후한 말 사세삼공四世三公의 명문가 출신이다. 반동탁 연맹의 맹주이자 군웅할거 시대의 최대 세력으로 북부지방에 군림했으나 결단력이 부족하고 모사들의 말도 듣지 않아 관도대전에서 조조에게 패한 뒤 병이 들어 사망했다. 후계를 둘러싼 자식들 간의 다툼으로 결국 조조에게 멸망하고 말았다.

손권孫權

182-252

자는 중모仲謀이며 오군 부춘富春 출신으로 오나라 초대 황제이다. 손견의 둘째 아들로 형 손책이 죽자 그 뒤를 이어 주유 등의 보좌를 받아 강남을 경영했다. 조조가 형주를 장악하고 압력을 가하자 주유의 건의에 따라 유비와 손잡고 조조의 대군을 맞아 적벽대전에서 대승을 거두었다. 그 뒤 형주의 귀속 문제로 유비와 대립하다 다시 조조와 결탁하여 관우의 목을 베어 조조에게 보냈다.

유표劉表

142-208

자는 경승景升이며 산양 고평高平 출신이다. 형주 자사로 있을 때 몰래 전국새를 숨겨 돌아가는 손견을 공격해 원수 사이가 되었다. 손견이 형주를 침입하자 원소와 동맹하여 대항하다 황조가 포로로 잡히는 등 고전했지만 괴량의 계책으로 손견을 죽이고 형주를 지켰으며 손견의 시신과 황조를 교환함으로써 싸움을 마무리했다. 오갈 데 없던 유비를 받아 주어 후에 유비가 근거지를 마련하는 계기가 되었다.

제갈량諸葛亮

181-234

자는 공명孔明이며 낭야 양도현陽都縣 출신이다. 별호는 와룡臥龍, 시호는 충무忠武, 작위는 무향후武鄕侯이다.
유비의 삼고초려로 초야에서 나와 손권과 연합하여 적벽대전을 승리로 이끌어 천하삼분지계의 기초를 닦았다. 유비를 촉한의 황제로 만들고 승상이 되었으며 유비가 죽은 뒤에도 남만정벌을 한 뒤, 출사표를 내고 여러 차례 위를 공격했지만 성공하지 못하고 결국 오장원에서 병사하였다.

조운趙雲

?-229

자는 자룡子龍이며 상산군 진정현眞定縣 출신이다. 처음 원소의 휘하에 들어갔다가 원소의 그릇이 크지 않음을 알고 공손찬에게 갔다가 다시 유비의 휘하로 들어갔다. 그는 당양 장판 전투에서 조조의 백만 대군 사이에서 유비의 아들을 구하는 등 수많은 전투에서 혁혁한 공을 세워 관우나 장비와 동등한 대우를 받았다. 조운은 무예는 물론 학식과 통찰력까지 갖춘 인물로 무모한 전투에는 서슴지 않고 간언했다. 제갈량의 북벌 시에는 70세가 넘는 나이에도 출정하여 적장을 다섯이나 베었다.

주유周瑜

175-210

자는 공근公瑾으로 여강 서현舒縣 출신이다. 손책의 친구이자 동서지간으로 손책의 창업 일등공신이다. 손책이 죽은 후 노숙과 함께 손권을 보좌하였으며 조조의 대군을 맞아 적벽대전에서 크게 승리하는 등 동오의 정권 안정에 크게 기여하였다. 그러나 제갈량의 재능을 시기하여 몇 번을 죽이려다 실패하고 강릉전투에서 조조군에 맞은 화살의 상처가 덧나 35세의 젊은 나이에 죽고 말았다.

노숙魯肅

172-217

자는 자경子敬으로 임회 동성현東城縣 출신이다. 일찍이 주유가 노숙에게 군량을 요청하자 곡식 창고 하나를 주유에게 내어주며 친교를 쌓았다. 조조가 형주를 점령하자 동오의 대부분의 신하가 조조에게 항복하자고 했으나 유일하게 노숙이 유비와 결탁하여 조조와 싸워야 한다고 주장하여 주유와 함께 적벽대전을 승리하여 조조를 물리쳤다. 주유가 죽은 뒤 강동의 군권을 거느리다 병사하였다.

차례

Contents

삼국시대 행정 지도

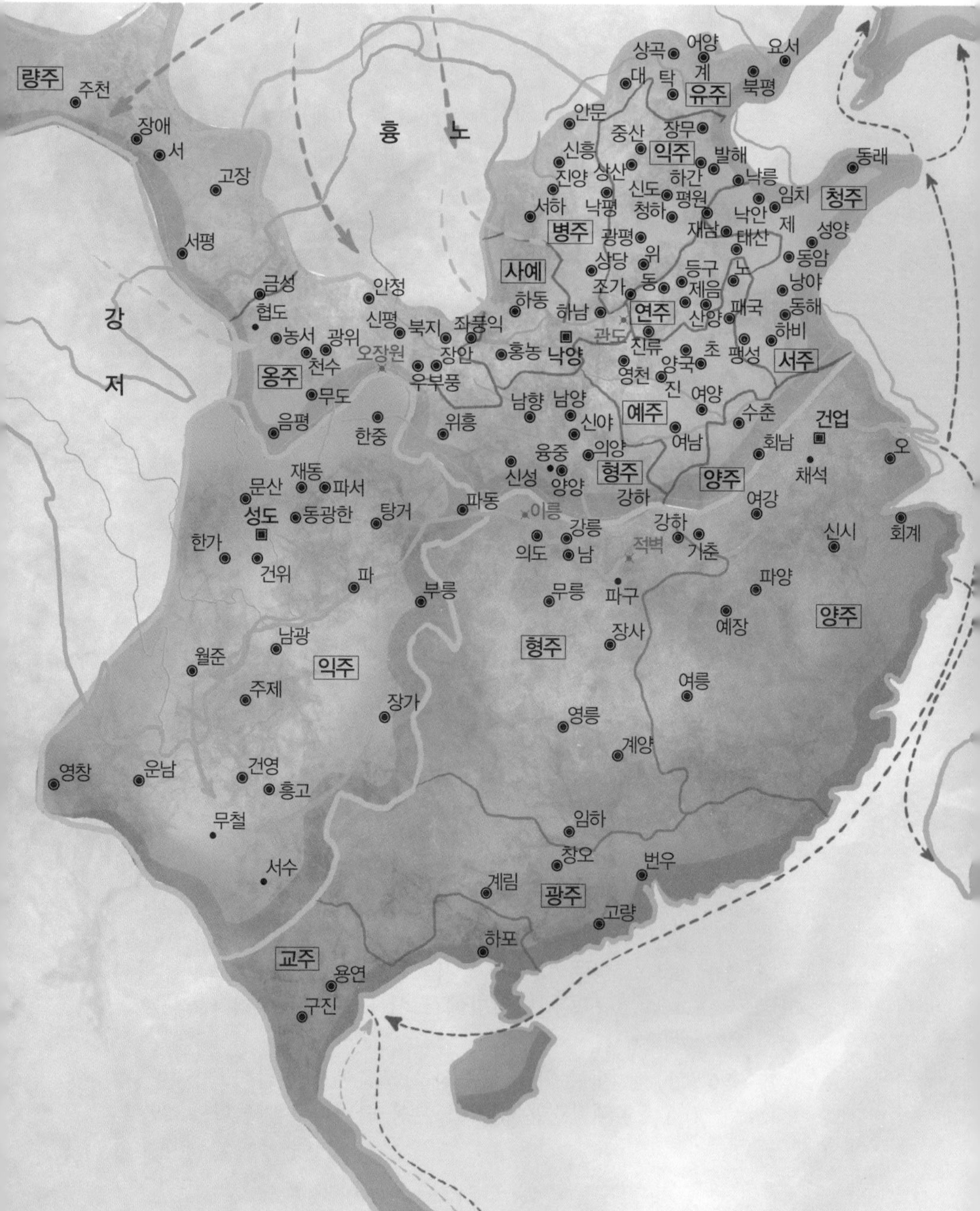

량주
주천
장애
서
고장
서평
흉
노
강
저
금성
협도
농서
광위
천수
옹주
무도
음평
안정
신평
북지
좌풍익
오장원
장안
우부풍
한중
위흥
상곡
어양
요서
대
탁
계
유주
북평
안문
중산
장무
익주
발해
신흥
상산
하간
낙릉
진양
신도
평원
임치
청주
동래
서하
낙평
청하
낙안
병주
광평
재남
태산
제
성양
사예
상당
위
등구
노
동암
조가
동
제음
낭야
하동
하남
연주
산양
패국
동해
관도
진류
하비
홍농
낙양
영천
양국
초
팽성
서주
진
여양
남향
남양
신야
예주
수춘
건업
여남
회남
오
융중
의양
신성
양양
형주
양주
채석
재동
문산
파서
강하
여강
성도
동광한
탕거
파동
이릉
강하
신시
회계
한가
강릉
기춘
건위
의도
남
적벽
파
부릉
무릉
파구
파양
예장
양주
남광
장사
월준
익주
형주
주제
여릉
장가
영릉
계양
영창
운남
건영
흥고
무철
임하
창오
서수
번우
계림
광주
고량
하포
교주
용연
구진

서기 200년 5대 세력으로 재편

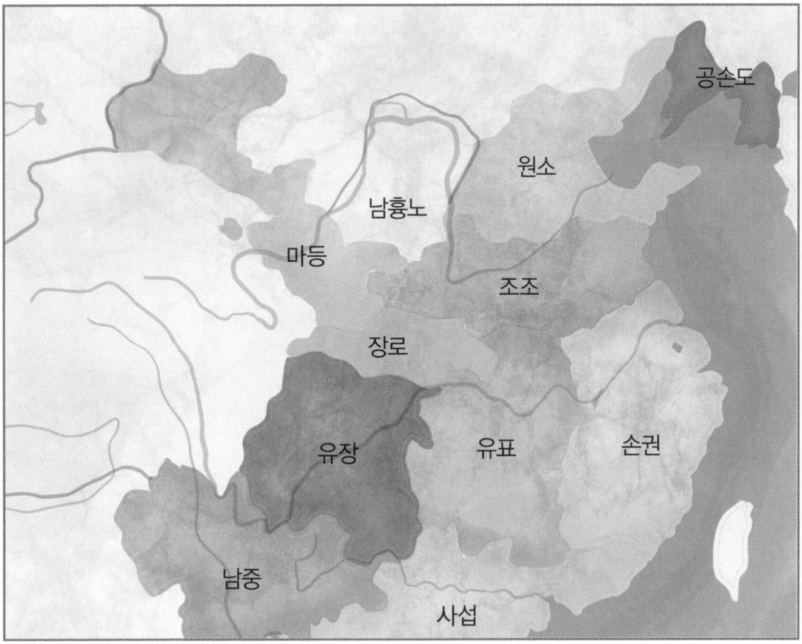

관도 전투(서기 200년)

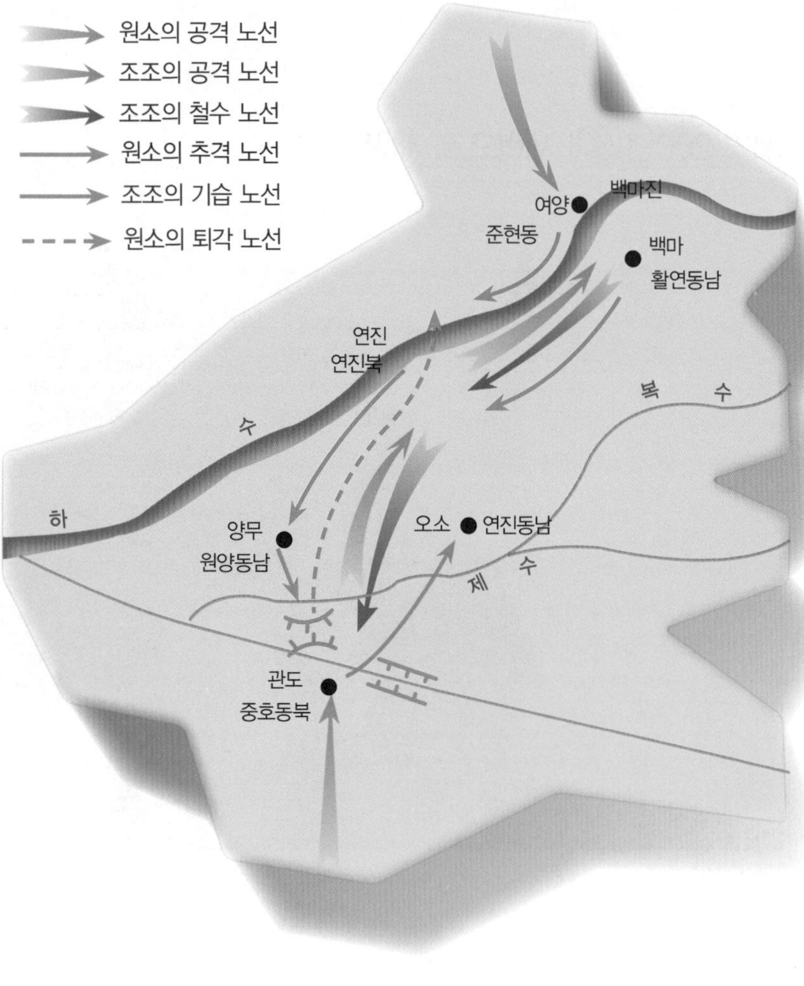
원소의 공격 노선
조조의 공격 노선
조조의 철수 노선
원소의 추격 노선
조조의 기습 노선
원소의 퇴각 노선
여양
준현동
백마진
백마
활연동남
연진
연진북
수
하
복 수
양무
원양동남
오소
연진동남
제 수
관도
중호동북

관우가 다섯 관문을 지나며 여섯 장수 벤 경로(서기 200년)

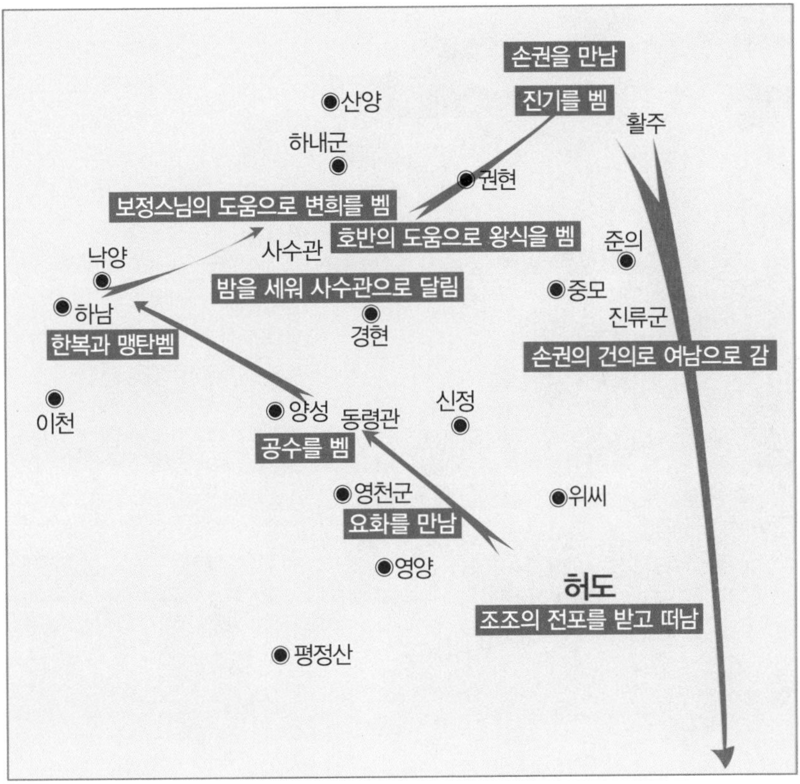

司馬徽再薦名士

제 2 권

삼고초려 三顧草廬

"장군께서 패업(霸業)을 성취하시고자 한다면 북쪽은 천시(天時)를 얻은 조조에게 양보하고, 남쪽은 지리(地利)를 점한 손권에게 양보하시고, 장군께서는 인화(人和)를 차지하셔야 합니다.
그러기 위해서 우선 형주를 차지하여 기반을 닦으신 후에 서천을 취하여 나라의 기틀(基業)을 세워, 조조와 손권 그리고 장군이 솥의 세 발모양의 형세인 정족지세(鼎足之勢)를 이루고, 그런 연후에 비로소 중원을 도모할 수 있습니다."
유비가 삼고초려 끝에 제갈량으로부터 얻은 답이다

제 21 회

조조는 술을 데우며 영웅론을 설파하고
관우는 속여 성을 열게 해 차주를 베다

曹操煮酒論英雄

關公賺城斬車胄

동승 등이 마등에게 묻기를: "공께서는 누구를 말씀하시는 겁니까?"

마등 曰: "예주 목사 유현덕이오. 그 사람이 지금 허도에 있는데, 어찌하여 같이하자고 청해 보지 않으시오?"

동승 曰: "그 사람은 비록 황숙이라고는 하지만 지금은 조조에게 의탁하고 있는데 어찌 이 일을 하려고 하겠소이까?"

마등 曰: "내가 지난번 허전의 사냥터에서 유심히 보니 조조가 황제를 대신하여 여러 사람들의 축하 인사를 받을 때 현덕의 등 뒤에 있던 운장이 칼을 들어 조조를 죽이려고 했는데, 현덕이 눈짓으로 말렸소이다. 그것은 현덕이 조조를 도모할 마음이 없어서가 아니라 주위에 조조의 심복들이 너무 많아서 혹시 실수할까 염려해서 그랬을 것이오. 공이 현덕을 찾아가서 시험해 보시면 그는 틀림없이 우리와 함께 할 것이오."

오석 曰: "이 일은 시간을 두고 생각하시지요. 절대로 서둘러서 될 일이 아니오."

그리하여 자리에 모인 여섯 명은 모두들 돌아갔다.

다음 날 어둠이 내릴 때를 기다린 동승은 황제의 조서를 품에 지니고 현덕의 공관을 찾아갔다. 문지기가 들어가서 보고하자 현덕이 직접 나와서 작은 누각으로 안내하여 자리를 잡고 앉았다. 관우와 장비는 현덕의 곁에 서 있었다.

현덕 曰: "국구께서 심야에 이곳까지 오신 데는 특별한 이유가 있는 것 같습니다."

동승 曰: "대낮에 말을 타고 찾아오면 조조가 의심하겠기에 일부러 이렇게 밤에 왔소이다."

현덕은 우선 술을 내오라고 하여 분위기를 잡았다.

동승 曰: "지난번 사냥터에서 운장이 조조를 죽이려고 할 때, 장군께서 눈짓과 머리를 흔들어 말리셨는데, 왜 그러셨습니까?"

현덕이 깜짝 놀라서 묻기를: "공이 그것을 어찌 아시오?"

동승 曰: "다른 사람은 못 보았는지 모르지만, 이 몸은 분명히 보았소이다."

현덕은 더는 숨기지 못하고 적당히 둘러대기를: "아우가 조조의 주제 넘은 행동을 보고 그만 저도 모르게 격분했던 모양입니다."

동승이 얼굴을 가리고 울면서 말하기를: "조정의 신하들이 모두 운장 같다면 나라가 태평하지 못할까 봐 근심할 일이 뭐가 있겠소이까?"

현덕은 혹시 조조가 자신을 시험해 보기 위해 그를 보낸 것은 아닌지 의심이 되어 거짓말을 하기를: "조 승상께서 나라를 잘 다스리고 계신데 어찌하여 세상이 태평하지 않다고 근심하시오?"

동승은 낯빛이 변하여 벌떡 자리에서 일어나며 말하기를: "그래도 공은 한 황실의 황숙이기에 나는 간 쓸개 다 드러내 놓고 말씀드리는데, 어찌하여 마음을 감추려고만 하시오?"

현덕 曰: "혹시 국구께서 날 속이시는 게 아닌가 하여 나도 시험해 본 것이오."

동승은 마침내 황제의 조서를 품속에서 꺼내어 현덕에게 보여 주었다. 현덕은 비분강개하여 어찌할 바를 몰랐다. 동승이 또 의장(義狀)을 꺼내 보여 주었는데 거기에는 여섯 사람의 이름이 적혀 있었다. 거기장군 동승·공부시랑 왕자복·장수교위 충집·의랑 오석·소신장군 오자란·서량태수 마등이었다.

현덕 曰: "공께서 이미 조서를 받들어 역적을 치시고자 하는데, 이 유비가 어찌 견마지로(犬馬之勞)를 마다하겠소?"

동승은 감사의 예를 표한 뒤, 의장에 이름 올리기를 청했다. 현덕은 '좌장군 유비'라고 쓴 다음 수결(手決)을 하여 동승에게 주었다.

동승 曰: "앞으로 세 사람만 더 청하여 열 사람이 되면 즉시 도모할 것이오."

현덕 曰: "부디 서두르지 마시고 차분하게 하시오. 경솔히 하여 누설되어서는 절대 안 됩니다."

이날 밤, 동승은 오경(五更: 새벽 3시~5시)이 되어서야 비로소 돌아갔다.

그날 이후 현덕은 조조의 모해(謀害)를 방지하기 위해 후원에 채소밭을 만들어 직접 물을 주면서 도회지계(韜晦之計)[1]를 썼다.

관우와 장비가 말하기를: "형님께서는 천하대사에는 관심이 없고 그저 소인들이나 하는 농사일이나 하고 계시니, 대체 그 까닭이 무엇이오?"

현덕 曰: "그것은 두 아우가 알 바 아니네."

두 사람은 더 이상 묻지 않았다.

하루는 관우와 장비는 볼일 보러 나가고 현덕 혼자 채소밭에서 물을

1 자신의 재능이나 의도를 감추어 다른 사람이 눈치를 채지 못하게 하는 계책. 역자 주.

주고 있는데 허저와 장료가 수십 명의 부하를 거느리고 후원까지 들어와 말하기를: "사군을 모셔 오라는 승상의 명이오."

현덕이 깜짝 놀라 묻기를: "무슨 긴급한 일이라도 생겼소?"

허저 曰: "그건 저희도 모릅니다. 그저 우리더러 가서 모셔 오라고만 하셨습니다."

현덕은 어쩔 수 없이 두 사람을 따라 승상부로 들어갔다.

조조가 웃으면서 말하기를: "요즈음 집에서 큰일을 하신다고 들었소!"

순간 현덕은 어찌나 놀랬는지 얼굴이 흙빛으로 변했다.

조조가 현덕의 손을 잡고 후원으로 들어가며 말하기를: "현덕 공! 채소 가꾸기도 쉽지 않지요?"

현덕은 그제야 다소 긴장을 풀며 대답하기를: "그저 재미 삼아 소일거리로 하고 있습니다."

조조 曰: "마침 매화나무 가지에 달린 푸른 매실을 보니 문득 지난해에 장수(張繡)를 치러 갔을 때의 일이 생각나더이다. 길을 가는 도중에 물이 떨어져서 군사들이 모두 목말라 하는데, 내가 한 가지 꾀를 내었소. 내 채찍을 들고 그냥 한 곳을 가리키며 '저 앞에 매화나무 숲이 있다.'라고 말했더니, 군사들이 시디신 매실 생각에 모두들 입안에 침이 고여서 갈증을 면했지요. 지금 이 매실을 보니 문득 그때 생각도 나고, 때마침 담가둔 술도 잘 익었기에 사군과 함께 정자에서 술 한잔 하려고 부른 것이오."

현덕은 그제야 안도의 한숨을 내쉬었다. 조조를 따라서 작은 정자에 이르니 이미 술상이 차려져 있었다. 상 위에는 푸른 매실이 쟁반에 가득하고 따뜻하게 덥힌 술 주전자도 놓여 있었다. 두 사람은 마주 앉아 흉금을 털어놓고 실컷 마셨다.

술이 거나하게 취할 즈음 갑자기 검은 구름이 온 하늘을 뒤덮더니 금방이라도 소나기가 쏟아지려고 했다. 그때 술시중을 들던 하인이 저 멀리 하늘에 용오름 형상을 손으로 가리켰다. 조조와 현덕은 난간에 기대어 그것을 바라보았다.

조조 曰: "혹시 사군은 용의 변화를 아시오?"

현덕 曰: "자세히는 모릅니다."

조조 曰: "용은 본래 제 마음대로 커질 수도 있고 작아질 수도 있고, 하늘로 올라갈 수도 있고 물속으로 숨을 수도 있소. 커지면 구름을 일으키고 안개를 토해내며, 작아지면 몸집을 숨겨 형체를 감출 수도 있다오. 하늘로 높이 오를 때에는 우주 공간을 날아다니고 숨을 때에는 파도 속에 깊이 숨어 버리지요. 바야흐로 봄이 한창이라, 용이 때를 만나 제 맘대로 변화를 부리는 것이나 인간이 뜻을 세워 천하를 종횡하는 것이나 매한가지 아니겠소. 그러니 용이란 영물은 인간 세상의 영웅과 견줄 수 있소. 현덕 공은 오랫동안 천하를 두루 돌아다녔으니 당세의 영웅들을 많이 알고 있을 것이오. 어디 한번 말씀해 보시지요."

현덕 曰: "제 좁은 안목으로 어찌 영웅을 알아보겠습니까?"

조조 曰: "너무 겸손하시구려."

현덕 曰: "저는 외람되게도 승상의 은혜를 입어 조정에서 벼슬을 하고 있지만, 천하의 영웅을 알아보기에는 아직 부족합니다."

조조 曰: "직접 만나 본 적은 없다고 하더라도 이름쯤은 들어서 알고 있을 것 아니오?"

현덕 曰: "회남의 원술은 군사도 많고 양식이 넉넉하니 영웅이라 할 수 있겠지요?"

조조가 비웃으며 말하기를: "그 자는 무덤속의 마른 뼈다귀 같은 놈이오. 내 조만간 그놈을 사로잡고 말 것이오."

현덕 曰: "하북의 원소는 사대째 삼공을 지낸 집안이라 그 문하에 관리들이 많고, 기주(冀州) 땅에 범처럼 웅거하고 있는데다 그 부하들 중에는 유능한 인물들도 많으니 영웅이라고 할 수 있겠지요."

조조가 다시 비웃으며 말하기를: "원소는 겉으로는 위엄이 있어 보이지만 담력이 작고, 일을 도모하기는 좋아하면서 결단성이 없고, 큰 일에는 몸을 도사리고 하찮은 이익에 목숨을 거는 자이니, 그를 어찌 영웅이라 하겠소."

현덕 曰: "이른바 강하팔준(江夏八俊)의 한 사람으로 구주(九州)에 떨쳐 있는 유경승은 가히 영웅이라 할 수 있지 않나요?"

조조 曰: "유표는 이름은 그럴듯하게 알려져 있지만, 실속이 없는 자이니 영웅이 아니오."

현덕 曰: "지금 한창 혈기 왕성한 강동의 영수(領袖)인 손책이야말로 영웅이지요?"

조조 曰: "손책은 그의 부친 명성 덕에 이름을 얻었으니 영웅이 아니지요."

현덕 曰: "익주의 유계옥(劉季玉: 유장)은 어떻습니까?"

조조 曰: "유장(劉璋)은 한실의 종친으로 주인을 위해 집을 지키는 개에 불과하니 어찌 영웅이라고 할 수 있겠소."

현덕 曰: "그렇다면 장수(張繡)·장로(張魯)·한수(韓遂)와 같은 사람들은 어떻습니까?"

조조가 손뼉을 치고 껄껄 웃으며 말하기를: "그런 보잘것없는 소인배들을 어찌 입에 담을 수 있단 말이오."

현덕 曰: "이들 외에는 저는 아는 사람이 없습니다."

조조 曰: "모름지기 영웅이란 가슴에는 큰 뜻을 품고(胸懷大志), 뱃속에는 좋은 계책을 숨기고(腹有良謀), 우주를 끌어안는 포용력(包藏宇宙之

曹操煮酒論英雄

機)과 천지를 삼키고 토해낼 수 있는 큰 뜻을 지닌 자(呑吐天地之志者)여야 하오."

현덕 曰: "그런 사람이 대체 누구란 말입니까?"

조조는 손으로 먼저 현덕을 가리킨 다음에 다시 자신을 가리키며 말하기를: "지금 천하에 영웅은 사군과 이 조조뿐이오."

현덕은 그 말에 소스라치게 놀라 손에 들고 있던 수저를 저도 모르게 바닥에 떨어뜨렸다. 그때 마침 큰비가 쏟아지려는지 천둥소리가 크게 울렸다. 현덕은 천천히 머리를 숙여 떨어뜨린 수저를 집어 들면서 말하기를: "천둥소리에 그만 놀라서 이리되었습니다."

조조가 웃으며 말하기를: "아니, 장부도 천둥소리를 무서워한단 말이오?"

현덕 曰: "성인(聖人: 공자)도 천둥과 폭풍에는 얼굴색이 변한다고 했는데 어찌 두렵지 않겠습니까?"

현덕은 조조가 자신을 가리켜 영웅이라고 말한 것에 놀라서 수저를 떨어뜨린 일을 이렇게 천둥을 핑계로 적당히 넘어갔다. 조조는 더는 현덕을 의심하지 않았다.

후세 사람이 이 일을 칭찬하여 시를 지었으니:

마지못해 범의 굴에 잠시 발을 들였다가	勉從虎穴暫趨身
영웅이라 설파 당하자 놀라 죽을 뻔했네	說破英雄驚殺人
천둥소리를 빌려서 교묘하게 둘러댔으니	巧借聞雷來掩飾
임기응변의 기막힌 말솜씨가 귀신같구나	隨機應辯信如神

거세게 쏟아지던 비가 막 그쳤을 때 두 사람이 손에 보검을 쥐고 후원으로 뛰어들어왔다. 정자 앞까지 돌진해 왔으나 주위 사람들 누구 하

나 그들을 제지하지 못했다. 그들은 바로 관우와 장비였다.

원래 그들은 활을 쏘러 성 밖으로 나갔다가 방금 돌아왔는데 현덕을 허저와 장료가 와서 데려갔다는 말을 듣고 부리나케 승상부로 달려와서 물어보니, 후원에 계신다는 말을 듣고 혹시 변고가 생긴 것 아닌가 하는 불길한 생각에 주위를 뿌리치고 뛰어든 참이었다.

그런데 뜻밖에도 현덕은 조조와 마주 앉아 술을 마시고 있는 것을 보고 두 사람은 칼을 잡고 그 옆으로 가서 섰다.

조조가 두 사람은 무슨 일로 왔느냐고 묻자 운장이 말하기를: "승상께서 형님과 술을 드신다기에 검무라도 추어 주흥을 도와 드리려고 일부러 왔습니다."

조조가 껄껄 웃으며 말하기를: "여기는 한고조와 항우가 함께 술을 마시던 '홍문연(鴻門宴)'도 아닌데 항장(項莊)과 항백(項伯)이 무슨 소용인가?"

현덕 역시 웃지 않을 수 없었다.

조조가 명하기를: "저 두 번쾌(樊噲)[2]에게 술을 가져다주어 놀란 가슴을 진정시키도록 해라."

관우와 장비는 조조에게 사례하고 잔을 받았다.

얼마 후 술자리를 파하고 현덕은 조조와 작별하고 돌아왔다.

운장 曰: "하마터면 이 아우들은 놀라서 죽을 뻔했습니다!"

현덕은 두 아우에게 수저를 떨어뜨린 일을 말해 주었다. 관우와 장비는 그게 무슨 뜻인지 물었다.

현덕 曰: "내가 요즘 후원에서 채소를 가꾸는 것은 조조에게 내가 큰 뜻이 없음을 알리기 위함이었는데, 뜻밖에도 조조가 나를 가리켜 영웅이라고 하는 바람에 깜짝 놀라 숟가락을 떨어뜨리고 말았다. 그래서 조

---

2 한고조 유방의 수하로 수차례 유방을 구해준 인물. 역자 주.

조가 의심할까 봐 두려워했는데 때마침 천둥소리가 울려 그 때문에 놀란 것처럼 행동해서 간신히 조조의 의심을 피할 수 있었다."

관우와 장비가 말하기를: "형님은 참으로 임기응변의 재치가 탁월하시구려."

다음 날 조조는 또다시 술자리를 마련하고 현덕을 불렀다. 둘이서 한창 술을 마시고 있을 때 시중들던 이가 들어와서, 원소를 탐문하러 갔던 만총(滿寵)이 돌아왔다고 보고를 했다.

조조가 곧 그를 불러 묻자, 만총이 말하기를: "공손찬은 이미 원소에게 크게 패했습니다."

현덕이 급히 묻기를: "어찌된 일인지 자세히 설명해 보시게."

만총 曰: "공손찬은 원소와 싸우다가 전세가 불리해지자 성을 쌓고 성벽 위에는 높이가 10장이나 되는 누각을 세웠는데 그 이름을 '역경루(易京樓)'라고 합니다. 성 안에 군량미 30만 섬을 비축하여 자신이 직접 지키며, 군사들을 번갈아 교대하며 성 밖으로 내보내 싸우게 하던 중에, 원소의 군사들에게 포위당했습니다. 많은 사람들이 그들을 구해 주자고 요청했으나 공손찬은 '만약 한 사람을 구해 주면 뒤에 싸우는 자들은 남들이 구해 주기만 바라고 죽을 각오로 싸우려 하겠느냐?'고 하시면서 끝내 구해 주지 않았습니다. 그런 일이 있은 후 원소의 군사들이 쳐들어오자 많은 군사들이 항복해 버렸다고 합니다.

공손찬은 형세가 불리해지자 도움을 청하고자 허도로 사람을 보냈는데, 뜻밖에 그가 허도로 오는 길에 그만 원소의 군사에게 사로잡히고 말았답니다.

공손찬은 다시 장연(張燕)에게 은밀히 서신을 보내서 횃불을 신호로 성 안과 밖에서 합세하여 싸우자고 했는데 이마저도 서신을 전하러 가던 자가 원소의 군사에게 사로잡히고 말았습니다. 원소는 그 서신을 역으로 이용하여 자신이 성 밖에 와서 불을 놓아 신호를 보냈는데, 공손찬은 원소의 계략인 줄도 모르고 장연의 군사가 온 것으로 알고 직접 싸우러 나갔습니다. 그때 원소의 복병들이 사방에서 들고일어나, 공손찬은 결국 군사들을 태반이나 잃고 성안으로 들어가 지키고만 있었습니다. 그러나 생각지도 못하게 원소의 군사가 성 밑으로 땅굴을 파서 공손찬이 거처하고 있는 누각 바로 아래까지 쳐들어와 불을 질렀습니다. 공손찬은 더 이상 도망갈 길이 없어지자 처자를 먼저 죽인 뒤 자기도 목을 매고 죽어서 결국 전 가족이 모두 불에 타 죽고 말았다고 합니다.

지금 원소는 공손찬의 군사까지 모두 손에 넣어 그 형세가 대단합니다. 원소의 아우 원술은 회남에서 교만과 사치가 지나치고, 군사와 백성은 돌보지 않아서 모두 그를 배반했습니다.

그러자 원술은 사람을 원소에게 보내 황제의 칭호를 차라리 형에게 주겠다고 제안했습니다. 원소도 그 옥새를 손에 넣고 싶어 하자 원술은 자신이 직접 옥새를 가지고 가겠다고 약속했습니다. 아마 원술은 회남을 버리고 하북으로 갈 듯합니다.

만약 이 두 사람이 협력한다면 쉽게 수복하기는 어려울 것이니 승상께서는 이들을 급히 도모하시기 바랍니다."

현덕은 공손찬이 죽었다는 말을 듣자, 지난날 그가 자신을 천거해 준 은혜를 생각하면서 비통함을 이기지 못했다. 또한 조자룡의 행방조차 알 수 없으니 마음이 놓이지 않았다.

현덕은 속으로 생각하기를: '바로 지금 조조에게서 빠져나갈 계책을 세워야지, 다시 어느 때를 기다리겠는가?'

그는 곧바로 몸을 일으켜 조조에게 말하기를: "만약 원술이 원소에게 간다면 반드시 서주를 지나게 될 것입니다. 승상께서 저에게 군사를 내어 주신다면 중도에서 길을 막고 공격하여 원술을 사로잡을 수 있습니다."

조조가 웃으며 말하기를: "내일 황제께 아뢰고 즉시 군사를 일으키시오."

다음 날 현덕은 황제를 뵙고 자신의 뜻을 아뢰었다.

조조는 현덕에게 군사 5만 명을 주고 그의 측근인 장수 주영(朱靈)과 노소(路昭) 두 사람을 동행하게 했다. 현덕이 다시 황제를 알현하고 하직 인사를 하자 황제는 눈물을 흘리면서 보내 주었다.

현덕은 자신의 집으로 돌아와 밤을 새워 군 장비와 말안장 등을 수습하고 장군의 인수(印綬)를 차고 군사들을 재촉하여 곧바로 떠났다. 동승이 성 밖 10리나 떨어진 곳의 역참까지 따라나서서 전송을 했다.

현덕 曰: "국구께서는 조금만 더 참고 계십시오. 제가 이번 길에 반드시 하명에 대한 보고를 하겠습니다."

동승 曰: "공께서는 부디 지난번 약속을 유념하시어 황제의 뜻을 저버리지 마십시오."

두 사람은 헤어졌다. 관우와 장비가 말 위에서 묻기를: "형님, 이번 출정은 왜 이리 서두르시오?"

현덕 曰: "여태까지 나는 새장 속의 새요, 그물에 걸린 물고기와 같았다. 이번 출정은 바로 물고기가 큰 바다로 나아가고, 새장 속의 새가 푸른 하늘로 날아올라, 새장과 그물의 구속에서 벗어나는 것과 같다."

그러고는 관우와 장비에게 명령하여 주영과 노소의 군사들을 재촉하여 빠르게 행군하도록 했다.

이때 곽가와 정욱이 군량과 군수 물자 등을 점검하고 돌아왔는데 조조가 현덕에게 군사를 내주어 서주로 보냈다는 말을 듣고 황급히 들어가 간하기를: "승상은 어찌하여 유비에게 군사를 지휘하게 하셨습니까?"

조조 曰: “원술이 원소에게 가는 길을 막으려고 그랬소.”

정욱 曰: “지난날 유비를 예주목에 제수하실 때에도 저희들은 그를 없애야 한다고 청했으나 승상께서는 듣지 않으셨습니다. 그런데 이번에는 그에게 군사까지 내어 주었으니, 이는 곧 용을 놓아주어 바다에 들게 하고, 범을 풀어놓아 산으로 돌아가게 하는 격입니다. 후에 무슨 수로 그를 다시 잡아들이겠습니까?”

곽가 曰: “승상께서 설령 그를 없애지는 않더라도 잡아두셔야 합니다. 옛 사람이 말하기를 ‘적을 놓아 주는 것은 하루면 되지만, 그것은 끝없는 화근을 몰고 온다.’고 했습니다. 승상께서는 이를 잘 살피셔야 합니다.”

조조는 두 사람의 말을 듣고 보니 자신이 경솔했다는 생각이 들었다. 그는 곧 허저에게 5백 명의 군사를 이끌고 쫓아가서 현덕을 반드시 데려오도록 하니, 허저는 서둘러 떠났다.

한편 현덕이 한창 길을 가는데 갑자기 뒤쪽에서 먼지가 자욱이 일어나는 것을 보고 관우와 장비에게 말하기를: “저것은 필시 조조의 군사가 뒤쫓아오는 것이 틀림없다.”

그러고는 바로 그 자리에 영채를 세우고 관우와 장비에게 병장기를 잡고 양쪽에 서 있도록 했다. 허저가 도착해 보니 현덕의 군사들의 군기가 엄하고 병장기들도 모두 갖추고 있었다. 그는 말에서 내려 영채 안으로 들어가서 현덕을 만났다.

현덕 曰: “공은 무슨 일로 오셨소?”

허저 曰: “승상의 명을 받들어 왔습니다. 승상께서 특별히 상의할 일이 있으니 즉시 장군을 모셔 오라고 하셨습니다.”

현덕 曰: “ ‘장수가 밖에 있을 때에는 때로는 군주의 명령이라도 받들지 않을 수 있다.’고 하였소. 나는 직접 황제를 만나 뵈었고, 또 승상의 허락도 받고 떠나온 터인데 이제 새삼스럽게 또 무슨 의논할 게 있겠소? 공은 속히 돌아가서 나 대신에 승상께 내 뜻을 잘 아뢰어 주시오."

허저가 속으로 생각하기를: '승상은 평소 현덕과 친한 사이인데다, 이번에 나에게 말을 듣지 않을 경우 죽이라는 말씀도 없으셨다. 그러니 돌아가서 현덕의 말을 전하고 다시 분부를 기다리는 수밖에 없다.'

마침내 허저는 현덕에게 하직 인사를 하고 허도로 돌아가서 조조에게 현덕의 말을 자세히 전했다. 조조는 망설이며 한동안 결단을 내리지 못했다.

정욱과 곽가가 동시에 말하기를: "유비가 돌아오려 하지 않는 것을 보면, 그의 마음이 변했음을 알 수 있습니다."

조조 曰: "주령과 노소 두 장수를 딸려 보냈으니 현덕도 감히 변심하지는 못할 것이다. 더구나 내 이미 그를 보냈는데 이제 와서 후회한들 무슨 소용이 있겠는가?"

그러고는 더 이상 현덕의 뒤를 쫓지 않았다.

후세 사람이 현덕의 이 일을 감탄하여 시를 지었으니:

병마를 수습하여 서둘러 떠나갔으나	束兵秣馬去匆匆
생각은 온통 의대 속의 황제 말씀뿐	心念天言衣帶中
쇠우리 깨부수고 호랑이가 도망가듯	撞破鐵籠逃虎豹
금 자물쇠 열어 제치고 교룡 떠나네	頓開金鎖走蛟龍

한편 현덕이 이미 떠나간 것을 본 마등은 마침 변경으로부터 위급하다는 급보도 와서 즉시 서량주로 떠났다.

현덕의 군사들이 서주에 이르자, 조조의 영을 받아 서주를 잠시 지키고 있던 거기장군 차주가 영접을 나왔다. 공식 연회가 끝나고 손건과 미축 등도 현덕에게 와서 문안 인사를 올렸다. 현덕은 집으로 돌아가서 가족들을 만나 보고, 사람을 보내 원술의 소식을 알아보도록 했다.

정탐꾼이 돌아와서 보고하기를: "원술의 사치가 너무나 지나치자 수하 장수인 뇌박(雷薄)과 진란(陳蘭) 등은 모두 숭산(嵩山)으로 떠나 버렸습니다. 형세가 매우 약해진 원술은 황제의 칭호를 원소에게 양보하겠다는 뜻을 문서로써 전하니 원소는 사람을 보내 원술을 불러오도록 했습니다. 그래서 지금 원술은 군사들과 궁중에서 사용하는 물건들을 챙겨가지고 서주로 오고 있습니다."

원술이 오고 있다는 보고를 받은 현덕은 곧 관우·장비·주영·노소와 함께 5만 명의 군사를 거느리고 나가니 마침 원술의 선봉인 기령(紀靈)과 맞닥뜨렸다. 장비는 어떤 말도 하지 않고 곧바로 기령에게 달려들었다. 싸움을 시작한 지 10여 합도 채 되지 않아 장비가 벼락같은 고함을 지르면서 기령을 찔러 말에서 떨어뜨리니 기령의 군사들은 모두 놀라서 도망을 쳤다.

그러자 원술이 직접 군사를 이끌고 싸우러 왔다. 현덕은 군사를 셋으로 나누어 주영과 노소는 왼편에, 관우와 장비는 오른편에, 그리고 현덕 자신은 가운데서 군사를 지휘하며 원술을 마주보고 문기(門旗) 아래에서 원술에게 크게 꾸짖기를: "무도한 역적 놈아! 나는 천자의 명을 받들어 너를 치러 왔으니 당장 두 손을 묶고 항복하여라. 그리하면 네 죄를 면하여 살려는 주겠다!"

원술이 욕을 하며 말하기를: "돗자리나 짜고 짚신이나 삼던 천한 놈이 어찌 감히 나를 우습게 본단 말이냐!"

그러고는 곧바로 군사를 휘몰아 쳐들어왔다. 현덕은 잠시 물러나면서 좌우의 군사들로 하여금 일시에 덮치도록 했다. 원술의 군사는 대패하여 쓰러진 시체가 들판을 뒤덮고 흘린 피가 내를 이루었으며 겨우 목숨을 부지한 군사들은 모두 도망을 갔는데 그 수를 이루 셀 수도 없었다. 게다가 숭산으로 달아 났던 뇌박과 진란이 나타나 양식과 군수 물자 등을 모두 빼앗아 달아나는 바람에 원술은 수춘으로 돌아가려 했으나 또 거기서 도적 떼의 습격을 받으니 어쩔 수 없이 강정(江亭)에 머물러 있었다. 남은 군사라고는 고작 1천여 명인데 그마저도 모두 노약자들뿐이었다.

때는 한창 무더운 여름에 양식조차 다 떨어져 남은 것이라고는 고작 보리 30섬인데 그마저도 군사들에게 모두 나누어주고 보니 집안사람들은 먹을 게 없어서 굶어 죽는 사람이 많았다.

거친 밥을 먹어본 적이 없던 원술이 그런 밥을 먹으려니 목으로 넘길 수가 없었다. 주방장을 불러 꿀물을 한 그릇 가져오라고 하니, 주방장이 말하기를: "꿀물이 어디 있습니까? 있는 거라고는 핏물밖에 없습니다."

평상 위에 앉아 있던 원술은 버럭 소리를 지르며 땅에 거꾸로 떨어지더니 피를 한 말 넘게 토하고 죽었다. 때는 건안 4년(199년) 6월이었다. 후세 사람이 원술의 죽음에 시를 지었으니:

한 나라 말년 사방에서 전쟁 일어날 때	漢末刀兵起四方
주제넘게 원술이 미친 듯이 날뛰었구나	無端袁術太猖狂
대대로 높은 벼슬 나라 은덕 생각 않고	不思累世爲公相
분수 모르고 스스로 제왕이라 일컫더라	便欲孤身作帝王
몹시 사납게 굴면서 전국옥새 과시하며	强暴枉誇傳國璽
교만 방자하게 천운을 받았다 떠들더니	驕奢妄說應天祥
목말라 꿀물 달라고 해도 얻을 수 없어	渴思蜜水無由得
빈 평상에 홀로 누워 피 쏟고 죽어갔네	獨臥空牀嘔血亡

원술이 죽은 뒤 그의 조카 원윤(袁胤)이 원술의 영구(靈柩)와 그의 처자들을 데리고 여강(廬江)으로 달아났으나, 도중에 서구(徐璆)의 손에 전 가족이 몰살당하고 말았다. 서구는 원윤의 몸에서 옥새를 찾아내 허도로 달려가 조조에게 바치니 조조는 매우 기뻐하며 서구를 고릉(高陵) 태수에 봉했다. 옥새는 이렇게 조조의 손에 들어가게 된 것이다.

원술이 이미 죽은 것을 안 현덕은 조정에 표문을 올리고, 별도로 조조에게도 편지를 써서 보냈다. 그리고 주영과 노소는 허도로 돌려보내고 군사들은 그대로 남겨 두어 서주를 지키도록 하는 한편 자신이 직접 성 밖으로 나가서 흩어진 백성들을 불러 모아 다시 생업에 종사하도록 독려했다.

허도로 돌아간 주영과 노소는 조조에게 현덕이 군사를 거느리고 서주에 머물면서 자신들만 돌아가라고 하여 이렇게 왔다고 보고하니, 조조는 화를 내며 두 사람을 죽이려고 했다.

순욱 曰: "군권이 유비에게 있는데 저 두 사람 역시 어떻게 해 볼 도리가 없었을 것입니다."

그 말에 조조는 그들을 용서해 주었다.

순욱이 다시 말하기를: "거기장군 차주(車冑)에게 편지를 보내서 유비를 도모하도록 하는 것이 좋겠습니다."

조조는 은밀히 차주에게 사람을 보내 자신의 뜻을 전했다. 차주가 즉시 진등을 불러 이 일을 상의했다.

진등 曰: "이것은 아주 쉬운 일입니다. 마침 유비는 백성들의 생업을 살피느라 성 밖에 나가 있는데, 수일 내로 돌아올 것입니다. 장군께서는 군사를 옹성 근처에 매복시켜 두고 기다리다가, 유비가 돌아올 때 영접하는 체하며 그가 탄 말이 가까이 오거든 단칼에 베어 버립시오. 저는 성 위에서 활을 쏘아 후군을 막으면 대사는 간단히 끝납니다."

차주는 진등의 계략을 따르기로 했다. 진등이 돌아가서 그의 부친 진규에게 이 일에 대해 자세히 설명했다. 진규는 아들 진등에게 이런 사실을 먼저 현덕에게 알리라고 했다. 진등이 부친의 명을 받고 급히 말을 달려 현덕을 찾아가다가 때마침 성으로 돌아오던 관우와 장비를 만나 그간의 사정이 여차여차하다고 자세히 알려주었다. 원래 관우와 장비는 먼저 돌아오고 현덕은 뒤따라오던 중이었다.

장비는 진등의 말을 듣자마자 곧바로 성으로 쳐들어가려고 했다.

운장 曰: "저들이 옹성 부근에 군사를 매복시켜 놓고 기다리고 있다하니, 섣불리 갔다가는 일을 그르치고 말 것이네. 내게 계책이 있으니 이대로 하면 차주를 죽일 수 있네. 오늘밤 우리가 조조의 군사처럼 위장하여 서주로 가서 차주를 성 밖으로 출영을 나오도록 유인한 다음 불시에 급습하여 그를 죽이는 것이네."

장비는 관우의 계책에 찬성했다. 다행스럽게 그들 휘하에는 조조의 군사들이 있어 그들의 깃발과 갑옷 등이 조조 군과 똑같았다.

그날 밤 삼경(밤 11시에서 새벽 1시) 무렵 성문 앞에 가서 성문을 열라고 외쳤다.

성 위에서 묻기를: "누구냐?"

모두가 대답하기를 조 승상이 보낸 장문원(張文遠: 장료)의 군사들이라고 했다.

즉시 그 사실을 차주에게 알리자, 차주는 급히 진등을 오라고 하여 상의했다.

진등 曰: "만약 나가서 맞이하지 않으면 상대의 의심을 받게 될까 봐 두렵고, 그렇다고 나가서 맞이하자니 혹시 속임수에 걸려들까 봐 두렵소."

차주는 곧 성 위로 올라가서 말하기를: "지금은 캄캄한 밤이라 분간하기 어려우니 날이 밝으면 보기로 합시다."

성 아래에서 대답하기를: "유비가 알면 어쩌려고 그러시오. 빨리 문을 여시오!"

차주는 결정을 못 내리고 주저하고 있는데 성 밖에서는 빨리 성문을 열라고 큰 소리로 외쳤다. 차주는 마침내 갑옷과 투구를 갖추고 말에 올라 1천 명의 군사를 이끌고 성문을 열고 나갔다. 차주가 말을 달려 조교를 건너가서 큰 소리로 묻기를: "문원은 어디 있소?"

그때 불빛 속에 보이는 것은 바로 청룡도를 손에 쥐고 말을 타고 달려오는 관운장이었다. 그가 차주에게 달려들며 큰 소리로 꾸짖기를: "네 놈이 어찌 감히 속임수를 써서 우리 형님을 해치려 하느냐!"

차주는 깜짝 놀라 몇 합 싸워 보더니 도저히 당해낼 수 없음을 알고 말머리를 돌려 성 안으로 들어가려고 했다. 그러나 조교 근처에 이르자 성 위에서 진등이 화살을 마구 쏘아대니 차주는 성 안으로 들어가지 못하고 성벽을 끼고 돌면서 달아났다. 운장이 그 뒤를 쫓아가서 손을 들어 단칼에 차주를 베어 말에서 떨어뜨린 다음 그 수급을 들고 돌아와서 성 위를 향해 소리치기를: "반역자 차주는 이미 내 손에 죽었다. 너희들은 죄가 없으니 항복하면 살려 주겠다!"

그 말에 모든 군사들이 창을 거꾸로 잡고 투항하니 비로소 군과 백성 모두 안정을 되찾았다.

운장이 차주의 수급을 가지고 현덕에게로 가서 차주가 형님을 해치려고 한 일과 지금 이미 그를 참수한 일 등을 자세히 설명했다.

현덕이 깜짝 놀라 말하기를: "만약 조조가 쳐들어오면 어떻게 하지?"

운장 曰: "아우와 제가 맞서 싸우겠습니다."

하지만 현덕은 마음이 놓이지 않았다. 현덕이 성 안으로 들어가니 백성들이 길에 나와 엎드려 그를 맞았다. 부중에 도착한 현덕은 우선 장비를 찾았는데, 그때는 이미 장비가 차주의 가족을 모조리 죽여 버린 뒤였다.

현덕 曰: "조조의 심복을 죽였으니 이 일을 어찌 감당해야 좋을지 모르겠구나!"

진등 曰: "제게 조조를 물리칠 계책이 있습니다."

이야말로:

외로운 몸 겨우 범의 굴 벗어났으나 旣把孤身離虎穴
무슨 묘계를 써서 싸움 멈추게 할까 環將妙計息狼煙

진등이 무슨 계책을 말할지 궁금하거든 다음 회를 기대하시라.

제 22 회

원소와 조조는 저마다 전군을 일으키고
관우와 장비는 왕충과 유대를 사로잡다

袁曹各起馬步三軍

關張共擒王劉二將

진등이 현덕에게 계책을 말하기를: "지금 조조가 가장 두려워하는 자는 바로 원소입니다. 원소는 기주·청주·유주·병주 등 여러 군에서 범처럼 웅거하고 있으며, 그가 거느리는 군사는 백만 명이나 되고 문관과 무관도 헤아릴 수 없이 많습니다. 지금은 원소에게 서신을 보내 구원을 요청하셔야 합니다."

현덕 曰: "내 원래 원소와는 왕래가 없는 데다 이번에 그의 아우 원술까지 죽게 했는데, 원소가 어찌 나를 도와주려 하겠소?"

진등 曰: "이곳에 원소의 집안과 3대째 교제를 하고 있는 사람이 한 분 있습니다. 만약 그가 원소에게 서신 한 통만 써 준다면 원소는 반드시 우리를 도우러 올 것입니다."

현덕 曰: "그 분이 대체 누구요?"

진등 曰: "주공께서도 평소 극진한 예로써 공경해 오신 분인데 어찌 잊으셨습니까?"

현덕이 문득 깨닫고 말하기를: "혹시 정강성(鄭康成) 선생 말씀이오?"

진등이 웃으며 말하기를: "그렇습니다."

원래 정강성의 이름은 현(玄)으로 학문을 좋아하고 재주가 많아 일찍이 마융(馬融)의 문하에서 학문을 배웠다. 마융이 강학을 할 때는 늘 방 한가운데에 붉은 휘장을 드리우고 앞에는 생도들을 앉히고, 뒤에는 소리 잘하는 기녀들을 앉힌 다음 양옆에는 시녀들을 늘어세웠다. 정현은 선생의 강의를 3년 동안이나 들으면서 단 한 번도 곁눈질을 한 적이 없어, 마융이 그를 매우 기이하게 여겼다. 그래서 정현이 학업을 마치고 돌아갈 때 마융이 감탄하여 말하기를: "내 학문의 깊은 이치까지 모두 터득한 자는 오직 정현뿐이로다!"

정현의 집에서는 시비(侍婢)들까지도 모시(毛詩: 시경)를 알았다. 하루는 시비가 정현의 뜻을 거스르자 계단 아래 오랫동안 꿇어앉혀 놓은 적이 있었다. 다른 시비가 장난삼아 시경의 문구를 이용하여 말하기를: "어쩌다 진흙 속에 빠졌는가?(胡爲乎泥中)[3]"

벌 받던 시비가 응수하여 대답하기를: "하소연하러 찾아갔다가 괜한 노여움만 사고 말았네(薄言往愬 逢彼之怒)[4]."

그 집안의 분위기가 이처럼 풍치가 있었다.

정현은 환제(桓帝) 때에 벼슬이 상서(尙書)에 이르렀으나 십상시 난이 일어나자 벼슬을 버리고 낙향하여 서주에서 살고 있었다. 현덕은 일찍이 탁군(涿郡)에 있을 때부터 정현을 스승으로 섬겼거니와 서주목으로 취임한 후에도 자주 찾아가 그에게 가르침을 청하여 극진히 공경의 예를 다했다.

진등의 말을 듣고 비로소 정현을 떠올린 현덕은 매우 기뻐하며 곧바로 진등과 함께 정현의 집을 찾아가서 전후 사정을 설명드리고, 원소에

---

3 시경(詩經)의 패풍(邶風) 식미(式微) 편의 시구임. 역자 주.

4 시경(詩經)의 패풍(邶風) 백주(柏舟) 편의 시구임. 역자 주.

게 보낼 서신을 써 달라고 부탁했다. 정현은 기꺼이 승낙하고 서신 한 통을 써서 현덕에게 주었다. 현덕은 그 서신을 즉시 손건에게 주어 밤을 새워 달려가 원소에게 전해 주도록 했다. 원소는 정현이 보낸 편지를 다 읽고 나서 속으로 궁리하기를: "현덕이 내 아우를 쳐서 죽였으니 그냥 그를 돕는다는 것은 말이 안 된다. 하지만 정상서가 부탁하니 그 뜻을 거절할 수도 없고, 돕기는 도와야 할 것도 같은데"

마침내 원소는 문무 관원들을 불러 놓고 군사를 일으켜 조조를 칠 일을 의논했다.

먼저 모사 전풍(田豊)이 말하기를: "해마다 군사를 일으켜 백성들의 삶이 피폐해진데다 창고의 군량미 또한 바닥이 나서 다시 대군을 일으켜서는 안 됩니다. 우선 사람을 허도로 보내서 황제께 우리가 공손찬을 쳐서 멸망시켰다는 승전보를 올리십시오. 만약 그것이 황제께 제대로 올려지지 않으면 조조가 임금과 신하 사이를 가로막고 있다는 상소문을 다시 올리십시오. 그런 다음 즉시 군사를 이끌고 여양(黎陽)으로 가서 주둔하고 하내(河內)에는 배를 더 많이 늘리고 병장기를 잘 정비하고 정예병들의 역할 분담을 잘 시켜 변방을 지키게 한다면 3년 안에 천하대세를 정할 수 있을 것입니다."

모사 심배(審配)가 말하기를: "그렇지 않습니다. 명공의 신무(神武)로 하북의 강성한 공손찬을 쳐부수었으니, 이제 군사를 일으켜 조조를 치는 것은 손바닥을 뒤집는 일보다 쉬운 일인데 시일을 끌 까닭이 어디 있습니까?"

모사 저수(沮授)가 나서서 말하기를: "무릇 적을 제압하여 승리로 이끄는 계책은 반드시 군사의 강성함에 있지 않습니다. 조조의 군대는 이미 군령이 엄하게 시행되고 있으며 군사들도 잘 훈련되어 있으므로 가만히 앉아서 곤경에 처 해진 공손찬의 경우와는 다릅니다. 지금 승전의 소식을 전하자는 좋은 계책이 있는데 명분 없이 군사를 일으키는 것은 명공께서 취할 계책이 아닌 듯하옵니다."

모사 곽도(郭圖) 曰: "아닙니다. 조조를 치기 위해 군사를 일으키는 일을 어찌 명분이 없다고 하겠소이까? 공께서는 이제 대업을 이룰 때가 되었습니다. 정상서의 말을 따라서 유비와 함께 대의를 세워 역적 조조를 토멸하시는 것이 위로는 하늘의 뜻에 부응하고 아래로는 백성들의 마음을 따르는 것이니 이보다 더 다행한 일이 어디 있겠습니까!"

네 사람의 모사가 서로 의견이 달라 원소는 주저하며 결단을 내리지 못하고 있었다. 그때 마침 허유(許攸)와 순심(荀諶)이 들어왔다.

원소 曰: "이 두 사람은 식견이 많은 사람이니 이들의 의견을 한번 들어봅시다."

두 사람이 인사를 마치자 원소가 말하기를: "정 상서께서 서신을 보내왔는데 나더러 군사를 일으켜 유비를 도와서 조조를 치라고 했소. 군사를 일으키는 게 옳소, 아니면 일으키지 않은 게 옳소?"

두 사람이 한목소리로 대답하기를: "명공께서 많은 군사로 적은 군사를 치고, 강한 형세로 약한 형세를 치며, 역적을 쳐서 한 황실을 바로잡는 일이니 군사를 일으키시는 게 옳습니다."

원소 曰: "두 사람의 의견이 내 마음과 같소."

마침내 군사를 일으키기로 결정한 원소는 먼저 손건으로 하여금 이 사실을 돌아가서 정현에게 알리고, 현덕과 약속하여 호응할 준비를 하도록 했다. 그리고 심배와 봉기에게 군사를 통솔하게 하고, 전풍·순심·허유를 모사로 삼고, 안량과 문추를 장군으로 삼은 뒤, 기병 15만 명, 보병 15만 명, 도합 정예병 30만 명을 일으켜 여양을 향해 진군하기로 했다.

이렇게 각자의 역할이 정해지자 곽도가 나서서 말하기를: "명공께서

대의로써 조조를 치시려면 먼저 조조의 악행을 낱낱이 적어 각 고을에 격문을 띄워 성토하십시오. 그래야만 군사를 일으키는 명분이 바로 서서 백성들을 설득할 수 있습니다."

원소는 곽도의 말에 따라 서기 진림(陳琳)에게 격문의 초안을 작성하도록 했다. 진림은 자(字)가 공장(孔璋)으로 평소 재주가 많기로 유명했다. 그는 환제 때 주부(主簿)가 되었으나 하진에게 간한 말이 받아드려지지 않고, 다시 동탁의 난을 만나 기주로 피해 내려와 있던 것을 원소가 그를 기실(記室: 서기)로 기용한 것이다. 원소의 명을 받은 진림이 붓을 잡고 그 자리에서 격문을 지었는데 그 내용은:

"모름지기 사리에 밝은 군주는 위기를 헤아려 변란을 다스리고, 충신은 어지러울 때를 염려하여 나라의 기강을 세운다고 했다. 따라서 비범한 사람이 있어야 특별한 일이 있고, 특별한 일이 있어야 특별한 공을 세울 수 있으니, 무릇 특별한 일은 원래 비범한 사람에 의해서 비롯된 것이다.

지난날 진(秦) 나라는 강했으나 그 뒤를 이은 임금이 나약하여 환관 조고(趙高)가 권력을 쥐고 제멋대로 정사를 휘두르니 사람들은 그 위세에 눌려 아무도 바른 말을 아뢰지 못했다. 결국 임금이 망이궁(望夷宮)에서 자살하고 말았으며 궁궐과 종묘는 불타 그 치욕스런 이름이 지금까지 남아 세상의 교훈이 되고 있다.

한(漢) 나라 시절에는 여후(呂后: 한고조의 처) 말년에 여산(呂産)과 여록(呂祿)이 권력을 잡고 안으로는 미양궁의 경호부대인 남군과 장락궁의 경호부대인 북군의 이군(二軍)으로 구성된 금위군을 통솔하고, 밖으로는 양(梁)나라와 조(趙)나라를 다스리면서 황제가 처리해야 할 일들을 자신들이 멋대로 처리하니 황제의 위신은 땅에 떨어지고 천하 사람들은 모두 두려움에 떨며 한심스러워했다.

이에 강후(絳侯) 주발(周勃)과 주허후(朱虛侯) 유장(劉章)이 군사를 일으켜 역적의 무리를 베어 죽이고 태종(太宗 한나라 문제)을 높이 받들자 왕도가 흥성하고 광명을 되찾았으니 이것은 곧 충신이 나라의 기강을 세운 분명한 표상이다.

지금 사공(司空) 조조로 말하자면, 그의 조부 중상시(中常侍) 조등(曹騰)은 환관의 무리인 좌관(左悺) 서황(徐璜)과 함께 온갖 요망한 짓을 다하고, 탐욕과 횡포를 일삼아 풍속과 도덕을 해치고 백성을 괴롭혔다. 그의 아비 조숭(曹嵩)은 환관 조등의 양자로 빌붙어 온갖 뇌물을 써서 벼슬을 사고, 권력자에게 황금과 벽옥을 수레로 갖다 바쳐 재상의 지위를 훔친 다음 조정의 권력을 장악하고 기강을 무너뜨렸다. 조조는 추악한 환관의 후예로 본래 덕이 없고 성질이 교활하고 표독하며, 난을 일으키기 좋아하며 세상의 재앙을 즐기는 자이다.

막부(幕府: 원소)께서는 날쌘 군사를 지휘하여 황건적을 소탕하셨으나 동탁이 뒤를 이어 권력을 농단하고 나라를 어지럽게 했다. 이에 다시 칼을 뽑아들고 북을 울려 동하(東夏: 발해)에 명을 내려 천하의 영웅들을 불러 모았으니, 설령 그들에게 허물이 있더라도 쓸 만하면 과감히 기용했다. 이런 과정에서 조조와 함께 상의하고 지모를 합치면서 그에게 군사를 내준 것은 조조가 매나 사냥개처럼 앞잡이로 삼을 만한 재주(鷹犬之才)가 있어 그의 발톱과 이빨은 쓸 만하다고 여겼기 때문이다.

그러나 그는 경망되고 책략이 부족하여 경솔하게 나아가고 쉽게 후퇴하여 여러 번 싸움에서 패하여 수많은 군마를 잃었다.

그런데도 막부께서는 다시 군사들을 내주어 모자란 부분을 보충해 주고 또한 황제께 표문을 올려 그를 동군(東郡) 태수, 연주자사에 임명하여 호랑이 가죽의 장수 옷을 입혀 주고 위세와 권력을 세워주며 승전보를 울리기만 기다렸다. 그러나 조조는 기대를 저버리고 오히려 권력을 제멋대로 부리며 난폭하게 행동하며 백성을 수탈하고 어질고 착한 사람들을 마구 해쳤다.

옛 구강(九江) 태수 변양(邊讓)은 재주가 남다른 훌륭한 인물로서 천하에 이름을 날렸으니 그는 바른 말을 잘하고 결코 남에게 아첨할 줄 모르는 인물이다. 그러한 그가 결국 조조의 눈 밖에 나서 참수를 당하여 그의 목이 높은 곳에 매달렸고, 그의 처자식들까지도 몰살을 당했다. 이 일이 있은 후 선비들이 통분하고 백성들의 원망은 갈수록 심해지니 누군가 한 사람만 떨쳐 일어서도 온 천하가 호응했다. 결국 조조는 서주를 치러 갔다가 그곳에서 패하고 자신의 땅인 연주는 여포에게 빼앗겨서 갈 곳이 없어 동쪽 변방을 떠돌게 되었다.

이때 막부께서는 조정의 힘을 강하게 하려면 지방 세력을 약화시켜야 한다고 판단하시고, 또한 조조가 반역자인 여포의 무리에 가담하지 않고 있음을 감안하여 다시 갑옷을 입고 깃발을 세워 떨쳐 일어나게 하니, 정벌의 징과 북소리가 울리는 곳마다 여포의 무리는 흩어져 달아나고 말았다. 이렇게 해서 조조를 죽을 고비에서 구해 주었을 뿐만 아니라, 지방수령의 지위까지 되찾아 주셨으니, 이는 막부께서 연주의 백성들에게는 베푼 덕이 없으나, 조조에게만 큰 은혜를 베푼 꼴이 되고 말았다.

황제께서 허도로 돌아오실 때 반역자들이 어가를 공격했는데, 그때 막부께서는 공손찬의 침략을 막아내느라 기주 땅에서 몸을 뺄 수가 없었다. 그래서 종사중랑(從事中郎) 서훈(徐勛)으로 하여금 조조를 파견하여 종묘사직을 중수하고 어린 황제를 호위하도록 했던 것이다.

그러나 자신의 본분을 망각하고 오만방자해진 조조는 조정의 정사를 전횡하고 황제를 겁박하여 도읍을 옮기고 황제 대신 궁궐을 다스리면서 황실을 능멸하고 국법을 무시하고 나라의 기강을 어지럽혔다. 또한 삼대(三臺)[5]를 완전히 장악하여 벼슬과 상을 내리는 일을 제 마음대로 하고, 벌하고 죽이는 일도 제 입에 달렸으며, 자신의 마음에 드는 자는 5종(五宗)[6]에 걸쳐 빛내주고, 제 눈 밖에 난 자는 삼족(三族)[7]을 멸했다. 그뿐만 아니라 무리지어 불평하는 자는 드러내 놓고 처형하고, 심지어 자신들이 보기에 불만이 있어 보이는 자는 쥐도 새도 모르게 죽여 버리니, 조정 대신들은 모두 입을 다물고 길에서 만나도 눈으로만 말을 할 뿐이었다. 상서(尙書)는 조회(朝會)에서 기록만 할 뿐이고 공경들의 역할이라고는 그저 자리만 채우고 있을 뿐이었다.

이미 고인이 된 태위 양표는 사공과 사도(二司)를 지낸, 신하로써는 가장 높은 지위까지 오른 사람이지만, 조조는 그가 단지 자기를 이상한 눈초리로 바라보았다는 핑계로 자신을 비난한 죄를 뒤집어씌워 잔혹한 형벌을 가했다. 조조는 이처럼 국법과 기강은 전혀 무시한 채 오로지 자기 기분 내키는 대로 형벌을 집행했다.

또한 의랑(議郎) 조언(趙彦)은 충직하게 직언을 간하는 신하로서 황제께서도 그의 말을 경청할 때는 얼굴빛을 고치고 자세를 바르게 하시었다. 그런 신하를 조조는 황제를 미혹되게 하여 판단을 흐리도록 언로(言路)를 끊어 버리고 아무 죄도 없는 그를 황제께 아뢰지도 않고 제멋대로 죽여 버렸다.

또 양효왕(梁孝王)은 선제(先帝)와 어머니가 같은 형제로서 그 능묘는

---

5 상서대(尙書臺), 어사대(御史臺), 알자대(謁者臺)를 말함. 역자 주.

6 고조부터 본인에 이르기까지 5대. 역자 주.

7 부계 ·모계 ·처계를 말함. 역자 주.

존귀하며 그곳에 심어 놓은 뽕나무, 가래나무, 소나무, 잣나무들도 마땅히 귀히 여겨야 하거늘, 조조는 직접 군사를 거느리고 가서 무덤을 파헤치고 관을 쪼개어 시신을 드러내고 그 속에 들어 있던 보물들을 약탈했다. 이 소식을 들은 황제는 눈물을 흘리지 않을 수 없었고 천하의 선비와 백성들도 모두 가슴 아파했었다.

조조는 또 무덤 발굴 책임자인 발구중랑장(發丘中郎將)과 무덤에서 보물을 찾아내는 책임자인 모금교위(摸金校尉)를 두어 이들이 지나는 곳마다 무덤이 파헤쳐져 백골이 드러나지 않은 곳이 없었다. 조조는 비록 몸은 삼공의 지위에 있으나 하는 짓은 도적보다 더해 나라를 더럽히고 백성을 해쳤으며, 그 해독이 귀신에게까지 이를 지경이었다. 더구나 법망은 세세한 부분까지 혹독하고 까다롭게 규정되어 있고, 형률은 빈틈없이 세워져 있으며, 그물과 작살이 오솔길까지 가득하고 구덩이와 함정이 길을 막아, 손을 들면 그물에 걸리고 발을 떼면 함정에 빠지는 그런 지경에 이르렀다. 그리하여 연주와 예주에는 의지할 데 없는 백성들이 많았으며 도읍에는 한숨과 원망의 소리가 드높았다. 고금의 문헌들을 모조리 뒤져봐도 무도한 신하로서, 탐욕스럽고 잔인하며 포악하기가 조조보다 심한 자는 찾을 수가 없었다.

막부께서는 지금까지 외부의 간악한 자를 꾸짖으시느라 그를 훈계하여 바로잡아줄 시간이 없어서 다만 너그러이 용서하면서 스스로 고치기를 기대했다. 하지만 조조는 이리 같은 야심을 키워 역모만 꾸미고 나라의 기둥과 대들보를 무너뜨리고, 충신들은 모두 제거하여 황실을 약화시키고, 오직 자신만이 야심에 찬 인물이 되고자 했다.

지난번 막부께서 북을 울리며 공손찬을 치실 때 그 역적은 포위된 상태에서도 1년 동안이나 항거했다. 조조는 그 성이 아직 함락되지 않은 것을 핑계로 삼아, 겉으로는 막부를 돕는 체하면서 실제로는 그에게 서신을 보내 내통하면서 막부를 공격하려 했으나, 사자가 잡히는 바람에 음모가 드러났고, 공손찬도 죽어 비로소 그의 도모는 실패하고 말았던 것이다.

조조가 지금 오창에 군사를 주둔시켜 놓고, 황하를 방어벽으로 삼아 지키고 있으나, 이는 마치 사마귀가 자신의 앞발을 도끼로 착각하여 그 앞발을 들어 거대한 수레바퀴를 막으려는 격이 아니겠는가!

막부께서는 이제 한(漢) 황제의 위령(威靈)을 받들어 천하의 역적을 제압하고자 하노라. 긴 창을 든 병사가 1백만 명이요, 날쌘 기병이 수천이라. 그 옛날 중황(中黃)·하육(夏育)·오획(烏獲)[8]과 같은 용사들이 떨쳐 일어나서 굳센 활과 강한 쇠뇌가 날아가는 기세로 무장했다.

이제 병주(并州) 자사 고간(高干)은 태항산(太行山)을 넘어오고, 청주 자사 원담(袁譚)은 제수(濟水)와 탑수(漯水)를 건너와서 이들 대군은 황하를 건너 조조의 군사를 대적할 것이다. 그리고 형주 자사 유표는 완현(宛縣)과 엽현(葉縣)으로 들어와 조조의 배후를 쳐서 천둥이 울리고 범이 걸어가는 듯이 적을 무찌르면 마치 활활 타는 불길로 쑥대를 태우고, 푸른 바닷물로 숯불을 끄는 격이니 그 어떤 자가 멸망하지 않겠는가!

또한 조조의 군사들 중에 싸울만한 자들은 모두 유주·기주 출신들 아니면 과거 우리 진영의 군사들인데, 그들은 조조를 원망하며 고향으로 돌아가고 싶은 마음에 북쪽 하늘을 바라보며 눈물을 흘리고 있다. 그 밖의 연주·예주의 백성들과 예전의 여포와 장양의 부하들도 싸움에 진

8 이들 3명 모두 고대의 힘센 장사들임. 역자 주.

후, 조조의 핍박을 받아서 지금은 어쩔 수 없이 복종하는 체하지만, 그들은 모두 몸과 마음에 상처가 깊어 조조를 원수로 여긴다.

만약 이제 깃발을 돌려서 높은 언덕에 올라가 북을 치고 나팔을 불며 흰 깃발을 들어 항복의 길을 열어 놓으면 칼에 피를 묻히기도 전에 흙더미가 무너지듯 와해되고 말 것이다.

이제 한 황실은 쇠약해지고 기강이 해이해져서 황제를 보좌할 신하가 한 명도 없고 조정 중신들 중에는 적을 꺾을 세력이 없다. 게다가 나라 안의 훌륭한 신하들은 모두 다 머리를 숙이고 날개를 접고 있으니 기대어 의지할 자가 없다. 설사 충성스러운 신하가 있더라도 포악한 조조에게 핍박받고 있으니 어찌 그 절개를 펼칠 수 있겠는가?

또한 조조는 정예군 7백 명으로 궁궐을 지키고 있는데, 이는 경호를 빙자하여 실제로는 황제를 감금하고 있으니 반역의 싹이 이로부터 비롯되지 않을까 염려될 뿐이다. 지금이야말로 충신들은 나라를 위해 목숨을 바치고, 열사들은 공을 세울 기회이니, 어느 누가 힘을 쓰지 않겠는가?

조조는 또한 황제의 명을 사칭하여 사자를 보내고 군사를 일으키고 있으니 멀리 떨어진 변방의 주군(州郡)이 속아서 그의 지시를 들어준다면 이는 본의 아니게 역적을 도와주는 셈이다. 이처럼 명예를 잃고 천하의 웃음거리가 되는 일은 깨어있는 사람이라면 결코 해서는 안 될 것이다.

오늘 즉시 유주·병주·청주·기주의 네 개 주에서 동시에 진군하라. 또한 이 글이 형주에 당도하거든 즉시 군사를 통솔하여 건충장군(建忠將軍) 장수(張繡)와 힘을 합쳐 위세와 명성을 드높이도록 하라. 각 주와 군에서는 의병을 일으켜 경계(境界)에 진을 벌여 위세를 높여 사직을 바로잡는 데 일조한다면 뛰어난 공로는 여기에서 들어나게 될 것이다.

조조의 수급을 가져오는 자에게는 5천호 후(五千戶侯)에 봉하고 상금으로 5천만 전(錢)을 내릴 것이며, 조조의 사병·편장(偏將)·비장(裨將)·장교 및 모든 군리(軍吏)들 가운데 항복해 오는 자들은 일체의 죄를 묻지 않고 은혜와 신의를 베풀 것이며 공적에 합당한 상을 내릴 것이다.

이를 천하에 두루 알려 황제께서 구금되어 핍박당하고 있음을 모든 사람들에게 알도록 하라.

이 격문은 법령과 동일하게 시행되노라!"

격문을 읽어 본 원소는 아주 흡족해하며 즉시 사자로 하여금 격문을 각 고을에 돌리고, 관문과 나루터 등 주요 요충지에 방(榜)을 붙이도록 명령했다.

격문이 허도에 전해지자 부하들이 조조에게 그 격문을 가져다 바쳤다. 때마침 두통 때문에 병상에 누워있던 조조는 그것을 보고 모골이 송연해지고 온 몸에 식은땀을 흘렸는데, 저도 모르게 두통이 다 나은 듯 자리를 박차고 일어나 옆에 있던 조홍에게 묻기를: "이 격문을 쓴 자는 누구냐?"

조홍 曰: "진림의 글이라 들었습니다."

조조가 웃으며 말하기를: "글이 효과를 보기 위해서는 반드시 무략(武略)이 뒤따라야 하거늘, 진림의 문장이 제아무리 뛰어난들 원소의 무략이 부족한 것을 어쩌겠느냐!"

즉시 여러 모사들을 불러 적을 맞이할 계책을 상의하는데, 공융이 이 소식을 듣고 달려와서 조조에게 말하기를: "원소의 세력이 너무 크니 싸워서는 안 되고 화친하셔야 합니다."

순욱 曰: "원소와 같은 하찮은 인간과 화친할 필요가 어디 있습니까?"

공융 曰: "원소는 땅이 광활하고 백성들에게 인심도 얻고 있습니다. 게다가 그 부하들 가운데 허유·곽도·심배·봉기 등은 모두 지략이 있는 자들이며, 전풍·저수 등은 모두 충신이며, 안량과 문추는 용맹함이 전체 군사들 중에서 으뜸이며 그 외에도 고람(高覽)·장합(張郃)·순우경(淳于瓊) 등은 모두 천하의 명장인데, 어찌 원소를 하찮은 인간이라고 하시오?"

순욱이 웃으며 말하기를: "원소가 군사는 많지만 질서가 없으며, 전풍은 강하기는 하나 윗사람을 잘 거스르며, 허유는 탐욕만 많고 지혜가 없으며, 심배는 제멋대로 할 뿐 지모가 없고, 봉기는 과감하나 쓸모없는 자입니다. 이런 사람들은 서로를 용납하지 못하므로 반드시 내부에서 변고가 생기기 마련입니다. 안량과 문추는 필부의 용맹에 불과하니 한 번 싸움으로 바로 사로잡을 수 있습니다. 그 밖의 보잘것없는 무리들이야 설령 백만 명이 있다고 한들 입에 올릴 거리나 되겠습니까?"

공륭이 더 이상 대꾸를 못 하자 조조가 웃으며 말하기를: "모두 순욱의 판단에 동의하지요."

마침내 조조는 전군(前軍) 유대(劉岱)와 후군(後軍) 왕충(王忠)을 불러 군사 5만 명을 이끌고 승상 깃발을 앞세우고 서주로 가서 유비를 치도록 했다. 원래 유대는 연주 자사였는데 조조가 연주를 취하자 조조에게 항복했고, 조조는 그를 편장(偏將)으로 기용했는데, 이번에 왕충과 함께 군사를 거느리게 한 것이다. 그리고 조조 자신은 몸소 대군 20만 명을 이끌고 여양(黎陽)으로 가서 원소를 막기로 했다.

정욱 曰: "유대와 왕충이 그 임무를 맡기에 적합한지 염려됩니다."

조조 曰: "나도 그 사람들이 유비의 적수가 아닌 줄은 알고 있네. 그저 허장성세를 해보려는 것이네."

그리고 두 장수에게 분부하기를: "경솔하게 함부로 공격하지 말고 내가 원소를 치고 돌아올 때까지 기다리도록 하라."

유대와 왕충은 군사를 거느리고 서주로 떠났다. 조조는 직접 군사를 이끌고 여양으로 갔다. 조조와 원소의 양쪽 군사들은 80리 떨어진 곳에 각자 해자를 깊이 파고 보루를 높이 쌓아놓고 8월부터 10월까지 서로 한 차례도 싸우지는 않고 지키기만 했다.

원소의 수하 장수 허유는 심배가 군사를 지휘하는 것에 불만이 있었고, 저수는 원소가 자신의 계략을 써 주지 않아 원망이 많았다. 이처럼 서로 화합하지 못해 나아가 싸우려 하지 않았으며 원소 역시 내심 의혹을 품고 주저하느라 공격을 하지 못하고 있었다.

원소 진영의 이런 상황을 눈치 챈 조조는 여포 수하에 있다가 투항해 온 장수 장패(藏覇)를 불러서 청주와 서주 방면을 지키도록 하고, 우금과 이전에게는 하상(河上)에 군사를 주둔하도록 하였으며, 조인(曹仁)으로 하여금 군사를 총지휘하여 관도(官渡)에 주둔해 있도록 한 다음에, 조조 자신은 나머지 군사를 거느리고 허도로 돌아가 버렸다.

한편 유대와 왕충은 5만 명의 군사를 이끌고 서주에서 1백여 리 떨어진 곳에 영채를 세운 뒤, 중군에 승상의 깃발을 세워 놓고 공격은 하지 않은 채, 하북에서 소식이 오기만을 기다리고 있었다.

서주의 현덕 역시 조조의 허와 실을 알지 못하여 감히 함부로 움직이지 못하고 역시 사람을 하북으로 보내 그곳 정황을 탐지하도록 했다. 그때 조조가 갑자기 사람을 보내 유대와 왕충에게 서주를 공격하라고 재촉했다.

두 장수는 영채 안에서 상의를 했다.

유대 曰: "승상께서 성을 공격하라고 재촉하시는데 당신이 먼저 나서시오."

왕충 曰: "승상이 유 장군을 먼저 뽑지 않으셨소?"

유대 曰: "내가 주장(主將)인데 어찌 내가 먼저 나가겠소."

왕충 曰: "그럼 우리 둘이 함께 칩시다."

유대 曰: "그러지 말고 우리 둘이 제비뽑기를 하여 뽑힌 사람이 먼저 나가기로 하세."

왕충이 '선(先)' 자를 뽑았다. 어쩔 수 없이 왕충이 군사 절반을 인솔하여 서주 공격에 나섰는데 군사들이 쳐들어온다는 소식을 접한 현덕은 급히 진등을 청하여 상의하며 말하기를: "원본초가 비록 여양에 군사를 주둔하고 있지만 참모들의 불화로 여전히 싸움에 나서질 않고 있소. 더구나 조조가 지금 어디에 있는지조차 모르오. 듣기로는 여양에 주둔하고 있는 조조의 군중에는 조조의 깃발이 보이지 않고, 어찌하여 이곳에 도리어 그의 깃발이 있단 말이오?"

진등 曰: "조조는 워낙 속임수가 많은 자입니다. 틀림없이 하북을 중시하여 몸소 지휘하면서도 일부러 여양에 깃발을 세우지 않고 오히려 이곳에 눈속임으로 기를 세워 놓았을 것입니다. 내 생각에 조조는 틀림없이 이곳에 없습니다."

현덕 曰: "두 아우 중에 누가 가서 허와 실을 알아오겠나?"

장비 曰: "내가 다녀오겠소."

현덕 曰: "자네는 성미가 급하고 거칠어서 아니 되겠네."

장비 曰: "조조가 있으면 잡아 오겠습니다."

운장 曰: "이 아우가 가서 동정을 살펴보고 오겠습니다."

현덕 曰: "운장이 간다면 내 마음이 놓이네."

운장이 군사 3천 명을 이끌고 서주성을 나갔다.

때는 초겨울이라 음산한 구름이 하늘을 덮고 눈발까지 흩날렸다. 눈보라 속에서 진을 친 관운장은 청룡도를 들고 적진을 향해 말을 달려와 큰 소리로 왕충을 불렀다.

왕충이 나와서 말하기를: "승상께서 여기에 오셨거늘, 너는 어찌하여 항복하지 않는 것이냐?"

운장 曰: "승상이 오셨다면 진 앞으로 나오시라고 해라. 내가 친히 할 말이 있느니라."

왕충 曰: "승상께서 어찌 네놈 따위와 경솔하게 대면한단 말이냐?"

운장이 몹시 화를 내며 말을 몰아 앞으로 나가자 왕충도 창을 쳐들고 그를 맞섰다. 두 말이 한데 어우러지자 운장이 돌연 말머리를 돌려서 달아나는데, 왕충이 그 뒤를 쫓아왔다. 산허리를 돌아가자 운장이 갑자기 말머리를 돌리더니 크게 소리치고 청룡도를 휘두르며 왕충을 향해 달려들었다. 왕충은 당해낼 수 없음을 알고 얼른 말머리를 돌려 도망치려고 할 때, 운장은 칼을 왼손으로 옮겨 잡고 오른손으로 왕충의 갑옷 끈을 움켜쥐고 힘껏 잡아당겨서 말안장에서 끌어내려 자신의 말 옆에 매달고 본진으로 돌아왔다. 왕충의 군사는 사방으로 흩어져 달아났다.

운장은 왕충을 서주로 압송하여 현덕 앞으로 끌고 갔다.

현덕이 묻기를: "너는 누구며 현재 무슨 직책에 있기에 감히 조 승상을 사칭하였느냐?"

왕충 曰: "제가 어찌 감히 사칭하겠습니까? 적으로 하여금 의심을 하도록 허장성세를 하고 있으라는 승상의 분부를 따랐을 뿐입니다. 실은 승상은 여기에 오지도 않았습니다."

현덕은 일단 왕충에게 옷과 음식을 주고 잠시 가두어 두라고 이른 다음 유대를 잡고 나서 다시 상의하기로 했다.

운장 曰: "저는 사실 형님께서 화해하실 뜻이 있는 줄 알고 사로잡아 왔습니다."

현덕 曰: "익덕은 성미가 급하고 거칠어서 왕충을 바로 죽일까 봐 염려되어 내보내지 않았던 것이다. 이런 사람들은 죽여 봐야 이익이 될 것이 없지만 살려두면 화해할 여지는 있지 않겠느냐?"

장비 曰: "둘째 형님이 왕충을 잡아 왔으니 막내는 유대를 사로잡아 오겠소."

현덕 曰: "유대는 과거 연주 자사를 지낸 사람으로 호뢰관에서 동탁을 칠 때는 제후 신분으로 참가했었다. 그가 지금은 조조의 전군(前軍)으로 나섰다고 가벼이 대적해서는 안 된다."

장비 曰: "그까짓 놈이 뭐라고 그리 말씀하시오. 나도 둘째 형님처럼 그놈을 사로잡아 오면 될 것 아니오."

현덕 曰: "혹시 그를 죽여 대사를 그르칠까 봐 염려되어 하는 말이네."

장비 曰: "만약 그를 죽인다면 대신 내 목숨을 내놓겠소."

현덕은 마침내 장비에게 군사 3천 명을 내주니 장비는 그들을 이끌고 앞으로 나갔다.

한편 유대는 왕충이 사로잡힌 것을 알고 영채를 굳게 지킬 뿐 좀처럼 싸우러 나가지 않았다. 장비는 매일 영채 앞에서 욕설을 퍼붓고 싸움을 걸었으나 유대는 그가 장비인 줄 알고는 더더욱 감히 나가지 못했다.

며칠을 기다려도 유대가 싸우러 나오지 않자 장비는 한 가지 계책을 생각해 냈다. 그는 전군에 오늘 밤 이경(二更: 밤 9시에서 11시)에 적의 영채를 급습한다고 영을 내렸다. 그리고 낮 동안 막사 안에서 술을 마시고 일부러 취한 척하며, 어느 한 군사의 사소한 잘못을 트집 잡아 호되게 매질한 다음 영채 안에 묶어 놓고 말하기를: "오늘 밤 출병할 때 이놈을 죽여서 깃발에 제사를 지낼 것이다."

그러고는 은밀히 사람을 시켜서 그를 풀어 주도록 했다.

풀려난 그 군사는 몰래 영채를 빠져나가 그 길로 유대의 영채를 찾아가서 오늘 밤 이경에 장비의 군사들이 영채를 급습할 것이라는 사실을 고해바쳤다.

關張共擒王劉二將

유대는 투항해 온 병사의 몸이 많은 상처가 있음을 보고는 그의 말을 그대로 믿고 영채를 비워 놓고 밖에다가 군사들을 매복시켜 놓았다.

그날 밤 장비는 군사를 세 길로 나누어 중간의 30여 명으로 하여금 적의 영채를 급습하여 불을 지르게 하고, 좌우 양쪽의 군사들은 적의 영채 뒤로 질러가서 기다리고 있다가 불이 나는 것을 신호로 협공을 하도록 했다.

삼경 무렵 장비는 직접 정예병을 이끌고 먼저 유대의 퇴로를 차단하고 중앙의 30여 명이 영채 안으로 들어가서 불을 질렀다. 유대의 복병들이 사방에서 튀어나와 영채를 에워싸고 공격하려는 순간, 영채 뒤에서 장비의 군사들이 일제히 뛰쳐나왔다.

유대의 군사들은 스스로 혼란에 빠져 장비의 군사들이 얼마나 되는지도 모르고 겁에 질려 사방으로 달아나 버렸다. 유대는 남은 군사들을 이끌고 탈출로를 찾아 달아나다가 마침 장비와 정면으로 마주쳤다. 좁은 길에서 만났으니 도망갈 길도 없어서 칼을 휘두르며 달려오는 유대를 장비는 단 한 번에 사로잡아 버리니 나머지 군사들은 모두 항복했다.

장비는 먼저 사람을 서주로 보내 이 사실을 보고했다. 현덕은 그 소식을 듣고 운장에게 말하기를: "익덕은 본래 성미가 급하고 거칠었는데, 이제는 지모까지 쓰는 것을 보니 내 이제는 걱정하지 않아도 되겠군."

그러고는 몸소 성 밖으로 나가서 그를 맞이했다.

장비 曰: "형님께서 늘 저더러 성비가 급하고 거칠다고 했는데 오늘 보니 어떻소?"

현덕 曰: "내가 자네에게 그런 잔소리를 하지 않았더라면 자네가 어찌 그런 계략을 썼겠는가?"

장비는 크게 웃고 말았다.

현덕은 결박당해 온 유대를 보고 황급히 말에서 내려 몸소 그 결박을 풀어 주며 말하기를: "내 아우 장비가 버릇없이 장군을 모독하였소이다. 부디 용서해 주시오."

그러고는 그와 함께 성 안으로 들어가서 가두어 두었던 왕충도 불러다가 함께 대접했다.

현덕 曰: "지난번에는 차주(車冑)가 나를 죽이려고 하여 어쩔 수 없이 죽였지만, 승상께서는 여전히 내가 배반한 것으로 잘못 의심하시어 두 장군을 보내시어 나의 죄를 묻도록 하신 것 같습니다. 나는 승상께 큰 은혜를 입었으니 늘 그 은혜에 어떻게 보답해야 하나, 그것만 생각하고 있는데 어찌 감히 배반할 리가 있겠습니까? 두 분 장군께서 허도로 돌아가시거든 좋은 말씀으로 이 뜻을 승상께 전해 주신다면 나로서는 큰 다행입니다."

유대와 왕충이 함께 말하기를: "사군께서 저희를 죽이지 않으신 큰 은혜를 입었으니 당연히 승상께 잘 말씀드리겠습니다. 우리 두 집 가솔들의 목숨을 걸고서라도 사군을 위해 보증하겠습니다."

현덕은 고맙다고 인사했다.

다음 날 두 사람에게 그들이 원래 거느리고 있던 군사들을 전부 돌려주고 성 밖으로 내보내 주었다. 유대와 왕충이 10여 리도 채 못 갔을 때 갑자기 북소리가 한 번 울리더니 장비가 길을 막고 큰 소리로 말하기를: "우리 형님은 세상의 이치를 너무나 모르신다. 애써 잡은 역적의 장수를 어찌 다시 놓아준단 말이냐!"

깜짝 놀란 유대와 왕충은 말 위에서 부들부들 떨고 있었다. 장비가 고리눈을 부릅뜨고 창을 꼬나들고 달려들었다. 바로 그때, 등 뒤에서 한 사람이 나는 듯이 달려와 소리치기를: "장비야, 무례하게 굴지 마라!"

바라보니 그는 관운장이었다. 그제야 유대와 왕충은 마음이 놓였다.

운장 曰: "형님께서 이미 돌려보내셨는데 아우는 어찌 명령을 따르지 않는가?"

장비 曰: "이번에 보내면 다음에 또 올 거요."

운장 曰: "다시 오면 그때 죽여도 늦지 않다."

유대와 왕충이 통사정을 하며 말하기를: "승상께서 저희 삼족을 멸한다 해도 다시는 오지 않을 테니 제발 너그러이 용서해 주시오."

장비 曰: "설사 조조가 직접 온다고 해도 내 한 놈도 살려 보내지 않을 것이다. 이번만은 특별히 너희 둘의 머리를 맡겨두는 것이니 그리 알고 가거라!"

유대와 왕충은 머리를 감싸 안고 쥐새끼 도망치듯 달아났다.

운장과 익덕이 돌아가서 현덕에게 말하기를: "조조는 틀림없이 다시 올 것입니다."

손건 역시 현덕에게 말하기를: "서주는 적의 공격을 받기 쉬운 곳이라 오래 머물 곳이 못 됩니다. 차라리 군사를 나누어 소패와 하비성에도 주둔시켜 기각지세(掎角之勢)를 이루어 조조를 방어하는 편이 좋을 듯합니다."

현덕은 손건의 말에 따라 관운장에게 하비성을 지키도록 하고 감(甘)·미(糜) 두 부인을 함께 보내 그곳에 머물도록 했다. 감 부인은 원래 소패 사람이고 미 부인은 미축의 누이이다. 손건·간옹·미축·미방 등은 서주를 지키도록 하고, 현덕과 장비는 소패에 주둔했다.

한편 서도로 돌아간 유대와 왕충은 조조에게 유비가 배반한 것이 아니라고 자세히 설명했다.

그러자 조조가 화를 내며 꾸짖기를: "나라를 욕되게 한 네놈들을 살려두어 무엇에 쓴단 말이냐!"

그리고는 두 사람을 끌어내어 목을 베라고 명령했다.

이야말로:

개돼지가 어찌 범의 상대가 되겠는가 犬豕何堪共虎鬪
물고기와 새우가 용과 싸우는 격이라 魚蝦空自與龍爭

두 사람의 목숨이 어찌 될지 궁금하거든 다음 회를 기대하시라.

제 23 회

예정평은 벌거벗은 채 조맹덕을 꾸짖고
길평은 조조에게 독약 쓰려다 처형되다

禰正平裸衣罵賊

吉太醫下毒遭刑

조조가 유대와 왕충의 목을 베려고 하자 공융이 간하기를: "두 사람은 원래 유비의 상대가 아니었는데, 만약 그들을 죽인다면 다른 장수들의 마음을 잃을까 염려되옵니다."

조조는 공융의 말에 따라 죽음은 면해 주는 대신 그들의 관직과 봉록을 박탈하고 몸소 군사를 일으켜 현덕을 치려고 하니 다시 공융이 말하기를: "지금은 엄동설한이라 군사를 움직여서는 안 됩니다. 봄까지 기다렸다가 움직이더라도 늦지 않을 것입니다. 먼저 장수와 유표에게 사람을 보내 그들을 귀순시킨 다음에 서주를 도모하시지요."

조조는 그의 말에 따라 우선 유엽을 장수에게 보내 설득해 보도록 했다. 유엽은 양성(襄城)에 도착하자 먼저 가후를 찾아가서 조조의 훌륭한 품덕에 대해 설명했다. 가후는 유엽을 자기 집에 머물도록 하고 다음 날 장수를 찾아가 조조가 유엽을 보내서 자신의 귀순을 권하러 왔음을 알렸다.

그런 논의를 하고있는 그때, 원소가 보낸 사자가 당도했다는 보고가 들어왔다. 장수는 그를 들여보내라고 하여 그가 가지고 온 서신을 읽어 보니 그 역시 귀순을 권하는 내용이었다.

가후가 찾아온 사자에게 묻기를: "근자에 조조를 치기 위해 군사를 일으켰다고 들었는데 결과는 어떻게 되었소?"

사자 曰: "엄동설한이라 잠시 군사를 거두었소. 이곳의 장수 장군과 형주의 유표는 모두 나라의 기풍이 있는 분들이어서 이렇게 청하는 것이오."

가후가 크게 웃으며 말하기를: "당신은 돌아가서 원소에게 이렇게 전하시오. '자신의 아우조차 포용하지 못한 주제에 어찌 천하의 인재를 포용할 수 있겠는가!' 하더라고 말이오."

그러고는 사자의 면전에서 서신을 찢어 버리고는 사자를 꾸짖어 내쫓아 버렸다.

장수 曰: "지금 원소의 군세가 조조보다 훨씬 강한데 함부로 그가 보낸 서신을 찢어 버리고 사자를 꾸짖어 보냈으니, 곧 원소가 이 사실을 알게 될 터인데 어떻게 하지요?"

가후 曰: "차라리 조조를 따라가는 편이 낫습니다."

장수 曰: "지난날 나는 조조와 원수가 되었는데, 그가 어찌 나를 용납하겠소?"

가후 曰: "세 가지 면에서 조조를 따라야 할 이유가 있습니다. 조조는 황제의 조서를 받들고 천하를 정벌하고 있으므로 마땅히 그를 따라야 할 첫 번째 이유이고, 원소의 군세는 강한데 우리가 적은 군사로 그를 따른다고 하여도 반드시 원소가 우리를 중히 여기지 않겠지만, 조조는 형세가 약해 우리를 얻게 되면 틀림없이 기뻐할 것이니 이것이 그를 따라야 할 두 번째 이유이며, 조조는 오패(五霸)[9]의 뜻을 품은 사람이라

9 춘추시대 다섯 명의 패자. 역자 주.

틀림없이 사적인 원한을 풀어 버리고 천하에 덕을 밝히려 할 것이니 마땅히 그를 좇아야 할 마지막 이유입니다. 장군께서는 부디 이를 의심하지 마시기 바랍니다."

장수는 그의 말에 따라 유엽을 들어오라고 청하여 만나 보았다. 유엽은 다시 조조의 덕을 칭송한 뒤 말하기를: "승상께서 만약 구원(舊怨)을 갖고 계신다면 어찌 이 사람을 보내서 장군과 좋은 관계를 맺으려 하시겠습니까?"

장수는 매우 기뻐하며 즉시 가후와 함께 조조에게 투항하기 위해 허도로 갔다. 조조를 만난 장수는 계단 아래에서 절을 했다. 조조는 황급히 내려와 장수를 붙들어 일으키어 그의 손을 잡고 말하기를: "지난날 있었던 작은 허물은 마음에 새겨두지 마시오."

조조는 즉시 장수를 양무장군(揚武將軍)에 봉하고, 가후는 집금오사(執金吾使)로 임명했다. 그리고 유표에게 항복을 권하는 글을 쓰라고 했다.

가후가 앞으로 나와 말하기를: "유경승(劉景升: 유표)은 명사들과 사귀기를 좋아하니 학문으로 이름난 사람을 그에게 보내어 설득해야만 비로소 그를 항복시킬 수 있습니다."

조조가 순유에게 묻기를: "누구를 보내는 게 좋겠소?"

순유 曰: "공문거(孔文擧:공융)가 적임자이옵니다."

조조는 고개를 끄덕였다.

순유가 나가서 공융을 보고 말하기를: "승상께서 학문이 뛰어난 사람을 보내 유경승을 회유하려고 하는데, 공께서 이 일을 맡아주셨으면 합니다."

공융 曰: "내 친구로 예형(禰衡)이라는 사람이 있는데, 자는 정평(正平)이라 하오. 그의 재주는 나보다 열 배나 뛰어나오. 이 사람은 사자의 소임을 다 할 수 있을 뿐만 아니라 황제의 곁에 있어야 할 사람이오. 내 그를 황제께 천거하겠소."

그리하여 공융은 황제께 표문을 올렸다. 그 글에서 말하기를:

"신이 듣자오니, 옛날 요(堯) 임금 시절 홍수가 범람하자 이를 다스리기 위해 널리 사방에 현자와 준걸들을 불러 모으셨고, 옛날 세종(世宗: 한 무제)께서는 황제의 자리에 오르시자 나라의 기강을 세우기 위해 천하의 어진 인재들을 구했는데 수많은 선비들이 사방에서 모여들었다고 합니다.

폐하께서는 성덕으로 제위를 이어받으셨으나 불행히도 변고가 뒤를 이어 하루도 편하신 날이 없으셨습니다. 이러한 때에 높은 산들이 신령함을 내리시어 뛰어난 인재들이 나타났습니다.

신이 보건데, 평원(平原) 사람 처사(處士) 예형(禰衡)은 나이 스물네 살에 자는 정평(正平)이라고 하옵는데 품성은 맑고 곧으며 재주는 뛰어나서 예(藝)와 문(文)을 한 번만 익혀도 곧바로 그 심오한 이치를 깨우치고, 눈으로 한 번 본 것은 모두 입으로 외우고, 귀로 한 번 들은 것은 마음에 잊지 않습니다.

그의 성품은 도(道)와 서로 일치하고, 그의 생각은 신이 내린 것과 같으니 상홍양(桑弘羊)[10]의 계산력과 장안세(張安世)[11]의 기억력도 예형과 비교하면 진기한 것이 못 됩니다.

예형은 그 사람됨이 충성스럽고 과단성이 있으며 정직합니다. 서리와 눈을 품은 듯 지조가 있어 선한 자를 보면 놀란 듯이 기뻐하고, 악한 자를 보면 원수처럼 미워합니다. 임좌(任座)[12]의 호전적 행동과 사어(史魚)[13]

10 서한시대 암산에 능한 재상. 역자 주.

11 서한시대 기억력이 뛰어난 대사마. 역자 주.

12 임금 앞에서도 그 잘못을 거리낌 없이 지적하고 아부를 하지 않은 전국시대의 신하. 역자 주.

13 임금이 사악한 자를 대신으로 임명하는 것을 죽음으로 간하여 막은 춘추시대의 신하. 역자 주.

의 곧은 절개도 그보다 더하지는 못할 것이옵니다.

'사나운 새 백 마리도 물수리 한 마리보다 못하다(鷙鳥累百,不如一鶚).'고 하옵니다. 예형을 조정에 들이시면 틀림없이 보탬이 될 것입니다. 그의 말솜씨는 새가 날고 말이 달리는 듯 하며, 그의 기백은 샘물이 용솟음치듯 하옵니다. 그리하여 의혹이나 맺힌 것을 푸는데 있어서는 설령 적과 마주하여도 남음이 있사옵니다.

지난날 가의(賈誼: 서한 때의 문신)는 속국을 살피는 자리를 청하여 흉노왕 선우(單于)를 속임수로 결박해 귀순토록 만들었으며, 종군(終軍: 서한시대 정치가)은 남월에 사신으로 떠나면서 강한 월(越) 임금을 새끼줄로 꽁꽁 묶어 오려고 했으니. 약관의 나이에 보여준 이들의 대범한 기개를 옛 사람들은 칭송했습니다. 근래에는 노수(路粹)와 엄상(嚴象) 역시 특별한 인재로 발탁되어 대랑(臺郎)으로 임명되었는데 예형은 능히 그들에 못지 않은 사람입니다.

만약 예형이 등용되어 마치 용이 하늘 높이 날아올라 자미원(紫微垣)[14]에서 그 명성을 떨쳐 무지갯빛을 드리운다면 최근에 등용된 많은 인재들에게도 환히 빛날 것이며 황궁도 심원해질 것이옵니다.

아주 미묘한 천상의 음악에는 뛰어난 관객이 있어야 하며 황실에는 항상 훌륭한 보물이 쌓여 있어야 하옵니다.

예형 같은 인재는 많이 얻을 수 없사옵니다. 가무곡 격초(激楚)·양아(陽阿)는 그 가사와 곡이 너무나 절묘해 기예인들이 탐을 냈고, 비토(飛兎)와 요뇨(騕褭)는 워낙 우수한 말(馬)이라 왕량(王良)과 백낙(伯樂)이 급히 얻고자 했사옵니다.

저희처럼 용렬한 신하들이 어찌 감히 아뢰지 않을 수 있겠사옵니까?

---

14 천자의 자리에 비유되는 별자리. 역자 주.

황제께서는 늘 성의를 다하여 신중하게 인재를 뽑으시니 반드시 시험해 보시기 바랍니다. 예형을 부르실 때는 서민 복장 차림으로 알현케 하시고 만약 취하실 점이 없으시다면 폐하를 속인 죄를 신에게 물으시옵소서."

헌제가 표문을 보고 나서 이를 조조에게 주니 조조는 곧 사람을 보내서 예형을 불러들였다. 예형이 인사를 올렸으나 조조는 그에게 자리에 앉으라고도 하지 않았다.

예형이 하늘을 우러러 탄식하기를: "천지가 이처럼 광활한데 어찌 사람이 한 명도 없단 말인가!"

조조 曰: "내 수하에 당대의 영웅이 수십 명이나 있거늘, 어찌 사람이 없다고 하는가?"

예형 曰: "한번 들어 보고 싶습니다."

조조 曰: "순욱·순유·곽가·정욱은 기모가 깊고 지혜가 뛰어나니 소하(蕭何: 한의 삼걸 중의 한명)와 진평(陳平: 서한의 공신)도 이들에게 따르지 못할 것이고, 장료·허저·이전·악진은 그 용맹을 당할 자가 없으니 잠팽(岑彭: 동한의 무장)·마무(馬武: 한 무제 때의 무장)도 이들에게 미치지 못할 것이며, 여건과 만총은 종사(從事)로 있고, 우금과 서황은 선봉을 맡았다. 하후돈은 천하의 기재이며 조인은 복이 많은 장수로 알려져 있는데, 어찌 사람이 없다 하는가?"

예형이 웃으며 말하기를: "공의 말씀은 틀렸소이다. 지금 말씀하신 인물들은 저도 잘 알고 있소이다. 순욱은 남의 집 문상이나 문병 다니기에 제격이고, 순유는 묘지기에 적합하며, 정욱은 관문 여닫이, 곽가는 사부(詞賦)나 읊조리면 딱 어울릴 사람입니다. 또한 장료는 북치고 징 울리는 일에 적합하고, 허저는 소나 말을 기르게 할 사람이며, 악진은 죄인을 취조하여 조칙이나 읽게 하고, 이전은 문서나 격문을 전달하기에 적합하며, 여건은 칼이나 갈고 검이나 만들고, 만총은 술이나 술지게미나 먹도록 할 사람이오. 그리고 우금은 널빤지를 등짐 지고 담장이나 쌓고, 서황은 개돼지나 잡을 만한 사람이며, 하후돈은 자신의 몸만 보전하는 완체장군(完體將軍)에 불과하고, 조인은 뇌물만 밝히는 요전태수(要錢太守)라 부르기에 적합한 사람들이오. 그 나머지들이야 모두 옷걸이·밥통·술주머니·고기포대들 뿐입니다."

조조가 화가 나서 말하기를: "그런 너는 무슨 재주가 있느냐?"

예형 曰: "천문 지리를 모두 꿰뚫고 있으며 삼교(三教)[15]와 구류(九流)[16]에 대해 모르는 것이 없습니다. 위로는 임금을 요순(堯舜)처럼 만들 수 있고, 아래로는 공자와 안연(顏淵) 같은 덕을 견주게 할 수 있으니, 어찌 속된 무리들과 함께 논의하겠습니까?"

곁에서 그 말을 듣고 있던 장료가 칼을 빼어 들고 예형을 죽이려고 했다.

조조 曰: "내게 마침 북을 치는 관리인 고리(鼓吏) 자리가 하나 비어 있는데, 너는 앞으로 아침저녁 조회 때나 연회 때 북을 치도록 하여라."

예형은 사양하지 않고 대답을 하고 물러갔다.

장료 曰: "이놈이 말하는 게 불손하기 짝이 없는데, 어찌하여 살려두시는 겁니까?"

조조 曰: "이 자는 일찍이 허명(虛名)으로 널리 알려진 놈이다. 만약 오늘 그를 죽인다면 천하 사람들은 내가 인물을 포용하지 못했다고 말할 것이다. 그 자가 스스로 재능이 있다고 했으니 그저 북이나 치는 자로 만들어 욕을 보이려는 것이다."

---

15 유교·불교·도교. 역자 주.

16 유가·도가, 법가 등 9가지 학술 유파. 역자 주.

다음 날 조조는 성청(省廳)에서 여러 손님들을 청하여 큰 연회를 베풀고 고리로 하여금 북을 치도록 했다.

이전의 고리가 말하기를: "북을 칠 때는 반드시 새 옷으로 갈아입으시오."

하지만 예형은 입고 있던 옷을 그대로 입고 들어가서 '어양삼과(漁陽三撾)'란 곡을 북으로 치는데, 그 음조가 지극히 오묘하여 마치 금석(金石)의 소리처럼 깊고 잠잠했다. 연회에 참석한 사람들은 그 연주를 듣고 비분강개하여 자신도 모르게 눈물을 흘렸다.

그의 옆에 있던 자가 꾸짖기를: "어찌하여 옷을 갈아입지 않느냐?"

그러자 예형은 그 자리에서 자신이 입고 있던 옷을 홀랑 벗어 버리고 일어서니 알몸이 그대로 드러났다. 앉아 있던 손님들이 모두 두 손으로 얼굴을 가렸다. 예형은 바지를 들어 천천히 입었는데 얼굴색 하나 변하지 않았다.

조조가 꾸짖기를: "묘당 위에서 이 무슨 무례한 짓인가!"

예형 曰: "임금을 속이는 것(欺君罔上)이 바로 무례한 짓이오. 나는 부모님께서 물려주신 몸을 청백하게 잠시 드러냈을 따름이오!"

조조 曰: "네가 청백하다면, 그럼 누가 더럽단 말이냐?"

예형 曰: "당신은 어진 사람과 어리석은 사람을 구분할 줄 모르니 이는 눈이 탁한 것이오, 시경(詩經)과 서경(書經)을 읽지 않으니 이는 입이 탁한 것이며, 충언을 받아들이지 않으니 이는 귀가 탁한 것이고, 고금의 역사를 통하지 못했으니 이는 몸이 탁한 것이며, 제후들을 용납하지 않으니 이는 배가 탁한 것이며, 늘 제위를 찬탈할 뜻을 품고 있으니 이는 마음이 탁한 것이다.

나는 천하의 명사인데, 당신이 나를 북이나 치는 일개 고리로 삼았으니, 이는 곧 양화(陽貨: 춘추시대 노나라 신하)가 공자를 업신여기고, 장창(臧

禰正平裸衣罵賊

倉: 전국시대 노나라 대신)이 맹자를 헐뜯은 격이다. 제왕이나 패업을 이루려고 하는 자가 어찌 이렇듯 사람을 업신여긴단 말이냐!"

이때 자리에 앉아 있던 공융은 조조가 예형을 죽이지 않을까 염려가 되어 일어나서 차분하게 말하기를: "예형의 죄는 서미(胥靡: 강제 노역)에 처해야 마땅하지만, 명왕(明王)의 꿈에 나타나기는 부족합니다."

조조가 예형을 손가락으로 가리키며 말하기를: "너를 형주로 가는 사자로 보낼 것이다. 만약 유표가 항복하러 온다면 내 너를 공경(公卿)으로 삼을 것이다."

예형은 가려고 하지 않았으나 조조는 말 세 필을 준비하게 하여 두 사람이 양쪽에서 그를 붙들고 나가도록 했다. 그러고는 수하 문무 관원들로 하여금 동문 밖에 나가서 술자리를 준비해 놓고 그를 전송하게 했다.

순욱 曰: "예형이 오더라도 일어나지 말고 그냥 자리에 앉아 있으시오."

예형이 동문에 이르러 말에서 내려 들어가 보니 모두 자리에 앉아 있었다. 예형이 대성통곡을 했다.

순욱이 묻기를: "왜 곡을 하는가?"

예형 曰: "송장이 들어있는 관 사이를 지나가는데 어찌 곡을 안 할 수 있겠소?"

모두가 말하기를: "우리가 송장이면 네놈은 머리 없는 미친 귀신이겠군!"

예형 曰: "나는 한나라 조정의 신하이지, 조조의 무리가 아니거늘, 어찌 머리가 없을 수 있느냐!"

여러 사람이 달려들어 그를 죽이려 하자 순욱이 제지하며 말하기를: "쥐새끼나 참새 같은 놈에게 구태여 칼을 더럽힐 수 있나!"

예형 曰: "나는 쥐나 참새일지언정 여전히 인성(人性)을 지니고 있지만, 네놈들은 그저 벌레 같은 무리로다."

사람들은 분통을 터뜨리며 돌아갔다.

형주에 도착한 예형은 유표를 만나 보았다. 비록 겉으로는 그의 덕을 칭송했지만, 실은 그를 비꼬았으니 유표는 심히 불쾌했다. 그래서 그를 강하(江夏)로 보내 황조(黃祖)를 만나게 했다. 누군가 유표에게 묻기를: "예형이 주공을 조롱했는데 어찌하여 그를 살려두십니까?"

유표 曰: "예형이 여러 차례 조조의 면전에서 욕을 했지만 조조가 그 놈을 죽이지 않은 것은 사람들의 신망을 잃을까 염려했기 때문이다. 그래서 조조는 그를 내게 사자로 보내 내 손을 빌려 그놈을 죽이게 함으로써, 나로 하여금 현자를 죽였다는 누명을 씌우려 했던 것이다. 나는 이제 그를 황조에게 다시 보내서 조조로 하여금 나에게도 식견이 있음을 알려주려는 것이야."

사람들이 그 말을 듣고 모두 잘했다고 칭송했다. 그때 원소가 보낸 사자 역시 도착했다는 보고가 들어왔다. 유표는 여러 모사들에게 묻기를: "조조가 예형을 보내서 아직 여기에 있는데, 원소가 또 사자를 보내 왔으니, 누구를 따르는 게 옳겠소?"

종사중랑장(從事中郎將) 한숭(韓嵩)이 나와서 말하기를: "지금은 두 영웅이 서로 대치하고 있으니, 장군께서 만약 큰 뜻이 있으시다면 이 기회를 잡아서 적을 물리치셔야 합니다. 만약 그게 아니라면, 둘 중에 나은 쪽을 택하여 그를 따르는 게 좋습니다. 지금 조조는 용병에 능한데다 현자들과 준걸들이 그에게 많이 모여 있으니, 조조가 틀림없이 먼저 원소를 쳐부술 것입니다. 그가 원소를 이기고 나면 군사를 강동으로 옮길 텐데, 그렇게 되면 장군께서 막아 싸우기가 어렵게 됩니다. 차라리 지금 형주를 조조에게 바치고, 그 뒤를 따른다면 조조는 틀림없이 장군을 후대할 것입니다."

유표 曰: "자네가 일단 허도로 가서 동정을 살피고 오시게. 의논은 그 뒤에 하기로 하세."

한숭 曰: "군신 간에는 각자 정해진 분수가 있습니다. 이 몸이 지금은 장군을 섬기고 있으니 비록 끓는 물속이든, 타는 불속이라도 명령만 하시면 저는 뛰어들 것입니다. 장군께서 만약 위로는 황제께 순종하고, 아래로는 조조에게 복종하시겠다고 하면, 저를 허도로 보내셔도 됩니다. 그러나 아직도 의심이 많아 결단을 내리지 못한 상태에서 저를 허도로 보내신다면, 그런 상황에서 황제께서 저에게 벼슬을 내리신다면, 저는 황제의 신하가 되기 때문에 더 이상 장군을 위해서 죽을 수는 없습니다."

유표 曰: "자네는 일단 가서 동정이나 살펴보게. 내게 따로 생각이 있네."

유표에게 작별 인사를 하고 허도로 온 한숭이 조조를 찾아가니 조조는 즉시 한숭을 시중(侍中)으로 삼아 영릉 태수(零陵太守)를 겸하도록 했다.

순욱 曰: "한숭은 우리의 동정을 살피러 왔을 뿐만 아니라 아무런 공도 세운 게 없는데, 이처럼 높은 관직을 내리셨습니다. 또한 예형에 대한 아무런 소식도 없는데 그 일에 대해서는 전혀 묻지 않는 것은 어인 까닭이십니까?"

조조 曰: "예형이 나에게 심하게 욕을 보여, 유표의 손을 빌려 그를 죽이려고 한 것인데, 다시 물어볼 필요가 뭐 있겠는가?"

조조는 한숭에게 형주로 돌아가서 유표에게 귀순을 권유하도록 했다. 유표를 만난 한숭은 먼저 조정의 큰 은덕을 칭송하면서 유표에게 아들을 허도로 보내서 대궐에 들어가 황제를 알현하도록(入侍) 권했다.

유표가 몹시 화를 내면서 말하기를: "네놈이 두 마음을 품고 있는 게냐?"

그러고는 그의 목을 베려고 했다.

한숭이 외치기를: "장군께서 먼저 저를 저버렸지, 저는 장군을 저버리지 않았소이다."

괴량 曰: "한숭이 허도로 가기 전에 주군께 여쭌 말씀이 있었지요!"

유표는 그제서야 그를 용서해 주었다.

이때 누군가 들어와서 황조가 예형을 죽였다고 보고했다. 유표가 어찌된 일인지 소상히 물어보자 그가 대답하기를: "황조가 예형과 함께 술을 마시면서 둘 다 취했는데, 황조가 예형에게 물었습니다. '자네가 보기에 허도에 인물이라고 할 만한 사람은 누가 있는가?' 하자 예형이 대답하기를, '큰 인물로는 공문거가 있고 작은 인물로는 양덕조(楊德祖: 양수)가 있소. 이 두 사람 이외에는 인물이라고 할 만한 자가 없소이다.' 그러자 황조가 다시 묻기를, '그럼 나는 어떠한가?' 그러자 예형이 말하기를, '당신은 사당 안에 모시는 귀신같아서, 비록 제삿밥은 얻어먹지만 아무런 영험이 없소이다.' 황조가 몹시 화나서 말하기를, '네놈이 나를 흙이나 나무로 만든 인형으로 아는구나!' 하더니 그 자리에서 목을 베어 죽였는데, 예형은 목숨이 끊어질 때까지 입에서 욕설이 그치지 않았다고 합니다."

유표는 예형이 죽었다는 말을 듣고 탄식을 금할 수가 없었다. 그는 예형의 시신을 거두어 앵무주(鸚鵡洲) 가에다 장사 지내 주도록 했다.

후세 사람이 그를 탄식하여 지은 시가 있으니:

황조의 재주 후덕한 인물에 견줄 수 없어　　黃祖才非長者儔
예형의 잘린 머리 이 강기슭에 묻혀 있네　　禰衡喪首此江頭
이제 와서 앵무주 가 지나며 회상해 보니　　今來鸚鵡洲邊過
오로지 푸르른 강물만 무정하게 흘러가네　　惟有無情碧水流

한편 예형이 죽임을 당했다는 소식을 들은 조조는 껄껄 웃으며 말하기를: "썩은 선비의 날카로운 혀가 도리어 자신을 죽이고 말았구나!"

조조는 유표가 끝내 투항해 오지 않자, 군사를 일으켜 그 죄를 물으려고 했다.

순욱이 간하기를: "원소를 아직 평정하지 못했고 유비도 멸하지 못하였는데, 장강과 한수(漢水)의 유표 때문에 군사를 일으키려 하시는 것은 마치 가슴과 배는 내버려 두고 손과 발만 돌보는 것과 같습니다. 먼저 원소를 없애고 유비를 소멸시키고 나면 유표는 단번에 쓸어서 평정할 수 있습니다."

조조는 그의 말을 따랐다.

한편 동승은 유현덕이 떠난 후, 밤낮으로 왕자복 등과 조조를 없앨 계책을 상의했으나 도무지 묘책이 떠오르지 않았다.

건안 5년(서기 200년) 정월 초하룻날, 황제에게 하례를 하기 위해 조정에 들어간 동승은 조조의 교만 방자함이 더욱 심해진 것을 보고 울분을 삭이지 못하고 집으로 돌아와 그만 병석에 눕고 말았다.

황제는 국구가 병이 난 것을 알고 즉시 태의(太醫)를 보내서 치료해 주도록 했다. 이 태의는 낙양 사람으로 성은 길(吉), 이름은 태(太), 자는 평(平)이라고 하는데 사람들은 모두 그를 길평(吉平)이라고 불렀고, 당대의 이름난 의원이었다. 길평은 동승의 부중에서 밤낮으로 그의 곁을 떠나지 않고 약을 써서 치료하는데 동승이 늘 한숨만 연달이 쉬는 것을 보면서도 감히 그 까닭을 물어보지 못했다.

때는 마침 정월 대보름, 날이 저물어 길평이 인사를 하고 돌아가려고 하자, 동승은 그를 붙잡으며 함께 술이나 한잔하자고 청했다. 둘이서 약 두어 시간 넘도록 술을 마신 동승은 피곤하여 옷을 입은 채 잠이 들고 말았다 .

그때 갑자기 왕자복 등 4명이 찾아왔다고 하여, 동승은 황급히 일어나 그들을 맞이했다.

왕자복 曰: “대사가 모두 준비되었습니다.”

동승 曰: “자세히 말씀해 보시지요.”

왕자복 曰: “유표는 원소와 손을 잡고 군사 50만 명을 일으켜 10개 길(路)로 나누어 쳐들어오고, 마등은 한수와 합세하여 서량의 군사 72만 명을 일으켜서 북쪽에서 진격해 오니 조조는 허창에 있는 군사들을 모조리 끌고 나가 각각 나누어서 적을 막고 있으니 지금 성 안이 텅 비었습니다. 만약 우리 다섯 집의 노복들만 모아도 천여 명은 족히 될 것입니다. 오늘밤 조조의 부중에서 정월 대보름을 축하하는 큰 연회를 베푼다고 하니, 이 틈을 이용하여 상부(相府)를 포위하고 쳐들어가서 그를 죽여 버립시다. 이런 기회를 놓쳐서는 아니 됩니다.”

동승은 매우 기뻐하며 즉시 집안의 노복들을 모두 불러서 각자 병장기들을 수습하도록 하고 자신은 갑옷과 투구로 무장을 하고 창을 들고 말에 올라서 모두 궐문 앞에서 만나 한꺼번에 쳐들어가기로 했다.

이고(二鼓: 이경, 밤 9시)가 되어 모든 병사들이 도착하자 손에 보검을 든 동승은 곧장 안으로 천천히 들어갔다. 후당에서 연회를 열고 있는 조조를 보고 큰 소리로 외치기를: “역적 조조 네 이놈, 꼼짝 마라!”

칼을 번쩍 들어 힘껏 후려치니, 조조는 그 자리에서 쓰러졌다.

문득 깨어보니 남가일몽(南柯一夢)이 아닌가! 하지만 입에서는 계속 ‘조조 이 역적 놈!’ 이라고 꾸짖고 있었다.

그때 길평이 앞으로 나서며 말하기를: “그대는 조공을 해치려고 하시오?”

소스라치게 놀란 동승은 겁이 나서 대답을 할 수가 없었다.

길평 曰: "국구께서는 놀라지 마십시오. 제가 비록 일개 의원에 불과하지만 여태까지 한시도 한나라를 잊어 본 적이 없습니다. 저는 대감께서 날마다 탄식하는 것을 보면서도 감히 여쭈어보지 못했는데, 이제 꿈속에서 하시는 말씀으로 대감의 마음을 알게 되었습니다. 부디 감추려 하지 마시고 저를 쓰실 곳이 있다면 말씀하시지요. 설령 구족(九族)이 몰살당하는 화를 입더라도 털끝만큼도 후회하지 않겠습니다."

동승이 손으로 얼굴을 가리며 울면서 말하기를: "자네의 진심이 아닐까 오로지 그것이 두려울 뿐이네!"

길평이 곧바로 자신의 손가락 하나를 깨물어 피로써 맹세를 했다. 동승은 그제서야 의대에서 조서를 꺼내 길평에게 보여 주었다. 그리고 말하기를: "지금까지 우리가 거사를 도모하지 못한 것은 현덕과 마등이 멀리 떠나 버려 우리끼리 쓸 만한 계책이 떠오르지 않았기 때문에 내 속이 타서 병이 난 것이오."

길평 曰: "대감님들께서는 걱정하실 필요 없습니다. 조조 이 역적 놈의 목숨은 제 손 안에 있습니다."

동승이 그 이유를 물었다.

길평 曰: "조조는 늘 두통을 달고 삽니다. 병이 골수까지 파고들어, 일단 통증이 일기 시작하면 곧바로 저를 불러 치료하도록 합니다. 조만간 또 저를 부를 텐데, 그때 제가 독약 한 첩만 쓰면 가볍게 해치울 일을 구태여 군사를 동원할 필요가 어디 있겠습니까?"

동승 曰: "만약 그렇게 해서 한나라의 조정과 사직을 구할 수만 있다면, 이는 모두 자네 덕일세!"

길평이 하직 인사를 하고 돌아간 뒤, 동승은 속으로 기뻐하며 후당으로 걸어가는데 어두운 구석에서 인기척이 들렸다. 슬며시 다가가서 살펴보니 가동(家童) 진경동(秦慶童)이 시첩 운영(雲英)과 은밀히 속삭이고 있었다. 동승은 몹시 화가 나서 사람을 불러서 그들을 죽이려고 했다. 그러나 부인이 말리는 바람에 죽이지는 않고 각각 곤장 40대씩을 친 다음 진경동은 냉방 안에다 가두어 놓았다.

이에 한을 품은 진경동은 한밤중이 되자 자물쇠를 끊어 버리고 담장을 뛰어넘어 달아났다. 그 길로 그는 조조의 부중으로 찾아가 기밀 사항이 있어서 고발하러 왔다고 알렸다.

조조가 그를 밀실로 불러 물으니 진경동이 말하기를: "왕자복·오자란·충집·오석·마등 등 다섯 명이 우리 대감 집에 모여서 은밀히 뭔가를 상의하는데, 이는 틀림없이 승상을 도모하려는 것 같습니다. 그리고 우리 대감께서 흰 비단 한 조각을 꺼내 보시곤 하는데, 뭐라고 씌어 있는지는 잘 모르겠습니다. 그리고 근래에는 길평이라는 의원이 손가락을 깨물어 맹세하는 것을 소인이 본 적이 있습니다."

조조는 경동을 부중에 숨겨 놓았다. 한편 동승은 진경동이 달아났다는 사실은 알았지만, 그저 어디론가 멀리 달아났으려니 하고 찾을 생각도 하지 않았다.

다음 날 조조는 두통을 앓은 체하고는 길평을 불러 약을 처방하도록 했다.

길평이 속으로 생각하기를: '이 역적 놈, 이제 모든 게 끝장이구나!'

그러고는 독약을 은밀히 감추고 조조의 부중으로 들어갔다. 조조는 침상 위에 누워서 길평에게 약을 쓰게 했다.

길평 曰: "이 약 한 첩만 드시면 곧 쾌차하실 겁니다."

길평은 약탕관을 가져오라고 하여 조조가 보는 앞에서 자신이 직접 약을 달였다. 약이 반쯤 졸아들자 길평은 몰래 독약을 탄 다음 손수 약을 올렸다. 이미 독이 들어 있는 줄 알고 있는 조조는 일부러 시간을 끌면서 마시지 않았다.

길평 曰: "따뜻할 때 드시지요. 그리고 땀을 좀 내시면 바로 낫습니다."

조조가 자리에서 일어나며 말하기를: "네가 유서(儒書)를 읽어 보았다면 당연히 예의를 알 것이다. 임금이 병들어 약을 먹을 때는 신하가 먼저 맛을 보고, 아비가 병이 있어 약을 먹을 때는 자식이 먼저 맛을 보는 것이 예이다. 너는 내 심복이거늘, 어째서 먼저 맛을 보지 않고 내게 약을 올린단 말이냐?"

길평 曰: "약이란 병을 고치기 위해 먹는 것인데, 어찌 다른 사람이 먼저 맛을 본단 말입니까?" 말은 이렇게 했지만 길평은 이미 기밀이 누설되었음을 눈치챘다. 그러고는 즉시 앞으로 걸어가서 조조의 귀를 잡아당겨 그의 입에 약을 부어 넣으려고 했다. 조조는 재빨리 손으로 약그릇을 쳐냈다. 약그릇이 바닥에 나동그라지며 약물이 쏟아지자 바닥의 벽돌들이 갈라졌다. 조조가 미처 말하기도 전에 주위 사람들이 길평을 붙잡았다.

조조 曰: "내가 어디 아파서 너를 부른 줄 아느냐? 너를 시험해 보려고 한 것 뿐인데, 감히 나를 해칠 마음을 품고 있다니!"

조조는 즉시 건장한 옥졸 20여 명을 불러서 길평을 후원으로 끌고 가서 고문을 하도록 했다. 조조는 정자 위에 앉아 있었다. 꽁꽁 묶인 채 바닥에 쓰러져 있는 길평은 얼굴색 하나 변하지 않고 털끝만큼도 두려워하는 빛이 없었다.

조조가 웃으며 말하기를: "한낱 의원 주제에 감히 단독으로 나를 독살하려 하지는 않았을 터, 누군가가 너를 사주했음이 틀림없다. 그 사람 이름만 댄다면 내 곧 너를 용서해 주마."

길평이 조조에게 꾸짖기를: "임금을 속인 역적인 너야말로 세상 사람들이 모두 죽이려 하거늘, 어찌 나 혼자만 그러하겠느냐?"

조조가 몇 번이나 다그쳐 묻자, 길평이 화를 내며 말하기를: "내가 남의 부탁이나 받고 그런 일을 할 것 같으냐? 내 스스로 너를 죽이려다 이렇게 되었으니 오직 죽음이 있을 뿐이다."

화가 치민 조조는 옥졸에게 사정없이 매를 치라고 했다. 두 시진(時辰: 네 시간)동안이나 연달아 독하게 매질을 하니 살가죽이 터지고 살이 찢어져 계단에 피가 흥건히 흘렀다. 조조는 길평을 때려 죽이면 나중에 대질할 길이 없어질까 염려되어 옥졸로 하여금 한적한 곳으로 끌고 가서 잠시 쉬도록 했다.

이튿날 조조는 승상부에서 일부러 연회를 열고 모든 대신들을 불렀다. 동승만이 병을 핑계로 오지 않았을 뿐, 왕자복을 비롯한 네 사람은 조조의 의심을 사게 될까 두려워서 참석하지 않을 수 없었다. 조조는 후당에 연회석을 마련했다. 술이 몇 순배 돌아가자, 조조가 말하기를: "술자리엔 역시 즐길 만한 놀이가 있어야 맛이 나지. 내 한 사람을 불러서 여러분의 술이 확 깨게 해드리겠소."

20명의 옥졸에게 명령하기를: "그놈을 이리 끌고 오너라!"

잠시 후 길평이 큰칼을 쓴 채 계단 아래로 끌려왔다.

조조 曰: "여러분은 잘 모르겠지만 이 자는 악당들과 결탁하여 조정을 배반하고 이 조조를 죽이려는 음모를 꾸몄다가 천벌을 받아 저리 되었소. 이 자가 제 입으로 무슨 말을 하는지 한번 들어 보시오."

조조는 옥졸들로 하여금 먼저 곤장을 치라고 했다. 그가 혼절하여 땅에 쓰러지자 그의 얼굴에 물을 끼얹었다. 길평이 다시 깨어나자 눈을 부릅뜨고 이를 갈며 욕을 하기를: "조조 이 역적 놈아, 어서 나를 죽여라!"

조조 曰: "같이 모의한 자가 먼저 여섯 있으면 네놈까지 일곱이더냐?"

길평은 오로지 욕만 퍼붓는다. 왕자복 등 네 명은 서로 얼굴만 쳐다볼 뿐, 마치 가시방석에 앉아 있는 것 같은 기분이었다. 조조는 옥졸을 시켜서 심하게 매질하고, 혼절하면 찬물을 들이붓고 정신을 차리면 또다시 매질하기를 수 차례 거듭하며 기어이 자백을 받아 내려 했다. 하지만 길평은 그럴 마음이 털끝만큼도 없었다.

조조는 그가 끝내 자백하지 않는 것을 보고 끌어다 다시 가두라고 했다.

연회가 끝나고 모든 사람들이 돌아가려는데 조조는 왕자복 등 네 사람은 남아서 밤 연회에 참석하라고 했다. 네 사람은 혼이 빠져나간 듯 했지만 남아서 기다릴 수밖에 없었다.

조조 曰: "그대들에게 물어볼 말이 있어서 남으라고 한 것이다. 도대체 네 사람은 동승과 무슨 논의를 한 것이냐?"

왕자복 曰: "무슨 논의를 하다니요? 그런 일 없소이다."

조조 曰: "흰 비단에 씌어 있는 건 대체 무엇이냐?"

왕자복 등 모두는 금시초문이라고 시치미를 뗐다. 조조는 진경동을 불러내어 대질시켰다.

왕자복 曰: "네놈이 대체 어디서 무얼 보았단 말이냐?"

진경동 曰: "대감들이 사람들의 눈을 피해서 여섯 사람이 한 자리에 모여 앉아 글을 쓰지 않았소이까?"

왕자복 曰: "이 도적놈이 국구의 시첩과 정을 통하다가 들통이 나서 벌을 받자 제 주인을 무고한 것인데, 어찌 저런 놈 말을 믿는단 말이오?"

조조 曰: "길평이 나를 죽이려고 약에 독을 탔는데, 동승이 아니면 그런 짓을 감히 누가 시켰단 말이냐?"

왕자복 등은 모두 전혀 모르는 일이라고 말했다.

조조 曰: "너희들이 오늘 밤 안으로 자수한다면 그래도 용서해 줄 수 있지만, 일이 모두 드러난 다음에는 추호도 용서치 않을 것이다."

왕자복 등이 그래도 그런 일은 결코 없다고 말하니 조조는 부하들을 불러 네 사람을 옥에 가두라고 명했다.

다음 날 조조는 부하들을 거느리고 동승의 집으로 문병을 갔다. 동승은 몸소 나가서 그를 맞이하지 않을 수 없었다.

조조 曰: "어제 연회에는 어찌 참석하지 않으셨소?"

동승 曰: "감기가 낫지 않아 가지 못했소이다."

조조 曰: "그 병은 바로 나라를 걱정하여 생긴 병 아니오?"

동승은 깜짝 놀라 멈칫했다.

조조 曰: "국구는 길평의 일을 아시오?"

동승 曰: "모르오."

조조가 냉소하며 말하기를: "국구께서 어찌 모르실까?"

그러고는 사람들을 불러 말하기를: "그놈을 끌고 오너라. 놈을 보면 국구의 병이 완전히 나으실 것이야!"

동승은 어찌할 바를 몰랐다. 잠시 후 20명의 옥졸들이 길평을 끌고 와서 계단 아래 앉혔다.

길평이 큰 소리로 욕하기를: "조조 이 역적 놈아!"

조조는 손으로 길평을 가리키며 동승에게 말하기를: "이놈이 왕자복 등 네 명을 불어서 내 이미 그들을 붙잡아 정위(廷尉: 감옥을 맡은 관리)에게 넘겼으나 아직 한 사람을 잡지 못했소."

그러고는 길평에게 다시 묻기를: "나에게 독약을 먹이라고 시킨 놈이 누구냐? 어서 실토하지 못하겠느냐?"

길평 曰: "하늘이다. 하늘이 바로 나로 하여금 역적 놈을 죽이라고 하셨다!"

조조는 화가 나서 다시 매질을 시켰다. 그러나 길평의 몸에는 더 이상 매질 할 곳이 없을 정도였다. 자리에 앉아서 그 광경을 보고 있는 동승의 마음은 칼로 에이는 듯 아팠다.

조조가 또 길평에게 묻기를: "손가락은 본래 열 개이거늘 네놈은 어찌하여 아홉 개밖에 없느냐?"

길평 曰: "나라의 역적 놈을 죽이겠다고 씹어 먹는 것으로써 맹세했기 때문이다."

조조는 칼을 가져오라고 하더니 계단 아래로 내려가서 길평의 아홉 개 손가락을 모조리 끊어 버린 다음 말하기를: "남은 손가락을 모두 잘랐으니 어디 또 맹세해 보거라!"

길평 曰: "내 아직 입이 있으니 역적 놈을 삼킬 수 있고, 혀가 있으니 역적 놈을 욕할 수 있구나!"

조조는 그의 혀를 뽑아버리라고 명령했다.

길평 曰: "잠깐 멈추시오! 내 더는 형벌을 견딜 수가 없어 모든 것을 실토할 터이니 결박을 풀어 주시오."

그쯤이야 안 될 게 뭐 있겠나.

조조 曰: "풀어 주거라!"

길평은 몸을 일으켜 대궐을 향해 절을 올리며 말하기를: "신이 나라를 위해 역적을 죽이지 못했사온데, 이 또한 숙명인가 봅니다."

그러고는 그대로 계단에 머리를 부딪쳐 죽고 말았다.

조조는 그의 사지를 찢어서 성문에 매달게 했다. 건안 5년(서기 200년) 정월이었다.

이에 대해 사관(史官)이 시를 지었으니:

한 말년 다시 일어설 기색이 없을 때　　漢朝無起色

병든 나라 고치려던 길평이 나왔도다 醫國有稱平
간악한 무리를 제거하기로 맹세한 후 立誓除姦黨
목숨을 바쳐 황제께 보답하려 했다네 捐軀報聖明

극형을 당할수록 그 말은 더욱 매섭고 極刑詞愈烈
참혹하게 죽었지만 그 기백 살아 있네 慘死氣如生
열 손가락 잘려나가 피 뚝뚝 떨어지니 十指淋漓處
천년 후세에 그 이름 영원히 빛나리라 千秋仰異名

길평이 죽자 조조는 진경동을 끌고 오도록 했다.

조조 曰: "국구는 이 사람을 알아보시겠소?"

동승이 크게 화를 내며 말하기를: "도망간 종놈이 여기 있었구나. 내 당장 쳐죽이리라!"

조조 曰: "이 자가 처음 모반을 고발하여, 지금 대질시키려 하는데 누가 감히 죽이겠다고 하는가!"

동승 曰: "승상은 어찌하여 도망친 종놈의 말만 들으려 하시오?"

조조 曰: "왕자복 등은 내 이미 잡아들여 모두 자백하였고 증거도 명백한데 네놈은 아직도 아니라고 잡아떼려고 하느냐?"

조조는 즉시 사람들을 불러 동승을 잡아 가두라 명하고 집안을 샅샅이 뒤지도록 했다. 드디어 동승의 침실에서 황제가 내린 의대와 조서, 그리고 일곱 명이 거사를 맹세하고 비단에 이름을 쓴 의장(義狀)을 찾아냈다.

조조는 그걸 보고 쓴웃음을 지으며 말하기를: "쥐새끼 같은 놈들이 어찌 감히 이럴 수 있단 말이냐."

즉시 명령하기를: "동승의 집안사람들은 양민·천민 가리지 말고 모조

리 잡아 가두고 단 한 놈도 달아나지 못하게 하라."

조조는 부중으로 돌아가서 황제의 비밀조서와 의장을 여러 모사들에게 보여 주고 헌제를 폐위시키고, 새 황제 세울 일을 의논했다.

이야말로:

피로 쓴 몇 줄 비밀조서 물거품이 되고 數行丹詔成虛望
맹세한 종이 한 장 도리어 화 불러왔네 一紙盟書惹禍殃

헌제의 목숨이 어찌 될지 궁금하거든 다음 회를 기대하시라.

제 24 회

역적 조맹덕은 잔인하게 귀비를 죽이고
유비는 싸움에 지고 원소에게 의탁하다

國賊行凶殺貴妃

皇叔敗走投袁紹

조조는 황제가 동승에게 내린 옷과 옥대 그리고 비밀조서를 본 뒤 모사들을 불러 놓고 헌제를 폐위시키고 덕이 있는 황제를 새로 세울 것을 의논했다.

정욱이 간하기를: "명공께서 사방에 위엄을 떨치고 천하를 호령할 수 있는 것은 한(漢) 황실의 이름을 받들고 있기 때문입니다. 지금은 지방의 제후들을 다 평정하지 못한 상황인데, 이런 때에 갑자기 황제를 폐위시킨다면 필시 난을 일으킬 빌미만 제공하는 것입니다."

조조는 정욱의 말에 따라 황제 폐위는 그만두었다. 다만 동승 등 다섯 명과 그들의 가족들은 모두 각 성문으로 압송하여 목을 베어 죽이도록 하니, 죽은 사람의 수가 모두 7백여 명이나 되었다. 성 안의 관리나 일반 백성 모두 이를 보고 눈물을 흘리지 않은 자가 없었다.

후세 사람이 동승을 찬탄하는 시를 지었으니:

비밀조서를 옥대 속에 감추어 전하니 密詔傳衣帶
황제의 말씀이 궁궐 밖으로 나왔다네 天言出禁門

그 옛날 서도에서 황제를 구하였더니	當年曾救駕
이날 또다시 황제의 은혜를 받았도다	此日更承恩

나라 걱정하는 마음에 속병 생겨났고	憂國成心疾
간웅 제거하려는 뜻 꿈속에 나타났네	除姦入夢魂
그의 충절과 절개가 천추에 전해오니	忠貞千古在
다시 성공과 실패를 논해 무엇하리오	成敗復誰論

또 왕자복 등 네 사람을 찬탄하는 시를 지었으니:

흰 비단폭에 이름을 써 충성 맹세하고	書名尺素矢忠謨
강개한 뜻으로 황제 은혜 갚으려 했네	慷慨思將君父酬
나라 위한 충정에 온 식구가 죽었으니	赤膽可憐捐百口
그들의 참된 마음 천추에 길이 남으리	丹心自是足千秋

한편 조조는 동승 등의 무리를 모조리 처형했지만 그래도 분이 풀리지 않아 곧바로 칼을 차고 동(董) 귀비(貴妃)를 죽이려고 궁으로 쳐들어갔다.

동 귀비는 바로 동승의 누이로서 헌제의 총애를 입어 회임한 지 다섯 달이 되었다. 마침 이때 헌제는 후궁에서 복 황후와 함께 은밀히 동승에게 부탁한 일이 지금까지 아무 소식이 없다고 이야기를 하면서 궁금해하던 참이었다. 그런데 갑자기 조조가 얼굴에 노기가 가득한 채, 칼을 차고 입궁한 것을 본 황제는 대경실색을 했다.

조조 曰: "동승이 모반을 꽤 했는데 폐하께서는 알고 계십니까?"

헌제 曰: "동탁은 이미 주살 당했지요."

조조가 큰 소리로 다시 말하기를: "동탁이 아니라, 동승 말이오,

동승!"

헌제가 벌벌 떨면서 말하기를: "짐은 모르는 일이오."

조조 曰: "손가락을 깨물어 피로 쓴 조서를 벌써 잊었단 말이오?"

헌제는 대답할 수가 없었다.

조조는 무사를 불러 동 귀비를 잡아오도록 했다.

헌제가 조조에게 사정하기를: "동비는 지금 회임한 지 다섯 달이 되었소. 승상께서는 부디 가엽게 여겨 주시오."

조조 曰: "만약 하늘이 돕지 않았다면 나는 이미 죽은 목숨인데 어찌 이 계집을 살려두어 후환을 키우겠소."

복 황후 역시 사정하기를: "냉궁(冷宮)으로 내려보냈다가 몸이나 풀고 나서 죽여도 늦지 않을 것이오."

조조 曰: "역적의 씨를 남겨 두어 훗날 제 어미의 원수를 갚게 하란 말이오?"

동 귀비가 울면서 사정하기를: "나를 죽이되 부디 시신이나마 온전히 보전하게 해 주시오."

조조는 즉시 흰 비단을 가져오게 했다.

황제가 울면서 동 귀비에게 말하기를: "부디 황천에 가더라도 짐을 원망하지는 마시오!"

더 이상 말을 잇지 못한 황제는 눈물을 비 오듯 흘렸다. 복 황후 역시 대성통곡을 했다.

조조가 화를 내며 말하기를: "일개 아녀자처럼 이게 무슨 꼴들이오!"

조조는 무사들에게 끌고 나가 그녀를 궁문 밖에서 목 졸라 죽이라고 명령했다.

후세 사람이 동 귀비의 죽음을 탄식하여 시를 지었으니:

봄날 궁전에서 받은 성은도 허망하게 春殿承恩亦枉然
용종도 동시에 죽게 되니 애통하구나 傷哉龍種并時捐
당당한 황제의 권위로도 구하지 못해 堂堂帝主難相救
소매로 얼굴 가리니 눈물만이 샘솟네 掩面徒看淚湧泉

조조는 궁궐을 지키는 감독자를 불러 엄명하기를: "지금 이후로 황제의 종친과 외척은 어느 누구라도 내 허락 없이 궁문을 들어오는 자는 즉시 목을 베도록 하라! 궁문을 엄하게 지키지 않은 자도 같은 죄로 처벌할 것이다."

조조는 또 심복 3천 명을 어림군(御林軍)으로 엄선하여 뽑아, 조홍으로 하여금 통솔하게 하여 황궁을 지키고 단속하도록 했다.

조조가 정욱에게 말하기를: "동승의 무리는 주살되었지만, 아직 마등과 유비의 무리는 남아 있지 않는가? 이들 역시 반드시 제거해야 하지 않겠나?"

정욱 曰: "마등은 군사를 서량(西凉)에 주둔하고 있어서 공격하기가 쉽지 않습니다. 먼저 서신을 보내 그를 위무함으로써 의심하지 않게 한 후에 서도로 유인해 와서 잡으면 될 것입니다.

유비는 지금 서주에서 군사들을 세 곳으로 나누어 기각지세(掎角之勢)를 이루었으니, 그 또한 가벼이 칠 수 없습니다. 더욱이 지금은 원소가 관도(官渡)에 군사를 주둔시켜 놓고 호시탐탐 허도를 넘보고 있습니다. 만약 우리가 동쪽으로 서주를 치러 간다면 유비는 반드시 원소에게 구원을 청할 것이고, 원소는 우리의 빈틈을 이용하여 허도를 습격할 테니, 그렇게 되면 어떻게 대처하시겠습니까?"

조조 曰: "아니, 내 생각은 좀 다르오. 유비는 보통내기가 아니오. 지금 치지 않고 내버려 두었다가 그 날개가 다 생겨날 때까지 기다린다면,

그때 가서는 참으로 도모하기 어려울 것이오. 원소는 비록 그 세력이 강하다고는 하나, 원래 천성이 의심이 많아 제때 결단을 내리지 못하는 위인이라 오히려 근심할 게 못 되오."

이런 논의를 한창 하고 있는데 곽가가 들어왔다.

조조가 곽가에게 다시 묻기를: "동쪽의 유비를 치려고 하는데 그 틈에 원소가 허도를 급습하지 않을까 걱정되네. 자네 생각은 어떤가?"

곽가 曰: "원소는 결단이 늦고 의심이 많은데다, 수하의 모사들은 지나치게 서로 시기가 많으므로 걱정할 필요가 없습니다. 그리고 유비는 군사를 새로 정돈한 지 얼마 안 되어 아직은 오합지졸에 불과합니다. 만약 승상께서 군사를 이끌고 가시면 한 차례의 싸움으로도 능히 이길 수 있을 것입니다."

조조는 크게 기뻐하며 말하기를: "역시 내 생각과 다름이 없구먼!"

마침내 조조는 20만 명의 대군을 일으켜 군사를 다섯 길로 나누어 서주로 향했다.

유비의 정탐꾼이 이런 사실을 파악하여 즉시 서주에 알렸다. 손건이 먼저 하비성으로 가서 관운장에게 알리고, 다시 소패로 가서 현덕에게 보고했다.

현덕은 손건과 계책을 상의하면서 말하기를: "이번에는 원소에게 구원을 청해야만 위기에서 벗어날 수 있지 않겠소?"

현덕은 즉시 서신을 써서 손건에게 주어 하북으로 보냈다. 손건은 먼저 전풍을 찾아가 상황을 자세히 설명한 다음, 원소 뵙기를 청했다. 전풍은 즉시 손건을 데리고 가서 원소를 만나게 해 주니, 손건은 유비의 서신을 원소에게 올렸다. 그런데 오늘따라 원소의 얼굴이 초췌하고 의관조차 단정하지 못했다.

전풍 曰: “오늘 주공께서 무슨 일이 있으시옵니까?”

원소 曰: “죽고 싶은 심정이오.”

전풍 曰: “어찌 그런 말씀을 하십니까?”

원소 曰: “내 아들 다섯 중에 그래도 막내가 나를 가장 즐겁게 해 주었는데, 글쎄 그 애가 지금 옴에 걸려서 다 죽어가니, 내가 무슨 기분으로 다른 일을 의논할 경황이 있겠소?”

전풍 曰: “지금 조조가 동으로 현덕을 치러 떠나 허도가 텅 비었습니다. 이 틈에 만약 우리가 군사를 거느리고 가서 공격을 한다면 위로는 황제를 보호해 드리고 아래로는 만백성을 구할 수 있습니다. 이는 좀처럼 얻기 어려운 절호의 기회이니 명공께서 결단을 내려 주십시오.”

원소 曰: “나도 좋은 기회인 줄은 알고 있네. 하지만 지금 내 마음이 어수선하여 갈피를 잡을 수 없으니, 군사를 일으키는 건 아무래도 이롭지 못할 것 같네.”

전풍 曰: “무엇 때문에 마음이 어수선하십니까?”

원소 曰: “다섯 아이 중 막내가 남달리 뛰어났는데, 만에 하나 잘못되기라도 하는 날에는 나도 죽은 목숨이나 마찬가지네.”

원소는 끝내 군사를 보내지 않기로 마음을 먹었다. 그러고는 손건에게 말하기를: “그대는 돌아가서 현덕에게 내 처지를 잘 말씀드리시오. 그리고 만약 사정이 여의치 않거든 나를 찾아오라고 하시오. 내 달리 도와줄 방도가 있소.”

전풍은 지팡이로 땅을 치며 말하기를: “이보다 더 좋은 기회는 다시는 찾아오지 않을 텐데, 한낱 어린애 병 때문에 이를 놓쳐 버리다니, 참으로 애석하구나!”

그는 발을 동동 구르며 탄식을 하면서 밖으로 나갔다.

원소가 군사를 일으키려 하지 않는다는 것을 확인한 손견은 어쩔 수 없이 밤을 새워 소패로 돌아와 현덕에게 사정을 자세히 설명했다.

현덕이 크게 놀라며 말하기를: "이제 어찌하면 좋겠는가?"

장비 曰: "형님, 걱정 마시오. 조조의 군사들은 멀리서 오느라 지쳐있을게요. 그러니 그들이 도착하자마자 우리가 먼저 그들의 영채를 기습하면 틀림없이 조조를 깨트릴 수 있을 거유."

현덕 曰: "내 평소 자네를 그저 용감한 사내로만 알았거늘, 앞서 유대를 사로잡을 때도 계교를 쓰더니, 이번에도 이런 계책을 내놓았는데, 이 역시 병법에 맞는 것이다."

그러고는 장비의 계교대로 군사를 나누어 조조의 영채를 기습 공격하기로 했다.

한편 조조는 군사를 이끌고 소패를 향해 가고 있었다. 그런데 갑자기 광풍이 일더니 우렁찬 소리와 함께 대장기 하나가 바람에 부러졌다. 조조는 즉시 군사의 행진을 멈추게 하고 급히 모사들을 불러 어떤 길흉의 징조인지를 물었다.

순욱 曰: "바람이 어느 쪽에서 불었습니까? 그리고 부러진 깃발은 무슨 색입니까?"

조조 曰: "바람은 동남쪽에서 불었고, 부러진 깃발은 모퉁이에 있는 청홍 두 색깔의 대장기네."

순욱 曰: "특별한 일은 아니고 오늘 밤에 유비가 우리 영채를 기습해 올 조짐입니다."

조조가 말없이 고개를 끄덕이는데, 그때 모개(毛玠)가 들어와서 조조에게 묻기를: "방금 동남풍이 불어와 청홍 대장기 하나가 부러졌는데 주공께서는 무슨 조짐이라고 생각하십니까?"

조조 曰: "공의 생각은 어떤가?"

모개 曰: "어리석은 소견이지만 오늘 밤 누군가 우리 영채를 기습해 올 것 같습니다."

후세 사람이 이 일을 두고 탄식하며 지은 시가 있으니:

아아 황실의 후예가 세력이 고궁한지라　　吁嗟帝冑勢孤窮
군사를 나누어 습격해 공을 세우려는데　　全仗分兵劫寨功
어이하여 깃발 부러져 조짐을 보여주고　　爭奈牙旗折有兆
하늘은 무슨 까닭에 간웅을 내버려두나　　老天何故縱奸雄

조조 曰: "하늘이 나에게 알려주는데 당연히 방비를 해야지."

조조는 군사를 아홉 개로 나누어 한 부대만 앞으로 나아가 빈 영채를 세우고 나머지 여덟 개 부대는 모두 매복시켜 놓았다. 이날 밤은 달빛이 유난히 희미했다. 현덕은 왼쪽에, 장비는 오른쪽에 각각 군사를 두 노선으로 나누어 진군하고, 손건만 소패에 남겨 두었다.

장비는 자신의 계책이 들어맞을 것이라고 확신하고 있었으므로 가볍게 무장한 날쌘 기병들을 앞장세우고 조조의 영채를 그대로 들이쳤다. 그러나 막상 들어가 보니 뜻밖에 영채가 드문드문 있을 뿐 군사들도 별로 보이지 않았다.

그때 갑자기 사방에서 불빛이 번쩍이며 함성이 터져 나왔다.

계략에 걸려들었음을 깨달은 장비가 급히 영채 밖으로 빠져나왔다. 나와서 보니 동쪽에서는 장료가, 서쪽에서는 허저가, 남쪽에서는 우금이, 북쪽에서는 이전이, 동남쪽에서는 서황이, 서남쪽에서는 악진이, 동북쪽에서는 하후돈이, 서북쪽에서는 하후연이, 이렇게 팔방에서 군사들이 쳐들어왔다.

장비는 좌충우돌하며 앞을 막고 뒤를 끊어가며 닥치는 대로 싸웠다.

하지만 그가 거느린 군사들은 원래 조조 수하에 있던 군사들이므로 사태가 이미 위급해진 것을 보고 모조리 투항해 버렸다.

장비가 정신없이 싸우다가 서황과 마주쳐 한판 크게 싸우고 있는데 뒤에서 악진이 쫓아왔다. 장비는 죽을힘을 다해 혈로를 뚫고 간신히 포위망을 돌파하여 달아났다. 그를 따르는 수하는 겨우 수십 기에 불과했다. 장비는 소패로 돌아가려 했으나 그곳으로 가는 길은 이미 끊긴 뒤였고, 서주나 하비로 가고 싶었으나 그 길 역시 조조의 군사들이 그냥 놔둘 리가 없었다. 아무리 생각해도 갈 곳이 없다고 생각한 장비는 어쩔 수 없이 망탕산(芒碭山)을 향해 말을 달렸다.

그때 현덕도 영채를 습격하려고 군사를 이끌고 막 영채 문 가까이에 이르렀을 때, 갑자기 함성 소리가 진동하면서 뒤에서 한 무리의 군사들이 뛰쳐나와, 현덕의 군사의 중간을 차단해 버렸다. 이어서 하후돈과 마주친 현덕은 겨우 포위망을 뚫고 달아나려는데, 뒤에서 또 하후연이 쫓아왔다. 현덕이 고개를 돌려보니 그를 따라오는 자신의 군사는 겨우 30여 명 뿐이었다. 현덕은 급히 소패로 가려고 했으나 소패성 안에서 불길이 치솟고 있는 것이 보였다. 하는 수 없이 소패를 포기하고 서주나 하비로 가려고 했지만, 그쪽은 이미 조조의 군사들이 산과 들을 덮고 있었다.

아무리 궁리해 보아도 돌아갈 곳이 없다고 생각되던 그때 문득 떠오르기를: "원소가 한 말이 있다! '사정이 만약 여의치 않거든 나에게 오시오.' 그래, 잠시 가서 몸을 의탁하여 달리 좋은 방도를 찾아보는 게 좋겠다."

현덕은 곧바로 청주를 향해 달려갔다. 바로 그때 길을 막고 있는 이전과 마주쳤다. 현덕은 뒤따르던 군사들도 모두 버린 채, 큰 길을 포기하고 혼자서 들판으로 뛰어들어 정신없이 북쪽을 향해 도망쳤다. 이전은 그를 따르던 기병들만 사로잡아 돌아갔다.

필마단기로 하루에 3백 리를 달려서 청주성 밑에 도착한 현덕은 문을 열라고 소리쳤다. 문지기가 이름을 묻고 자사에게 보고했다. 자사는 원소의 장남 원담(袁譚)이었다.

원담은 평소 현덕을 존경하고 있었는데, 그가 혼자 왔다는 말을 듣고 즉시 성문을 열고 나가서 영접을 했다. 원담은 현덕을 공관으로 모시고 들어가서 찾아온 까닭을 자세히 물었다. 현덕이 싸움에 패하여 잠시 몸을 의탁하러 오게 된 뜻을 설명했다. 원담은 현덕을 관사에 머물게 하고, 부친 원소에게 서신을 보내는 한편 자신의 군사들로 하여금 평원 경계까지 현덕을 호송토록 했다.

원소는 직접 군사를 이끌고 업성(鄴城) 30리 밖까지 나와서 현덕을 영접했다. 현덕이 고맙다고 인사를 하자 원소는 얼른 답례하면서 말하기를: "지난번에 막내 아이가 병이 나서 구원해 드리지 못해 여태까지 마음이 편치 않았소. 이제 다행히 만나 뵙게 되어 평생 간절히 그리던 마음에 큰 위안이 되었소이다."

현덕 曰: "외롭고 곤궁한 처지의 이 비는 오래 전부터 명공의 문하에 몸을 의탁하고자 했지만 연이 닿지 않아 이렇게 늦었습니다. 지금 조조의 공격으로 처자도 모두 그들의 수중에 있는데, 장군께서 사방의 인사를 모두 받아 주신다기에 창피함을 무릅쓰고 이렇게 찾아왔습니다. 거두어 주시면 맹세코 그 은혜에 보답하겠습니다."

원소는 크게 기뻐하며 그를 매우 후하게 대접하고 함께 기주에서 지냈다.

한편 조조는 그날 밤 소패를 취하고, 이어서 소주를 공격하니 미축·간옹은 더 이상 버티지 못하고 성을 버리고 달아날 수밖에 없었다. 진등이 조조에게 서주를 바치고 조조는 대군을 이끌고 성 안으로 들어가 먼저 백성들을 안심시킨 후 모사들을 불러 모아 하비성을 취할 방도를 의논했다.

순욱 曰: "운장은 지금 현덕의 처자를 보호하고 있어, 하비성을 죽음으로 지키려 할 것입니다. 속히 공격하지 않으면 원소에게 빼앗길 수도 있습니다."

조조 曰: "나는 오래전부터 운장의 무예와 그의 사람됨을 아껴왔소. 이번에 그를 얻어 내 사람으로 거두고 싶으니, 사람을 보내 항복을 권해 보는 게 좋을 듯 싶소."

곽가 曰: "운장은 원래 의리를 중히 여기는 자라 결코 항복하려고 하지 않을 것입니다. 사람을 보내 설득하려 했다가 오히려 해를 입을 수도 있습니다."

이때 휘하의 한 사람이 나서며 말하기를: "제가 관공과는 일면식이 있으니, 한번 가서 설득해 보겠습니다."

그는 바로 장료였다.

정욱 曰: "문원(文遠: 장료)이 비록 운장과 아는 사이라고 하지만, 내가 장담하건데 그는 절대 말로 설득 당할 사람이 아닙니다. 제게 한 가지 계책이 있으니 이 사람들을 이용하여 그를 진퇴양난의 상황으로 몰고 간 다음, 문원을 시켜서 설득하게 한다면 그는 틀림없이 승상께 돌아올 것입니다."

이야말로:

맹호를 사냥하기 위해 덫 정비하고 整備窩弓射猛虎
자라 낚으려고 좋은 미끼 준비하네 安排香餌釣鰲魚

그 계책이 어떤 것인지 궁금하거든 다음 회를 기대하시라.

제 25 회

관공은 토산에서 약속 세 개 받아 내고
백마현에서 포위 뚫어 조조를 구해주다

屯土山關公約三事

救白馬曹操解重圍

정욱이 계책을 말하기를: "운장은 만 명을 혼자 능히 대적할 수 있는 장수라 지모를 쓰지 않고는 잡기가 어렵습니다. 지금 유비 수하의 투항해 온 병사들을 하비성으로 보내, 관공에게 도망쳐 돌아왔다고 말하고, 성 안에서 내응하도록 하십시오. 그런 뒤에 운장을 밖으로 싸우러 나오도록 하여, 싸우다가 패한 척 달아나서 그를 다른 곳으로 유인한 뒤, 정예병들로 하여금 그의 퇴로를 차단하도록 하십시오. 그런 다음에 설득하면 천하의 관운장도 어쩔 수 없을 것입니다."

조조는 정욱의 계책에 따라 즉시 서주에서 항복한 군사 수십 명에게 곧장 하비로 가서 관공에게 투항해 왔다고 말하게 했다. 관우는 그들이 옛 군사들이라 조금도 의심을 하지 않고 성 안에 머물게 했다.

다음 날 하후돈을 선봉으로 군사 5천 명을 이끌고 가서 싸움을 걸었다. 관공이 싸움에 응하지 않자, 하후돈은 군사를 시켜 성문 아래에서 심한 욕설을 퍼붓게 했다. 몹시 화가 난 관공은 군사 3천 명을 이끌고 성 밖으로 나와서 하후돈과 싸웠다. 하후돈은 관공과 십여 합을 싸운 뒤 말을 돌려 달아났다. 관공이 뒤를 쫓아오면 잠시 싸우는 척하다 다시 달아나기를 되풀이 했다. 약 20여 리나 쫓아가던 관공은 문득 하비성이 잘못될까 염려되어 곧바로 군사를 되돌렸다.

바로 그때 포성이 울리면서 왼쪽에서는 서황이, 오른쪽에서는 허저가 나타나, 양쪽에서 돌아가는 길을 막아 버렸다. 관공이 간신히 길을 뚫고 달아나려는데 양쪽에서 숨어있던 복병들이 쇠뇌 1백여 개를 벌여 놓고 화살을 쏘아대는데 마치 메뚜기 떼가 날아오는 것 같았다. 관공은 도저히 지나갈 수가 없어서 결국 군사들을 돌리자 다시 서황과 허저가 달려들었다. 관공이 있는 힘을 다해 그 둘을 물리치고 군사들을 이끌고 하비성으로 돌아가려고 했다. 그러자 이번에는 또 하후돈이 길을 막아 섰다.

관공은 날이 저물 때까지 싸웠으나 돌아갈 길을 찾지 못하고 결국 토산(土山)으로 올라가서 산꼭대기에 군사를 주둔시켜 놓고 잠시 숨을 돌리고 있었다. 그러자 조조의 군사는 토산을 겹겹이 포위했다.

관공이 토산 위에서 멀리 하비성을 바라보니 성 안에서 불길이 하늘까지 치솟고 있었다. 사실 이 불은 정욱의 계략에 의해 도망 온 체하고 하비성에 들어간 군사들이 성문을 몰래 열어 주어, 조조가 직접 대군을 이끌고 성 안으로 쳐들어가서 관공의 마음을 흔들어 놓기 위해 불을 피운 것이었다. 관공은 하비성이 불타는 것을 보고 당황하여 어찌할 바를 몰랐다. 밤중이지만 급한 마음에 몇 번이나 산 아래로 내려가려고 했지만, 그때마다 화살을 비 오듯 마구 쏘아대니 다시 올라오곤 했다.

새벽녘이 되어 다시 군사를 수습하여 산을 내려 가려는 그때, 갑자기 한 사람이 말을 타고 산 위로 올라오는 것이 보였다. 바로 그는 장료였다.

관공이 그를 보며 말하기를: "문원이 나랑 싸우러 온 것인가?"

장료 曰: “아니오. 옛정이 생각나서 일부러 찾아 온 것이오.”

장료는 칼을 버리고 말에서 내려 관공과 인사를 나눈 뒤, 함께 산 정상에 앉았다.

관공 曰: “문원이 나를 설득하러 온 것이오?”

장료 曰: “아닙니다. 이전에 형께서 이 아우를 구해 주셨는데, 오늘은 아우가 형을 구해 드려야 하지 않겠습니까?”

관공 曰: “그렇다면 문원이 나를 도와주겠다는 말이오?”

장료 曰: “그 역시 아니지요.”

관공 曰: “나를 도와주려는 것이 아니라면, 여기 와서 대체 무얼 하겠다는 거요?”

장료 曰: “현재 현덕과 익덕의 생사도 모르고 있습니다. 어젯밤 조공은 이미 하비성을 함락시켰으나 군사들과 백성들은 모두 무탈합니다. 그리고 사람을 보내서 현덕 공의 가솔들을 보호하며 놀라게 하거나 소란을 피우지 못하게 했습니다. 이처럼 대우해 주고 있다는 것을 이 아우가 형께 알려드리려고 왔습니다.”

관공이 화를 내며 말하기를: “이 말은 어떻게든 나를 설득해 보겠다는 것이 아니면 무엇인가! 내 지금은 비록 궁지에 몰려 있으나, 나는 죽는 것을 그저 고향에 돌아가는 것으로 여기는 사람이다. 그러니 자네는 당장 돌아가라. 내 곧 산을 내려가 맞서 싸울 것이다.”

장료가 큰 소리로 웃으며 말하기를: “형이 그리 말씀하시면 천하의 웃음거리만 된다는 것을 어찌 모르시오!”

관공 曰: “내가 충성과 의리를 위해 죽겠다는데 어찌 천하의 웃음거리가 된단 말이냐?”

장료 曰: “형께서 지금 죽으시면 그 죄가 세 가지나 됩니다.”

관공 曰: “세 가지 죄라니, 한번 들어나 보세.”

장료 曰: “당초에 유 사군과 형이 도원에서 결의를 맺으실 때, 생사를 함께 하기로 맹세했지요. 사군께서는 이번 싸움에 다만 패했을 뿐인데, 형이 먼저 죽으면, 사군께서 다시 오셔서 형을 구출하고 싶어도 그렇게 할 수 없으니, 이 어찌 당년의 맹세를 저버리는 것이 아니겠습니까? 이것이 그 첫 번째 죄입니다. 그리고 유 사군께서 형에게 그의 가솔들을 부탁했는데 형이 지금 싸우다 죽으면, 두 부인은 의지할 때가 없습니다. 이는 도리어 사군께서 형에게 부탁한 임무을 포기한 것이니, 이것이 두 번째 죄입니다. 또한 형님은 무예가 어느 누구보다 출중할 뿐만 아니라 경서와 사기도 통달하신 분으로, 사군과 함께 한 황실을 바로 잡아 세우실 생각을 하지 않고, 부질없이 물불 가리지 않고 뛰어들어 한낱 필부의 용맹만 보이신다면, 이것이 어찌 의로운 행동이라고 할 수 있겠습니까? 이것이 그 세 번째 죄입니다. 형께서 이 세 가지 죄를 지으려고 하시는데, 목숨을 신세진 이 아우가 어찌 보고만 있을 수 있겠습니까?”

관공이 한참을 생각하다 드디어 입을 열기를: “자네는 내가 세 가지 죄를 짓는다고 했는데, 그럼 나더러 어쩌란 말인가?”

장료 曰: “지금 사방에는 모두 조조의 군사들뿐이니 형이 만약 투항하지 않으면 반드시 죽게 될 것이오. 헛되이 죽으면 무슨 소용이 있겠습니까? 차라리 일단 조공에게 항복한 다음 유 사군의 소식을 알아보고, 어디 계신지 알게 되면 즉시 찾아가면 되지 않습니까? 이렇게 하시면 첫째, 두 부인을 보호할 수 있고 둘째, 도원결의를 지킬 수 있으며 셋째, 장차 의로운 일을 도모하기 위하여 유용한 몸을 보전할 수 있습니다. 이렇게 세 가지 좋은 점이 있으니 형께서 잘 생각해 보십시오.”

관공 曰: “자네가 나에게 세 가지 좋은 점을 말했으니, 나도 세 가지 조건이 있네. 만약 승상께서 이를 다 들어준다면 나는 즉시 갑옷을 벗겠지만 들어주지 않는다면 나는 세 가지 죄를 다 지을망정 싸우다 죽을 것이네."

장료 曰: "승상께서는 도량이 넓으신 분인데 어찌 들어주지 않겠소? 그 세 가지를 저에게 말해 주십시오."

관공 曰: "첫째, 나는 황숙과 함께 한 황실을 일으키기로 맹세를 했네. 나는 지금 단지 황제에게 항복한 것이지 조조에게 항복한 것이 아니네. 둘째, 두 분 형수님께 황숙의 녹봉을 주시어 부양하되 상하 어느 누구도 문 안으로 들어가지 못하게 하시게. 셋째, 유 황숙이 계신 곳을 알게 되면 그곳이 천리든 만리든 가리지 않고 조조를 떠나 황숙에게 갈 것이네. 이 세 가지 가운데 어느 한 가지라도 빠진다면 나는 결코 항복하지 않을 것이네. 문원은 속히 가서 조조의 회답을 받아오시게."

장료는 그리하겠다고 대답하고 즉시 말에 올라 돌아가서 조조에게 먼저 관공이 한 황실에 항복한 것이지 조공에게 항복한 것이 아니라고 한 것을 말했다.

조조는 웃으면서 말하기를: "나는 한나라의 승상이다. 그러니 한은 곧 내가 아니냐. 그 요구는 들어줄 수 있다."

장료가 또 말하기를: "두 부인에게 황숙의 녹봉을 내려주시고, 어느 누구도 일체 문 안에 들어가지 못하게 해야 한다고 했습니다."

조조 曰: "황숙의 녹봉에 내가 그만큼 더 올려 두 배 줄 것이다. 내외를 엄히 금하는 것이 가법(家法)이거늘 또 무엇을 의심하겠는가?"

장료가 다시 말하기를: "현덕의 소식을 알면 아무리 멀리 있어도 반드시 찾아가겠다고 합니다."

조조가 머리를 흔들며 말하기를: "그건 아니지, 그렇다면 내가 뭣 때문에 운장을 거두어 쓰려고 하겠느냐? 이것은 도저히 들어줄 수 없다."

屯土山關公約三事

장료 曰: "승상께서는 '예양(豫讓)의 중인국사지론(衆人國士之論)'[17]을 들어보지 못했습니까? 현덕이 운장을 대하는 것은 단지 후하게 베푸는 것에 불과하니, 승상께서 그보다 더 후하게 은혜를 베푸시어 운장의 마음을 사로잡는다면 운장이 어찌 복종하지 않겠습니까?"

조조 曰: "문원의 말이 지당하다. 내 그 세 가지 조건을 모두 들어주겠다."

장료가 다시 산 위로 올라가서 관공에게 조조의 말을 전했다.

관공 曰: "기왕에 일이 이렇게 되었으니, 승상께 잠시 군사를 물리라 이르시오. 내 성 안으로 들어가서 두 형수님께 이런 사실을 알린 연후에 기꺼이 투항하겠소."

장료가 다시 돌아와서 조조에게 이 말을 전하니 조조는 즉시 군사를 30리 밖으로 물리라고 명령했다.

순욱 曰: "안 됩니다. 속임수일 수도 있습니다."

조조 曰: "운장은 의리가 있는 장수이니 신의를 저버리지는 않을 것이다."

조조가 곧 군사를 뒤로 물리자, 관공은 군사를 이끌고 하비성으로 들어가서 백성들이 모두 동요하지 않고 안정된 모습임을 확인하고, 두 분 형수님을 뵈러 부중으로 들어갔다.

감·미 두 부인은 관공이 돌아왔다는 소식을 듣고 급히 나와서 맞이했다.

---

17 예양은 춘추시대 말기 진(晉)나라의 자객임. 예양은 처음에 중행씨(中行氏)를 섬기다 나중에 지백(智伯)의 가신이 되었음. 지백이 조양자(趙襄子)에게 망하자 주인의 복수를 하려다 발각되어 조양자에게 잡혀 죽고 말았음. 예양이 죽기 전 조양자가 묻기를 "중행씨가 죽을 때는 너는 그를 위해 복수하려 하지 않았거늘, 왜 지백이 죽으니 그를 위해 복수하려 했느냐?" 이에 예양이 대답하기를 "중행씨는 나를 보통 사람(衆人)으로 대해 주었으니 나도 그를 보통 사람으로 보답했을 뿐이고 지백은 나를 특별한 인재(國士)로 대접했으니 나도 그를 국사답게 보답하려는 것이다." 하였음. 역자 주.

관공은 계단 아래에서 절을 하고 말하기를: "두 분 형수님을 놀라시게 한 것은 모두 저의 죄입니다."

두 부인 曰: "황숙께서는 지금 어디에 계십니까?"

관공 曰: "어디로 가셨는지 지금으로서는 알 길이 없습니다."

두 부인 曰: "둘째 아주버님께서는 이제 어찌하실건가요?"

관공 曰: "제가 성에서 나가 죽기로 싸웠지만 결국 토산에서 포위당하고 말았습니다. 장료가 제게 투항하기를 권하기에 제가 세 가지 조건을 약조해 주면 투항하겠다고 했습니다. 그랬더니 조조가 다 들어주겠다고 하면서 군사도 뒤로 물려주어 제가 성 안으로 들어오게 된 것입니다. 하지만 두 분 형수님의 의견을 듣지 않고서는 감히 제멋대로 결정할 수가 없었습니다."

두 부인이 묻기를: "세 가지 약조가 무엇입니까?"

관공은 앞에서 말한 세 가지 약조를 두 부인께 자세히 설명했다.

감 부인 曰: "어제 조조의 군사가 성 안으로 들어오기에 우리는 모두 틀림없이 죽었구나 생각했는데, 뜻밖에 군사 한 명도 들여보내지 않고 털끝 하나 건드리지 않았습니다. 아주버님께서 이미 승낙하셨으면 그만이지 우리 두 사람에게 물어볼 필요가 어디 있겠어요? 다만 훗날 조조가 아주버님을 황숙께 보내 주지 않을까 그게 염려되네요."

관공 曰: "형수님, 그것은 염려하지 마세요. 제게 다 생각이 있습니다."

두 부인 曰: "그렇다면 아주버님께서 알아서 하세요. 무슨 일이든 우리에게 물어보실 필요 없습니다."

두 부인께 인사를 하고 물러나온 관공은 곧바로 기병 수십 명을 이끌고 조조를 만나러 갔다. 조조는 원문 밖까지 나와서 맞이했다. 관공이 말에서 내려 절을 올리자 조조가 황급히 답례의 인사를 한다.

관공 曰: "패장을 죽이지 않은 깊은 은혜를 입었습니다."

조조 曰: “내 평소 운장의 충의를 흠모해 왔는데, 오늘 다행히 이렇게 만나 보게 되니 평생소원이 이루어진 듯하오이다.”

관공 曰: “문원이 제 대신 아뢴 세 가지 일을 승상께서는 부디 신의를 지켜주십시오.”

조조 曰: “내 이미 약속했는데, 어찌 신의를 지키지 않겠소?”

관공 曰: “이 몸은 황숙이 계신 곳을 알게 되면 물불 가리지 않고 어디든지 반드시 찾아갈 것입니다. 그때 혹시 하직 인사를 못 드리고 떠나더라도 너그럽게 용서해 주시기 바랍니다.”

조조 曰: “현덕이 만약 살아 계시다면 당연히 공을 보내 드려야지요. 다만 전란 중에 돌아가셨을까 봐 염려되오. 공은 당분간 느긋하게 마음을 먹고 사방으로 수소문하여 알아보도록 하시오.”

관공은 절을 올려 사례를 했다. 조조는 연회를 베풀어 대접했다.

다음 날 조조는 군사를 철수하여 허도를 향해 출발했다. 관공은 수레를 준비하여 두 형수를 태우고 직접 수레를 호위하며 갔다. 가는 도중 역참에서 묵어가게 되었을 때, 조조는 현덕과 관공간의 군신의 예를 어지럽힐 속셈으로 관공과 두 부인을 한방에 들게 했다. 그러나 관공은 촛불을 밝혀 들고 문밖에 서서 밤을 지새우는데도 전혀 피곤한 기색을 보이지 않았다. 관공의 그런 태도를 본 조조는 더욱 존경하고 탄복했다.

허도로 돌아온 조조는 저택 한 채를 관공에게 내주어 거주하도록 했다. 관공은 그 집을 안채와 바깥채로 나누어, 안채는 늙은 병사 열 명을 배치하여 지키도록 하고 자신은 바깥채에 기거했다.

조조가 관공을 데리고 입궐하여 헌제를 알현하니 헌제는 그를 편장군(偏將軍)으로 봉했다. 관공은 황제의 은혜에 감사의 절을 하고 집으로 돌아왔다.

다음 날 조조는 부중에서 성대한 연회를 베풀어 여러 모신(謀臣)들과 장수들을 한자리에 불러 모으고, 관공을 귀빈으로 대우하여 상좌에 앉혔다. 또한 비단과 금과 은으로 만든 온갖 그릇들을 선물했는데, 관공은 그런 것들을 모조리 두 형수께 보내 주어 간수하도록 했다.

관공이 허도로 돌아온 이후로 조조는 그를 극진히 대접했다. 사흘에 한 번은 작은 연회를 베풀고, 닷새에 한 번은 큰 연회를 베풀어 주었다. 또한 관공 곁에 시중을 들도록 미녀 열 명을 보내 주었다. 그러나 관공은 그들을 모두 안으로 들여보내서 두 형수를 모시게 했으며, 사흘에 한 번은 꼭 안채 문밖에 서서 예를 표하며 삼가 여쭙기를: "두 형수님 편안하신지요?"

두 형수는 그에게 황숙의 소식을 묻고 나서 말하기를: "아주버님, 저희를 편히 대해 주세요!"

그제야 비로소 관공은 밖으로 물러나오곤 했다. 조조는 이런 말을 듣고 탄복을 금치 못했다.

하루는 관공이 입고 있던 녹색 전포가 낡은 것을 본 조조가 그의 몸 치수를 짐작하여 귀한 비단으로 전포 한 벌을 만들어 선물했다. 관공은 그 전포를 받아 입고, 그 위에 다시 낡은 전포를 걸쳐 입었다.

조조가 웃으면서 말하기를: "운장은 어찌 이처럼 검소하시오?"

관공 曰: "제가 검소해서 그런 것이 아니오라, 이 낡은 전포는 유 황숙께서 주신 것인데, 저는 이걸 입고 있으면 마치 형님의 얼굴을 보는 듯합니다. 승상께서 주신 새것 때문에 감히 형님께서 주신 옛것을 잊어버릴 수는 없습니다. 그래서 위에다 입은 것입니다."

조조가 감탄하며 말하기를: "관공은 참으로 의리가 있는 사람이구려!"

조조는 입으로는 비록 칭찬하고 부러워했지만, 속으로는 그리 즐거울 수만은 없었다.

하루는 관공이 부중에 있는데 갑자기 안채에서 보고가 들어오기를: "두 부인께서 땅에 엎드려 대성통곡을 하고 있는데 도무지 무슨 이유인지 모르겠습니다. 장군께서 속히 들어가 보셔야 할 것 같습니다."

관공이 옷을 단정히 입고 안채의 문밖에서 무릎을 꿇고 묻기를: "두 분 형수님께서는 무슨 일로 그리 비통해하십니까?"

감 부인 曰: "지난밤 꿈에 황숙께서 흙구덩이 속에 빠져 계셨습니다. 깨어나서 미 부인과 꿈 이야기를 하다 보니, 아무래도 황숙께서 이미 돌아가신 것만 같아서 그럽니다. 그래서 울었던 것입니다."

관공 曰: "꿈속의 일은 믿을 게 못 됩니다. 이는 형수님께서 형님 생각에만 너무 골몰해서 그런 것이니 너무 심려하지 마십시오."

한창 이야기를 나누고 있을 때 조조가 사람을 보내서 관공을 연회에 초대했다. 관공은 두 형수께 인사를 하고 물러 나와 조조에게 갔다. 관공의 얼굴에 눈물자국이 있는 것을 본 조조가 그 연유를 물었다.

관공 曰: "두 형수님께서 형님을 생각하며 통곡을 하시기에, 저도 모르게 눈물이 나왔나 봅니다."

조조는 웃으면서 좋은 말로 위로하며 연거푸 술을 권했다. 취기가 오른 관공이 수염을 손으로 쓰다듬으며 말하기를: "살아 있지만 나라에 보답도 하지 못하고, 형마저 배반했으니 참으로 한심한 인간이로다."

조조가 그 말은 들은 체도 하지 않고 묻기를: "운장의 수염은 그 수가 얼마나 되오?"

관공 曰: "적어도 수백 가닥은 되겠지요. 해마다 가을이 되면 몇 개씩 빠집니다. 그리고 겨울이 되면 끊어지지 않도록 검은 비단 주머니로 싸고 다니지요."

조조는 비단으로 주머니를 만들어 관공에게 주면서 수염을 잘 보호하라고 했다.

다음 날 아침 조정 회의에서 관공을 본 헌제가 관공의 가슴 부위에 비단 주머니가 드리워진 것을 보고 그것이 뭐냐고 물었다.

관공이 아뢰기를: "신의 수염이 꽤 길어서 승상이 수염을 담아놓도록 만들어 준 주머니이옵니다."

헌제가 그 자리에서 주머니를 벗어 보라고 했다. 과연 운장의 수염은 배 아래까지 처져 있었다.

헌제 曰: "참으로 미염공이로다!(眞美髯公也)"

이 이후로 모든 사람들은 그를 미염공(美髯公)이라고 부르게 되었다.

어느 날 조조가 마련한 연회를 마치고 돌아가려는데 조조가 부중 밖까지 배웅을 나왔다. 관공의 말이 매우 야윈 것을 본 조조가 묻기를: "공의 말이 왜 이리 말랐는가?"

관공 曰: "제 덩치가 꽤 무겁다 보니 말이 저를 감당하기 힘이 들어 늘 이렇게 야위어 있습니다."

조조는 즉시 사람을 불러 말 한 필을 가져오라고 했다. 잠시 후 그가 끌고 온 말은 온몸이 이글거리는 숯처럼 붉었고, 그 형상이 매우 위엄이 있어 보였다.

조조가 손으로 가리키며 말하기를: "공은 이 말을 알아보시겠소?"

관공 曰: "여포가 타던 적토마가 아닙니까?"

조조 曰: "그렇소."

그러고는 안장과 고삐를 관공에게 내주었다.

관공은 거듭 감사의 인사를 했다.

조조가 샐쭉한 표정을 지으며 말하기를: "내가 여러 번 공에게 미인들을 보내고 금과 비단을 보내 주었지만, 공은 나에게 고맙다는 인사를 한 번도 하지 않았는데, 지금 한 필의 말을 받고 그리 기뻐서 두 번씩이나 절을 하니, 공은 어찌 사람은 천하게 여기고 말은 귀하게 여긴단 말이오?"

관공 曰: "이 말은 하루에 천리를 달린다고 들었습니다. 제가 다행히 오늘 이 말을 얻었으니, 만약 형님의 행방을 알게 되면, 하루 만에 달려가서 그 얼굴을 볼 수 있지 않겠습니까?"

조조는 깜짝 놀라 말을 준 것을 후회했다. 관공은 하직 인사를 하고 돌아갔다.

후세 사람이 이를 찬탄하는 시를 지었으니:

위엄이 삼국에서 으뜸가는 영웅호걸이	威傾三國著英豪
한 집을 나누어 거주하니 의기도 높네	一宅分居義氣高
간사한 승상 공연히 예절 차려 대하나	奸相枉將虛禮待
관우가 항복하지 않을 줄 어찌 알겠나	豈知關羽不降曹

조조가 장료에게 묻기를: "내가 운장을 박하게 대접하지 않았는데, 그는 늘 떠나갈 생각만 하고 있으니, 대체 왜 그럴까?"

장료 曰: "제가 운장의 속마음을 알아보겠습니다."

다음 날 장료가 운장을 찾아가 예를 마치고 묻기를: "제가 형을 승상께 천거한 이후 혹시 승상께서 형님께 서운하게 하신 적이 있나요?"

관공 曰: "승상의 후의에 깊이 감사하고 있소. 하지만 내 몸은 비록 여기에 있으나 황숙을 향한 내 마음은 한시도 떠나지를 않는구려."

장료 曰: "형의 말은 옳지 않소. 처세함에 경중을 구분하지 못한다면 장부가 아니오. 현덕이 형을 대함에 있어 틀림없이 승상보다 더하지는 못했을 것인데, 형은 왜 여기를 떠날 생각만 하시오."

관공 曰: "조공께서 나를 너무 과분하게 대해 준다는 것을 어찌 모르겠소. 하지만 나는 유 황숙의 두터운 은혜를 입었을 뿐만 아니라 그와 생사를 같이하기로 맹세했기 때문에 그를 배신할 수는 없소. 내 언제까지 여기에 머물러 있을 수는 없소. 그러나 반드시 공을 세워 조공의 은혜를 갚은 다음에 떠나갈 작정이오."

장료 曰: "만약 현덕이 이미 세상을 떠났다면 공은 어디로 가실 생각이오?"

관공 曰: "지하로라도 형님을 따라가야지요."

장료는 관공을 끝내 붙들어 둘 수 있는 사람이 아님을 알고 물러가겠다고 인사를 한 후 돌아가서 조조에게 사실대로 보고했다.

조조가 탄식을 하며 말하기를: "주인을 섬기되 그 근본을 잊지 않으니, 이야말로 천하의 의사로다(事主不忘其本, 乃天下之義士也)."

순욱 曰: "그가 공을 세운 다음에 떠난다고 했으니, 만약 그가 공을 세우지 못하게 한다면 떠나지 못할 것입니다."

조조는 말없이 그저 고개만 끄덕였다.

한편 원소에게 몸을 의탁하고 있는 현덕은 밤낮으로 마음이 시달려서 괴로워하고 있었다.

원소 曰: "현덕은 어찌하여 늘 괴로워만 하고 계시오?"

현덕 曰: "두 아우의 소식조차 모르고, 처자들은 조조의 손에 잡혀 있습니다. 위로는 나라에 보답하지 못하고, 아래로는 제 집 하나 보전하지 못하고 있으니 어찌 괴롭지 않겠습니까?"

원소 曰: "내 진즉부터 허도를 공격하려던 참인데, 이제 봄이 되어 날씨도 따뜻하여 군사를 일으킬 때가 왔소이다."

원소는 즉시 조조를 칠 계책을 상의했다.

전풍이 간하기를: "지난번 조조가 서주를 치느라 허도가 텅 비었을 때도 출병을 하지 않았습니다. 이제 서주는 이미 조조의 손아귀에 들어

갔고, 그의 군사들의 사기도 높기 때문에 가볍게 대적할 수 없습니다. 서로 대치하면서 저들의 틈이 생기기를 기다렸다가 군사를 움직이는 게 좋을 듯합니다."

원소 曰: "내 생각해 보겠네."

이어서 현덕에게 다시 묻기를: "전풍은 굳게 지키고 있자 하는데 현덕의 생각은 어떠시오?"

현덕 曰: "조조는 황제를 속이는 역적인데, 명공께서 그런 자를 토벌하지 않으시면 천하의 대의를 잃지 않을까 두렵습니다."

원소 曰: "현덕의 말씀이 참으로 옳소이다."

원소가 마침내 군사를 일으키려고 하는데 전풍이 다시 간하니 원소가 화를 내며 꾸짖기를: "너는 문인은 희롱하고 무인은 경시하여 나로 하여금 대의를 잃게 하려는 것인가!"

전풍이 머리를 조아리며 거듭 간하기를: "만약 신의 충언을 듣지 않으시면 출병하더라도 이롭지 않을 것입니다."

원소는 크게 화를 내며 그의 목을 치려고 하니 현덕이 극력 만류하여 그를 옥에 가두어 놓았다.

저수(沮授)는 전풍이 옥에 갇힌 것을 보고 일가친척을 모두 오라고 하여 그의 재산을 모조리 나누어 준 다음, 그들과 작별하며 말하기를: "내가 이번 싸움에 나가서 승리를 하면 더할 나위 없이 좋겠지만, 만약 패한다면 살아서 돌아오지 못할 수도 있다."

사람들이 모두 눈물을 흘리며 그를 떠나보냈다.

원소는 대장 안량(顔良)을 선봉으로 삼아 백마(白馬)를 공격하게 했다.

저수가 간하기를: "안량은 비록 용맹하기는 하나 성격이 편협하므로 그에게 모든 것을 단독으로 처리하게 해서는 안 됩니다."

원소 曰: "나의 상장군은 너희들이 평가할 일이 아니다."

마침내 원소의 대군이 여양(黎陽)을 향해 진군했다. 동군 태수 유연(劉延)이 허도에 위급함을 알렸다. 조조는 급히 군사를 일으켜 적을 막기 위한 의논을 했다.

이 소식을 전해들은 관공은 곧바로 부중으로 들어가서 조조에게 말하기를: "승상께서 군사를 일으키신다는 말을 들었습니다. 제가 선봉에 서고 싶습니다."

조조 曰: "이번 일은 장군의 수고까지 빌릴 만한 것은 아니오. 조만간 무슨 일이 생기면 그때 청하리다."

관공은 물러 나올 수밖에 없었다.

조조는 군사 15만 명을 이끌고 세 부대로 나누어 갔다. 도중에 유연이 연달아 급보를 보내니, 조조는 몸소 군사 5만 명을 거느리고 백마로 가서 토산에 의지하여 영채를 세웠다. 멀리 앞을 바라보니 넓은 들판에 안량의 선봉 부대 정예병 10만 명이 와서 진을 치고 있었다.

조조는 깜짝 놀라서 옛날 여포의 수하 장수 송헌(宋憲)을 돌아보며 묻기를: "자네는 여포의 수하 장수 중 맹장이라고 들었다. 한번 안량과 싸워보겠느냐?"

송헌이 영을 받고 즉시 창을 움켜잡고 말을 몰아 곧바로 적진 앞으로 달려갔다. 칼을 비껴들고 문기(門旗) 아래에 말을 세워 놓고 있던 안량도 고함을 지르며 말을 박차고 달려 나왔다. 불과 3합도 싸우지 않았는데 안량이 손을 들어 칼을 내려치자 송헌의 목은 진 앞에 떨어지고 말았다.

조조가 크게 놀라 말하기를: "참으로 용맹한 장수로다!"

위속 曰: "제 동료를 죽인 원수를 제가 갚겠습니다."

조조가 허락하자, 위속은 창을 들고 말에 올라 곧장 진 앞으로 달려 나가서 안량에게 욕을 퍼부었다. 안량은 아무 대꾸도 하지 않고 달려와서 단 칼에 위속의 머리를 베어 버리고 말았다.

조조 曰: "이번에는 누가 안량을 대적해 보겠느냐?"

조조의 말이 떨어지기 무섭게 서황이 곧바로 뛰쳐나가 안량과 20여 합을 싸웠으나 결국 패하고 돌아왔다. 여러 장수들이 두려워 벌벌 떨었다. 조조가 군사를 거두자, 안량 역시 군사를 뒤로 물렸다.

두 장수를 연달아 잃어버린 조조는 마음이 우울했다.

정욱 曰: "제가 안량을 대적할 만한 인물 하나를 천거하겠습니다."

조조는 그가 누구냐고 물었다.

정욱 曰: "관공이 아니면 안 됩니다."

조조 曰: "나는 그가 공을 세우고 나면 바로 떠나버릴까 봐 두렵소."

정욱 曰: "유비가 만약 살아 있다면, 반드시 원소에게 의탁해 있을 것입니다. 지금 만약 운장으로 하여금 원소의 군사를 쳐부수게 한다면 원소는 틀림없이 유비를 의심하여 죽일 것이니, 유비가 죽고 나면 운장이 또 어디로 가겠습니까?"

조조는 크게 기뻐하며 곧바로 사람을 허도로 보내 관공을 불렀다. 관공은 즉시 안채로 들어가서 두 형수님께 하직 인사를 했다.

두 형수가 말하기를: "숙부님, 이번에 가시거든 황숙의 소식을 좀 알아보세요."

꼭 그리하겠다고 대답하고 물러나온 관공은 청룡도를 들고 적토마에 올라 수행원 몇 명만 데리고 백마로 달려가 조조를 만났다.

조조가 설명하기를: "안량이 연달아 내 장수 두 명을 베었는데 저자의 용맹을 당할 자가 없소. 그래서 특별히 운장을 청하여 상의하는 것이오."

관공 曰: "제가 한번 나가 보겠습니다."

조조가 술상을 내와 대접하려는데 갑자기 안량이 다시 와서 싸움을 건다는 보고가 들어왔다. 조조가 관공을 토산 위로 데리고 가서 형세를 살펴보았다. 조조와 관공은 자리에 앉고 여러 장수들은 빙 둘러 섰다.

조조가 손으로 산 아래의 안량이 쳐놓은 진세를 가리켰다. 기치(旗幟)가 선명하고, 창칼이 숲처럼 포진하고 있는 모습이 당당하고 위엄이 넘쳐 보였다.

조조가 관공에게 말하기를: "하북의 군사들이 저리도 웅장하다오."

관공 曰: "제 눈에는 흙으로 만든 닭이나 질흙으로 구운 개(土鷄瓦犬)로 보이는 데요!"

조조가 다시 손을 가리키며 말하기를: "저기 대장기와 일산 아래 수놓은 전포와 황금 갑옷을 입고 칼을 들고 말 위에 있는 자가 바로 안량이오."

관공이 눈을 들어 한번 바라보고 말하기를: "제가 보기에 안량은 마치 제 목에 가격 표시를 붙여 놓고 팔려 나온 놈 같소이다."

조조 曰: "저놈을 얕보아서는 안 되오."

관공이 일어서며 말하기를: "제가 비록 재주는 없지만 적진 속으로 들어가서 저놈의 목을 베어 와서 승상께 바치겠습니다."

장료 曰: "전장에서 농담은 없소. 운장은 적을 너무 쉽게 보지 마시오."

관공은 분연히 적토마에 올라 청룡도를 손에 쥐고 산 아래로 달려 내려갔다. 봉황의 눈을 부릅뜨고, 누에 눈썹을 곤두세우고 적진으로 달려 들어가자 하북의 군사들은 바닷물이 좌우로 갈라지듯 길을 열어 주었다. 관공은 곧바로 안량에게 달려갔다.

이때 대장기와 일산 아래에 서 있던 안량은 말을 몰아 달려오는 관공에게 무언가 물어보려고 하였는데, 워낙 빠른 관공의 적토마는 이미 그의 코앞에 와 있었다. 안량이 미처 손쓸 겨를도 없이 운장이 손을 들어 내리치는 청룡도에 맞고 말 아래로 떨어졌다.

훌쩍 말에서 뛰어내린 운장은 안량의 머리를 베어 적토마의 목 아래에 매달고 다시 몸을 날려 말에 올라탔다. 그러고는 청룡도를 휘두르며 적진을 뚫고 달려 나오는데 마치 무인지경에 드나드는 것 같았다.

하북의 장수와 군사들은 너무나 놀라 싸우기도 전에 스스로 혼란에 빠져버렸다. 조조의 군사들은 그 틈을 타서 공격을 하니, 원소의 군사들 중 죽은 자의 수는 헤아릴 수도 없었고 빼앗은 말과 병장기 역시 부지기수였다.

관공이 말을 몰아 산 위로 올라가자 모든 장수들이 축하해 주었다. 관공이 안량의 수급을 조조에게 바치자, 조조가 말하기를: "장군은 참으로 신의 경지에 이른 사람이구려!"

관공 曰: "저는 말할 거리도 안 됩니다. 제 아우 장익덕(張翼德)은 백만 명의 적군 속에 뛰어들어가 적장의 머리를 취하는 것을 마치 자신의 주머니에서 물건 꺼내듯이 합니다."

조조는 크게 놀라 주위를 돌아보며 말하기를: "이후에 장익덕을 만나거든 절대로 가볍게 대적하지 말라."

그러고는 각자의 옷깃에 그 이름을 새겨 두고 늘 기억하라고 했다.

한편 싸움에 패하여 달아난 안량의 군사들은 도중에 원소를 만나서 보고하기를 얼굴이 검붉고 수염이 매우 긴 장수가 큰 칼을 휘두르며 필마단기로 진중에 쳐들어와서 안량을 죽이고 그 목을 베어가는 바람에 대패했다고 말했다.

원소가 크게 놀라 묻기를: "그 사람이 대체 누군가?"

저수 曰: "그는 틀림없이 유현덕의 아우 관운장일 것입니다."

원소가 크게 놀라 손가락으로 현덕을 가리키며 말하기를: "네놈 아우가 내가 아끼는 장수를 죽였다. 이는 필시 네가 사전에 내통해서 꾸민 일일 것이니, 너 같은 놈을 살려두어 무엇에 쓰겠느냐!"

그러고는 도부수를 불러 현덕을 끌어내어 목을 베라고 했다.

이야말로:

처음 만났을 때는 윗 손님이었는데	初見方爲座上客
이제는 계단 아래 죄수가 되었구나	此日幾同階下囚

현덕의 목숨이 어찌 될지 궁금하거든 다음 회를 기대하시라.

제 26 회

원소는 싸움에서 패배하여 장수를 잃고
관운장은 조조가 준 것 다 두고 떠나다

袁本初敗兵折將

關雲長掛印封金

원소가 현덕을 죽이려고 하자, 현덕이 침착하게 앞으로 나서며 말하기를: "명공은 단지 한쪽 말만 듣고 지난날의 정을 끊으려 하십니까? 저는 싸움에 패하여 서주를 잃고, 지금까지 둘째 아우 운장의 생사조차 모르고 살고 있습니다. 천하에 생김새가 비슷한 사람들이 적지 않은데, 어찌 얼굴이 붉고 수염이 길다고 하여 운장이라고 단정할 수 있습니까? 명공께서는 이를 자세히 살펴보시지요."

원소는 본래 주관이 없는 사람인지라 현덕의 말을 듣고는 바로 저수를 꾸짖기를: "네 말만 들었다가 하마터면 좋은 사람을 죽일 뻔했다."

곧바로 현덕을 막사 안으로 청해 같이 자리에 앉아 안량의 원수를 어찌 갚을 것인지 의논했다. 이때 막사 앞에 있던 한 사람이 나서며 말하기를: "안량과 저는 형제나 다름없는 사이인데 그가 역적 조조에게 죽임을 당했으니 내 어찌 그 원한을 갚지 않을 수 있겠습니까?"

현덕이 그 사람을 보니 8척의 신장에 해태의 얼굴을 한 그는 바로 하북의 명장 문추(文醜)였다.

원소가 매우 기뻐하며 말하기를: "자네가 아니면 안량의 원수를 갚을 사람이 없을 것이네. 내 자네에게 군사 10만 명을 내어줄 것이니 곧 황하를 건너 역적 조조를 뒤쫓아가서 죽이도록 하라!"

저수 曰: "안 됩니다. 지금은 연진(延津)에 주둔해 있으면서 군사를 나누어 관도(官渡)를 지키는 것이 상책입니다. 만약 경솔하게 황하를 건넜다가 자칫 변이라도 생기면 군사를 모두 잃을 수도 있습니다."

원소가 화를 내며 말하기를: "군사들의 사기를 떨어뜨리고 시일을 질질 끌어 대사를 그르치는 것은 모두 너희 문신들이다. 너희들은 어찌 '용병을 하는 데는 신속해야 한다(兵貴神速).'라는 말도 듣지 못했느냐?"

저수가 물러 나와 탄식하며 말하기를: "윗사람은 자신의 생각만 앞세우고, 아랫사람은 자신의 공만 앞세우니, 유유히 흐르는 저 황하를 나는 진정 건너야 하는가!"

그 후로 저수는 병을 핑계로 다시는 의논하러 나가지 않았다.

현덕 曰: "제가 그동안 큰 은혜를 입었으나 이를 갚을 기회가 없었습니다. 이번에 문추 장군과 동행하고자 하는데 그 이유는 첫째 명공의 은덕을 갚고, 둘째 운장의 확실한 소식을 알아보려는 것입니다."

원소가 기뻐하며 문추를 불러 현덕과 함께 선두 부대를 지휘하도록 했다.

문추 曰: "유현덕은 최근 여러 번 패한 장수이므로 군사들의 사기에 도움이 되지 않습니다. 주공께서 꼭 그를 보내시겠다면 제가 군사 3만 명을 그에게 나누어 주어 후군을 맡도록 하겠습니다."

이리하여 문추는 7만 명의 군사를 거느리고 앞서가고, 현덕은 3만 명의 군사를 이끌고 뒤를 따르게 했다.

한편 조조는 운장이 안량을 베어 죽인 것을 보고 한층 더 그를 흠모하고 공경하게 되었다. 그리하여 조정에 표문을 올려 운장을 한수정후

(漢壽亭侯)에 봉하고 직인(職印)까지 만들어 주었다. 그때 급히 보고가 올라오기를: "원소가 다시 대장 문추로 하여금 황하를 건너 연진의 위쪽에 진을 쳤습니다."

조조는 먼저 사람을 보내 백성들을 서하(西河)로 옮기게 하고, 직접 군사를 거느리고 그들을 맞이하러 가면서 명을 내리기를: "전군과 후군을 서로 바꾸고 군량과 마초를 실을 수레를 앞서 보내고 군사들은 그 뒤를 따르도록 하라."

여건 曰: "군량과 마초를 앞세우고 군사들이 뒤따르도록 하시는 것은 무슨 까닭입니까?"

조조 曰: "군량과 마초가 뒤에 있으면 적에게 약탈당하는 경우가 많지 않더냐. 그래서 앞에서 가라고 한 것이다."

여건 曰: "만약 적군을 만나서 빼앗기면 어쩌시렵니까?"

조조 曰: "그런 상황이 오면 왜 그랬는지 저절로 알게 될 것이네."

여건은 조조의 말을 듣고도 도저히 이해가 되지 않았다. 조조는 군량과 무거운 짐을 실은 수레 등은 강둑을 따라 연진에 이르게 하고 자신은 후군을 이끌고 천천히 나아갔다. 그때 갑자기 전군에서 함성이 일어나서 급히 사람을 보내 무슨 일인지 알아보도록 하니 보고하기를: "하북 대장 문추의 군사들이 도착하자 우리 군사들은 모두 양식과 마초를 버리고 사방으로 달아났습니다. 후군은 멀리 떨어져 있으니 이를 어찌해야 좋을까요?"

조조가 채찍으로 남쪽의 언덕을 가리키며 말하기를: "잠시 저 언덕에 피해 있도록 하라!"

군사들이 급히 언덕 위로 올라갔다. 모두들 갑옷을 벗고 잠시 쉬고 말들도 모조리 풀어놓도록 했다.

잠시 후 문추의 군사들이 쳐들어오자 여러 장수들이 말하기를: "적들이 쳐들어 왔는데 빨리 말들을 수습하여 백마로 후퇴해야 합니다."

순유가 급히 그들을 제지하며 말하기를: "이제껏 적을 유인했는데 백마로 후퇴하자니 그게 무슨 말이오?"

조조는 그제야 순유에게 눈짓을 보내며 웃는다. 순유는 그 뜻을 알아차리고 더 이상 말을 하지 않았다.

문추의 군사들은 군량과 마초를 빼앗고 나자, 이제는 말을 앞다퉈 빼앗으려고 달려드는 바람에 그들의 대오가 흐트러지면서 저절로 질서가 무너지고 말았다. 그제야 조조는 군사들에게 일제히 산을 내려가서 공격하라고 명령하니 문추의 군사는 대혼란에 빠지고 말았다.

조조의 군사들이 포위망을 좁혀 들어가자 문추는 앞장서서 홀로 싸웠으나 군사들은 자기들끼리 서로 짓밟고 달아나느라 정신이 없자, 문추는 그들을 멈추게 할 수 없어 어쩔 수 없이 말머리를 돌려서 달아났다.

조조가 토산 위에서 손가락으로 가리키며 말하기를: "문추는 하북의 명장인데 누가 가서 사로잡아 오겠소?"

장료와 서황이 달려 나가며 큰 소리로 외치기를: "문추 이놈, 게 섰거라!"

문추가 고개를 돌려보니 두 명의 장수가 쫓아 왔다. 그는 곧 철창을 말안장에 걸어 놓고 활에 화살을 메겨 장료를 겨누고 쏘았다.

서황이 큰 소리로 외치기를: "적장은 활을 쏘지 마라!"

장료가 급히 머리를 숙여 피하자, 화살이 투구에 정통으로 맞아 투구의 끈이 끊어지고 말았다.

장료가 힘껏 다시 쫓아가는데 문추가 다시 쏜 화살이 그가 탄 말의 머리에 꽂히니 말이 앞굽을 꿇는 바람에 장료가 땅에 떨어지고 말았다. 문추가 말머리를 돌려 장료에게 달려오는 것을 서황이 급히 큰 도끼를 휘두르며 가로막고 싸웠다. 그러나 문추의 뒤쪽에서 하북의 군사들이 몰려오니 서황은 혼자 힘으로 대적할 수 없다고 생각하여 급히 말머리를 돌려 달아났다. 이번에는 문추가 강 연안까지 쫓아오는데 문득 10여 기의 기마들이 기치를 펄럭이며 달려오는 것이 아닌가!

앞장선 장수는 칼을 들고 나는 듯이 말을 달려왔는데, 그는 바로 관운장이었다.

운장이 큰 소리로 외치기를: "적장은 달아나지 마라!"

운장이 문추와 겨루기를 채 3합도 하지 않았는데 문추가 겁을 집어먹고 말을 돌려 강을 따라 달아나기 시작했다. 관공이 급히 말을 몰아 문추를 따라잡아 그의 뒤통수를 향해 청룡도를 내리치니 문추는 말 아래로 굴러떨어져 죽고 말았다.

조조가 언덕 위에서 관공이 문추를 베어 버린 것을 보고는 군사를 휘몰아 습격을 하니 하북의 군사 태반은 황하에 빠져 죽었다. 조조는 앞서 빼앗겼던 군량과 마초 등은 모두 다시 되찾았다.

운장이 기병 몇 명만을 거느리고 좌충우돌하며 싸우고 있을 때 현덕이 3만 명의 군사를 거느리고 뒤따라 당도했다. 앞서가던 정탐꾼이 돌아와 보고하기를: "이번에도 얼굴이 붉고 수염이 긴 장수가 문추를 베어 죽였습니다."

현덕이 황급히 말을 달려가 보니, 강 건너편에서 한 데의 군사들이 나는 듯이 휘젓고 다니는데, 그 기치 위에는 '한수정후 관운장(漢壽亭侯關雲長)'이라고 일곱 글자가 쓰여 있었다.

현덕은 속으로 천지신명께 감사하며 말하기를: "내 아우가 역시 살아 있고, 조조에게 가 있구나!"

현덕이 소리쳐 아우를 불러서 만나 보고 싶었지만, 마침 조조의 대군이 몰려오는 바람에 하는 수 없이 군사를 거두어 돌아갔다. 원소는 문추를 지원하기 위해 관도까지 와서 영채를 세웠다. 곽도와 심배가 들어

와서 보고하기를: "이번에도 관모(關某)란 자가 문추를 죽였는데, 유비는 짐짓 모르는 체하고 있습니다."

원소는 크게 화를 내며 욕설을 퍼붓기를: "귀 큰 도적놈이 어찌 감히 이럴 수가 있단 말이냐!"

잠시 뒤, 현덕이 들어오자 원소는 그를 끌어내서 목을 베라고 했다.

현덕 曰: "제가 무슨 죄가 있습니까?"

원소 曰: "네놈이 또다시 아우를 시켜 나의 대장 한 명을 죽였다. 이러고도 어찌 죄가 없다고 하느냐?"

현덕 曰: "한 말씀만 올리고 죽게 해 주십시오. 조조는 평소 이 유비를 몹시도 미워했는데, 이번에 제가 명공에게 의탁하고 있으면서 명공을 도울까 봐 두려운 나머지, 특별히 운장으로 하여금 두 장수를 죽이게 한 것입니다. 공이 이런 사실을 알면 반드시 분노할 것이므로, 이는 바로 명공의 손을 빌려 이 유비를 죽이려는 계책입니다. 명공께서는 깊이 헤아려 주십시오."

원소 曰: "현덕의 말이 옳다. 너희들은 하마터면 나로 하여금 어진 사람을 해쳤다는 누명을 쓰도록 할 뻔했다."

원소는 주위를 꾸짖어 물리 다음 다시 현덕을 막사 안으로 청하여 자리에 앉게 했다.

현덕이 감사의 인사를 하며 말하기를: "명공의 관대하신 은혜를 또 입었으니 어찌 보답해야 할지 모르겠습니다. 제가 심복 하나에게 밀서를 보내 운장을 만나 보고 이 유비의 소식을 알려준다면, 그는 기필코 밤낮을 가리지 않고 달려올 것입니다. 그리하여 명공을 도와 함께 조조를 죽임으로써 안량과 문추의 원수를 갚으면 어떻겠습니까?"

원소는 크게 기뻐하며 말하기를: "만약 내가 운장만 얻는다면 안량과 문추를 얻는 것보다 열 배는 낫겠소."

현덕은 곧바로 운장에게 보낼 편지를 썼지만, 막상 그것을 가지고 갈 사람이 없었다.

원소는 군사를 무양(武陽)으로 물리라고 명하고, 수십 리에 걸쳐 영채를 연달아 세우고 더 이상 군사를 움직이지 않았다.

조조는 하후돈으로 하여금 군사를 거느리고 관도의 요충지를 지키도록 하고, 자신은 군사를 거두어 허도로 돌아갔다. 조조는 모든 관원들을 모아 놓고 큰 연회를 베풀어 운장의 공로를 치하했다.

그러면서 조조가 여건에게 말하기를: "지난번 내가 군량과 마초를 앞서 보낸 것은 적을 유인하기 위한 계책이었는데, 오로지 순유만이 내 의중을 꿰뚫어 보더군."

그 말에 모두가 탄복했다. 한창 술잔이 오가는 중에 갑자기 보고하기를: "여남(汝南)의 황건적 유벽(劉辟)과 공도(龔都)의 세력이 걷잡을 수 없도록 거세져서 조홍이 여러 차례 싸웠으나 전세가 불리하여 구원병 파견을 요청하였습니다."

운장이 그 말을 듣고 나서며 말하기를: "이 관아무개가 견마지로(犬馬之勞)를 다해 도적떼를 쳐부수고 싶습니다."

조조 曰: "운장이 큰 공을 세워, 아직 그것도 제대로 사례를 못 했는데, 어찌 또다시 출정하게 할 수 있겠소?"

관공 曰: "저는 오랫동안 아무 일 않고 있으면 오히려 병이 납니다. 다시 한번 가고 싶습니다."

조조는 그의 뜻을 장하게 여겨, 군사 5만 명을 내어 주어 우금과 악진을 부장으로 삼아 다음 날 바로 떠나도록 했다.

순욱이 은밀히 조조에게 말하기를: "운장은 항상 유비에게 돌아가려는 마음을 품고 있는데, 만약 그의 소식을 아는 날에는 기필코 떠날 것이니, 자주 출정시키지 않는 게 좋습니다."

조조 曰: "이번에 공을 세우고 돌아오면, 내 다시는 내보내지 않겠소."

운장은 군사를 거느리고 여남 근처로 가서 영채를 세웠다. 그날 밤 영채 밖에서 두 명의 첩자가 잡혀 왔다. 운장이 보니 둘 중 한 사람이 바로 손건이었다. 관공은 주위를 물리친 후 손건에게 묻기를: "서주에서 뿔뿔이 흩어진 이후 여태까지 공의 종적을 듣지 못했는데, 오늘 어찌 여기에 와 있는 것이오?"

손건 曰: "나는 그때 난을 피해 여남 땅에서 여기저기 떠돌아다니다가 다행히 유벽을 만나 지금 그에게 몸을 의탁하고 있소. 그런데 장군께서는 어쩌다가 조조에게 붙어 계시오. 감 부인과 미 부인은 별고 없으십니까?"

운장은 손건에게 그동안의 일을 자세히 이야기해 주었다.

손건 曰: "근자에 들은 얘기로 현덕 공은 원소에게 가 계신다고 합니다. 저도 찾아가고 싶지만, 형편이 안 되어 못 갔습니다. 지금 유벽과 공도 두 사람도 원소에게 귀순하여 함께 조조를 치기로 하였습니다. 천만다행히도 이번에 장군께서 이곳에 오셨다는 말을 듣고, 병졸들에게 길안내를 하도록 하고, 제가 일부러 첩자가 되어 장군께 소식을 알려드리러 온 것입니다. 내일 두 사람이 싸우다가 패한 척하고 달아날 테니, 공께서는 공을 세우시고 속히 돌아가시어 두 부인을 모시고 원소에게 가서 형님을 만나 뵙도록 하십시오."

관공 曰: "형님께서 원소에게 가 계시다니 내 밤을 새워서라도 가고 싶은 심정이나, 지금 후회가 되는 것은 내가 원소의 두 장수를 죽였으니 혹시 지금 형님께서 변고가 생기지 않았을까 두렵소."

손건 曰: "그렇다면 제가 저쪽에 가서 사정을 알아보고 다시 와서 장군께 알려드리겠습니다."

관공 曰: "나는 형님을 한번 뵐 수만 있다면 비록 만 번을 죽을지라도 마다하지 않을 것이오. 바로 허창으로 돌아가서 조조에게 하직 인사를 해야겠소."

그날 밤 관공은 몰래 손건을 내보냈다.

다음 날 관공이 군사를 이끌고 나가니 공도가 투구에 갑옷 차림으로 싸우러 나왔다.

관공 曰: "네놈들은 어찌하여 조정을 배반하느냐?"

공도 曰: "주인을 배반한 사람은 바로 네놈인데 어찌하여 나를 책망하는가?"

관공 曰: "내가 어찌 주인을 배반했다는 것이냐?"

공도 曰: "현덕은 본초(本初: 원소)에게 몸을 의탁하고 있거늘, 너는 조조를 섬기고 있으니 어찌 된 일이냐?"

관공은 더 이상 할 말이 없어 말에 박차를 가해 청룡도를 휘두르며 앞으로 달려 나가자 공도는 곧바로 달아났다. 관공이 급히 말을 몰아 추격하자, 공도가 몸을 돌려 관공에게 말하기를: "옛 주인의 은혜를 잊으면 안 되오. 공은 속히 진군하시오. 우리는 여남 땅을 버리고 떠날 것이오."

관공은 그의 뜻을 알고 군사를 휘몰아 쳐들어가니 유벽과 공도는 패한 척하며 사방으로 흩어져 달아났다. 운장은 주(州)와 현(縣)들을 빼앗고 백성들을 안심시킨 후에 다시 허도로 돌아갔다.

조조는 성 밖까지 영접을 나와 군사들에게 상을 내려 위로했다. 승리 축하 연회가 끝나고 운장은 집으로 돌아가 안채 문 밖에서 두 형수께 인사를 올렸다.

감 부인 曰: "숙부님께서는 두 번이나 출정하셨는데 혹시 황숙의 소식을 들으셨는지요?"

관공 曰: "아직 듣지 못했습니다."

관공이 물러나자, 두 부인은 안채에서 통곡을 하며 말하기를: "황숙께서는 이미 돌아가신 것이 틀림없어. 그래서 둘째 숙부님께서 우리 자매가 괴로워할까 봐 일부러 말씀 안 하시는 게야."

한참 슬프게 울고 있을 때, 관공을 따라 출정했던 늙은 병사가 울음소리가 그칠 기미가 보이지 않자 문밖에서 고하기를: "부인들께서는 울지 마십시오. 주인께서는 지금 하북의 원소에게 가 계십니다."

부인 曰: "자네가 그걸 어찌 아는가?"

늙은 병사 曰: "장군을 따라 출정했을 때 싸우는 중에 어떤 사람이 그렇게 말했습니다."

부인이 급히 운장을 불러 책망하기를: "황숙께서는 일찍이 숙부님을 저버린 적이 없거늘, 숙부님은 지금 조조의 은혜를 입었다 하여 지난날의 의리를 잊어버리시고 우리에게 사실대로 말해 주지 않으시는데, 그 연유가 무엇입니까?"

운장이 머리를 조아리며 말하기를: "형님께서 지금 하북에 계신 것은 사실입니다. 감히 두 분 형수님께 알려드리지 못한 것은 혹시 말이 새나갈까 두려워서였습니다. 이 일은 절대로 천천히 추진해야지 성급하게 서둘러서는 안 됩니다."

감 부인 曰: "숙부님께서 차질이 없도록 준비해 주세요."

관공은 물러나와 떠날 계책을 궁리해 보았지만, 심사가 늘 불안하기만 했다.

관공의 부장으로 황건적을 토벌하러 함께 갔던 우금이 유비가 하북에 있다는 사실을 조조에게 보고했다. 조조는 장료로 하여금 관공에게 가서 그의 동정을 살펴보라고 했다. 관공이 불안한 마음으로 앉아 있는데 장료가 들어오더니 축하한다며 말하기를: "형께서 이번 전쟁터에서 현덕의 소식을 알게 되었다고 하니 얼마나 기쁘십니까?"

관공 曰: "옛 주인이 살아 계신지 알면서도 뵙지를 못하고 있으니 기쁠 게 뭐 있소?"

장료 曰: "형과 현덕의 관계를 저와 형과의 관계와 비교해 보면 어떠합니까?"

관공 曰: "그대와 나는 친구지간이지만, 나와 현덕은 친구이면서 형제이고, 형제이면서 군신관계요. 그러니 어찌 비교할 수 있겠소?"

장료 曰: "지금 현덕은 하북에 계신 줄 알았으니, 형은 그곳으로 가실 생각이오?"

관공 曰: "지난날의 약속을 내 어찌 어길 수 있단 말이오. 문원은 부디 내 뜻을 승상께 잘 전해 주시오."

장료는 돌아가서 조조에게 관공의 말을 그대로 전했다.

조조 曰: "내게 그를 잡아둘 계책이 있네."

한편 관공이 떠날 계책을 심사숙고하고 있을 때, 옛 친구가 찾아왔다고 보고를 했다. 들어오라고 해서 보니 도무지 모르는 사람이었다.

관공이 묻기를: "공은 누구시오?"

그가 답하기를: "저는 원소의 부하로 있는 남양(南陽)사람 진진(陳震)이라고 합니다."

관공이 크게 놀라 얼른 주위를 물리고 묻기를: "선생께서 나를 찾아온 데는 반드시 이유가 있겠지요?"

진진이 편지 한 통을 꺼내어 관공에게 주었다. 펼쳐 보니 형님의 편지였다. 그 내용은:

"내가 그대와 도원에서 형제의 의를 맺으면서 동시에 죽기로 맹세했건만, 지금은 어찌하여 중도에서 서로의 맹세를 저버리고 은혜와 의리를 끊어 버리려 하는가? 그대가 참으로 공명을 얻고 부귀를 도모하고자 한다면, 내 머리를 갖다 바쳐 그대의 공이 온전히 이루어지도록 하시게. 글로는 말을 다 하지 못하니 오로지 죽을 때까지 그대의 명을 기다리겠네."

관공은 편지를 다 읽고 나서 대성통곡을 했다. 그리고 말하기를: "내가 형님을 찾지 않은 것이 아니라 형님이 어디 계신 줄을 몰랐을 뿐인데, 내 어찌 부귀영화를 위해 옛 맹세를 저버리려 하겠습니까?"

진진 曰: "현덕은 공을 간절히 원하고 계시니, 만약 공이 옛 맹세를 저버리지 않으셨다면 어서 가서 뵙도록 하시지요."

관공 曰: "사람이 세상을 살아가면서 시작과 끝을 분명히 하지 않으면 군자가 아니오. 내가 여기 올 때 내 입장을 분명히 밝힌 만큼, 떠나갈 때도 분명히 하고 떠나겠소. 지금 내가 글을 써줄 테니 수고스럽더라도 공께서 먼저 형님께 가서 알려주시오. 내가 조조에게 하직 인사를 한 다음 두 형수를 모시고 가서 뵙겠다고 전해 주시오."

진진 曰: "만약 조조가 허락하지 않으면 어쩔 생각이오?"

관공 曰: "내 차라리 죽을지언정 어찌 이곳에 오래 남아 있겠소?"

진진 曰: "유 사군께서 염려하며 기다리지 않도록 공은 속히 답장을 써 주시오."

관공이 답신을 쓰기를:

"제가 듣기로, 의리는 마음을 저버리지 아니하고 충성은 죽음을 돌아보지 않는다고 했습니다. 저는 어려서부터 글을 읽어 예(禮)와 의(義)에 대해서 조금은 알고 있습니다. 일찍이 양각애(羊角哀)와 좌백도(左伯桃)의 고사(故事)[18]를 읽을 때마다 세 번이나 탄식을 하고 눈물을 흘린 적도 있사옵니다.

지난번 하비성을 지킬 때, 성 안에는 양식이 떨어지고 밖에는 구원병이 없어 죽으려 했사오나, 두 분 형수님이 계신 까닭에, 어찌 감히 형님께서 부탁하신 바를 저버릴 수 있겠습니까? 그래서 잠시 조공에게 얽매인 몸이 되어 있으면서 후일을 기약한 것이옵니다.

이번에 여남에 갔다가 비로소 형님 소식을 알게 되었으니, 조조에게 하직 인사를 하고 두 분 형수님을 모시고 돌아가겠습니다.

제가 만약 두 마음을 품고 있다면 신과 사람들이 모두 용서치 않을 것입니다. 제 가슴을 열어 속마음을 보여 드리고 싶지만, 붓으로는 다 전할 수 없기에 만나 뵈올 날만 기다리겠습니다.

이 아우를 깊이 헤아려 주시기를 엎드려 바랍니다."

진진은 답서를 가지고 돌아갔다.

관공은 안채로 들어가서 두 형수께 상황을 알린 다음, 조조를 만나 하직 인사를 하려고 즉시 상부(相府)로 갔다. 조조는 그가 오려는 의도를 알고, 문에다 면회를 금지한다는 회피패(回避牌)를 걸어 놓았다.

운장은 어쩔 수 없이 우울한 심정으로 돌아와 예전부터 따라다니던 부하들에게 말과 수레 등을 잘 준비해 두어 언제든지 즉시 떠날 수 있도록 지시하고, 집 안 사람들에게 조조에게서 받은 물건들은 모조리 그대로 두고 하나도 가져가서는 안 된다고 분부했다.

다음 날 관운장은 또다시 상부를 찾아갔으나, 문 앞에는 여전히 회피

18 전국시대의 친한 친구 사이로 좌백도가 양각애를 살리기 위해 자신의 목숨을 버린 이야기. 역자 주.

패가 걸려 있었다. 관공은 연이어 수 차례 찾아갔지만 역시 만나주지를 않았다. 하는 수 없이 장료의 집을 찾아가 그 일을 부탁해 보려고 했지만, 그 역시 병을 핑계로 나와 주지도 않았다.

관공이 속으로 생각하기를: '이는 조 승상이 내가 떠나는 것을 용납하지 않겠다는 것이다. 하지만 나는 이미 떠나기로 작정했거늘, 한시라도 여기에 머물러 있을 이유가 없지 않은가!'

관공은 마침내 편지 한 통을 써서 조조에게 하직 인사를 했는데, 편지의 내용은:

"관우는 일찍이 황숙을 섬겨 생사를 함께 하기로 맹세했으니, 이는 황천후토(皇天后土: 하늘과 땅의 신)께서도 아는 일입니다. 지난번 하비성을 잃었을 때 제가 제시한 세 가지 조건을 승상께서는 이미 승인해 주셨습니다. 이제 옛 주인이 원소의 군중에 있다는 사실을 알았으니, 옛 맹세를 돌이켜 생각하면 어찌 저버릴 수 있겠습니까? 비록 승상의 새 은혜가 두터우나, 황숙과의 옛 의리를 잊기 어렵습니다. 직접 찾아뵙고 하직 인사를 드리는 게 도리인 줄 아오나 그럴 수가 없어 특별히 글월로써 하직 인사를 올리오니 승상께서 부디 굽어살피소서. 미처 갚지 못한 나머지 은혜는 훗날 반드시 보답하겠습니다."

편지를 다 쓰고 나서 단단히 봉한 다음, 사람을 시켜 상부에 전하도록 하는 한편 그동안 여러 차례 받은 금은 등 귀중품은 일일이 봉하여 창고에 넣어 두고, 한수정후(漢壽亭侯)의 인수(印綬)는 대청에 걸어두었다.

그러고는 두 부인을 수레에 태우고, 자신은 적토마에 올라 청룡도를 들고서, 처음 데리고 왔던 부하 20여 명으로 하여금 수레를 호송케 하고 곧바로 북문으로 나갔다.

문지기들이 앞을 막았으나 관공이 눈을 부릅뜬 채 칼을 쳐들고 큰 소리로 호통을 치자, 문지기들이 모두 물러나 피했다.

관공이 성문을 나간 뒤 종자들에게 말하기를: "너희들은 수레를 호송하여 먼저 가거라. 쫓아오는 자가 있으면 내가 모두 막을 것이니, 두 부인을 절대로 놀라게 해서는 안 된다."

종자들은 수레를 밀고 큰길을 향해 출발했다.

한편 조조가 한창 관공의 일을 의논하고 있을 때 누군가 와서 관공의 서신을 전했다. 조조는 즉시 편지를 읽고 나더니 크게 놀라며 말하기를: "운장이 드디어 떠나갔구나!"

그때 갑자기 북문 수문장이 급히 달려와 보고하기를: "관공이 성문 문지기들의 제지를 물리치고 수레를 호송하는 20여 명을 데리고 북쪽으로 떠났습니다."

이번에는 관공의 집에서 일하던 사람이 와서 보고하기를: "관공이 하사받은 황금 등 귀중품을 모두 곳간에 봉해 놓고, 미녀 열 명은 따로 내실에 있으며, 한수정후 인수는 대청에 걸어두었습니다. 승상께서 보낸 사람들은 다 남겨 놓고 처음에 데리고 왔던 종자들과 몸에 지니는 짐들만 가지고 북문으로 떠났습니다."

다들 깜짝 놀라고 있는 그때 한 장수가 선뜻 나서며 말하기를: "저에게 철기병 3천 명만 내어 주시면 즉시 가서 관모를 사로잡아와 승상께 바치겠습니다."

그는 바로 장군 채양(蔡陽)이었다.

關雲長挂印封金

이야말로:

만 길 교룡의 굴 벗어나나 했는데　　欲離萬丈蛟龍穴
삼천 명 범 같은 군사를 만나도다　　又遇三千狼虎兵

채양은 관공의 뒤를 쫓아가려 하는데, 결국 어찌 될 것인가?
다음 회를 기대하시라.

제 27 회

관공은 말 한 필로 천리 길을 달려가고
다섯 관문 지나며 여섯 장수 목을 베다

美髯公千里走單騎

漢壽侯五關斬六將

조조의 여러 장수들 가운데 운장과 특히 교분이 두터운 장수는 장료 이외에 서황이 있었다. 나머지 장수들 역시 운장을 존경하고 복종했으나 유독 채양만은 관공에게 복종하지 않았다. 그래서 채양은 오늘 운장이 떠나갔다는 말을 듣고 그를 추격하겠다고 나선 것이다.

조조 曰: "옛 주인을 잊지 않고 오고 가는 것이 분명하니 진정한 장부가 아니겠느냐? 그대들도 모두 마땅히 본받을 일이다."

그러고는 채양을 꾸짖어 물러가게 하고 쫓아가지 못하게 했다.

정욱 曰: "승상께서 관모를 그토록 후하게 대우해 주었음에도 그가 지금 제대로 하직 인사도 하지 않고 달랑 편지 한 장으로 주공의 위엄을 모독하였으니 그 죄가 실로 큽니다. 만약 그를 원소에게 돌아가도록 내버려 두시는 것은 범에게 날개를 달아주는 격입니다. 아무래도 쫓아가서 죽여 버려 후환을 없애는 것이 좋을 듯합니다."

조조 曰: "이미 내가 약조한 일이네. 이제 와서 어찌 신의를 저버린단 말인가? 그도 제 주인을 위해 그런 것이니 그냥 내버려두라."

그러고는 장료에게 말하기를: "운장은 황금을 봉해 놓고 인수도 걸어두고 갔다고 하니 재물이나 작록(爵祿)도 모두 그의 마음을 움직이지 못하는구나. 이런 사람을 어찌 공경하지 않을 수 있겠는가! 아마도 그가 멀리 가지는 못했을 터이니, 자네가 먼저 가서 잠시 기다리라고 해서 내가 그를 전송할 수 있도록 해 주게. 내 그와 인간적으로 좀 더 친해지고 싶고, 또 노자와 전포도 주어서 훗날을 위한 기념으로 삼을까 하네."

명령을 받은 장료는 혼자서 말을 달려 먼저 가고, 조조는 기병 수십 명을 데리고 그 뒤를 따랐다.

한편 운장이 타는 적토마는 하루에 천리를 달리므로, 정상적으로 간다면 따라잡을 수 없겠지만, 지금은 운장이 수레를 호송하며 가고 있어 말을 달릴 수 없기 때문에 고삐를 늦춰 잡고 천천히 가고 있었다.

그때 문득 뒤에서 누군가 큰 소리로 외치기를: "운장은 좀 천천히 가시오!"

고개를 돌려보니 장료가 말을 달려 급히 쫓아오고 있었다. 관공은 수레를 호송하는 종자들에게 큰길을 향해 서둘러 가도록 분부한 뒤, 자신은 적토마를 멈춰 세우고 손으로 청룡도를 꼭 쥐고 묻기를: "문원은 나를 다시 데려가려고 온 것인가?"

장료 曰: "아니오. 승상께서 형이 먼 길을 떠나신다는 것을 알고 직접 와서 전송하시겠다고 나를 먼저 보내 잠시 멈추게 하신 것이오. 다른 뜻은 없소이다."

관공 曰: "비록 승상의 철기병이 온다고 해도 나는 죽기로 싸울 것이오."

다리 위에서 말을 멈추고 바라보니 조조가 수십 기의 기병을 이끌고 달려오는 게 보였는데, 그 뒤에는 허저·서황·우금·이전 등이 있었다. 조조는 관공이 청룡도를 치켜들고 다리 위에 말을 세우고 있는 것을 보고, 여러 장수들에게 말을 세우고 자신의 좌우로 벌려 서도록 했다. 관공은 그들의 손에 병장기가 없는 것을 보고서야 비로소 마음이 놓였다.

조조 曰: "운장은 왜 이리 급히 떠나시오?"

관공은 말 위에서 몸을 굽혀 인사를 하고 대답하기를: "이미 전에 승상께 말씀 올렸습니다만, 지금 옛 주인께서 하북에 계시다는 소식을 들어 급히 떠나지 않을 수 없었습니다. 승상께 하직 인사를 올리고자 여러 번 상부로 찾아갔으나 뵐 수가 없어서 부득이 글월로써 하직 인사를 올린 것입니다. 황금은 봉해 놓았고 인수는 걸어 놓아서 승상께 돌려드리도록 했습니다. 승상께서는 부디 지난날 약속하신 일을 저버리지 마십시오."

조조 曰: "내가 천하의 신의를 얻고자 하는데 어찌 지난날의 약속을 저버리려 하겠소? 장군께서 가시는 길에 쓸 것이 부족할까 염려되어 특별히 노자를 준비하여 전송해 드리려고 왔소이다."

한 장수가 곧바로 말 위에서 황금 한 접시를 건네주었다.

관공 曰: "여러 차례 내려주신 것들이 아직 남아 있으니, 이 황금은 가지고 계셨다가 군사들의 상금으로 쓰시지요."

조조 曰: "공이 세운 큰 공로에 비하면 만분지일도 안 되는데 꼭 사양할 필요가 있겠소이까?"

관공 曰: "보잘것없는 수고라 입에 담기도 민망합니다."

조조가 웃으며 말하기를: "운장은 천하의 의사(義士)인데, 내가 복이 없어 공을 붙잡아두지 못하는 게 한이오. 그러면 약소하지만 비단 전포 한 벌로 내 작은 마음을 표할까 하오."

그러고는 한 장수에게 말에서 내려 두 손으로 비단 전포를 받들어 전해드리라고 명했다.

운장은 혹시 무슨 변고라도 생길까 염려되어 말에서 내리지 못하고 청룡도 끝으로 비단 전포자락을 들어 올려 몸에 걸쳤다.

관공이 말고삐를 당기며 고개를 돌려서 고맙다고 인사를 하고 말하기를: "승상께서 내려주신 비단 전포는 고맙게 받겠습니다. 그럼 훗날 다시 만나 뵈올 날이 있겠지요."

그러고는 다리를 내려가서 북쪽을 향해 떠났다.

허저 曰: "저렇게 무례하기 짝이 없는 자를 어찌 사로잡지 않으십니까?"

조조 曰: "그는 필마단기이지만 우리는 수십 명도 넘으니 어찌 의심이 없겠는가? 내 이미 약속했으니 추격해서는 안 된다."

조조는 여러 장수들을 이끌고 성으로 돌아오면서도 운장에 대한 미련으로 탄식을 멈추지를 않았다.

조조가 돌아간 이후의 이야기는 더 이상 하지 않겠다.

조조와 작별한 관공은 적토마를 급히 몰아 수레의 뒤를 30여 리나 쫓아갔지만, 도대체 수레가 보이지 않았다. 몹시 당황한 운장은 사방으로 수레를 찾아다니는데, 문득 산 위에서 어떤 사람이 큰 소리로 부르기를: "관 장군, 잠시 멈추시오!"

관공이 눈을 들어 바라보니, 비단옷에 머리에 누런 두건을 두른 한 소년이 말을 타고 백여 명의 보졸을 거느리고 산을 내려오는데 그 소년은 창을 들고 있고 말의 목에는 사람의 머리가 매달려 있었다.

관공이 묻기를: "너는 누구냐?"

소년이 창을 버리고 말에서 내려 땅에 엎드려 절을 한다.

운장은 무슨 속임수가 아닌가 의심되어 말을 멈춰 세우고 청룡도를

美髯公千里走單騎

쥐고 묻기를: "장사는 신분을 밝혀라."

그가 대답하기를: "저는 원래 양양(襄陽) 사람으로 성은 요(廖), 이름은 화(化)이고 자는 원검(元儉)이라고 합니다. 세상이 어지러워 강호를 떠돌아다니다가 지금은 5백여 명의 무리를 이끌고 약탈을 하며 살아가고 있습니다. 공교롭게 방금 저의 패거리인 두원(杜遠)이 산 아래를 순찰하다 실수로 두 부인을 겁박하여 잡아왔습니다. 제가 종자들에게 물으니 그분들이 바로 대한(大漢) 유 황숙의 부인임을 알게 되었고, 또 장군께서 호송한다고 하였습니다. 그래서 제가 즉각 산 아래로 보내드리자고 했으나 두원이 불손한 말을 하기에 제가 죽여 버리고 지금 장군께 그의 수급을 바치고 죄를 청하러 내려온 것입니다."

관공 曰: "두 부인은 지금 어디 계시느냐?"

요화 曰: "산채에 계십니다."

관공이 급히 모시고 내려오라고 했다. 잠시 후 백여 명이 수레를 앞뒤로 호위하여 모시고 오니 관공이 말에서 내려 칼을 세워 놓고 수레 앞에서 두 손을 마주 잡고 안부를 묻기를: "두 형수님께서 얼마나 놀라셨는지요?"

두 부인 曰: "요 장군 아니었더라면 두원에게 욕을 당할 뻔했어요."

관공이 주위 사람들에게 묻기를: "요화가 두 부인을 어떻게 구했는가?"

주위 사람들 曰: "두원이 두 부인을 겁박하여 산 위로 데리고 가서 곧바로 요화에게 한 사람씩 나누어 첩으로 삼자고 했습니다. 요화가 오게 된 사정과 두 부인의 내력을 알고는 아주 정중히 대우하며 산 아래로 다시 모셔드리자고 했지만 두원이 말을 듣지 않자 요화가 그를 죽여 버렸습니다."

그들의 말을 들은 관공은 요화에게 정중하게 고맙다고 인사를 했다. 요화는 자기 부하들을 시켜 관공을 호송해 드리고 싶다고 했다.

관공은 속으로 생각하기를: '이 사람들은 어쨌든 황건적의 잔당인데 그들과 함께 할 수는 없다.'고 생각하여 그의 청을 거절했다. 요화가 다시 황금과 비단을 드리겠다고 했지만, 그것마저 관공은 받지 않았다. 요화는 관공과 작별인사를 하고 수하의 무리들을 데리고 산속으로 돌아갔다.

운장은 두 형수님께 조조가 전포를 선물로 준 일을 알려드리고 수레를 재촉하여 길을 떠났다. 어느덧 날이 저물어 어느 한 마을의 집을 찾아가 하룻밤 묵어가기로 했다. 그 집 주인이 맞이하러 나왔는데 머리와 수염이 모두 하얀 노인이었다.

노인이 묻기를: "장군은 뉘시오?"

관공은 정중히 인사를 하고 대답하기를: "저는 유현덕의 아우 관우라고 합니다."

노인 曰: "그럼 안량과 문추를 베어 죽인 관 장군이란 말이오?"

관공 曰: "네, 그렇습니다."

노인이 크게 놀라며 어서 집 안으로 들어가자고 하셨다.

관공 曰: "수레에 두 부인이 더 계십니다."

노인은 곧 자기 아내를 부르더니 나가서 모시라고 하여 두 부인을 초당으로 안내하자 관공은 손을 모으고 두 부인 곁에 서 있었다. 노인이 관공에게 앉으라고 권했다.

관공 曰: "형수님들께서 계시는데 어찌 감히 앉을 수 있겠습니까?"

노인은 처자들에게 두 부인을 내실로 모시게 한 다음, 자신은 관공을 대접했다.

관공이 노인의 성함을 묻자, 노인이 말하기를: "제 성은 호(胡), 이름은 화(華)라고 합니다. 환제(桓帝)때 의랑(議郎)으로 있다가 나이가 들어 고향으로 돌아와 지내고 있습니다. 저에게 호반(胡班)이라고 하는 아들이 하나 있는데, 지금 형양(滎陽) 태수 왕식(王植) 밑에 종사로 있습니다. 장군께서 만약 그곳을 지나가시게 되면 이 사람 글을 전해 주십시오."

관공은 그리하겠다고 했다.

다음 날 아침 아침식사를 일찍 끝내고 두 형수를 수레에 태우고 호화의 서신을 받은 다음 그와 작별 인사를 하고 낙양을 향해 출발했다.

관공 일행이 낙양을 향해 가는 도중에 첫 번째 관문에 당도했는데, 바로 동령관(東嶺關)이었다. 관문을 지키는 장수의 성은 공(孔), 이름은 수(秀)라고 하는 자인데 군사 5백 명을 거느리고 고개 위에서 관문을 지키고 있었다. 관공이 수레를 고개 위로 호송하여 올라가자 군사가 공수에게 보고했다. 공수가 그를 맞이하러 관문으로 나가니 관공은 말에서 내려 공수와 인사를 나눴다.

공수 曰: "장군은 어디로 가십니까?"

관공 曰: "승상께 하직을 고하고 하북으로 형님을 뵈러 가는 길이오."

공수 曰: "하북의 원소는 승상의 적인데, 장군께서 이곳을 지나시려면 반드시 승상의 증명서가 있어야 합니다."

관공 曰: "너무 급히 떠나오느라 미처 그걸 받아오지 못했소."

공수 曰: "증명서가 없으면 제가 승상께 사람을 보내서 확인해 본 다음에야 보내드릴 수 있습니다."

관공 曰: "확인할 때까지 기다리면 내 여정에 차질이 생기게 되오."

공수 曰: "규정을 지킬 수밖에 없는 우리로서는 이렇게 할 수밖에 없습니다."

관공 曰: "너는 내가 관문을 지나가는 것을 허용하지 못하겠다는 것이냐?"

공수 曰: “당신이 꼭 지나가시겠다면 사람들을 인질로 두고 가시오.”

관공은 몹시 화가 나서 칼을 들어 공수를 죽이려 했다. 놀란 공수는 얼른 물러나 관문 안으로 들어가서는 북을 쳐서 군사를 모아 갑옷과 투구를 쓰고 말에 올라 관문 아래로 달려오며 큰 소리로 호통치기를: “네가 감히 여기를 지나갈 수 있을 것 같으냐?”

관공은 수레를 안전하게 뒤로 물러나 있게 한 다음, 아무 말도 하지 않고 청룡도를 들고 말을 달려 곧바로 공수에게 달려들었다. 공수 역시 창을 꼬나들고 맞이하는데, 두 사람이 맞붙은 지 단 한 합 만에 청룡도가 번쩍 들림과 동시에 공수의 목이 말 아래로 떨어졌다. 그것을 본 군사들이 모두 놀라 도망을 쳤다.

관공 曰: “군사들은 달아나지 마라. 내가 공수를 죽인 것은 부득이한 일이었고 너희와는 상관없다. 조 승상께는 공수가 나를 죽이려고 해서 관공이 어쩔 수 없이 그를 죽였다고 그렇게 보고하여라.”

군사들은 모두 그의 말 앞에 엎드려 절을 했다. 관공은 즉시 두 부인이 탄 수레를 호위하여 관문을 나가서 다시 낙양으로 향했다.

한 군사가 이런 사실을 재빨리 낙양 태수 한복(韓福)에게 보고하니, 한복은 급히 여러 장수들을 모아 놓고 의논했다.

아장(牙將)[19] 맹탄(孟坦) 曰: “승상의 증명서 없이 하북으로 가는 것은 곧 개인적으로 가는 것인데, 이를 막지 않는다면 틀림없이 처벌을 받게 될 것입니다.”

한복 曰: “관공은 천하의 맹장이라, 안량과 문추 같은 장수도 모두 그의 손에 죽었다. 직접 싸워서는 대적할 수 없으니 계책을 써서 사로잡아야 한다.”

맹탄 曰: “제게 좋은 계책이 있습니다. 먼저 녹각으로 관문 입구를 막

19 아문장군이라고도 하며 5품 벼슬임. 역자 주.

고 그가 나타나면 제가 군사를 이끌고 나가서 맞아 싸우다가 일부러 패한 척하여 그가 쫓아오도록 유인할 테니, 장군께서 몰래 활을 쏘십시오. 만약 관공이 화살을 맞고 말에서 떨어지면 그때 사로잡아 허도로 올려 보내면, 틀림없이 후한 상을 내리실 것입니다."

이렇게 의논을 마칠 즈음, 관공이 호송하는 수레가 도착했다는 보고가 들어왔다. 한복은 활을 들고 화살을 전통에 꽂고, 1천 명의 군사들을 관문 입구에 늘여 세우고 묻기를: "그대는 뉘시오?"

관공은 말 위에서 몸을 굽히며 말하기를: "나는 한수정후 관우요. 이 문을 지나가게 해 주시오."

한복 曰: "조 승상의 증명서는 갖고 계시지요?"

관공 曰: "급히 떠나오느라 미처 받아오지 못했소."

한복 曰: "나는 승상의 명을 받들어 이곳을 지키며 첩자들이 오가는 지를 철저히 조사하고 있소. 증명서가 없으면 곧 도망자요."

관공이 화가 나서 말하기를: "동령의 공수도 이미 내 손에 죽었거늘, 한복 네 놈도 그렇게 죽고 싶은 거냐?"

한복 曰: "누가 나가서 저놈을 잡아 오겠느냐?"

맹탄이 말을 타고 나와 쌍칼을 휘두르며 관공에게 달려들었다. 관공은 수레를 뒤로 물리고 맹탄을 맞았다. 맹탄은 3합도 싸우지 않고 말머리를 돌려 곧바로 달아났고, 관공은 그 뒤를 쫓아갔다. 맹탄은 그저 관공을 유인만 하려고 했는데 뜻밖에 관공의 말이 너무 빨라서 단숨에 그를 따라잡아 단칼에 그를 두 동강 내버렸다.

관공이 말머리를 돌려서 돌아오려는 순간, 관문 뒤에 숨어 있던 한복이 힘껏 쏜 화살이 관공의 왼쪽 팔에 꽂혔다. 관공은 입으로 화살을 물어 뽑으니 팔에서 피가 줄줄 흘러나왔으나 그대로 말을 몰아 한복에게 달려들었다. 겁에 질린 한복의 군사들은 모두 흩어지고 한복은 급히 숨으려고 했으나 관공이 손을 들어 청룡도를 내리치니 그 역시 두 동강 나면서 말에서 떨어졌다. 관공은 군사들을 쫓아 버리고 수레를 보호하러 갔다.

관공은 비단을 찢어 화살 상처를 동여맨 다음, 혹시나 도중에 또 흉계를 꾸미지 않을까 염려되어 그곳에 오래 머물지 않고 밤새워 사수관(汜水關)으로 갔다.

사수관을 지키는 장수는 병주(并州)사람으로 성은 변(卞), 이름은 희(喜)였는데 유성추(流星鎚)를 잘 다루었다. 그는 원래 황건적의 잔당으로 조조에게 항복하여 이곳을 지키도록 파견된 자이다.

관공이 이곳에 곧 도착할 것이라는 소식을 들은 변희는 미리 한 가지 계책을 준비하고 있었다. 그것은 관문 앞에 있는 진국사(鎭國寺)라는 절 안에 도부수 2백여 명을 매복시켜 놓고 관공을 절 안으로 유인하여 연회를 베풀고, 연회 도중 술잔을 깨는 것을 군호로 그를 죽여 없앨 계획이었다.

준비를 다 마친 변희는 관문 밖으로 나가서 관공을 영접했다. 관공은 변희가 나와서 영접하는 것을 보고 곧바로 말에서 내려 인사를 했다.

변희 曰: "장군께서는 명성을 천하에 떨치셨으니 어느 누군들 우러러 공경하지 않겠습니까? 더구나 이제 유 황숙께 돌아가신다고 하니 그 충성과 의리는 충분히 알 수 있습니다."

관공은 공수와 한복을 베어 죽인 일을 이야기해 주었다.

변희 曰: "장군께서 그들을 죽인 것은 옳은 일이었습니다. 제가 승상을 만나면 장군의 진정성을 대신 말씀드리겠습니다."

관공은 매우 기뻐하며 그와 함께 말에 올라 사수관을 지나 진국사 앞에 이르러 말에서 내렸다. 여러 중들이 종을 울리며 관공을 맞이했다.

원래 진국사는 한(漢) 명제(明帝)의 어전(御前) 향화원(香火院)으로 스님이 30여 명 있었다. 그들 중 한 스님이 뜻밖에 관공과 동향인으로 그의 법명은 보정(普淨)이었다. 보정은 이미 변희의 속셈을 알고 있었으므로 어떻게든 이 일을 알릴 생각으로 관공 앞으로 가서 일부러 말을 걸기를: "장군께서는 포동(蒲東)을 떠나신지 얼마나 되셨습니까?"

관공 曰: "20년이 다 되어 갑니다."

보정 曰: "장군께서는 소승을 알아보시겠습니까?"

관공 曰: "고향을 떠난 지 너무 오래되어 알아보지 못하겠습니다."

보정 曰: "소승의 집은 장군의 댁과 바로 개천 하나를 사이에 두고 마주 보고 있었지요."

변희는 보정이 관공과 고향 얘기를 주고받는 것을 보고 혹시 비밀이 탄로날까 봐 두려워 보정에게 꾸짖기를: "내가 장군을 모시고 연회에 가려고 하는데, 중놈 주제에 무슨 말이 그리 많으냐?"

관공 曰: "그러지 마시오. 고향 사람들이 서로 만났는데 어찌 옛 정을 나누지 않겠소!"

보정은 관공을 방장(方丈)으로 청하여 차를 대접하려고 했다.

관공 曰: "두 부인께서 수레에 계시니 그분들 먼저 드리도록 하시오."

보정은 먼저 두 부인께 차를 가져다 대접하라고 이르고 난 다음 관공을 청하여 자기의 방으로 들어갔다. 보정은 방으로 들어가면서 손으로 자신이 차고 있는 계도(戒刀)를 들어 보이며 관공에게 가만히 눈짓을 했다. 관공은 그 뜻을 알아채고 주위 사람들에게 칼을 들고 자기 뒤를 바짝 따르도록 했다. 변희는 관공을 청하여 연회석이 마련된 법당으로 들어갔다.

관공 曰: "변군(卞君)이 나를 이 자리에 청한 것은 좋은 의도인가, 아니면 나쁜 의도인가?"

변희가 미처 대답을 하기 전에 관공은 법당에 늘어져 있는 휘장 뒤에 도부수들이 숨어 있는 것을 발견하고 변희를 향해 큰 소리로 호통치기를: "내 너를 호인이라 생각했거늘, 어찌 감히 이럴 수가 있느냐?"

변희는 일이 이미 탄로 난 것을 알고 큰 소리로 외치기를: "모두 나와 이놈을 죽여라!"

그들이 막 손을 쓰려는 순간, 관공이 번개처럼 칼을 뽑아 그들 모두를 죽여 버렸다. 변희는 급히 법당을 빠져나와 복도를 돌아 달아났다. 관공은 쥐고 있던 검을 버리고 자신의 청룡도를 가지고 그를 쫓아갔다. 변희는 달아나면서 몰래 운장을 향해 유성추를 던졌다. 관공은 청룡도로 날아오는 유성추를 막고 뒤쫓아가서 단 칼에 그를 두 동강 내버렸다.

관공은 급히 몸을 돌려 두 부인이 있는 곳으로 달려 가 보니 벌써 군사들이 두 부인을 에워싸고 있었는데, 관공이 오는 것을 보자 사방으로 흩어져버렸다.

그들이 모두 달아난 것을 확인한 관공은 보정에게 사례하며 말하기를: "스님이 아니었으면 그놈들에게 해를 당할 뻔했습니다."

보정 曰: "소승도 이곳에 더 이상 머물 수 없게 되었으니 옷과 바리때를 수습하여 다른 곳으로 구름처럼 떠돌아다닐까 합니다. 인연이 되면 훗날 다시 만나겠지요. 장군께서는 부디 몸조심하십시오."

관공은 고맙다고 인사를 하고 수레를 호위하여 형양(滎陽)을 향해 나아갔다.

형양 태수 왕식은 낙양 태수 한복과는 인척간이다. 왕식은 한복이 관공의 손에 죽었다는 소식을 듣고 관공을 몰래 죽이려는 계책을 세우고 군사들에게 관문을 굳게 지키도록 했다.

관공 일행이 도착하자 왕식은 관에서 나가 반갑게 웃으며 관공을 맞이했다. 관공은 형을 찾아가게 된 사정을 왕식에게 자세히 설명했다.

왕식 曰: "장군께서 말을 타고 먼 길을 오시느라, 그리고 두 부인께서는 수레를 타고 오시느라 피곤하실 테니, 우선 성으로 들어가 역참에서 하룻밤 푹 쉬고 내일 아침에 떠나도 늦지 않을 것입니다."

관공은 왕식의 뜻이 매우 정성스럽다고 여겨 곧바로 두 형수님을 모시고 성 안으로 들어갔는데, 역참 안은 잠자리 등 모든 것이 잘 갖추어져 있었다. 왕식은 관공을 청하여 연회를 베풀려고 했으나 관공이 사양을 하니 사람을 시켜 역참으로 연회 음식을 보내왔다.

관공은 먼 길을 오느라 피곤하기도 하여 두 형수님께 저녁 식사 후 안채에 들어가서 쉬도록 하고, 종자들에게도 각자 편히 쉬도록 하고, 말들에게도 충분히 먹이를 주도록 한 다음, 자신도 갑옷을 벗고 휴식을 취했다.

한편 왕식은 종사 호반(胡班)을 불러서 은밀히 명하기를: "관모는 승상을 배반하고 도망가고 있다. 더구나 여기까지 오는 도중에 태수와 관문을 지키는 장교들을 죽였으니 죽을죄를 지은 놈이다. 그러나 이놈의 무용(武勇)은 우리가 대적할 수 없다. 너는 오늘 밤에 군사 1천 명을 거느리고 가서 역참을 포위하되 군사들에게 모두 횃불을 들고 기다리고 있다가 삼경(밤 11시에서 새벽 1시) 무렵 일제히 불을 질러라. 그래서 관공 일행을 모조리 불태워 죽이도록 하라. 나 역시 군사를 이끌고 가서 지원할 것이다."

호반은 명령을 받고 즉시 군사들을 점검하고 은밀히 마른 장작과 불이 잘 붙는 물건 등을 역참 문 밖에 쌓아 놓도록 하고 약속한 시간에 거사를 하기로 했다.

호반이 문득 생각이 들기를: "관운장이라는 이름은 오래 전부터 들어왔는데, 어떻게 생긴 사람인지는 알지 못하니 한번 가서 몰래 살펴봐야겠다."

역참 안으로 들어간 호반은 관리인에게 묻기를: "관 장군은 어디 계시느냐?"

그가 답하기를: "지금 대청에서 책을 보고 계십니다."

호반은 발소리를 죽이고 몰래 대청 가까이 가서 보니, 관공은 왼손으로 수염을 쓰다듬으며 등불 아래에서 작은 탁자에 기대어 책을 읽고 있다. 호반은 자기도 모르는 사이에 탄성을 지르기를: "참으로 하늘이 내린 사람이로다!"

관공이 누구냐고 물으니 호반이 들어와 절을 하며 말하기를: "형양 태수의 부하인 종사 호반이옵니다."

관공 曰: "호반이라, 그렇다면 자네가 허도 성 밖에 사는 호화(胡華)의 아들이란 말인가?"

호반 曰: "그렇습니다."

관공은 종자를 불러 짐 속에서 편지를 꺼내오도록 하여 호반에게 주었다. 편지를 다 읽고 난 호반은 탄식하며 말하기를: "하마터면 현량하고 충성스러운 사람을 죽일 뻔했구나!"

즉시 관공에게 은밀히 고하기를: "왕식은 결코 좋은 인간이 아닙니다. 지금 장군을 해치려고 몰래 군사들로 하여금 역참을 포위하게 하고 오늘 밤 삼경에 불을 놓을 것입니다. 제가 지금 가서 성문을 열어 놓을 것이니 장군께서는 급히 행장을 수습하여 성을 나가십시오."

관공은 크게 놀라서 황급히 투구와 갑옷을 걸치고 청룡도를 들고 말에 올랐다. 그리고 두 형수를 수레에 태워 역참을 나왔다. 나가면서 보니 과연 역참을 포위한 군사들이 저마다 횃불을 들고 명령만을 기다리고 있었다.

관공이 급히 성문 가까이 다다르니 성문은 이미 열려 있었다.

관공은 수레를 재촉하여 급히 성문을 빠져나갔다.

호반은 돌아가서 역참에 불을 질렀다. 관공이 몇 리도 채 못 갔는데 뒤에서 횃불이 밝게 비치며 군사들이 쫓아왔다. 앞장을 선 왕식이 외치기를: "관모는 게 섯거라!"

관공은 말을 멈추고 서서 큰 소리로 꾸짖기를: "네 이놈! 내 너와 원수진 일이 없거늘 어찌 나를 불태워 죽이려고 했느냐?"

왕식은 말에 박차를 가하여 창을 꼬나들고 곧장 관공에게 달려들었다. 그러나 관공이 칼을 한 번 휘두르자 허리가 잘려 그만 두 동강이 나고 말았다. 그를 따라 온 군사들은 모두 달아나 버렸다. 관공은 수레를 재촉하여 서둘러 가면서 생각하니 호반이 고맙기 그지없었다.

관공 일행이 활주(滑州) 경계에 이르렀다. 관공이 이곳으로 오고 있다는 보고를 받은 활주 태수 유연이 기병 수십 기를 이끌고 성 밖으로 나와서 그를 맞았다.

관공이 말 위에서 몸을 굽혀 인사하며 말하기를: "태수께서는 그간 별고 없으신지요?"

유연 曰: "공은 지금 어디로 가시는 길이오?"

관공 曰: "승상께 하직하고 형님을 뵈러 가는 길이오."

유연 曰: "현덕은 원소에게 가 있는데, 원소는 바로 승상의 원수 아니오? 그런데도 공이 그곳으로 가는 것을 허락했다는 말이오?"

관공 曰: "지난날 이미 약속한 일이었소이다."

유연 曰: "지금 황하를 건너는 모든 나루터는 하후돈의 부장 진기(秦琪)가 지키고 있는데, 아마도 장군이 건너는 것을 허용하지 않을 것입니다."

관공 曰: "그렇다면 태수께서 배 한 척을 내어 주시면 안 되겠습니까?"

유연 曰: "배는 있지만, 감히 내어드릴 수는 없습니다."

관공 曰: "지난번 내가 안량과 문추를 베어 태수를 위기에서 구해 주었는데, 그까짓 배 한 척도 못 내어 준다니, 그 까닭이 무엇이오?"

유연 曰: "제가 배를 내어준 것을 하후돈이 알면 반드시 제게 그 죄를 물을 것이기 때문입니다."

관공은 유연이 아무런 쓸모없는 인간임을 알고 그대로 수레를 재촉하여 황하를 건너는 나루터에 도착했다.

진기가 군사를 이끌고 나와 묻기를: "누군데 이리로 오는가?"

관공 曰: "한수정후 관모입니다."

진기 曰: "지금 어디로 가시려는 것이오?"

관공 曰: "형님 유현덕을 만나 뵈러 하북으로 가는 길이니 부디 강을 건너게 해 주시오."

진기 曰: "승상의 증명서는 어디 있소?"

관공 曰: "나는 이미 승상의 지휘 통제를 받는 사람이 아닌데 무슨 증명서가 있겠소?"

진기 曰: "나는 하후(夏侯) 장군의 영을 받들어 이곳을 지키고 있소. 당신이 설령 날개가 달렸다고 해도 결코 이곳을 날아서도 건너지 못할 것이오!"

관공이 크게 화가 나서 말하기를: "너는 내가 오는 도중에 나를 막는 자들은 모조리 내 손에 죽임을 당했다는 소문을 못 들었느냐?"

진기 曰: "네가 죽일 수 있었던 자들은 모두 이름 없는 하급 장수들뿐, 나조차 네가 죽일 수 있을 것 같으냐?"

관공이 화를 내며 말하기를: "그렇다면 적어도 네놈이 안량과 문추보다는 낫다는 말이냐?"

진기도 크게 화가 나서 칼을 들고 말을 달려 관공에게 달려들었다. 두 필의 말이 교차하기를 단 한 합에 관공의 칼에 진기의 머리가 떨어져

나갔다.

관공 曰: "나를 막은 자들은 이미 다 죽었다. 남은 자들은 놀라서 달아날 필요 없다. 어서 배를 준비하여 내가 건너가도록 하라!"

군사들이 급히 배를 저어 강기슭에 대었다. 관공이 두 형수를 배에 오르게 하여 무사히 황하를 건너니, 이제 그곳은 원소의 땅이었다. 관공은 다섯 관문을 지나오면서 여섯 명의 장수들을 베어 죽였다.

후세 사람이 이를 감탄하여 지은 시가 있으니:

인수와 황금 그냥 두고 조 승상 떠나	卦印封金辭漢相
형님을 찾으러 아득한 먼길 돌아가네	尋兄遙望遠途還
적토마에 올라타서 천리 길 달려가며	馬騎赤免行千里
청룡도 비껴들고 다섯 관문 지나갔네	刀偃靑龍出五關
장하도다 그 충의는 우주에 충만하니	忠義慨然沖宇宙
그 영웅 이로부터 강산을 뒤흔들었다	英雄從此震江山
혼자서 관문 장수들 죽이니 무적이라	獨行斬將應無敵
예나 지금이나 글짓기 제목 감이로다	今古留題翰墨間

관공은 말 위에서 혼자 탄식하기를: "내가 오는 도중에 사람을 죽일 생각은 털끝만큼도 없었지만, 어쩔 수 없는 일이었다. 하지만 조공이 이 일을 알게 되면 틀림없이 나를 배은망덕하다고 할 것이다."

한참 길을 가고 있을 때 문득 보니 북쪽에서 한 사람이 말을 달려오며 외치기를: "운장은 잠시 멈추시오."

관공이 말을 세우고 보니 바로 손건이다.

관공 曰: "여남에서 헤어진 후의 소식이 궁금합니다."

손건 曰: "장군께서 허도로 돌아가신 후 유벽(劉辟)과 공도(龔都)가 다시 여남을 탈환했습니다. 그러고는 저를 하북으로 보내서 원소와 결탁하고, 현덕을 청해 함께 조조를 칠 계책을 의논하려 했지요. 그런데 뜻밖에도 하북에 가보니, 하북의 장수들은 서로 시기와 질투가 너무 심하여, 전풍은 그때까지도 옥에 갇혀 있고 저수는 내쫓겨서 쓰이지 않고 있으며, 심배와 곽도는 서로 권력을 쥐려고 다투고 있었지요. 그런데도 원소는 의심만 많고 줏대가 없어 아무것도 결정하지 못했습니다. 고민 끝에 저는 유 황숙과 상의하여 우선 원소로부터 빠져나올 계책부터 강구하여, 지금 황숙께서는 이미 여남으로 가셔서 유벽을 만났습니다. 황숙께서는 이런 정황을 모르는 장군께서 원소에게 갔다가 혹시 해를 입지 않을까 염려하여 특별히 저를 보내서 도중에 장군을 맞이하도록 했는데, 천만다행으로 이렇게 만나게 되었습니다. 장군께서는 속히 여남으로 가서 황숙을 만나시지요."

관공은 손건에게 두 부인을 뵙도록 하자, 두 부인은 황숙의 소식을 물었고, 손건이 자세히 설명하기를: "원소는 두 번이나 황숙을 죽이려고 했으나, 지금은 다행히 몸을 피하여 여남에 계십니다. 부인께서도 운장과 함께 그곳에 가시면 황숙을 만나 뵐 수 있습니다."

이 말을 들은 두 부인은 얼굴을 가리고 눈물을 흘렸다. 관공은 손건의 말을 듣고 하북으로 가지 않고 곧장 여남을 향해 길을 가는데 갑자기 뒤에서 검은 먼지가 자욱히 일면서 한 무리의 군마가 쫓아오는데, 선두에 선 하후돈이 큰 소리로 외치기를: "관우 네 이놈, 게 섯거라!"

이야말로:

관문 지키던 여섯 장수 헛되이 죽었는데 六將阻關徒受死

한 떼의 군사들 또 길 막고 싸우자 하네　一軍攔路復爭鋒

관공은 과연 이 고비를 어떻게 벗어날 것인가?

다음 회를 기대하시라.

제 28 회

관우는 채양 형제 죽여 장비 의심 풀고
고성에서 모인 군신들 재기를 도모하다

斬蔡陽兄弟釋疑

會古城主臣聚義

관공이 손건과 함께 두 부인을 모시고 여남으로 가는데, 뜻밖에 하후돈이 3백여 기병들을 거느리고 뒤쫓아왔다.

관공은 손건으로 하여금 수레를 보호하여 먼저 가도록 하고, 자신은 말머리를 돌려 청룡도를 쥐고 묻기를: "너희들이 나를 쫓는 것은 승상의 넓으신 도량을 손상시키는 일인 줄 왜 모르는가?"

하후돈 曰: "승상께서는 너를 보내 주라는 전문이 없었을 뿐만 아니라, 너는 도중에 사람을 여럿 죽였고 또 내 부장까지 죽였으니 무례하기 짝이 없는 놈이다. 내 반드시 너를 사로잡아 승상께 바쳐서 직접 결정하시도록 해야겠다.

하후돈이 말을 마치자마자 창을 꼬나들고 달려들려고 하는 순간, 뒤에서 한 사람이 나는 듯이 말을 달려오며 외치기를: "관 장군과 싸우면 안 됩니다!"

관공은 말고삐를 잡고 가만히 서 있는데, 그 사자가 와서 가슴에서 공문을 꺼내 하후돈에게 내보이며 말하기를: "승상께서 관 장군의 충의를 경애하시어 도중에 관문에서 가는 길을 막을까 염려하여 특별히 저에게 공문을 주시어 각처로 돌아다니게 했습니다."

하후돈 曰: "관모가 도중에 우리 장수들을 여럿 죽였다는 사실을 승상께서 알고 계시는가?"

사자 曰: "그것은 아직 모르고 계십니다."

하후돈 曰: "그렇다면 내가 이 자를 사로잡아 승상께 보내서, 그래도 승상이 이 자를 다시 보내줄 것인지 기다려 봐야겠다."

관공이 화가 나서 말하기를: "내가 너 따위를 겁낼 줄 아느냐?"

관공이 말에 박차를 가하여 청룡도를 들고 곧장 하후돈에게 달려들었다. 하후돈도 창을 꼬나들고 맞아 싸웠다. 두 말이 서로 교차하며 채 십 합을 싸우기도 전에 또 한 사람이 말을 달려오며 큰 소리로 외치기를: "두 장군은 싸움을 잠시 멈추시오."

하후돈이 창을 멈추고 사자에게 묻기를: "승상께서 관모를 사로잡아 오라고 하셨느냐?"

사자 曰: "아닙니다. 승상께서는 관문을 지키는 장수들이 관 장군을 막고 못 가게 할까 염려되어 제게 공문을 가지고 가서 지나가도록 하라고 하셨습니다."

하후돈 曰: "저자가 지나가는 관문마다 사람을 죽인 걸 알고 계시느냐?"

사자 曰: "모르고 계십니다."

하후돈 曰: "승상께서 그가 사람을 죽인 것을 모르신다면 결코 보내줄 수 없다."

하후돈은 즉시 군사들을 지휘하여 관공을 포위했다. 관공이 크게 화가 나서 칼을 휘두르며 싸우려고 하는데, 진 뒤에서 또 한 사람이 말을 달려오며 큰 소리로 외치기를: "운장과 원양(元讓: 하후돈)은 싸우지 마시오!"

그는 다름 아닌 장료였다. 두 사람은 말을 세우고 기다리니 장료가 다가와서 말하기를: "나는 승상의 명을 받고 왔소. 승상께서는 운장이 관문에서 장군들을 죽였다는 말을 들으시고 나를 보내면서 각처의 관문에 지시를 전달하여 관공을 그대로 보내라 명하였소."

하후돈 曰: "진기는 채양의 조카로 나에게 진기를 맡기면서 특별히 잘 돌봐 주라고 부탁했는데, 이번에 그가 관우의 손에 죽었는데, 어찌 그냥 두란 말이오?"

장료 曰: "그 일은 내 돌아가서 채 장군께 잘 말씀드리겠소. 이미 승상께서 크신 도량으로 운장을 보내 주라 하셨으니, 공들은 함부로 승상의 뜻을 어기지 마시오."

하후돈은 어쩔 수 없이 군사를 뒤로 물려야만 했다.

장료 曰: "운장은 이제 어디로 갈 작정이오?"

관공 曰: "형님께서 또 원소에게 안 계신다고 하니, 이제부터는 천하를 두루 돌아다니며 형을 찾아볼 작정이오."

장료 曰: "현덕이 어디 계신지 모른다면 승상께 다시 돌아가시는 게 어떻겠소?"

관공이 웃으면서 말하기를: "어찌 그럴 수가 있겠소. 문원은 돌아가서 승상을 뵙고 내가 사죄하더라고 전해 주시오."

말을 마치자 두 사람은 손을 맞잡고 작별 인사를 나누었다.

이리하여 장료와 하후돈은 군사를 거느리고 돌아갔다.

관공은 수레를 뒤쫓아가서 손건에게 방금 있었던 일을 말해 주었다. 두 사람은 말머리를 나란히 하고 관도를 향한지 수일이 지났다. 어느 날 갑자기 큰비가 내려 행장이 모두 젖어 버렸다. 멀리 바라보니 산기슭에 집이 한 채 보여, 관공은 수레를 이끌고 그곳으로 가서 하룻밤 묶어가기로 했다.

집 안에서 노인 한 사람이 나와 맞이하기에 관공이 찾아온 뜻을 설명했다.

노인 曰: "제 성은 곽(郭)이고 이름은 상(常)으로 대대로 이곳에서 살면서 장군의 이름을 들은 지 오래되었는데, 이렇게 만나 뵙게 되어 다행입니다."

노인은 즉시 두 부인을 후당으로 모셔가서 쉬시도록 하고, 곧 양을 잡고 술을 걸러 초당에서 관공과 손건을 대접하는 한편 일행들이 비에 젖은 행장을 불에 말리고 말들에게도 풀을 먹이게 했다.

해 질 무렵이 되자 한 소년이 여러 사람을 데리고 집으로 들어오더니 초당까지 올라왔다.

곽상이 부르며 말하기를: "이리 와서 장군님께 인사 올려라."

그러고는 관공에게 말하기를: "이놈이 제 자식이옵니다."

관공이 그 소년을 보고 어디 갔다 왔느냐고 묻자, 곽상이 대신 답하기를: "사냥하러 갔다가 지금 돌아오는 길입니다."

소년이 장군께 인사만 하고 바로 나가 버렸다.

곽상이 눈물을 흘리며 말하기를: "우리는 대대로 농사를 지으면서 그래도 책을 읽어 왔는데, 하나밖에 없는 자식이 본업에는 힘쓰지 않고 그저 사냥하고 노는 것만 일삼으니 가문의 불행입니다."

관공 曰: "지금은 난세이니 무예라도 잘만 익히면 공명을 얻을 수 있는데 어찌 불행이라고 하시오?"

곽상 曰: "저놈이 만약 무예를 익히려고만 한다면 사람 노릇을 할 수 있으니 무슨 걱정이겠습니까? 그저 못된 짓만 골라 하려 드니 그래서 이 늙은이가 걱정하는 것이지요."

관공은 다시 위로할 말이 없어 역시 탄식했다.

밤이 깊어 곽상은 물러가고 관공은 손건과 함께 막 잠자리에 들려고 하는데 갑자기 후원에서 말울음 소리와 함께 사람들의 떠드는 소리가 들려왔다. 자리에서 일어난 관공은 종자를 불렀으나 대답이 없어 손건과 함께 칼을 들고 후원에 나가 보니, 곽상의 아들은 바닥에 쓰러져 소리를 지르고, 종자들은 사람들과 싸우고 있었다.

관공이 무슨 일이냐고 묻자 종자가 대답하기를: "이자가 적토마를 훔치러 왔다가 말발굽에 채여 넘어졌습니다. 우리는 이놈이 지르는 소리를 듣고 살펴보러 나왔는데 이자들이 도리어 우리에게 싸움을 걸어왔습니다."

관공이 화를 내며 말하기를: "쥐새끼 같은 도적놈이 어디 감히 내 말을 훔치려 한단 말이냐!"

관공이 막 혼내 주려고 할 때, 곽상이 급히 달려와 사정하며 말하기를: "불초한 자식이 이런 나쁜 짓을 하였으니 그 죄는 만 번 죽어 마땅하나 늙은 제 아내가 애지중지하는 자식이라, 부디 장군께서 너그러이 용서해 주시기 바랍니다."

관공 曰: "노인장이 말한 것처럼 과연 불초한 자식이구려. 아비만큼 자식을 잘 아는 사람이 없다고 하더니 틀린 말이 아니군요. 내 노인의 낯을 봐서 일단은 용서해 주겠소."

관공은 종자들에게 말을 잘 보살피라 이르고, 그곳에 모여 있는 사람들을 꾸짖어 물러가게 하고 손건과 함께 초당으로 돌아와서 쉬었다.

다음 날 곽상 부부가 초당 앞에 와서 절을 하며 말하기를: "강아지가 범의 위엄을 모독했음에도 장군께서 너그러이 용서해 주셨으니 그 은혜 무엇으로 갚아야 할지 모르겠습니다."

관공이 그 아들을 데리고 나오라고 하면서 말하기를: "내 좋은 말로 타일러보리다."

곽상 曰: "그놈은 사경(四更: 새벽 3시~5시) 무렵, 그 무뢰배를 데리고 어디론지 가 버렸습니다."

관공은 곽상에게 작별 인사를 하고 두 형수를 모시고 그 집을 나섰다. 관공이 손권과 말머리를 나란히 하고 수레를 호위하며 산길로 접어들어 30리 쯤 갔을 때 산 뒤에서 백여 명의 무리들이 몰려나왔다. 선두의 두 사람은 말을 타고 있었는데 앞에 있는 자는 머리에 황건을 두르고 전포를 입었으며, 뒤에 있는 자는 바로 곽상의 아들이었다. 머리에 황건을 두른 자가 앞으로 나서며 말하기를: "나는 천공장군(天公將軍) 장각(張角)의 부장(部將)이다. 거기 오는 자는 어서 적토마를 내놓아라, 그러면 그대로 보내 주겠다."

관공이 크게 웃으며 말하기를: "이 무식하고 얼빠진 도적놈아! 네놈이 장각을 따라다녔다면 유·관·장 세 형제의 이름쯤은 들어 보았겠지!"

머리에 황건을 두른 자가 말하기를: "나는 얼굴이 붉고 긴 수염을 가진 사람이 관운장이라는 말만 들었을 뿐 아직 그의 얼굴은 본 적이 없다. 그런데 너는 누군데 그런 걸 묻느냐?"

관공이 말을 멈추고 청룡도를 내려 세우더니 수염 주머니를 풀어 기다란 수염을 꺼내 보여 주었다. 그 사람은 말안장에서 구르듯 황급히 내려오더니 곽상의 아들 뒷덜미를 잡아 말에서 끌어내려 관공의 말 앞으로 끌고 와서 같이 땅에 엎드려 절을 했다.

관공이 그의 성명을 묻자 아뢰기를: "저의 성은 배(裴), 이름은 원소(元紹)입니다. 장각이 죽은 뒤로 의지할 곳이 없어, 무리를 모아 이곳 산속에서 숨어 지내고 있습니다. 오늘 새벽에 이놈이 와서 보고하기를, '어떤 손님이 천리마를 타고 와서 우리 집에 묵었다.'고 하면서 가서 그 말을 약탈하자고 했습니다. 그런데 뜻밖에 장군을 만나게 된 것입니다."

곽상의 아들도 연신 엎드려 절하며 살려 달라고 애걸했다

관공 日: "네 아비의 얼굴을 봐서 특별히 네놈 목숨을 살려 주는 것이다."

곽상의 아들은 머리를 감싸 쥐고 쥐새끼가 달아나듯 도망쳤다.

관공이 배원소에게 말하기를: "너는 나를 본 일이 없다면서 어찌 내 이름을 아느냐?"

배원소 日: "여기서 20리 쯤 떨어진 곳에 와우산(臥牛山)이 있습니다. 산 위에는 주창(周倉)이라는 관서(關西) 사람이 있는데, 그는 두 팔로 천 근의 무게를 들 정도로 힘이 장사인 데다가 기골이 장대하고 곱슬한 수염을 가진 풍채가 당당한 사람입니다. 그는 원래 황건적 장보(張寶)의 부하 장수로 있다가 장보가 죽은 후 역시 산속에 패거리를 불러 모았습니다. 그는 여러 번 저에게 장군의 명성을 이야기하며 만나 뵐 길이 없음을 한탄했습니다."

관공 日: "녹림(綠林: 도적의 소굴)은 호걸들이 발붙일 곳이 못 된다. 너희들은 앞으로 나쁜 길을 버리고 좋은 길로 들어서도록 하고, 다시는 자신의 몸을 더럽히지 말도록 하라."

배원소가 고맙다고 인사를 올리는데 저 멀리서 한 무리의 사람들이 몰려왔다.

원소 日: "저기 맨 앞에 오는 자는 틀림없이 주창일 것입니다."

관공은 말을 세우고 그를 기다렸다. 과연 얼굴이 검고 기골이 장대한 사람이 창을 들고 말을 달려 무리를 이끌고 왔다.

관공을 본 그는 깜짝 놀라면서도 기쁜 표정으로 말하기를: "아니! 관 장군님 아니십니까?"

황급히 말에서 내려 관공의 말 앞에 엎드리며 말하기를: "주창이 절

을 올립니다."

관공 曰: "장사는 나를 본 적이 있는가?"

주창 曰: "이전에 황건적 장보를 따라다닐 때 장군을 뵌 적이 있습니다. 제가 어찌하다 도적의 무리에 몸을 담고 있어 장군을 모실 수 없는 것을 늘 한스럽게 생각하던 터에 오늘 다행히 뵙게 되었으니, 바라건대 장군께서 저를 버리지 마시고 보졸도 좋으니 거두어 주십시오. 늘 장군의 곁에서 채찍을 잡고 등불을 들고 따라다니게만 해 주신다면 죽어도 여한이 없겠습니다."

관공은 그의 뜻이 매우 간절하게 느껴져서 묻기를: "그대가 만약 나를 따른다면 그대 수하 사람들은 어찌할 것인가?"

주창 曰: "따르겠다는 자는 데려갈 것이고 따르기를 원하지 않은 자들은 각자 원하는 대로 가도록 할 것입니다."

그러자 수하의 무리들이 이구동성으로 말하기를: "저희도 모두 따르겠습니다."

관공이 말에서 내려 수레 앞으로 다가가 두 형수께 여쭈었다.

감 부인 曰: "숙부님께서는 허도를 떠나 여기까지 홀로 오시는 동안 숱한 곤경을 겪으면서도 단 한 번도 군사들이 따르게 한 일이 없었지요. 지난번 요화가 따르겠다고 할 때도 물리치셨는데 이번에는 어인 일로 주창의 무리를 받아들이려 하시는지요? 하지만 이건 저희 아낙의 좁은 소견이니 숙부님께서 알아서 하시지요."

관공 曰: "형수님 말씀이 지당하십니다."

수레에서 물러나온 관공이 주창에게 말하기를: "내가 매정해서가 아니라 두 형수님 말씀을 따르지 않을 수 없으니, 그대들은 일단 산으로 돌아가서 내가 형을 찾을 때까지 기다리시게. 내 반드시 그대들을 다시 찾겠네."

주창이 다시 머리를 조아리며 사정하기를: “제가 비록 거칠고 생각이 짧아 한때 길을 잘못 들어 도적이 되었으나, 지금 장군을 만나 뵌 것은 하늘의 해를 다시 본 것과 같사온데 어찌 또다시 잘못을 범할 수 있겠습니까? 만약 모든 사람들이 따라가는 게 부담이 되다면 이 사람들은 모두 배원소에게 맡기고 저 혼자만이라도 걸어서 가겠습니다. 장군을 따라갈 수만 있으면 만 리 길도 두렵지 않습니다.”

관공이 다시 주창의 뜻을 두 형수님께 아뢰자, 감 부인이 말하기를: “한두 사람이야 무방하지 않을까요?”

관공은 주창에게 수하의 사람들은 배원소에게 맡겨 그를 따라가게 했다.

배원소 曰: “저도 관 장군을 따라가고 싶습니다.”

주창 曰: “자네까지 따라가면 이 무리들은 모두 흩어질 것이네. 그러니 자네가 당분간 통솔하고 있게나. 내가 관 장군을 따라가서 자리를 잡게 되면 곧 자네를 데리러 오겠네.”

배원소는 매우 아쉬운 마음으로 헤어졌다.

주창은 관공을 따라 여남으로 출발했다. 며칠을 가다 보니 저 멀리에 산성이 보였다.

관공이 지나가는 토박이에게 묻기를: “저곳은 어디인가?”

토박이 曰: “고성(古城)이라는 곳인데 몇 달 전에 성은 장(張), 이름은 비(飛)라는 장수가 수십 명의 기병을 데리고 이곳으로 와서 현령을 쫓아내 버리고 성을 차지했습니다. 그리고 군사를 모으고 말을 사들이고 군량과 마초를 마련하기 시작했는데 지금은 수하에 4~5천 명이나 되는 군사들이 있어서 이 근방에서는 감히 그와 대적할 자가 없습니다.”

관공이 기뻐하며 말하기를: “서주를 잃고 헤어진 뒤 아우의 행방을 모르고 있었는데 여기에 있을 줄 누가 알았겠느냐!"

그러고는 손건에게 먼저 성 안으로 들어가서 소식을 알려주어 장비에게 두 분 형수님을 영접하라고 일렀다.

한편 장비는 망탕산(硭碭山) 속에서 한 달 남짓 지내다가 현덕의 소식이 궁금하여 산을 내려왔다가 우연히 고성을 지나게 되었는데 마침 식량이 다 떨어져 식량이나 좀 빌리려고 현으로 들어갔는데 현령이 빌려주지 않자, 화가 난 장비는 현령을 쫓아 버리고 현령의 인수를 빼앗고 그 성을 차지하여 그곳에 머물고 있었던 것이다.

이날 관공의 명을 받고 성에 들어간 손건이 장비에게 예를 올린 다음 그간의 사정을 자세히 말하기를: "현덕께서는 원소를 떠나 여남으로 찾아가셨습니다. 그리고 운장은 허도를 떠나 두 분 형수님을 모시고 여기까지 오셨으니, 장군께서 직접 나가서 영접하시지요."

장비는 손건의 말을 다 듣고 나서 뜻밖에 아무 대답도 하지 않고 곧바로 갑옷과 투구를 쓰고 긴 창을 들고 말에 올라 1천여 명을 이끌고 곧장 북문을 나갔다. 손건은 놀랍고 의아했지만, 감히 물어보지 못하고 그저 그를 따라 성을 나설 수밖에 없었다.

관공은 멀리서 장비가 오는 것을 보자 기쁨을 감추지 못하고 청룡도를 주창에게 맡기고 말을 달려 맞이하러 갔다. 그런데 이게 웬일인가! 장비는 고리눈을 부릅뜨고 범의 수염을 곧추세우고 뇌성을 지르며 장팔사모(丈八蛇矛)를 휘두르며 곧바로 관공을 향해 찔렀다.

깜짝 놀란 관공은 얼른 피하며 외치기를: "아우님, 어찌 이러는가!"

장비가 호통치기를: "너처럼 의리 없는 놈이 무슨 낯짝으로 나를 찾아 왔는가!"

관공 曰: "내가 어찌하여 의리가 없다고 하느냐?"

장비 曰: "형님을 배반하고 조조에게 붙어 후작까지 받은 놈이 이번엔 또 나를 속이려고 왔단 말이냐? 내 오늘 기필코 네놈과 사생결단을 내고야 말 테다."

관공 曰: "그건 자네가 몰라서 하는 소리네! 내가 말해 봐야 믿기 어려울 테니 두 분 형수님들께 직접 물어보시게."

오랜만에 만난 두 숙부가 오해가 깊어 생사를 걸고 싸우려는 모습에 두 형수가 더 이상 참을 수 없어 드리워진 발을 걷어 올리고 장비를 불러서 말하기를: "작은 숙부님, 왜 이러세요?"

장비 曰: "형수님께선 가만히 계십시오. 일단 제가 의리를 저버린 저놈을 죽여 버린 다음에 형수님들을 성 안으로 모시겠습니다."

감 부인 曰: "큰 숙부님은 두 분의 행방을 몰랐기 때문에 잠시 조씨(曹氏)에게 몸을 의탁했을 뿐이고, 이제 형님께서 여남에 계신다는 것을 알고 온갖 위험을 무릅쓰고 우리를 여기까지 데려온 것이니, 작은 숙부님께서는 제발 오해를 하지 마세요."

미 부인 曰: "큰 숙부님이 허도로 가신 것은 정말 어쩔 수 없는 선택이었어요."

장비 曰: "형수님들은 지금도 저놈에게 속고 있는 거예요. 충신은 차라리 죽을지언정 욕을 보지 않는 법(忠臣寧死而不辱)이거늘, 대장부가 어찌 두 주인을 섬길 수가 있습니까?"

관공 曰: "아우는 제발 나에게 억울한 말 그만 하시게."

손건 曰: "운장께서는 일부러 장군을 찾아오신 것이오."

장비가 호통을 치기를: "허튼소리 하지 마라. 좋은 마음으로 날 찾아왔을 리가 없다. 틀림없이 날 잡으러 왔을 것이다."

관공 曰: "내가 너를 잡으러 왔다면 반드시 군사를 데리고 왔을 것이다."

장비가 손을 가리키며 말하기를: "저기 오는 군사는 데리고 온 것이 아니면 무엇이냐?"

관공이 고개를 돌려보니 과연 먼지를 자욱하게 일으키며 한 무리의 군사들이 몰려오고 있었는데, 바람에 나부끼는 깃발을 보니 틀림없는 조조의 군사였다.

장비가 크게 화를 내며 말하기를: "네놈이 이래도 발뺌할 셈이냐?"

그는 장팔사모를 꼬나들고 곧바로 찌르려 한다.

관공은 급히 그에게 멈추라고 하면서 말하기를: "아우는 잠깐 멈추시게! 내 저기 오는 장수를 베어서 자네에게 내 진심을 보여 주겠네."

장비 曰: "네게 정말 그런 마음이 있다면, 내가 북을 세 번 치는 동안 적장의 목을 가져오너라."

관공은 그리하겠다고 대답했다.

잠시 후 조조의 군사가 당도했는데 선봉에 선 장수는 바로 채양이었다. 그는 칼을 꼬나들고 말을 달려오며 큰 소리로 외치기를: "네놈이 내 조카 진기를 죽이고 여기까지 도망쳐 왔구나! 내 승상의 명을 받들어 네놈을 잡으러 왔느니라."

관공은 아무 말도 않고 청룡도를 들고 곧바로 달려 나갔다. 장비는 직접 북채를 쥐고 북을 울렸다. 한 번 친 북소리가 채 다 울리기도 전에 관공의 청룡도가 번쩍 들렸는데 채양의 목은 이미 땅에 떨어졌다. 그를 따르던 많은 군사들은 겁을 먹고 흩어져 달아났다. 관공은 장군기를 들고 있던 병졸을 사로잡아 이곳에 오게 된 연유를 물으니, 그 병졸이 대답하기를: "채양은 장군이 자기 조카를 죽였다는 말을 전해 듣고 몹시 화를 내며 하북으로 가서 장군을 치려고 하였습니다. 하지만 승상이 허락하지 않으시고 대신에 군사를 내주면서 그로 하여금 여남으로 가서 유벽을 치도록 하였는데, 뜻밖에 여기서 장군을 만나게 된 것입니다."

관공은 그의 말을 듣고 나서 그에게 장비 앞에 가서 방금 한 말을 그

대로 고하라고 했다. 장비는 관공이 허도에 있을 때의 일을 캐물었고 그는 처음부터 끝까지 하나도 빼놓지 않고 다 말해 주었다. 장비는 그제야 관공의 말을 믿게 되었다.

한창 이야기를 하고 있는 그때, 성 안에서 군사가 달려와서

보고하기를: "성의 남문 밖에서 10여 명의 기병들이 급히 달려오고 있는데 누군지 잘 모르겠습니다."

장비는 속으로 의심을 하면서 급히 남문으로 가 보니 과연 십여 명이 말을 타고 달려오는데 그들은 모두 가벼운 활과 화살만 매고 있었다. 그들은 장비를 보자 바로 말에서 뛰어내리는데 바로 미축(糜竺)과 미방(糜芳)이었다. 장비 역시 말에서 내려 그들을 반겼다.

미축 曰: "서주성을 잃고 헤어진 뒤 우리 형제는 난을 피해 고향으로 돌아가서 사람을 시켜 이리저리 수소문한 결과 운장은 조조에게 항복했고, 주공은 하북에 계시고, 간옹 역시 하북으로 갔다고 들었습니다. 그렇지만 장군의 행방만은 모르다가 어제 노상에서 우연히 한 무리의 사람들을 만났는데, 그 사람들 말이 지금 고성에 장씨 성을 가진 장군이 있는데 그 생김새가 이러이러하다고 하였소. 우리 형제는 틀림없이 장군일 것이라고 생각하고 찾아 왔는데, 다행히 이렇게 만나 보게 되었구려."

장비 曰: "방금 전에 운장 형님은 손건과 함께 두 형수님을 모시고 여기 도착했고, 큰형님이 계신 곳도 알아냈소."

미축과 미방은 크게 기뻐하며 장비와 함께 가서 관공을 만나 보고 두 부인께도 인사를 올렸다. 장비는 곧 두 형수님을 모시고 성 안으로 들어갔다. 관아에 들어가 자리에 앉은 후, 두 부인은 그동안 관공이 지내온 일들을 자세히 말해 주었다. 장비는 그제야 목 놓아 울면서 운장에게 큰절을 올렸다. 미축과 미방도 감격했고, 장비 역시 헤어진 후의 일들을 풀어 놓았다. 그리고 연회를 크게 베풀어 다시 만나게 된 것을 축하하며

기뻐했다.

다음 날 장비도 관공과 함께 여남으로 현덕을 만나 보려 가려고 하자 관공이 말하기를: "아우는 두 형수님을 모시고 잠시 이곳에 머물러 있게. 내 먼저 손건과 함께 가서 형님 소식을 알아 오겠네."

장비는 그리하겠다고 대답했다.

관공과 손건은 기병 몇 명만 데리고 여남으로 달려갔다. 유벽과 공도가 그들을 맞이했다.

관공이 곧바로 묻기를: "황숙께서는 어디 계시오?"

유벽 曰: "황숙께서는 이곳에 며칠 계시다가 우리 군사가 적은 것을 보시고는 다시 원소와 상의해야겠다고 하시면서 하북으로 가셨습니다."

관공은 허탈했다.

손건 曰: "그러실 필요 없습니다. 다시 한번 말을 달려 하북으로 가서 황숙께 소식 전해드리고 함께 고성으로 돌아가면 그만입니다."

관공은 그렇게 하기로 하고 유벽과 공도를 떠나 고성으로 다시 돌아가 장비에게 사정을 말하니 장비가 또다시 하북으로 함께 가겠다고 했다.

관공 曰: "이제 이 성은 우리에게 유일한 안식처나 마찬가지이니 가벼이 해서는 안 되네. 내가 손건과 함께 원소에게 가서 형님을 모셔올 테니, 아우는 여기 남아서 성을 지켜야 하네."

장비 曰: "형은 그의 장수 안량과 문추를 죽였는데, 가면 그들이 가만두겠소?"

관공 曰: "상관없네. 내 그곳에 가서 형편껏 잘 대처할 것이네."

그러고는 관공이 주창을 불러 묻기를: "와우산의 배원소에게 군사들이 얼마나 있는가?"

주창 曰: "4~5백 명은 될 겁니다."

관공 曰: “나는 지금 형님을 찾으러 지름길로 찾아 갈 것이니, 자네는 와우산으로 가서 그곳 군사들을 데리고 큰길로 나와 우리가 돌아올 때 기다리도록 하게.”

주창은 명을 받고 떠났다. 관공은 손건과 함께 기병 20여 명만 데리고 하북으로 갔다.

하북 경계에 이르자 손건이 말하기를: “장군은 섣불리 들어가지 마시고 이곳에서 잠시 기다리시지요. 제가 먼저 들어가서 황숙을 뵙고 따로 상의해 보겠습니다.”

관공은 그러기로 하고 먼저 손건을 떠나보냈다. 관공은 멀리 보이는 마을에 농가가 있어 부하들과 함께 그곳을 찾아가 하룻밤 묵기를 청하니 한 노인이 지팡이를 짚고 나와 관공에게 인사를 했다.

관공이 찾아온 사정을 말하자 노인이 말하기를: “제 성도 관(關)입니다. 이름은 정(定)이구요. 장군의 존함은 오래 전부터 들어왔는데 이렇게 뵙게 되니 참으로 다행입니다.”

그 노인은 두 아들을 불러내 관공에게 인사를 시키고 관공을 극진히 대접하며 머물러 있도록 했다. 물론 관공과 함께 온 부하들도 모두 집안에 머물도록 했다.

한편 손건은 혼자 기주로 가서 현덕을 만나 그동안 있었던 일들을 모두 말했다.

현덕 曰: “간옹 역시 이곳에 있으니 은밀히 불러서 함께 의논하세.”

잠시 후 간옹이 와서 손건과 인사를 나누고 이곳을 무사히 빠져나갈 방법을 의논했다.

간옹 曰: “주공께서는 내일 원소를 만나, 형주(荊州)로 가서 유표를 설득하여 같이 조조를 치겠다고 하시지요. 그 기회를 이용하면 떠날 수 있을 것입니다."

현덕 曰: "그것 참 절묘한 계책이구려. 그러면 자네는 어떻게 할 생각인가?"

간옹 曰: "저는 따로 탈출할 계책이 있습니다."

이렇게 그들은 상의를 마쳤다.

다음 날 현덕은 원소를 찾아가 말하기를: "유경승(劉景升: 유표)은 형주(荊州)와 양양(襄陽)의 아홉 개 군을 다스리는데 군사는 잘 훈련되어 있고 군량미 또한 넉넉합니다. 그와 함께 조조를 치자고 약속하면 어떻겠습니까?"

원소 曰: "나도 그렇게 하고 싶어 일찍이 사자를 보내 그와 약속해 보려고 했는데 그가 말을 듣지 않더군."

현덕 曰: "그 사람은 저와 종친이므로 제가 가서 설득하면 반드시 거절하지 않을 것입니다."

원소 曰: "만약 유표를 얻을 수만 있다면 유벽보다야 훨씬 낫지."

이렇게 원소는 현덕에게 가서 유표를 만나 보라고 했다. 그리고 또 말하기를: "근자에 듣자하니 관운장이 이미 조조를 떠나 하북으로 오려고 한다던데, 만약 그가 오면 반드시 그를 죽여 안량과 문추의 원한을 풀어줄 것이야."

현덕 曰: "명공께서 일전에 운장을 쓰시겠다고 하여 제가 사람을 보내 이리 오라고 불렀는데, 이제는 왜 그를 죽이려 하십니까? 더구나 안량과 문추가 두 마리의 사슴이라면, 운장은 한 마리의 호랑이와 같은데, 사슴 두 마리를 잃고 호랑이 한 마리를 얻을 수 있다면, 어찌 원한이 있다하겠습니까?"

원소가 웃으며 말하기를: "내 실은 운장을 아끼기 때문에 농담을 해 본 것이오. 공은 다시 사람을 보내 그를 속히 오도록 하시오."

현덕 曰: "즉시 손건을 보내서 그를 불러오도록 하겠습니다."

원소는 크게 기뻐하며 현덕에게 그렇게 하라고 말했다.

현덕이 나가자 간옹이 들어와서 말하기를: "현덕이 이번에 가면 틀림없이 돌아오지 않을 것입니다. 제가 그와 함께 가겠습니다. 그래서 한편으로는 유표를 설득하고 또 한편으로는 현덕이 떠나지 못하도록 감시하겠습니다."

그의 말을 들은 원소는 좋은 생각이라 여기고 곧 간옹으로 하여금 현덕과 같이 가도록 했다.

곽도가 원소에게 간하기를: "유비는 지난번 유벽을 설득하러 갔지만 성공하지 못했습니다. 이번에 또 간옹과 같이 형주에 가도록 한다면 그들은 반드시 돌아오지 않을 것입니다."

원소 曰: "자네는 의심이 너무 많아 탈이야. 간옹도 식견이 있는 사람일세."

곽도는 한숨을 짓고 물러 나왔다.

한편 현덕은 손건에게 먼저 성을 나가 관공에게 알리도록 하고 자신은 간옹과 함께 원소에게 하직 인사를 하고 나서 말에 올라 성을 나섰다. 성 문을 나오자 기다리고 있던 손건을 만나 관공이 머물고 있는 관정의 집으로 갔다. 문 밖에 서서 기다리던 관공은 현덕을 보자마자 손을 마주 잡고 우는데, 흐르는 눈물이 그칠 줄을 몰랐다.

관정이 두 아들을 데리고 나와 초당 앞에서 절을 했다. 현덕이 그의 성명을 묻자, 관공이 말하기를: "이 분은 저와 같은 성씨로 아들 둘이 있는데, 맏아들 관녕(關寧)은 글공부를 하고, 둘째 아들 관평(關平)은 무예를 배우고 있습니다."

관정 曰: "어리석은 소견입니다만 둘째 자식은 관 장군께 딸려 보냈으면 하는데 받아 주실지 모르겠습니다."

현덕 曰: "올해 몇 살이지요?"

관정 曰: "열여덟입니다."

현덕 曰: "기왕 어르신의 호의를 입었으며 내 아우는 아직 아들이 없으니 아드님을 아우의 아들로 삼게 하면 어떻겠소?"

관정은 크게 기뻐하며 즉시 관평으로 하여금 관공에게 절을 하고 그를 아버지로 삼고, 현덕을 큰아버지라고 부르게 했다. 현덕은 원소의 추격이 염려되어 급히 행장을 수습하여 길을 떠났다. 관평은 관공을 따라 함께 출발했으며 관정은 그들이 가는 길을 한참 동안 배웅한 뒤 혼자 돌아갔다.

관공은 와우산을 경유해서 가기 위해 한참을 가던 중에 마침 주창이 몸에 많은 상처를 입은 채 수십 명을 데리고 오고 있었다. 관공은 그를 데리고 현덕에게 인사를 시킨 후, 어찌하여 이런 상처를 입게 되었는지를 물었다.

주창 曰: "제가 와우산에 이르기 전에 어떤 장수가 필마단기로 와서 배원소와 싸웠는데 단 한 합 만에 배원소를 찔러 죽이고 수하 무리들에게 모조리 항복을 받아 내고 산채를 빼앗았습니다. 제가 그곳에 가서 부하들을 불렀더니 여기 온 몇 사람만 내려오고 다른 사람들은 무서워서 감히 산채를 떠나려 하지 않았습니다. 제가 너무 분하여 그 장수와 싸웠으나 그에게 연달아 지고 몸에도 세 군데나 창에 찔렸습니다. 그래서 주공께 보고하러 오는 길입니다."

현덕 曰: "그 사람 생김세가 어떻더냐? 이름은 누군지 아느냐?"

주창 曰: "아주 웅장하게 생겼는데 이름은 모르겠습니다."

관공이 앞장을 서고 현덕은 그 뒤를 따라 와우산으로 갔다. 주창이 큰 소리로 욕을 퍼부으니 그 장수가 갑옷과 투구를 갖추고 창을 들고 말을 달려 무리를 이끌고 산에서 내려왔다.

현덕이 먼저 앞으로 말을 몰고 달려 나가 큰 소리로 외치기를: "거기 오는 사람 혹시 자룡(子龍)이 아니신가?"

그 장수가 현덕을 보더니 얼른 말에서 뛰어내려 엎드려 절을 했다. 그는 정말 조자룡이었다. 현덕과 관공도 다 말에서 내려 뜻밖에 상봉한 감격을 나누고 어떻게 이곳에 오게 되었는지 물었다.

조운 曰: "제가 사군과 헤어진 뒤, 공손찬은 남의 말은 전혀 들으려고 하지 않았습니다. 결국 싸움에 패하고 스스로 불에 타 죽었지요. 그 후 원소가 몇 번이나 저를 불렀지만, 저는 원소 역시 사람을 쓸 줄 아는 위인이 아니라고 생각하여 가지 않았습니다. 후에 서주로 유 사군을 찾아가려고 했는데 그때는 이미 서주가 함락되어 운장은 조조에게 가 있고, 사군께서는 원소에게 가 계신다고 했습니다. 저도 몇 번이나 그리로 가려고 했지만 원소가 어찌 대할지 두려워 거기도 가지 못하고 그저 사해를 떠돌며 몸 둘 곳을 찾아다니다가 우연히 이곳을 지나게 되었는데, 배원소가 무리를 거느리고 산에서 내려와 저의 말을 빼앗으려고 했지요. 그래서 배원소를 찔러 죽이고 이곳에 잠시 머물고 있는 것입니다. 근자에 듣기로 익덕(翼德)이 고성에 있다는 말을 듣고 찾아가려 했으나 사실인지 알 수 없어 주저하던 차에 오늘 이렇게 사군을 뵙게 된 것입니다."

현덕은 매우 기뻐하며 그간 지내온 일들을 이야기했다. 관공 역시 그간의 일을 이야기했다.

현덕 曰 "내 처음 자룡을 만났을 때 곧바로 헤어지기 서운해서 놓치고 싶지 않았는데 이렇게 만났으니 참으로 다행이오!"

조운 曰: "저도 천하를 떠돌며 여러 주인을 모셔보았지만, 사군과 같은 분은 없었습니다. 이제 이렇게 모시게 되어 제 평생소원을 이루었습니다. 비록 제 목숨을 바치더라도 여한이 없습니다."

조자룡은 당일로 산채를 불태워 버리고 무리를 데리고 모두 현덕을 따라 고성으로 갔다.

장비는 미축·미방과 함께 미리 성 밖에서 현덕 일행을 기다리다가 영접해서 성 안으로 들어가서 모두들 서로 절을 하고 예를 올린 다음 헤어진 후의 일들을 이야기했다. 두 부인이 운장의 일을 자세히 이야기하니 현덕은 감탄해 마지 않았다.

그들은 소와 말을 잡아 천지신명께 감사의 절을 올리고 군사들을 위로했다.

현덕은 형제가 다시 한자리에 모이고, 보좌하는 참모와 장수들도 빠진 사람이 없고, 이제 조운까지 얻었으며, 관공은 또 관평과 주창 두 사람을 얻었으니 기쁘기가 한이 없어 며칠 동안 연이어 술을 마셨다.

후세 사람이 이 일을 찬탄하며 지은 시가 있으니:

당시의 수족들 오이 가르듯 나뉘어져	當時手足似瓜分
소식마저 끊긴 채 생사조차 몰랐는데	信斷音稀杳不聞
오늘에야 군신들 다시 의리로 모이니	今日君臣重聚義
용과 범이 구름과 바람을 만났음이라	正如龍虎會風雲

이때 현덕·관우·장비·조운·손건·간옹·미축·미방·관평·주창이 거느리는 군사가 모두 4~5천 명이었다. 현덕은 고성보다는 여남을 지키고 싶어 했는데 마침 유벽과 공도가 사자를 보내 그곳으로 오기를 청했다. 현덕은 즉시 군사를 거느리고, 여남으로 가서 그곳에 주둔하면서 군사를 모으고 말을 사들이며 천천히 천하를 도모할 준비를 했다. 이 이야기는 여기서는 그만하기로 한다.

한편 원소는 현덕이 달아난 것을 알고 크게 화가 나서 군사를 일으켜 그를 치려고 했다.

곽도 曰: "지금 유비를 신경 쓸 시간이 없습니다. 강적인 조조를 제거하지 않으면 안 됩니다. 유표는 형주를 차지하고 있으나 강하지는 않습니다. 강동의 손백부(孫伯符: 손책)는 그 위엄이 삼강(三江: 장강 하류)을 뒤흔들고 여섯 군(郡)이나 되는 넓은 땅을 다스리며 수하에 모사와 무사들이 많습니다. 그러니 사자를 보내서 그와 손을 잡고 조조를 치도록 하시지요."

원소는 곽도의 말에 따라 즉시 글을 써서 진진에게 주어 손책에게 보냈다.

이야말로:

하북에서 영웅이 사라지니	只因河北英雄去
강동에서 호걸이 나타나네	引出江東豪傑來

이 일이 어찌 될지 궁금하거든 다음 회를 기대하시라.

제 29 회

소패왕 손책은 분노하여 우길을 죽이고
푸른눈 손권은 앉아서 강동을 거느리다

小覇王怒斬于吉

碧眼兒坐領江東

한편 강동에서 패권을 잡은 손책은 정예의 군사와 충분한 군량을 비축하고 있었다.

건안 4년(서기 199년) 손책은 여강(廬江)을 습격하여 태수 유훈(劉勳)을 물리치고 우번(虞翻)을 파견하였다. 그리고 예장(豫章)에 격문을 띄우니 예장 태수 화흠(華歆)이 투항해 왔다. 이로써 손책의 명성과 위세는 더욱 크게 떨치게 되었다. 이에 장굉(張紘)을 허도로 보내 조정에 승전 소식을 알리는 표문을 올렸다.

조조는 손책이 강성해지자 탄식하기를: "사자 새끼와 싸우게 되었으니 더 힘들게 되었구나!"

그리하여 조조는 그의 사촌 동생인 조인(曹仁)의 딸을 손책의 어린 동생 손광(孫匡)에게 시집을 보내 양가가 혼인 관계를 맺고, 손책의 사자인 장굉을 허도에 머물러 있도록 했다. 그리고 대사마 벼슬을 달라는 손책의 요구를 조조는 거절했다. 이에 조조에 대한 원망을 품은 손책은 항상 허도를 치려는 기회만 엿보고 있었는데 이를 눈치 챈 오군(吳郡) 태수 허공(許貢)이 은밀히 허도에 사자를 보내 조조에게 서신을 올렸다. 그

내용은:

“손책은 사납고 날쌤이 항우와도 같으니 조정에서 그에게 큰 벼슬을 핑계로 허도로 불러들여 관리하십시오. 그를 외진(外鎭)에 남아 있게 하면 장차 큰 후환이 될 것입니다.”

그러나 사자가 밀서를 가지고 장강을 건너다 강을 수비하는 군사에게 붙잡혀 손책에게 압송되고 말았다. 손책은 그 밀서를 보고 크게 화가 나서 그 사자의 목을 베어 버리고, 허공에게 사람을 보내서 의논할 일이 있다는 핑계로 오라고 청했다.

허공이 도착하자마자 손책은 그 밀서를 꺼내서 보여 주며 꾸짖기를: “네놈이 나를 사지로 보낼 작정이었더냐!”

그러고는 무사에게 명하여 그를 목을 매서 죽이도록 하니 허공의 식솔들은 모두 어디론지 달아나고 말았다. 허공의 가객(家客) 세 사람만이 그를 위해 복수하려고 했지만 그런 기회가 없는 것을 한스러워하고 있었다. 하루는 손책이 군사를 이끌고 단도(丹徒)의 서산(西山)에서 사냥을 하는데, 몰이꾼들이 큰 사슴 한 마리를 산 위로 몰아내자 손책이 그 사슴을 쫓아 말을 달려 산 위로 올라갔다. 한참을 올라가는데 숲 속에 세 사람이 창을 잡고 활을 메고 서 있는 것이 아닌가!

손책이 말을 멈춰 세우고 묻기를: “너희들은 누구냐?”

그들이 대답하기를: “우리는 한당(韓當: 허공)의 군사들인데 이곳에서 사슴을 쏘려고 합니다.”

손책이 말고삐를 당겨 막 지나가려는 순간 세 사람 중 하나가 창을 들어 그의 왼쪽 다리를 찔렀다. 깜짝 놀란 손책은 급히 차고 있던 칼을 뽑아 말 위에서 내리쳤는데 그만 칼날이 쑥 빠져 땅에 떨어지고 손에는 칼 손잡이만 남았다.

이 틈에 또 한 사람이 활을 쏘아 손책의 뺨에 명중시켰다. 손책은 뺨에 꽂힌 화살을 빼서 자기 활에 메겨 재빨리 활 쏜 자를 향해 되쏘았다. 그 자는 시위소리와 동시에 거꾸러졌다. 나머지 두 사람은 창을 들고 손책을 향해 창을 휘두르며 소리치기를: "우리는 허공의 가객들이다. 주인의 원수를 갚기 위해 온 것이다."

손책은 몸에 지닌 무기가 없어 활을 들어서 막으면서 잠시 달아나다 막기를 되풀이하는데, 두 사람은 죽기로 싸우면서 물러설 줄을 몰랐다. 손책은 여러 군데를 창에 찔렸고 말 역시 상처를 입어 위태로운 지경에 이르렀을 때, 마침 정보가 몇 명의 군사를 데리고 나타났다.

손책이 외치기를: "어서 이 도적놈들을 죽여라!"

정보는 부하들을 이끌고 올라와 허공의 가객들을 난도질하여 죽였다. 그런 다음 손책을 보니 얼굴은 온통 피투성이가 되어 찔린 상처가 매우 위중했다. 정보는 즉시 칼로 전포 자락을 잘라 상처를 싸매고 그를 구호하여 오회(吳會)로 돌아와 치료를 했다. 후세 사람이 허공의 세 가객을 칭송한 시가 있으니:

손책의 지혜와 용맹, 장강의 으뜸인데	孫郎智勇冠江湄
산속에서 사냥하다가 곤경에 빠졌더라	射獵山中受困危
허씨 집의 세 가객 의리로써 죽었으니	許家三客能死義
주군 위해 목숨 바친 예양과 다름없네	殺身豫讓未爲奇

중상을 입고 돌아온 손책은 치료를 위해 명의 화타를 청해오도록 사람을 보냈으나, 화타는 이미 중원으로 떠나 버렸고 그의 제자만 남아 있어서 그에게 상처를 치료하도록 했다.

그 제자 曰: "화살촉에 독이 있었는데 그 독이 이미 뼈 속까지 퍼졌습니다. 반드시 백일 동안은 절대 안정을 취하셔야만 합니다. 만일 화를 내시어 그 노기가 상처에 미치면 더욱 낫기 어려워집니다."

손책은 본래 성미가 급한 사람인지라 그날 당장 나을 수 없는 것을 한스러워 했다. 몸조리하기를 20여 일이 지난 어느 날, 허도에 머물고 있는 장굉이 사자를 보내 왔다.

손책은 그를 불러 그간의 일들을 물으니 그가 말하기를: "조조는 주공을 심히 두려워하고 있으며 그 수하의 모사들 또한 그러하온데 유독 곽가만은 주공을 그렇게 보지 않습니다."

손책 曰: "곽가가 뭐라고 말을 하더냐?"

사자는 감히 말을 못했다. 손책이 화를 내며 다그치니 사자가 어쩔 수 없이 사실대로 고하기를: "곽가는 조조에게 말하기를 '손책을 두려워 할 필요가 없다. 그는 경솔하고 방비가 없을 뿐만 아니라, 천성이 급하고 꾀가 모자라, 그저 필부의 용맹을 가지고 있을 뿐이니, 훗날 반드시 소인배들의 손에 죽을 것이다.'라고 했답니다."

이 말을 들은 손책은 크게 화를 내며 말하기를: "제깟 놈이 나에 대해 무얼 안다고 감히 그렇게 지껄였단 말인가! 내 맹세코 허도를 내 손에 넣고 말리라."

손책은 상처가 낫기를 더 이상 기다리지 못하고 곧바로 출병할 일을 의논하려 했다.

장소(張昭)가 간하기를: "의원이 백일 동안은 절대 안정을 취하셔야 한다고 했는데 주공께서는 어찌하여 순간적인 분노를 참지 못하고 만금(萬金) 같이 귀하신 몸을 함부로 움직이려 하십니까?"

출병 문제를 한창 의논하고 있는 그때 원소가 보낸 사자 진진이 도착했다는 보고가 들어왔다. 손책이 그를 불러 무슨 일로 찾아왔느냐고 묻자, 진진은 원소가 동오(東吳)와 손을 잡고 동오는 바깥에서 호응을 하여 조조를 함께 치자는 원소의 뜻을 자세히 설명했다.

손책은 매우 기뻐하며 즉시 여러 장수들을 성루 위로 불러 모아 연회를 베풀어 진진을 대접했다.

한창 술을 마시고 있는데 갑자기 장수들이 서로 수군대더니 어수선하게 성루 아래로 내려갔다.

손책이 괴이하다 생각되어 무슨 일이냐고 물으니 옆에서 말하기를: "우(于) 신선(神仙)이라는 자가 지금 막 성루 밑을 지나가고 있는데 장수들이 그에게 인사를 하려고 내려간 것입니다."

손책이 자리에서 일어나 난간에 기대고 아래를 내려다보니 학창(鶴氅: 학의 털로 만든 옷. 도포) 차림의 한 도인(道人)이 손에는 명아주 지팡이를 짚고 길 한가운데 서 있고, 백성들은 향을 피우고 길바닥에 엎드려서 그에게 절을 하고 있었다.

손책은 화가 나서 말하기를: "웬 요망한 놈이냐? 당장 저 놈을 잡아오너라!"

주위에서 말하기를: "저 어른의 성은 우(于), 이름은 길(吉)이라 하는데, 동방(東方)에 거처하며 오현(吳縣)을 왕래하고 있습니다. 그동안 부적과 정화수로 수많은 백성들의 병을 고쳐 왔는데 영험을 보지 않은 사람이 없습니다. 그래서 사람들은 모두 저 어른을 신선이라 부르고 있으니, 주공께서는 함부로 모독해서는 안 됩니다."

손책이 더욱 화를 내며 꾸짖기를: "뭣들 하느냐? 냉큼 잡아오지 않고! 그렇지 않으면 네놈들 목을 먼저 벨 것이다!"

부하들이 어쩔 수 없이 성루를 내려가서 우길을 에워싸고 성루 위로 올라왔다.

손책이 꾸짖기를: "네가 미친놈이 아니고서야 어찌 감히 인심을 현혹

하려 하겠느냐?"

우길 曰: "빈도(貧道)는 낭야궁(瑯琊宮)의 도인이오. 순제(順帝) 때 산에 들어가 약초를 캐다가 우연히 양곡천(陽曲泉) 가에서 '태평청령도(太平青領道)'라는 신서(神書)를 얻었소이다. 그 책은 무려 백여 권으로 모든 사람의 병을 고치는 방법과 방술(方術)이 적혀 있었소이다. 빈도는 그 책을 얻은 후 오직 하늘을 대신하여 덕을 널리 베풀고 만인을 구제했을 뿐 남의 물건을 털끝만큼도 취한 적이 없소이다. 그런데 어찌 인심을 현혹시킨다 하시오?"

손책 曰: "네가 남의 것을 털끝 하나 취하지 않았다면 의복이나 음식은 어디서 난 것이냐? 네놈은 황건적 장각의 무리임이 틀림없다. 지금 만약 죽이지 않으면 반드시 후환이 될 것이야."

손책은 주위 사람들에게 그의 목을 베라고 호통을 쳤다.

장소가 간하기를: "우 도인은 강동에서 수십 년을 살아오면서 한 번도 죄를 지은 적이 없는데 무슨 이유로 죽인다는 말입니까?"

손책 曰: "이런 요망한 자를 죽이는 일이 개돼지를 잡는 것과 뭐가 다르단 말이오."

여러 관원들이 모두 극구 말리고 진진(陳震) 역시 말려 보았지만 손책의 화는 풀리지 않아, 일단 그를 옥에 가둬 놓기로 했다. 이리하여 연회는 모두 중단되어 관원들은 모두 흩어지고 진진은 역관으로 돌아가 쉬었다.

손책이 부중으로 돌아와 보니 이 일은 이미 내시들에 의해 손책의 모친 오(吳) 태부인(太夫人)에게 까지 알려져 있었다. 부인이 손책을 후당으로 불러 말하기를: "내 듣기로 우 신선을 옥에 가두었다고 하던데, 그분은 일찍이 많은 백성들의 병을 고쳐주어 군사와 백성이 모두 그를 공경하고 우러러보고 있는 분이니 결코 그를 해쳐서는 안 된다."

손책 曰: “그놈은 요망한 자입니다. 요술을 부려 사람들을 미혹시키고 있어 반드시 없애 버려야 합니다.”

부인은 재삼 그러지 말라고 타일렀다.

손책 曰: “모친께선 외부 사람들의 허튼소리를 믿지 마십시오. 제가 알아서 잘 처리하겠습니다.”

그러고는 밖으로 나와서 옥리에게 우길을 끌어내 심문하라고 했다.

원래 옥리들도 모두 우길을 공경하고 신뢰하고 있었기 때문에 비록 어쩔 수 없이 옥에 가두긴 했지만, 족쇄와 목에 칼은 씌우지 않았었는데 손책의 명령이 떨어지자 그제야 족쇄와 칼을 씌우고 데리고 나왔다.

이런 사실을 알게 된 손책은 크게 화를 내며 옥리들을 호되게 꾸짖고 우길에게 더 무거운 형구를 채워 옥에 가둬 놓으라고 명령했다.

장소 등 수십 명이 연명으로 글을 올리고 엎드려 빌면서 우 신선의 목숨을 살려 달라고 애원했다.

손책 曰: “학문을 했다는 사람들이 어찌 이리도 사리 판단을 못 한단 말이오? 지난날 교주(交州) 자사(刺史) 장진(張津)은 사교만을 맹신하여 북을 두드리고 거문고를 타며 분향을 하면서 늘 붉은 수건을 머리에 동여매고 출전하면 군사들의 위력에 도움을 줄 수 있다고 큰 소리 쳤으나 결국 그는 적군에 죽고 말았소. 이런 일들이 백해무익하다는 사실을 공들은 어찌 깨닫지 못하는가? 내가 우길을 죽이려고 하는 것은 바로 사교를 금하여 백성들이 미혹에서 깨어나도록 해야겠다는 생각에서요.”

여범 曰: “저는 평소 우 도인이 기도로써 바람을 부르고 비를 내리게 한다는 것을 알고 있습니다. 지금 마침 가뭄이 계속 되고 있으니 그에게 비를 내리게 하여 속죄토록 하는 것이 어떻겠습니까?”

손책 曰: “좋다. 내 일단 그 요망한 자가 어떻게 하는지 봐야겠다.”

손책은 즉시 우길을 끌어내 칼과 족쇄를 풀어 주고 단 위로 올라가서 비를 빌도록 했다. 명을 받은 우길은 즉시 목욕을 하고 옷을 갈아입고 스스로 자신의 몸을 꽁꽁 묶은 뒤, 구름 한 점 없는 하늘에 불타는 태양이 내리쬐는 단 위에 올라섰다. 제단 주위는 소문을 듣고 이를 보러 나온 백성들로 발 디딜 틈도 없었다.

우길이 백성들을 향해 말하기를: "내가 석 자(尺)나 되는 단비를 내리게 하여 만민들을 구할 것이나 나는 끝내 죽음을 면치 못할 것이오."

모든 사람들이 말하기를: "영험을 보이신다면 주공께서도 틀림없이 공경하고 탄복하실 것입니다."

우길 曰: "내 운수가 여기까지인 것을, 어찌 피할 수 있으리오!"

잠시 후 손책이 몸소 제단 가운데로 와서 명령하기를: "만약 오시(午時: 오전 11시에서 오후 1시)까지 비가 내리지 않으면 저놈을 불에 태워 죽일 것이다."

그러고는 먼저 군사들에게 장작을 쌓아놓고 대기하도록 했다.

오시가 가까워지자 갑자기 광풍이 불기 시작하더니 바람이 지나간 곳으로 시커먼 구름이 모이기 시작했다.

손책 曰: "이미 오시가 다 되어 가는데 하늘에는 검은 구름만 있을 뿐 비는 내리지 않으니 이놈이 바로 요망한 놈 아니냐?"

그는 좌우를 꾸짖어 우길을 장작더미 위에 올려놓고 사방에서 동시에 불을 지르도록 하자 시뻘건 불꽃이 바람을 따라 일어났다. 그때 갑자기 검은 연기가 하늘 높이 치솟으며 온 천지가 암흑처럼 어두워지더니 여기저기서 요란한 번개가 치면서 천지를 진동하는 천둥소리와 함께 장대비가 퍼붓듯이 쏟아져 내렸다. 순식간에 거리는 강이 되고 시내와 개울들은 물로 가득 찼는데 족히 석 자가 넘는 단비였다.

장작더미 위에 누워있던 우길이 큰 소리로 외치자, 언제 그랬냐는 듯 구름이 걷히고 비가 멎더니 해가 다시 나왔다. 이를 지켜보던 여러 관원들과 백성들은 우길을 부축하여 장작더미 아래로 내려서게 하여 몸에 묶인 새끼줄을 풀어 주며 고맙다고 인사를 했다.

관원과 백성들이 옷이 젖은 것은 아랑곳 하지 않고 물속에서 우길을 둘러싸고 엎드려 절을 하는 것을 본 손책은 벌컥 성을 내며 꾸짖기를: "날이 개고 비가 오는 것은 하늘의 정해진 이치이거늘, 요망한 놈이 공교롭게 그 기회를 이용했을 뿐인데 너희들은 어찌하여 이처럼 혹하여 날뛰는 것이냐!"

그러고는 보검을 빼어 들고 좌우 사람들에게 속히 우길을 베라고 명령했다. 여러 관원들이 극력 만류하니 손책이 화를 내며 말하기를: "네 놈들이 모두 우길을 따라서 반역을 하겠다는 것이냐?"

여러 관원들은 더 이상 감히 말을 하지 못했다. 손책이 무사에게 호통을 치니 한 칼에 우길의 머리는 땅에 떨어지고 말았다. 그런데 베어진 목에서 한줄기 푸른 기운이 치솟더니 동북쪽으로 날아가 버렸다. 손책은 우길의 시체를 저잣거리에 내걸어 그의 요망한 죄를 다스렸다.

밤이 되자 비바람이 세차게 몰아치더니 새벽녘이 될 무렵 우길의 시체와 머리가 사라져 버렸다. 시신을 지키던 병사가 이 사실을 손책에게 보고하자, 손책이 화가 나서 그 병사를 죽이려고 하는데, 그때 갑자기 한 사람이 대청 앞에서 천천히 걸어왔다. 가만히 보니 이게 누군가! 바로 우길이었다.

더욱 화가 난 손책은 칼을 빼서 그를 베려고 하다 그만 혼절하여 땅에 쓰러지고 말았다. 주위 사람들이 급히 구호하여 내실에 눕혔는데, 한참만에야 겨우 깨어났다.

오 태부인이 달려와서 병의 상태를 보고 손책에게 말하기를: "내 아들이 무고한 우길을 죽여서 이런 화를 자초했구나!"

손책이 웃으며 말하기를: "저는 어려서부터 부친을 따라 싸우러 나가 사람 죽이기를 삼을 베듯 했지만, 그로 인해 화를 당한 적이 한 번도 없습니다. 이번에 그 요망한 놈을 죽인 것은 바로 큰 화를 제거한 것인데 어찌 도리어 제가 화를 당한단 말씀입니까?"

부인 曰: "네가 신선을 믿지 않아 결국 이렇게 된 것이니 이제라도 굿을 하여 재앙을 물리쳐야겠다."

손책 曰: "제 목숨은 하늘에 달려 있는데 요망한 인간이 어찌 제게 화를 내릴 수 있겠습니까? 그러니 재앙을 물리치기 위한 재(齋)도 필요 없습니다."

아무리 권해도 손책이 듣지 않을 것으로 생각한 오 부인은 결국 자신이 직접 재를 올릴 채비를 하도록 주위 사람들에게 은밀히 지시했다.

그날 밤 이경(二更: 밤 9시에서 11시)쯤 되었을 때, 손책이 내실에 누워 있는데 갑자기 음산한 바람이 일더니 등불이 꺼질 듯 다시 밝아지면서 등잔 그림자 아래 우길이 평상 앞에 서 있는 것이 보이지 않는가!

손책이 큰 소리로 꾸짖기를: "내 평생 요망한 무리를 죽여 천하를 편안케 하겠다고 맹세했다. 너는 이미 죽은 귀신이 되었으면서 어찌 감히 내 옆에서 얼씬거리느냐?"

그러고는 침상 머리맡에 놓인 칼을 집어 던지니 홀연히 사라지고 말았다. 오 태부인이 이 말을 듣고 더 걱정을 하자, 손책은 모친을 안심시키기 위해 아픈 몸을 이끌고 찾아 갔다.

모친이 손책에게 말하기를: "성인께서 말씀하시기를, '귀신의 덕이 참으로 성(盛)하다.' 하였고 또 '너 자신을 위해 천국과 저승의 신에게 빌라.' 하셨으니 귀신의 일은 믿지 않으면 안 된다. 네가 우 신선을 무고하게 죽였으니 어찌 응보가 없겠느냐? 내 이미 사람을 시켜 군(郡)의 옥청관(玉淸觀) 안에 재(齋)를 올릴 채비를 해 놓았다. 네가 직접 가서 빌어라. 그러면 자연히 무사해 질 것이다."

손책은 모친의 분부를 감히 거역할 수가 없어서 마지못해 가마를 타고 옥청관으로 갔다. 도사가 그를 맞이하여 분향을 청했다. 손책은 분향은 했지만 재배는 하지 않았다. 그때 갑자기 향로에서 피어오르던 연기가 흩어지지 않고 일산(日傘) 모양을 이루더니 그 위에 우길이 단정히 앉아 있는 것이 아닌가!

화가 난 손책이 침을 뱉고 욕을 하며 전당에서 나오는데 전당 문 앞에 또 우길이 서 있었다. 이제는 그가 화난 눈으로 손책을 노려보고 있었다.

손책이 좌우를 돌아보며 묻기를: "너희들은 저 요귀가 보이지 않느냐?"

좌우에 모든 사람들이 말하기를: "아무것도 보이지 않습니다."

더욱 화가 난 손책은 허리에 차고 있던 칼을 빼어 우길을 향해 던졌다. 한 사람이 그 칼을 맞고 쓰러졌는데 그는 바로 전날 우길을 죽인 병사였다. 그는 칼끝이 머리에 정통으로 박혀서 머리에 있는 일곱 구멍 모두에서 피를 흘리며 죽고 말았다.

손책이 시체를 메고 가서 장사를 지내게 하고 옥청관을 막 나서려는데 또 우길이 문 안으로 들어오고 있었다.

손책 曰: " 이 옥청관 역시 요귀들이 숨어 있는 곳이구나!"

손책은 당장 명을 내려 무사 5백 명을 동원해 자신이 지켜보는 가운데 전각을 헐어 버리도록 했다. 무사들이 막 지붕 위로 올라가서 기왓장을 벗기려 하자, 우길이 지붕 위에서 기와를 벗겨 아래로 내던졌다. 크게 화가 난 손책은 옥청관 안의 도사들을 모두 내쫓고 전당에 불을 지르도록 했다. 불길이 일어나자 또 우길이 불길 한 가운데 서 있는 모습이 보였다.

손책은 화를 이기지 못하고 부중으로 돌아오는데 부중 문 앞에 우길이 또 서 있었다. 손책은 결국 부중으로 들어가지 않고 곧바로 모든 군사를 이끌고 성 밖으로 나가서 영채를 세우고 여러 장수들을 불러 원소를 도와 조조를 협공할 일을 상의했다.

여러 장수들이 한 목소리로 말하기를: "주공의 옥체가 평안치 못한 터에 가벼이 움직여서는 안 됩니다. 완쾌된 뒤에 출병해도 결코 늦지 않습니다."

이날 밤 손책은 영채 안에서 묵었는데 우길이 또 산발을 하고 나타났다. 막사 안에서 그를 꾸짖는 손책의 절규는 밤새 끊이지 않았다.

다음 날 오 태부인이 손책을 부중으로 불렀다. 손책이 돌아와서 모친을 보자, 손책의 초췌해진 모습을 본 부인은 울면서 말하기를: "내 아들 얼굴이 어쩌다 이리 됐을까!"

손책은 즉시 거울에 자신의 얼굴을 비추어 보니 과연 살이 쪽 빠진 자신의 몰골이 말이 아니었다.

깜짝 놀란 손책은 좌우를 둘러보고 말하기를: "내 얼굴이 왜 이 모양이 되었는가?"

그 말이 끝나기도 전에 거울 속에 비친 얼굴은 자신이 아닌 바로 우길이었다. 손책은 주먹으로 거울을 치면서 고함을 질렀다. 순간 채 아물지 않은 모든 상처부위가 터지면서 손책은 혼절하고 말았다. 부인은 급히 그를 부축하여 내실로 옮겨 자리에 눕혔다.

한참만에야 깨어난 손책은 스스로 탄식하며 말하기를: "내 더는 살기 어렵겠구나!"

그는 곧바로 장소 등 여러 사람들과 아우 손권을 침대 곁으로 불러 당부하기를: "천하가 크게 어지러운 지금, 오월(吳越)의 막강한 군사력과 삼강(三江)의 견고함을 이용하여 큰 뜻을 펼칠 수 있을 것이오. 자포(子布 : 장소) 등은 부디 내 아우를 잘 보필하여 주시오."

손책은 인수를 가져오라고 해서 손권에게 주면서 말하기를: "강동의 군사를 일으켜 양 진영 사이에서 전략을 세우고 천하를 다투는 일은 아직 네가 나보다 못하지만, 인재를 등용하고 유능한 자에게 책임을 맡겨 각자의 힘을 발휘하게 하여 강동을 지키는 일이라면 네가 나보다 나을 것이다. 아우는 부친과 형이 창업 과정에서 겪은 온갖 어려움을 명심하고, 그 뜻을 기려 스스로 잘 해나가야 할 것이다."

손권은 대성통곡을 하며 엎드려 인수를 받았다.

손책은 또 모친에게 당부하기를: "소자는 이미 천명이 다하여 모친을 더 이상 모실 수 없어, 이제 인수를 아우에게 물려주었으니 모친께서는 부디 늘 아우를 훈계하여 부친과 소자의 옛 신하들을 홀대하는 일이 없도록 해 주십시오."

모친이 울면서 말하기를: "네 아우가 아직 어려 대사를 감당할 수 있을지 걱정되는구나!"

손책 曰: "아우의 재주가 저보다 열 배나 나으니 충분히 대임을 감당할 수 있을 것입니다. 그러나 만약 내부에 어려운 일이 있거든 장소와 의논하게 하시고, 외부의 일로 어려운 일은 주유에게 묻도록 하십시오. 주유가 이 자리에 없어 직접 얼굴을 보고 당부하지 못한 것이 유감입니다."

손책은 또 여러 아우들을 불러서 당부하기를: "내가 죽은 뒤에 너희들은 모두 중모(仲謀: 손권)를 도와야 한다. 만약 종족 중에 감히 딴 마음을 품은 자가 있으면 누구를 막론하고 가차 없이 죽여야 한다. 형제간에 반역을 하는 자는 조상의 선산에 묻어주지 말아라."

여러 아우들은 울면서 그의 명을 받들었다.

손책은 마지막으로 그의 처 교부인(喬夫人)을 불러 이르기를: "내 불행히도 부인과 이렇게 중도에 헤어지게 되었는데, 부인은 부디 모친을 효성을 다해 봉양해 주시오. 처제가 오거든 남편인 주랑(周郎: 주유)에게 마음

碧眼兒坐領江東

을 다해 내 아우를 보좌하여 나와의 평생지기의 연을 저버리지 말라고 전해 주시오."

말을 마치자 눈을 감고 세상을 떠나니 이때 그의 나이 겨우 26세였다.

후세 사람이 그를 칭찬하여 시를 지었으니:

혼자서 동남땅에서 용맹을 떨치니　獨戰東南地
사람들은 그를 소패왕이라 불렀지　人稱小霸王
계책을 세울 땐 웅크린 범 같았고　運籌如虎距
결단할 때는 높이 나는 매 같았네　決策似鷹揚

그 위엄 삼강 지역을 편안케 하고　威鎭三江靖
명성은 사해에 향기롭게 퍼져가네　名聞四海香
죽음을 맞이하여 대사를 남기면서　臨終遺大事
유지를 오로지 주유에게 당부했네　專意屬周郎

손책이 숨을 거두자 손권은 그의 침상 머리맡에 엎드려 통곡을 했다.

장소 曰: "지금은 장군께서 울고만 계실 때가 아닙니다. 장군께서는 한편으로 장례 일을 주관하시고, 또 한편으로 군국(軍國) 대사를 다스려야 합니다.

손권은 비로소 눈물을 거두었다. 장소는 손권의 숙부 손정(孫靜)에게 장례를 주관하도록 하는 한편 손권을 당(堂)으로 모시고 모든 문무 관원들로부터 하례를 받게 했다.

손권은 생김새가 네모난 턱에 입이 크고, 푸른 눈에 자주색 수염을 길렀다. 일찍이 한나라 사신 유완(劉琬)이 오(吳)에 왔다가 손씨 집안의 형제들을 보고 다른 사람들에게 말하기를: "내가 손씨 집안의 여러 형제들을 살펴보니 각자 재주는 뛰어나나 모두 복되고 영화로운 삶을 누릴 팔자는 아니다. 다만 중모만은 생김새가 특이하고 골격이 비범하여 매우 귀하게 될 뿐만 아니라 장수까지 누릴 상이다. 그러나 나머지 형제들은 다 그만 못하리라."

한편 손권은 손책의 유언에 따라 강동을 다스리게 되었으나 아직은 어떻게 다스려야 할지 결정을 못하고 있는 중에 문득 주유가 파구(巴丘)에서 군사를 거느리고 오군(吳郡)으로 돌아왔다는 보고가 들어왔다.

손권 曰: "공근(公瑾: 주유)이 돌아 왔으니 이제 한 걱정 덜었구나!"

원래 주유는 파구를 지키고 있었는데 손책이 화살을 맞고 중상을 입었다는 소식을 듣고 급히 문병하러 오던 길에 오군에 이르렀을 때 손책이 이미 죽었다는 소식을 듣고 밤낮으로 달려온 것이다.

주유가 손책의 영구 앞에서 곡을 하며 절을 하고 있을 때 오 태부인이 나와서 손책의 유언을 그에게 전했다.

주유가 땅에 엎드려 말하기를: "죽을 때까지 견마지로를 다하여 유언을 받들겠습니다."

잠시 후 손권이 들어왔다. 주유가 그를 뵙고 인사를 하자 손권이 말하기를: "공은 부디 형님의 유언을 잊지 말아주십시오."

주유는 머리를 조아리며 대답하기를: "삼가 이 목숨 다할 때까지 나를 알아주신 은혜에 보답하겠습니다."

손권 曰: "이제 부형(父兄)의 대업을 잇게 되었는데, 장차 어떤 계책으로 강동을 지켜나가야 좋겠습니까?"

주유 曰: "자고로 '사람을 얻는 자는 창성하고 사람을 잃는 자는 망한다(得人者昌, 失人者亡).'고 했습니다. 지금 당장의 계책으로는 식견이 높고 멀리 내다볼 수 있는 사람을 구하여 보필을 받으셔야 강동을 안정시킬 수 있습니다."

손권 曰: "돌아가신 형님께서 유언하시기를 내부 일은 자포에게 맡기고 외부 일은 전적으로 공근에게 의뢰하라 하셨습니다."

주유 曰: "자포는 어질고 사리에 밝은 사람이니 충분히 그 대임을 감당할 수 있을 것입니다. 하지만 저는 재주가 부족하여 부탁하신 중임을 감당치 못할까 두렵습니다. 제가 한 사람을 천거하여 장군을 보필하도록 하면 어떻겠습니까?"

손권이 그 사람이 누구냐고 물으니 주유가 말하기를: "그의 성은 노(魯), 이름은 숙(肅), 자는 자경(子敬)으로 임회(臨淮) 동성(東城) 사람입니다. 이 사람은 가슴속에는 모든 군사 병법을 품고 있으며, 뱃속에는 온갖 계책을 감추고 있습니다. 일찍이 부친을 여의고 지극한 효성으로 모친을 섬겼습니다. 집안이 매우 부유하여 가난한 자들에게 늘 재물을 나누어 주어 구제해 주기도 했습니다. 제가 거소(居巢)의 현령으로 있을 때 수백 명을 데리고 임회를 지나다가 양식이 떨어진 적이 있습니다. 당시 노숙의 집에는 삼천 석의 곳간이 두 개나 있다는 말을 듣고 찾아가서 도와달라고 했더니 노숙은 즉시 곳간 하나를 가리키며 내주었습니다. 그는 이처럼 아낌이 없습니다. 그는 평소 검술과 말 타고 활쏘기를 즐기며 곡아(曲阿)에서 지내고 있는데, 조모의 장례를 치르기 위해 동성에 가 있습니다. 그의 친구 유자양(劉子揚)이 함께 소호(巢湖)로 가서 정보(鄭寶)에게 몸을 의탁하자고 권했는데 노숙은 아직 주저하면서 가지 않았다고 하니 지금 주공께서 속히 그를 부르시지요."

손권은 크게 기뻐하며 당장 가서 노숙을 모셔 오라고 했다. 명을 받고 노숙을 찾아간 주유는 예를 갖춘 다음 손권이 그를 모셔 오기를 간절히 원한다는 뜻을 전했다.

노숙 曰: "근자에 유자양과 서호로 가기로 약속하여 그곳으로 가려고 합니다."

주유 曰: "옛날 마원(馬援)은 광무제(光武帝)에게 말하기를, '지금의 세상에서는 임금만이 신하를 가려서 쓰는 것이 아니라 신하 역시 임금을 가려서 섬깁니다(非但君擇臣, 臣亦擇君).'고 했습니다. 지금 우리 손 장군께서는 어진 선비를 친하게 예우하시고 특별히 재주 있는 자를 받아들여 등용하시는데 이런 분은 세상에 그리 흔치 않습니다. 그러니 공께서는 다른 생각 마시고 저와 함께 동오로 가시지요."

주유의 말에 설복된 노숙은 마침내 그와 함께 가서 손권을 만나 보았다. 손권은 그를 매우 존경하여 하루 종일 그와 담론하면서도 지루한 줄을 몰랐다.

하루는 여러 관원들이 모두 돌아간 뒤, 손권은 노숙을 남아 있게 하여 함께 저녁 늦게까지 술을 마셨는데, 밤이 되자 한 침상에 나란히 누웠다.

손권이 노숙에게 말하기를: "지금 한 황실은 이미 기울어 위태롭고 천하는 매우 어지럽소. 내가 부형(父兄)의 유업을 이어받아 옛날 제(齊) 환공(桓公)과 진(晉) 문공(文公)이 이룩했던 패업을 이루고자 하는데, 그대는 나에게 어떤 가르침을 주시겠소?"

노숙 曰: "옛날 한(漢) 고조(高祖)가 의제(義帝)를 받들어 섬기고자 했으나 그러지 못했던 것은 항우(項羽)가 그를 죽여 버렸기 때문입니다. 지금의 조조는 항우에 비할 수 있는데 장군께서 무슨 수로 환공이나 문공이 될 수 있겠습니까? 제 생각에 한 황실을 다시 일으키는 것은 이미 물 건너갔고, 조조를 당장 쳐부수는 것 역시 불가능합니다. 제가 장군께 올릴 수 있는 계책은 오직 강동을 솥의 세 다리중 하나로 굳힌 다음 천하의 형세에 빈틈이 생기기를 기다리는 것입니다. 지금 북방이 어지러운 틈을 타서 우선 황조(黃祖)부터 제거한 다음 유표를 쳐서 마침내 장강 전 지역을 차지하여 굳게 지키는 것입니다. 그런 후에 연호를 제정하고 제왕이 된 다음에 천하를 도모하는 것입니다. 이것은 바로 고조가 창업하신 것과 같은 방식입니다."

이 말을 들은 손권은 매우 기뻐하며 잠자리에서 벌떡 일어나 옷을 고쳐 입고 감사의 인사를 했다.

다음 날 손권은 노숙에게 후한 상을 내리고 노숙의 모친에게도 의복과 휘장 등 여러 물건들을 보내 주었다.

노숙 역시 손권에게 한 사람을 천거했다. 그는 학문과 재주가 뛰어날 뿐만 아니라 모친에 대한 효성이 지극한 사람으로, 성은 제갈(諸葛), 이름은 근(瑾), 자는 자유(子瑜)로 낭야(瑯琊) 남양(南陽)[20]사람이다.

손권은 제갈근을 귀한 손님으로 대접했다. 제갈근은 손권에게 원소와는 손을 잡지 말고 당분간 조조를 따르다가 기회를 보아 조조를 도모하라고 권유했다. 손권은 그의 권유에 따라 사신으로 온 진진을 돌려보내고 서신으로써 원소와의 관계를 끊어 버렸다.

한편 손책이 죽었다는 소식을 들은 조조는 군사를 일으켜 강남을 치려고 했다.

이때 시어사(侍御史) 장굉(張紘)이 간하기를: "남의 초상을 기회로 삼아 공격하는 것은 의롭지 못합니다. 만일 싸워서 이기지 못한다면 좋은 관계가 원수 사이로 바뀌게 되니 오히려 상사(喪事)를 계기로 호의를 보여주는 것이 낫습니다."

조조는 그의 말이 옳다고 여겨 즉시 황제에게 상주하여 손권을 장군

---

20 낭야군에는 남양현은 없으며 제갈 근은 낭야 陽都(양도) 사람임. 삼국연의 대사전 참조.

으로 봉하여 회계(會稽) 태수를 겸하도록 하고 즉시 장굉을 회계 도위로 삼아 인수를 가지고 강동으로 보냈다.

손권은 아주 기뻐했다. 더구나 장굉까지 돌아 왔으니 즉시 그로 하여금 장소와 함께 장사를 돌보도록 했다.

장굉이 또 한 사람을 손권에게 천거 했는데 그의 성은 고(顧), 이름은 옹(雍), 자는 원탄(元嘆)으로 중랑장 채옹의 제자였다. 고옹은 말수가 적고 술도 마시지 않았으며 매사에 엄격하고 공명정대했다.

손권은 그를 군(郡)의 승(丞: 부태수)으로 삼아 태수의 직무를 겸하도록 했다. 이로부터 손권은 강동에 위엄을 떨치기 시작 했으며 두터운 민심을 얻게 된다.

한편 원소에게 돌아간 진진은 그간의 일을 자세히 설명하기를: "손책은 이미 죽었고, 그 아우 손권이 뒤를 계승했는데 조조가 그를 장군으로 봉하여 외부의 호응 세력으로 만들었습니다."

원소는 크게 화를 내고 마침내 기주·청주·유주·병주 등지의 군사 70여만 명을 일으켜 다시 허도를 치러 나섰다.

이야말로:

강남에서 싸움이 겨우 잠잠해지니 江南兵革方休息
하북에서 또다시 전쟁이 일어났네 冀北干戈又復興

승부가 어찌 될지 궁금하거든 다음 회를 기대하시라.

제 30 회

원본초는 관도의 싸움에서 크게 패하고
조조는 오소를 습격해 군량을 불태우다

戰官渡本初敗績

劫烏巢孟德燒糧

원소가 군사를 일으켜 관도(官渡)를 향해 출발하니 하후돈이 허도로 글을 띄워 위급함을 알렸다. 조조는 군사 7만 명을 일으켜 원소에 맞서 싸우러 가면서 허도는 순욱에게 남아서 지키도록 했다.

원소가 군사를 출병시킬 즈음 전풍이 옥중에서 글을 올려 간하기를: "지금은 조용히 지키면서 절호의 기회를 기다려야지 가벼이 대병을 일으켜서는 안 됩니다. 낭패를 보지 않을까 두렵습니다."

봉기(逢紀)가 참소하여 말하기를: "주공께서 인의(仁義)의 군사를 일으키시는데 전풍이 어찌 그런 상서롭지 못한 글을 올릴 수 있단 말입니까?"

그 말을 들은 원소는 화가 나서 전풍을 죽이려고 했다.

여러 관원들이 나서서 만류하자 원소는 분을 삭이며 말하기를: "내 조조를 쳐부수고 돌아와 확실히 그의 죄를 묻겠다."

원소가 마침내 군사를 재촉해 출발하니 군대의 정기(旌旗)가 들판을 뒤엎고, 창과 칼들은 마치 숲을 이룬 것 같았다. 원소의 군대는 양무(陽

武)에 이르러 영채를 세웠다.

저수 曰: "우리의 군사가 비록 그 수는 조조의 군사보다 많지만 그 용맹함에 있어서는 조조의 군사에 미치지 못합니다. 그러나 우리는 군량과 마초는 넉넉한 반면 조조의 군사는 부족하니 우리는 일단 천천히 방어전을 펼치며 시일을 끌다보면 적군은 싸우지 않고도 스스로 패하고 말 것입니다."

원소가 화를 내며 말하기를: "떠나올 때 전풍이 군사들의 사기를 떨어뜨리는 재수 없는 말을 하여 내 돌아가는 즉시 그를 참하려 하던 터에, 네놈마저 어찌 감히 그런 말을 할 수 있단 말이냐?"

그러고는 좌우에 호통치기를: "저수 저놈을 군중에 가둬 놓아라. 내 조조를 쳐부순 뒤, 전풍과 함께 그 죄를 다스릴 것이다."

원소가 70만 대군에 명을 내려 동서남북의 사방으로 영채를 둘러 세우니 그 길이가 90여 리나 이어졌다.

조조의 첩자가 이런 사실을 관도에 알리자 방금 도착한 조조의 군사들은 그 소식을 듣고 모두 겁을 먹었다. 조조가 여러 모사들과 상의를 했다.

순유 曰: "원소의 군사가 비록 많기는 하나 겁낼 필요는 없습니다. 우리 군사는 모두 일당십(一當十)은 거뜬히 해낼 수 있는 정예의 군사들입니다. 다만 속전속결만이 우리에게 유리하며 만약 시일을 끌다보면 군량 부족으로 일이 잘못될 수도 있습니다."

조조 曰: "그건 나도 같은 생각이오."

즉시 군사들에게 북을 울리고 함성을 지르며 진군하라고 명했다. 원소의 군사들 역시 맞이하러 나와 양쪽의 군사들이 진을 벌였다.

원소의 장수 심배(審配)는 1만 명의 뇌수(弩手)를 양쪽 날개에, 그리고 5천 명의 궁수(弓手)를 문기(門旗) 안에 각각 매복시켜 놓고 포(砲) 소리를 신호로 일제히 활을 쏘도록 했다.

북소리가 크게 세 번 울리자 원소가 황금 투구와 황금 갑옷을 입고, 비단 전포에 옥대를 두르고 진 앞에 나와 말을 세웠다. 그의 양 옆에는 장합(張郃)·고람(高覽)·한맹(韓猛)·순우경(淳于瓊) 등의 장수가 포진하고 깃발과 각자의 손에 든 무기들이 몹시 정연했다.

조조의 진영에서도 문기가 열리더니 조조가 말을 타고 나왔다. 허저·장료·서황·이전 등의 장수가 각각 무기를 들고 앞뒤에서 조조를 호위했다.

조조가 채찍으로 원소를 가리키며 말하기를: "내가 황제께 아뢰어 너를 대장군으로 임명해 주었거늘 너는 어찌하여 모반을 한단 말인가?"

원소가 화를 내며 말하기를: "네놈이 한(漢) 승상을 빙자하고 있지만 실제로는 한의 역적이라는 것은 천하가 다 아는 사실이다. 네놈의 죄악이 하늘까지 뻗어있어 왕망(王莽)과 동탁보다 심한데, 도리어 내가 모반을 했다고 뒤집어씌운단 말이냐!"

조조 曰: "나는 지금 황제의 조서를 받들어 네놈을 치러 온 것이다."

원소 曰: "나는 황제의 의대조(衣帶詔)를 받들어 역적을 치는 것이다."

조조는 화가 나서 장료로 하여금 나가 싸우도록 했다. 원소 진영에서는 장합이 나가 맞섰다. 두 장수가 4~5십 합을 싸웠으나 승부가 나지 않았다. 조조는 은근히 장합의 실력을 인정했다. 이때 허저가 장료를 돕기 위해 칼을 휘두르며 달려 나오니 원소 쪽에서는 고람이 창을 꼬나들고 나와 허저를 막았다. 네 명의 장수가 서로 짝을 이루어 찌르고 막기를 반복했다.

조조는 마침내 하후돈과 조홍에게 각각 3천 명의 군사를 이끌고 일제히 적진으로 쳐들어가라고 명령했다.

조조의 군사들이 쳐들어오는 것을 본 심배는 신호포를 쏘도록 하자 좌우 양쪽에 매복해 있던 1만 명의 쇠뇌수들이 일제히 쇠뇌를 쏘고, 중군 안에 있던 궁수들 역시 모두 진 앞으로 몰려나와 화살을 퍼부었다.

조조의 군사들이 이를 어찌 감당할 수 있겠는가! 그들은 남쪽으로 급히 달아나니 원소가 군사를 휘몰아 추격했다. 결국 조조의 군사는 크게 패하여 관도로 물러갔다.

원소는 군사를 이동시켜 관도 근처까지 바짝 다가가서 영채를 세웠다.

심배 曰: "이제 군사 10만 명으로 관도를 지키되 조조의 영채 앞에 토산을 만들어 군사들로 하여금 그 위에 올라가서 적의 영채 안을 내려다보면서 활을 쏘도록 하십시오. 조조가 만약 이곳을 포기하고 떠난다면 우리는 이곳 요충지를 얻어 허도까지 무너뜨릴 수 있습니다."

원소는 심배의 계책에 따라 각 영채 내에서 건장한 군사들을 뽑아 삽과 들것을 이용하여 조조의 영채 앞에 토산을 만들도록 했다. 이런 광경을 목격한 조조의 군사들은 달려나가 맞붙어 싸우려고 했으나 심배가 궁노수(弓弩手)들로 하여금 길목을 막도록 하고 있어 나아갈 수가 없었다.

열흘이 못 되어 토산 50여 개를 만들고 그 위에 구름다리로 연결된 망루를 세운 뒤, 궁노수들이 그곳에서 활을 쏘았다. 조조의 군사들은 겁을 집어먹고 모두 방패를 머리 위에 쓰고 화살을 막기에 급급했다. 토산 위에서 딱따기 소리가 울릴 때 마다 화살이 비 오듯 쏟아지면 조조의 군사들은 전부 방패를 쓰고 땅에 납작 엎드렸다. 원소의 군사들은 그때마다 고함을 지르며 웃어댔다. 군사들이 당황하여 허둥대는 것을 본 조조는 여러 모사들을 불러 계책을 논의했다.

유엽(劉曄)이 나서며 말하기를: "발석거(發石車)를 만들어 대응하면 저들의 공격을 막을 수 있습니다."

조조는 즉시 유엽에게 발석거 설계도면을 만들도록 지시하여 밤을 세워가며 발석거 수백 대를 만들어 영채의 담장 안에 배치하여 토산 위 구름다리 망루를 향하게 했다. 그러고는 토산 위에서 궁노수들이 활쏘기를 기다렸다가 일제히 토산 위의 구름다리를 향해 돌을 날려 보내니 원소의 궁노수들은 피할 곳이 없어 죽은 자가 무수히 많았다. 원소의 군사들은 그 수레를 발석거가 아닌 '벽력거(霹靂車)'라고 불렀으며, 그 후에는 감히 토산 위의 구름다리에 올라가 화살을 쏘지 못했다.

심배가 또 새로운 계책을 냈는데, 그것은 군사들로 하여금 삽으로 지하 굴을 파서 조조의 영채 안으로 들어가는 것으로, 이들을 '굴자군(掘子軍)'이라고 불렀다.

조조의 군사들은 토산 뒤에서 지하 굴을 파고 있는 것을 발견하고 조조에게 보고하니, 조조는 또 유엽에게 계책을 물었다.

유엽 曰: "이것은 원소의 군사들이 공공연하게 공격할 수 없게 되자 은밀하게 쳐들어오기 위해 땅굴을 파서 우리 영채를 기습하려는 수작입니다."

조조 曰: "그렇다면 저들을 어떻게 막을 수 있겠소?"

유엽 曰: "우리가 먼저 영채 주위에 빙 둘러 해자를 깊게 파 놓으면 저들의 땅굴은 바로 쓸모가 없게 됩니다."

조조는 그날 밤 군사들을 시켜 해자를 파도록 했다. 과연 원소의 군사들이 파고 온 땅굴은 해자에 이르러 더 이상 들어오지 못하고 결국 군사력만 허비하고 말았다.

한편 조조가 8월 초부터 관도를 지키기 시작하여 어느덧 두 달 가까이 흘러 9월 하순에 이르자 군사력은 점점 약해지고 군량미도 거의 바닥이 나서 관도를 버리고 허도로 돌아갈까도 생각했지만 확실한 판단이 서지 않아 일단 허도로 사람을 보내 순욱의 의견을 들어 보기로 했다.

순욱이 즉시 답서를 보내왔다.

"진퇴 여부를 묻는 존명을 받았습니다. 저의 어리석은 소견에 원소는 전 군사력을 동원하여 관도에서 명공과 승부를 결판내려는 것으로 생각됩니다. 공께서는 약한 군사력으로 강한 군사와 맞서고 있으며, 만약 적을 제압하지 못하면 그들에게 결정적 승기를 주게 될 것인 즉 이야말로 천하대세를 좌우하는 중대 기로입니다.

원소가 군사의 수는 많지만 그것을 쓸 줄을 모르니, 공의 훌륭한 무예와 용맹, 그리고 총명함으로 어느 쪽으로 결정하시어도 제압이 가능할 것입니다. 지금 비록 군량이 부족하다 하나 옛날 한(漢)이 형양(滎陽)과 성고(成皐) 사이에서 초(楚)와 싸울 때보다는 낫습니다.

주공께서 지금 가장 유리한 지역에서 지키면서 숨통이 되는 길목을 막아 전진을 못하게 하면 반드시 적의 약점이 드러나고 변화가 생길 것입니다. 그러면 그 기회를 놓치지 말고 계책을 쓰시기 바랍니다. 바라옵건대 명공께서 잘 살피어 행하시기 바랍니다."

순욱의 글을 받아본 조조는 매우 기뻐하며 장수와 병사들에게 죽기를 각오하고 지키자고 했다. 마침 원소의 군사는 30여 리나 뒤로 물러났으므로, 조조는 장수들에게 영채 밖으로 나가 순찰을 돌도록 했다. 하루는 서황의 부장 사환(史渙)이 순찰을 돌다가 원소의 염탐꾼을 붙잡아 끌고 왔다. 서황이 그를 심문하자 그가 대답하기를: "조만간 대장 한맹이 군량미를 수송해 오기로 되어 있어 저희들에게 운송로를 알아보도록 지시했습니다."

서황은 이 사실을 곧 조조에게 보고했다.

순유 曰: "한맹은 필부의 장수에 지나지 않습니다. 장수 한 사람이 기병 수천 명만 데리고 나가 그들을 공격하여 도중에 군량과 마초의 공급을 차단하면 원소의 군사들은 저절로 큰 혼란에 빠질 것입니다."

조조 曰: "누구를 내보내면 좋겠는가?"

순유 曰: "서황을 보내는 것이 좋겠습니다."

조조는 즉시 서황으로 하여금 부장 사환과 군사를 거느리고 먼저 출발하도록 한 뒤 장료와 허저는 그들을 지원하도록 했다. 그날 밤 한맹은 군량을 실은 수천 대의 수레를 호송하여 원소의 영채로 운반하고 있었다. 수레가 산골짜기 안에 이르자 서황과 사환이 군사를 이끌고 나타나 길을 막아섰다. 한맹이 말을 달려 나오니 서황이 그를 맞아 싸웠다. 그러는 사이 사환은 재빨리 수레를 모는 인부들을 쫓아 버리고 양곡을 실은 수레에 불을 질렀다. 한맹 역시 서황을 당해내지 못하고 말머리를 돌려서 달아났다. 서황은 군사들을 재촉하여 수레에 실린 양곡들을 모조리 불태워 버렸다.

원소의 군중에서는 멀리 서북쪽에서 불길이 치솟는 것을 보고 무슨 일인가 의아하게 생각하고 있는데 도망쳐 온 군사가 양곡과 마초를 모두 빼앗기고 말았다고 보고했다.

원소는 급히 장합과 고람을 내보내 큰길을 막도록 했다. 마침 군량을 불태우고 돌아오던 서황과 마주쳐 교전이 시작되려고 할 때 등 뒤에서 허저와 장료가 군사를 이끌고 당도하여 양쪽에서 협공을 하니 원소의 군사들은 흩어져버렸다.

네 명의 장수가 군사들을 한 곳으로 모아 관도의 영채로 돌아오니 조조는 크게 기뻐하며 후한 상을 내리고 군사들을 위로했다. 그리고 군사를 나누어 본 영채 앞에 또 영채를 세워 의각지세(犄角之勢)를 갖추었다.

한편 한맹이 패한 군사를 수습하여 영채로 돌아가자 원소가 화를 내며 한맹의 목을 베려고 하니 여러 장수들이 강력히 만류하여 겨우 죽음을 면했다.

심배 曰: "군사를 움직이는데 있어 군량미보다 중요한 것은 없으므로 가장 신경을 써서 방비를 해야 합니다. 오소(烏巢)는 군량미를 저장해 놓은 곳이니 반드시 강력한 군사로 지켜야 합니다."

원소 曰: "내 이미 계책을 마련해 놓았으니 자네는 업도(鄴都)로 돌아가서 마초와 군량이 부족함이 없도록 잘 감독하게."

심배는 명령을 받고 떠났다.

원소는 오소의 양곡을 지킬 책임자로 순우경(淳于瓊)을 보내면서 그 휘하 부장으로 목원진(睦元進)·한거자(韓莒子)·여위황(呂威璜)·조예(趙叡) 등과 함께 군사 2만 명을 내어 주며 오소를 지키게 했다.

순우경은 본래 성격이 억센데다 술을 좋아해서 군사들은 모두 그를 무서워했다. 오소에 간 그는 하루 종일 장수들과 술만 마셨다.

한편 조조는 군량이 다 떨어졌다는 보고를 받고 급히 허도로 사자를 보내 순욱에게 군량과 마초를 준비하여 밤낮 가리지 말고 서둘러 보내라고 지시했다. 그러나 서신을 가지고 떠난 사자는 30리도 못 가서 원소의 군사에게 붙잡혀서 결박당한 채 모사 허유(許攸) 앞에 끌려왔다.

허유의 자는 자원(子遠)으로 어릴 때 조조와 친구 사이였으나 지금은 도리어 원소 밑에서 모사로 있었다. 사자의 몸을 수색하여 조조가 군량을 재촉하는 서신을 찾아낸 허유는 곧장 원소에게 가서 말하기를: "관도에 군사를 주둔하고 있는 조조가 우리와 대치한 지 이미 오래되어 허도는 지금 텅 비어 있을 것입니다. 지금 군사를 나누어 밤낮으로 달려가 허도를 기습한다면 허도도 함락시킬 수 있고 조조도 사로잡을 수 있습니다. 지금 조조는 양식과 마초가 모두 바닥이 났으니 바로 이 기회를 이용하여 양쪽을 동시에 공격하도록 하십시오."

원소 曰: "조조는 원래 꾀가 많은 놈이라 이 서찰 역시 우리를 유인하기 위한 계책이네."

허유 曰: "지금 만약 치지 않으면 뒤에 도리어 우리가 큰 해를 당하게 될 것입니다."

한창 이야기를 하고 있을 때 업군에서 심배의 사자가 와서 서신을 올렸다. 그 서신에는 먼저 군량 운반에 관한 내용과 후반부의 내용은: "허유가 기주에 있을 때 백성들의 재물을 마구잡이로 거두어들이고 그의 자식과 조카들이 세금을 수탈하고 돈과 양식을 가로채는 것을 방치하였는데, 지금 허유의 자식과 조카들을 붙잡아 옥에 가두어 놓았습니다."

그 글을 본 원소는 크게 화를 내며 말하기를: "이런 추잡한 자식! 너 같은 놈이 무슨 낯짝으로 내 앞에서 계책을 내놓는단 말이냐? 그러고 보니 네놈은 옛적에 조조랑 친구였지. 그래서 지금 그놈에게 뇌물을 받아 쳐먹고 그놈의 첩자가 되어 우리 군사를 속일 요량을 하고 있는 것이다. 내 마땅히 네놈의 목을 베어야 할 것이나 지금 잠시 미루는 것이니 당장 물러가라. 다시는 네놈을 만나주지 않을 것이다!"

밖으로 나온 허유는 하늘을 바라보며 탄식하기를: "충언을 귀에 거슬려하니 저런 어리석은 자와 어찌 대사를 도모할 수 있겠는가! 이미 자식과 조카들이 심배에게 해를 당했으니, 내 무슨 면목으로 다시 기주 사람들을 보겠는가!"

칼을 빼어 들고 자결을 하려고 하자 주위에서 그의 칼을 빼앗으며 말하기를: "공은 어찌 목숨을 그리 가벼이 여기십니까? 원소가 직언을 받아들이지 않으면, 나중에 틀림없이 조조에게 사로잡히고 말 것입니다. 공은 조조의 옛 친구라면서 어찌 어리석은 사람을 버리고 명철한 주인을 찾지 않으십니까?"

이 두 마디 말에 허유는 크게 깨달았다. 이리하여 허유는 곧장 조조를 찾아갔다.

후세 사람이 시를 지어 한탄했으니:

원소의 호기 온 중국 땅 뒤엎었으나	本初豪氣蓋中華
관도에서 대치만 한 채 한탄만 하네	官渡相持枉嘆嗟
만약 허유의 계책을 받아들였더라면	若使許攸謀見用
산하가 어찌 다 조조의 것 되었으랴	山河豈得屬曹家

허유가 몰래 걸어서 영채를 빠져나가 조조의 진영을 찾아가니, 매복하고 있던 군사가 그를 붙잡았다.

허유 曰: "나는 조 승상의 옛 친구다. 속히 들어가서 남양 허유가 찾아왔다고 전하여라."

군사는 급히 영채 안으로 들어가 보고를 했다. 그때 조조는 막 옷을 벗고 쉬려던 참이었는데 허유가 은밀히 도망쳐 왔다는 말을 듣고 너무 기뻐서 신발 신을 겨를도 없이 맨발로 그를 맞으러 뛰어나갔다. 멀찍이 서 있는 허유를 보고 손뼉을 치면서 기쁘게 웃었다. 그리고 허유의 손을 잡고 함께 안으로 들어갔다. 조조가 먼저 땅에 엎드려 절을 하자 허유가 황망히 부축하여 일으키며 말하기를: "공은 이 나라의 승상이시고 나는 보잘것없는 서민에 불과한데 어찌하여 이렇게 겸공(謙恭)하신단 말이오!"

조조 曰: "공은 나의 옛 벗인데 어찌 벼슬로 상하를 따질 수 있겠는가?"

허유 曰: "내가 그동안 주인을 잘못 선택하여 원소에게 몸을 굽혀왔는데, 말을 해도 듣지 않고 계책도 따르지 않아 지금 그를 버리고 옛 친구를 찾아온 것이니 부디 거두어 주시기 바라오."

조조 曰: "자원(子遠: 허유)이 이렇게 일부러 찾아와 주었으니 이번 싸움은 이미 이긴 것이나 다름없네. 나에게 원소를 쳐부술 계책을 가르쳐 주기 바라네."

허유 曰: "나는 원소에게 가볍게 무장한 기병으로 허도를 기습하되 머리와 꼬리를 동시에 치라고 일러 준 적이 있소."

조조는 크게 놀라서 말하기를: "만약 원소가 자네 말대로 했다면 이번 싸움에서 크게 패하고 말았을 것이네."

허유 曰: "지금 군량은 얼마나 있소?"

조조 曰: "1년은 충분하네."

허유가 웃으며 말하기를: "그렇지 않을 텐데?"

조조 曰: "반년은 버틸 수 있을 것이네."

허유는 갑자기 소매를 떨치며 일어서더니 막사 밖으로 나가며 말하기를: "나는 참된 마음으로 찾아왔건만 공이 이처럼 나를 속이려하니 내 어찌 공을 믿고 의탁할 수 있겠는가!"

조조가 그의 소매를 붙잡으며 말하기를: "자원은 노여움을 푸시게. 내 솔직히 말하면 군량미는 사실 석 달 정도 버틸 것밖에 없다네."

허유가 웃으며 말하기를: "세상 사람들이 모두 맹덕을 간웅이라 말하더니, 왜 그렇게 말하는지 이제 알 것 같군."

조조 역시 웃으면서 말하기를: "자네가 이해해 주시게. '병가에서는 속임수도 꺼리지 않는다(兵不厭詐).'는 말도 있지 않은가!"

마침내 바싹 다가와 귓속말을 하기를: "군중에는 단지 이달 먹을 양식밖에 없다네."

허유가 크게 소리치기를: "제발 나를 그만 좀 속이시오! 양식은 이미 바닥이 나지 않았소?"

조조가 소스라치게 놀라며 말하기를: "그걸 어찌 알았소?"

허유가 마침내 조조가 순욱에게 보낸 편지를 꺼내 보이며 말하기를:

"이 글은 누가 쓴 것이오?"

조조가 놀라서 묻기를: "아니, 이걸 자네가 어떻게?"

허유가 조조의 사자를 붙잡은 이야기를 자세히 설명했다. 조조는 그의 손을 잡으며 말하기를: "자원이 기왕 나와의 옛 우정을 생각하여 찾아왔으니, 부디 내가 어떻게 해야 좋을지 가르쳐 주시게."

허유 曰: "명공이 적은 군사로 원소의 대군과 맞서면서도 속전속결의 방도를 찾지 않는 것은 바로 죽음을 자초하는 것이나 다름없소. 내게 계책이 하나 있소. 바로 사흘 안에 원소의 백만 대군을 싸우지도 않고 스스로 무너지게 할 계책인데 명공이 들어줄지 모르겠소."

조조는 기뻐하며 말하기를: "어서 그 계책을 듣고 싶네."

허유 曰: "원소의 군량과 군수품은 모두 오소에 쌓여있는데 지금 순우경이 지키고 있다네. 순우경은 워낙 술을 좋아하여 방비가 아주 허술할 것이오. 그러니 공께서는 정예병을 뽑아 원소의 장수 장기(蔣奇)를 사칭하여 군량을 지키러 왔다고 거짓말을 하고 그곳에 들어간 후 기회를 봐서 그곳에 있는 군량과 마초 그리고 군수품을 모조리 불살라 버린다면 원소의 군사들은 사흘도 못가서 스스로 혼란에 빠지게 될 것이네."

조조는 매우 기뻐하며 허유를 후하게 대접하고 영채 안에 머물러 있게 했다.

다음 날 조조는 기병과 보병 5천 명을 뽑아 자신이 직접 군량을 약탈하러 오소로 갈 채비를 했다.

장료 曰: "원소가 양식을 쌓아놓은 곳인데 어찌 방비가 없겠습니까? 허유의 속임수인지도 모르는데 승상께서 너무 가벼이 움직이는 것은 아닌지 염려됩니다."

조조 曰: "그렇지 않네. 허유가 이곳으로 온 것은 하늘이 이미 원소를 응징한 것이네. 우리는 군량미가 이미 바닥이 나서 오래 버티기 어려운 마당에 허유의 계책을 쓰지 않는다는 것은 그저 가만히 앉아서 죽기만 기다리는 것과 무엇이 다르겠는가!

허유가 만약 우리를 속이려 했다면 그가 어찌 우리 영채에 머물러 있으려 하겠소? 그리고 나 역시 오래전부터 오소를 급습하려고 생각하고 있었소. 이번에 군량미를 약탈하려는 계책은 반드시 해내야만 하는 일이니 자네는 너무 의심하지 말게."

장료 曰: "그렇게 하더라도 원소가 우리의 빈틈을 이용하여 공격해 올지도 모르니 대비는 단단히 해야 합니다."

조조가 웃으며 말하기를: "당연하지, 내 그것도 이미 잘 생각해 두었네."

조조는 즉시 순유·가후·조홍에게 허유와 함께 본 영채를 지키도록 지시한 뒤 하후돈·하후연에게는 한 무리 군사를 거느리고 왼쪽에 매복하고, 조인과 이전은 오른쪽에 매복해 있으면서 만일의 사태에 대비하도록 했다. 그리고 장료와 허저는 선봉에 서고, 서황과 우금은 뒤를 따르게 하고 조조 자신은 여러 장수들을 거느리고 중군을 맡았다.

모두 5천 명의 군사들이 원소의 군기로 위장하고 흔들면서 군사들은 모두 짚단과 장작더미를 짊어지고 최대한 은밀히 접근하기 위해 군사들의 입에는 하무를, 말들에게는 재갈을 물리고, 황혼 무렵이 되자 오소를 향해 출발했다. 그날따라 하늘에 별들이 가득하고 유난히도 반짝였다.

원소의 군중에 감금되어 있던 저수는 이날 밤 하늘의 별이 유난히도 총총한 것을 보고 옥졸에게 부탁하여 뜰로 나가 천문을 살펴보니, 갑자기 태백성(太白星: 금성)이 거꾸로 움직이더니 견우성과 북두성의 경계를 침범하고 있었다.

저수는 깜짝 놀라서 말하기를: "큰 재앙이 닥칠 조짐이로다!"

즉시 원소를 뵙기를 청했다. 이때 원소는 이미 술에 취해 잠자리에 들었는데, 저수가 은밀하게 급히 보고드릴 말이 있다기에 그를 불러들여 물었다.

저수 日: "제가 방금 천문을 살펴보니 태백성이 역행하여 유수(柳宿)와 귀수(鬼宿) 사이를 지나가는데 그 빛이 견우성과 북두성 사이까지 뻗치고 있습니다. 이것은 적의 군사들이 오소를 습격하여 군량미를 약탈할 징조이니 서둘러 방비하지 않으면 안 됩니다. 속히 맹장과 정예병을 보내서 샛길과 산길을 순찰하여 조조의 계책에 빠지는 일이 없도록 하십시오."

원소가 화를 내며 꾸짖기를: "네놈은 죄인인 주제에 어찌 감히 그런 허튼소리로 군사들을 현혹시키려 하느냐!"

그러고는 옥졸을 꾸짖기를: "내 너에게 저자를 가두어 놓으라 했거늘, 어찌 감히 내놓았단 말이냐?"

즉시 그 옥졸의 목을 베라고 명하고 다른 사람을 불러서 저수를 감금한 뒤 잘 지키도록 명령했다.

밖으로 끌려나온 저수는 울면서 한탄하기를: "우리가 망할 날이 머지않았으니, 내 시체를 어느 곳에서 찾을 수나 있을지 모르겠구나!"

후세 사람이 시를 지어 이를 탄식하였으니:

충언이 귀에 거슬려 원수로 여기니	逆耳忠言反見仇
인심을 잃은 원소는 지모도 없구나	獨夫袁紹少機謀
오소 군량 불타고 터전도 뽑혔는데	吳巢糧盡根基拔
아직도 구차히 기주를 지키려 하네	猶欲區區守冀州

그날 조조는 군사를 거느리고 밤길을 재촉하여 원소의 별채 앞을 지나가는데 영채를 지키는 군사가 어디 소속이냐고 물으니 조조가 군사를 시켜 대답하기를: "장기 장군이 원소의 명을 받들어 오소로 군량을 지키러 가는 길이오."

원소의 군사들은 그들이 자기네 군기를 들고 가는 것을 보고 조금도 의심을 하지 않았다. 그 뒤로도 몇 군데를 지나면서 모두 장기 장군의 군사라고 하니 무사통과했다.

오소에 이르자 시간은 어느덧 사경(사경: 새벽 1시에서 3시)을 지나고 있었다. 조조는 군사들에게 가지고 온 짚단으로 영채 주위에 불을 지르도록 하고 장수들에게는 북을 울리고 함성을 지르며 쳐들어가도록 했다.

이때 순우경은 여러 장수들과 함께 술에 만취한 상태로 막사 안에 누워 있었다. 북소리와 함성 소리에 놀란 순우경이 황급히 일어나 묻기를: "밖이 왜 이리 시끄럽나?"

미처 말이 채 끝나기도 전에 이미 갈고리가 그의 몸을 끌어당겨 사로잡히고 말았다.

이때 목원진과 조예가 군량을 운반하고 막 돌아오다 군량미 쌓아둔 곳에서 불길이 솟구치고 있는 것을 보고 급히 구원하러 달려왔다. 조조의 군사가 그것을 보고 급히 조조에게 보고하기를: "적들이 뒤에서 오고 있으니 군사를 나누어 막으십시오!"

조조가 소리치기를: "너희들은 아무 생각 하지 말고 무조건 전진하며 모든 양곡에 불을 질러라. 적이 등 뒤에 이르거든 그때 돌아서서 싸워도 늦지 않다."

이리하여 모든 장수와 군사들이 앞 다투어 쳐들어가니 삽시간에 불길이 사방에 번지며 자욱한 연기가 하늘을 뒤덮었다. 목원진과 조예가 군사를 몰아 구원하러 왔지만 조조가 말머리를 돌려 싸우니 두 장수는 도저히 감당하지 못하고 모두 조조의 군사들에게 죽임을 당했으며 군량과 마초는 모조리 불길에 휩싸여 잿더미가 되고 말았다.

순우경이 사로잡혀서 조조 앞에 끌려 왔다. 조조는 그의 귀와 코 그리고 손가락을 잘라 말 위에다 묶어 원소의 영채로 돌려보내 모욕을 주었다.

한편 막사 안에 있다가 북쪽에서 불길이 온 하늘을 뒤덮었다는 보고를 받은 원소는 곧바로 오소에 변고가 발생했음을 알고 급히 막사 밖으로 나와 문무 관원들을 불러 모은 뒤 군사를 보내서 오소를 구하는 문제를 상의했다.

장합 曰: “제가 고람과 함께 가서 구하겠습니다.”

곽도 曰: “안 됩니다. 조조의 군사가 양식을 약탈하러 왔다면 필시 조조가 직접 왔을 것입니다. 그렇다면 조조의 영채는 텅 비어 있을 테니, 우리는 먼저 조조의 영채부터 쳐야 합니다. 조조는 그 소식을 들으면 틀림없이 속히 돌아가려 할 것이니 이것이 바로 손빈(孫臏)의 위위구조(圍魏救趙)[21] 계책입니다.”

장합 曰: “아닙니다. 조조는 꾀가 많은 인간이라 밖으로 나갈 때에는 반드시 안에도 대비를 단단히 해 두었을 것이오. 지금 만약 조조의 영채를 치러 갔다가 빼앗지 못하고, 오소에서 순우경마저 사로잡히게 된다면 우리들 역시 모두 사로잡히고 말 것입니다.”

곽도 曰: “조조는 오로지 오소의 양식을 약탈하는 데만 정신이 팔려 있을 텐데 어찌 군사를 영채에 남겨 두었겠습니까?”

그는 거듭 조조의 영채를 습격하자고 주장했다. 이에 원소는 장합과

---

21 위나라를 포위하여 조나라를 구함. 역자 주.

고람으로 하여금 군사 5천 명을 거느리고 관도로 가서 조조의 영채를 치게 하고, 장기에게는 군사 1만 명을 주어 오소로 가서 순우경을 구하도록 했다.

이때 조조는 순우경의 부하들을 잡아 죽이고 그들이 입었던 갑옷과 옷 그리고 기치들을 빼앗아 자기 군사들에게 입혀서 순우경의 패잔병으로 위장해 영채로 돌아오다가 어느 산골짜기의 작은 길에서 장기의 군사와 마주쳤다.

장기의 군사들이 누구냐고 묻자, 오소에서 패하여 도망쳐 온 군사들이라고 대답하니 장기의 군사들은 더 이상 의심하지 않고 말을 몰아 지나쳤다.

바로 그때 장료와 허저가 갑자기 뒤쫓아 오며 소리치기를: "장기 이놈, 게 섰거라!"

장기가 미처 손을 쓸 틈도 없이 장료의 칼을 맞고 말에서 떨어지고 그의 부하들도 모조리 죽었다. 조조는 그의 병사 한 명을 원소의 병사로 위장하여 원소에게 가서 거짓 보고를 하도록 하기를: "장기 장군이 이미 오소에 있는 조조의 군사들을 모두 물리쳤습니다."

원소는 그 병사의 말만 믿고 오소에는 더 이상의 구원병을 보내지 않고 관도에만 군사를 더 보냈다.

한편 조조의 영채를 공격하러 간 장합과 고람은, 왼쪽에는 하후돈이, 오른쪽에는 조인이, 그리고 가운데는 조홍이 세 방면에서 일제히 뛰쳐나와 공격을 하자 크게 패하였으며 그들의 구원군이 당도했을 때에는 오소에 갔던 조조가 돌아오다가 배후에서 쳐들어와서 사방에서 공격을 하니 장합과 고람은 간신히 길을 뚫고 달아났다.

원소는 영채로 돌아온 오소의 패잔병들을 거두어들이고 있었는데, 보니 순우경은 귀와 코도 없고 수족도 다 떨어져 나가고 없었다.

원소 曰: “어찌하다 오소를 잃었느냐?”

패잔병이 보고하기를: “순우경이 술에 취해 곯아떨어져 있었기 때문에 적을 막아낼 수가 없었습니다.”

원소는 화를 내며 그 자리에서 순우경의 목을 베어 버렸다. 곽도는 장합과 고람이 돌아오면 자신이 낸 계책의 시시비비를 따질 것이 두려워, 그들이 오기 전에 원소에게 참소하기를: “장합과 고람은 이번에 주공께서 패하신 것을 내심 기뻐할 것입니다.”

원소 曰: “어찌 그런 말을 하느냐?”

곽도 曰: “두 사람은 평소 조조에게 항복할 생각을 품고 있었는데 이번에 조조의 영채를 치러 보내자 일부러 싸우는 척만 하다가 군사를 많이 잃은 것입니다.”

크게 화가 난 원소는 즉시 사자를 보내 두 사람을 영채로 불러서 그 죄를 물으려 했다. 곽도는 미리 사람을 두 사람에게 보내 이렇게 말하도록 시키기를: “주공께서 장군들을 죽이려고 하십니다.”

원소의 사자가 도착하자 고람이 묻기를: “주공께서는 우리를 왜 부르시는가?”

사자 曰: “왜 부르는지는 잘 모르겠습니다.”

고람은 곧바로 칼을 빼서 사자의 목을 베어 버렸다. 장합이 깜짝 놀라니 고람이 말하기를: “원소는 참소하는 말은 옳고 그름을 따지지 않고 무조건 믿어 버리니, 얼마 못 가서 반드시 조조에게 사로잡히고 말 것이오. 우리가 가만히 앉아서 죽기를 기다리느니, 차라리 조조를 찾아가서 투항하는 편이 나을 것 같소.”

장합 曰: “나 역시 그런 생각을 한지 오래요.”

이리하여 두 사람은 본부 군사들을 거느리고 조조에게 투항하려고 조조의 영채를 찾아갔다.

하후돈 曰: “두 사람이 투항하러 왔다지만 진짜 속내는 알 수 없습니다.”

조조 曰: “내 그들을 은혜로써 대우해 준다면 설령 다른 마음을 품고 왔더라도 변할 수 있을 것이네.”

즉시 영채 문을 열고 두 사람을 들어오게 하니 그들은 무기를 거꾸로 들고 갑옷을 벗고 땅에 엎드려 절을 했다.

조조 曰: “만약 원소가 두 분 장수의 말씀대로 했다면 이처럼 참패하지는 않았을 것이요. 이제 두 장군이 나를 찾아 왔으니, 이는 마치 미자(微子)가 은(殷)나라를 떠나 주(周)로 가고 한신(韓信)이 항우를 떠나 한(漢)나라로 돌아온 것과 같다 할 것이오.”

조조는 장합을 편장군(偏將軍) 도정후(都亭侯)에, 그리고 고람은 편장군 동래후(東萊侯)에 각각 봉했다. 두 사람은 크게 기뻐했다.

원소는 허유가 먼저 떠나더니 이제 장합과 고람도 조조에게 가 버리고 게다가 오소의 군량마저 잃어버렸으니, 그의 군사들의 마음은 갈팡질팡 어쩔 줄을 몰랐다.

허유는 조조에게 이 기회를 놓치지 말고 속히 진군할 것을 권하고, 장합과 고람은 자신들이 선봉을 서겠다고 청했다.

조조는 그의 권고에 따라 장합과 고람에게 군사를 거느리고 원소의 영채를 급습하도록 했다. 이날 밤 삼경(三更: 밤 11시부터 새벽 1시) 무렵 조조는 세 길로 나누어 원소의 영채를 공격했는데, 날이 훤히 밝아올 때까지 서로 뒤엉켜 싸운 뒤에야 군사를 거두었다. 그 결과 원소는 군사를 태반이나 잃어버리고 말았다.

순유가 조조에게 계책을 올리기를: "이제 이렇게 헛소문을 퍼뜨리십시오. 군사를 두 방면으로 나누어 한 방면은 산조(酸棗)를 빼앗은 다음 업군(鄴郡)을 공격하고 또 한 방면은 여양(黎陽)을 취한 다음 원소의 퇴로를 끊으려 한다고 소문을 내면 원소는 틀림없이 놀라고 당황하여 군사를 나누어 우리의 공격을 막으려 할 것입니다. 우리는 그들이 움직일 때를 틈타 일제히 공격한다면 원소를 물리칠 수 있습니다."

조조는 순유의 계책대로 모든 군사들에게 사방으로 소문을 퍼뜨리도록 했다. 그 소문을 들은 원소의 군사들이 영채로 가서 원소에게 보고하기를: "조조가 군사를 두 방면으로 나누어 한 방면은 업군을 빼앗고 또 한 방면은 여양을 치러 간다고 합니다."

원소는 크게 놀라 급히 원담(袁譚)에게 군사 5만 명을 주어 업군을 구하러 보내고, 신명(辛明)에게도 군사 5만 명을 주면서 여양을 향해 그날 밤에 당장 출발하도록 했다.

원소의 군사들이 움직이는 것을 탐지하고 있던 조조는 즉시 전군을 여덟 방면으로 나누어 일제히 원소의 영채를 습격했다. 원소의 군사들은 모두 전의를 상실한 채 사방으로 흩어져 도주하기에 바쁘니 결국 대패하고 말았다.

원소는 미처 갑옷을 입을 새도 없이 홑옷에 두건만 쓴 채 겨우 말에 올랐으며 막내아들 원상(袁尙)이 그 뒤를 따랐다. 장료·허저·서황·우금 등 네 장수가 군사를 이끌고 원소의 뒤를 맹추격하니 다급해진 원소는 황하를 건너면서 도서(圖書) 및 수레와 무기, 황금과 비단 등을 모조리 버리고 수행하는 8백여 기병들만 데리고 달아났다.

조조의 군사들은 결국 원소는 놓치고 말았으며 대신 그들이 버리고 간 전리품만 거둬들였다. 이 싸움에서 원소의 군사들은 8만여 명이나 죽었는데, 그들이 흘린 피가 도랑에 흘러넘치고 물에 빠져 죽은 자도 부지

기수였다.

대승을 거둔 조조는 노획한 금은보배와 비단 등을 군사들에게 상으로 주었다. 이때 거두어들인 도서 가운데 서신 한 다발을 찾아냈는데 그것은 뜻밖에 허도와 조조 군중에 있는 여러 사람들이 원소와 내통하며 주고받은 밀서였다.

주위에서 누군가 말하기를: "내통한 자를 엄밀히 색출하여 모두 처단해야 합니다."

조조 曰: "원소의 세력이 왕성할 때는 나조차 스스로를 보전할 수 없었거늘, 하물며 다른 사람들이야 오죽했겠는가?"

그러고는 그것을 모두 불살라 버리도록 하고 두 번 다시 묻지 않았다.

한편 원소가 패하여 달아난 뒤, 옥에 갇힌 채 도망치지 못한 저수는 결국 조조의 군사들에게 붙잡히어 조조 앞으로 끌려갔다. 조조는 이전부터 저수를 알고 있었다. 조조를 본 저수가 큰 소리로 말하기를 "나는 항복하지 않을 것이다."

조조 曰: "본초가 어리석어 자네의 말을 듣지 않았는데, 자네는 아직도 그에 대해 미련을 갖고 있는 것인가? 내 만약 진즉 자네를 얻었더라면 천하도 걱정할 게 없을 텐데."

그러고는 그를 후하게 대접하며 군중에 머물게 했다. 하지만 저수는 몰래 말을 훔쳐 타고 원소에게 돌아가려고 했다. 화가 난 조조는 그를 죽여 버렸다.

저수는 죽는 마지막 순간까지 얼굴색 하나 변하지 않았다. 조조가 탄식하기를: "내가 한순간 잘못 생각하여 충의지사를 죽이고 말았구나!"

그러고는 예를 다하여 장례를 치르도록 하고 황하 나루터에 봉분을 세우고 묘비에는 '충렬저군지묘(忠烈沮君之墓)'라 새기게 했다.

후세 사람이 그를 칭찬한 시를 지었으니:

하북땅에 명사들이 많다고 하지만	河北多名士
충성과 절개로는 저수를 꼽는다네	忠貞推沮君
지긋이 응시하면 진법을 알아내고	凝眸知陳法
하늘을 우러러 천문에도 밝았다네	仰面識天文
죽음에 이르러도 마음은 철석같고	至死心如鐵
위기에서도 구름과 같은 기상이라	臨危氣似雲
조조는 충성심과 절개를 흠모하여	曹公欽義烈
특별히 봉분에 비석까지 세워주네	特與建孤墳

조조는 마침내 기주 공격을 명령했다.
이야말로:

세력 약해도 계책이 많으면 이기고	勢弱只因多算勝
군사 강해도 꾀가 적으면 망한다네	兵强却爲寡謀亡

승부가 어찌 될지 궁금하거든 다음 회를 기대하시라.

제 31 회

조조는 창정에서 원소를 크게 쳐부수고
현덕은 형주로 가서 유표에게 의탁하다

曹操倉亭破本初

玄德荊州依劉表

원소와의 싸움에서 크게 이긴 조조는 그 기세를 몰아 군사를 정비하여 원소의 뒤를 서서히 추격하기 시작했다. 원소는 두건에 홑옷 차림으로 8백여 기병만을 데리고 달아나서 여양(黎陽) 북쪽 기슭에 이르자 대장 장의거(蔣義渠)가 영채에서 나와 영접했다.

원소가 장의거에게 지난 일을 하소연하니 장의거가 흩어진 패잔병들을 불러 모으고, 패잔병들도 원소가 살아 있다는 소문을 듣고 개미떼처럼 다시 모여 들었다. 군사의 세력이 어느 정도 회복된 원소는 일단 기주로 돌아가기로 마음먹었다.

행군을 하다 날이 저물어 어느 황량한 산에서 야영을 하게 된 원소는 막사 안에 있던 중 멀리서 들려오는 울음소리를 듣고 가만히 소리 나는 곳을 따라가 들어 보니, 패잔병들이 모여 앉아 누구는 형과 아우를 잃었고 또 누구는 어버이나 친구를 잃은 슬픔을 서로서로 하소연하고 있는 것이 아닌가!

그러면서 주먹으로 가슴을 치고 통곡을 하며 이구동성으로 말하기

를: "주공이 만약에 전풍의 말만 들었던들, 우리가 어찌 이런 화를 당하게 되었겠는가!"

숨어서 듣고 있던 원소가 크게 후회하며 혼자 말하기를: "내가 전풍의 말을 듣지 않아 이리 많은 장수와 군사들을 잃었으며 이런 원망의 소리를 듣고 있으니 이제 돌아가서 무슨 낯으로 그의 얼굴을 본단 말인가!"

다음 날 말을 타고 한창 가고 있을 때 봉기가 군사를 이끌고 마중을 나왔다. 원소가 봉기에게 말하기를: "내 전풍의 말을 듣지 않아 이런 패배를 당했으니, 돌아가서 그 사람 보기가 참 부끄럽소이다."

봉기가 참소하기를: "전풍이 옥중에서 조공이 참패했다는 소식을 듣고 손뼉을 치고 크게 웃으며 '역시 내 예측이 틀리지 않았어!'라고 말했다고 합니다."

원소가 버럭 화를 내며 말하기를: "그 싸가지 없는 놈이 나를 감히 비웃었단 말이지! 내 결코 그놈을 살려두지 않겠다."

그러고는 사자에게 보검을 주며 먼저 가서 전풍의 목을 베라고 명령했다.

한편 기주의 옥중에 갇혀 있는 전풍에게 옥리가 와서 말하기를: "별가(別駕) 어른! 기뻐할 일이 있으니 축하드립니다."

전풍 曰: "축하받을 기쁜 일이 뭐가 있겠느냐?"

옥리 曰: "원 장군께서 이번 싸움에서 크게 지고 돌아오신다니, 별가 어른께서는 반드시 중용되지 않으시겠습니까?"

전풍이 쓴 웃음을 지으며 말하기를: "이제는 내가 죽는구나!"

옥리가 묻기를: "사람들은 모두 어른을 위해서 기뻐하던데 어찌 죽는다고 말씀하십니까?"

전풍 曰: "원 장군은 겉으로는 너그러운 척하지만 속으로는 질투심이 많고 부하의 충성심 따위는 아랑곳하지 않는 사람이다. 만약 싸움에 이기고 왔다면 기쁜 마음에 나를 용서해 줄 수도 있지만, 싸움에 크게 패했다니 부끄러워서라도 나를 보려고 하겠느냐? 나는 이제 살아날 가망은 없다."

하지만 옥리는 그 말을 도무지 믿을 수 없었다. 그때 갑자기 사자가 검을 들고 와서 원소의 명을 전하며 전풍의 머리를 베려고 하자, 옥리는 그제야 깜짝 놀랐다.

전풍 曰: "내 이미 반드시 죽는다는 것을 알고 있었다."

옥리들이 모두 눈물을 흘렸다.

전풍 曰: "대장부가 세상에 태어나서 주인을 잘 알아보지 못하고 섬기는 것 또한 지혜롭지 못한 것이로다. 내 오늘 죽는다 한들 애석해 할 게 뭐 있겠는가!"

그러고는 옥중에서 스스로 자결하였다. 후세 사람이 이를 탄식하는 시를 지었으니:

어제 아침엔 저수가 군중에서 죽더니	昨朝沮授軍中死
오늘 낮엔 전풍이 옥중에서 죽는구나	今日田豊獄內亡
하북의 동량들이 모두 이렇게 꺾이니	河北棟梁皆折斷
원소가 어찌 나라를 뺏기지 않을소냐	本初焉不喪家邦

전풍이 죽었다는 소문을 들은 사람들은 모두 탄식하며 애석해했다.

귀주로 돌아온 원소는 마음이 번잡하고 정신이 산란하여 정사를 돌보지 않았다. 보다 못한 그의 처 유씨가 후사를 빨리 세울 것을 권했다.

원소에게는 세 아들이 있었다. 맏아들 원담(袁譚)은 자(字)가 현사(顯思)로 현재 청주를 지키고 있고, 둘째 원희(袁熙)는 자가 현혁(顯奕)으로 유주를 지키고 있으며, 셋째 원상(袁尙)은 자를 현보(顯甫)라 하는데, 원소의 후처 유씨의 소생으로 용모가 준수할 뿐만 아니라 재능과 지식도 뛰어나 원소는 막내를 매우 사랑하며 늘 가까이 두고 있었다.

관도 전투에서 패하고 돌아온 이후 유씨가 자신의 소생인 원상을 후사로 정하라고 계속 채근하니, 원소는 마침내 심배·봉기·신평(辛評)·곽도 등 네 사람을 불러 이 일을 상의했다. 원래 심배와 봉기 두 사람은 원상을 보좌해 왔고, 신평과 곽도는 전부터 원담을 보좌하여, 네 사람은 각각 그들을 주인으로 섬겨 왔다.

원소가 그들에게 묻기를: "지금 외부의 침입에 대한 걱정이 끊이지 않아 어쩔 수 없이 안의 일을 빨리 정해야 겠네. 그래서 후사 문제를 논의하려고 하네. 내 생각으로는 첫째 담은 성질이 너무 사나워 사람을 너무 쉽게 죽이고, 둘째 희는 성격이 너무 나약하여 큰일을 감당하기 어렵고, 셋째 상은 영웅의 기질도 있고 어진 자를 예로써 공경하니 나는 셋째를 나의 후계자로 세우고 싶네. 공들의 생각은 어떠한가?"

곽도 曰: "세 자제분 중에 담은 장남으로 지금 청주에 있습니다. 주공께서 만약 장자를 폐하고 셋째를 후사로 세우신다면 이는 분명 분란의 씨앗이 될 것입니다. 지금은 우리 군사의 위세가 꺾인 데다 적의 군사들이 우리의 경계를 압박하고 있는 엄중한 상황인데, 어찌 부자 형제간의 자중지란을 일으키려 하십니까? 주공께서는 당분간 적을 막을 계책을 세우는데 주력하시고, 후사를 세우는 일은 더 이상 언급을 해서는 아니 됩니다."

원소가 주저하며 결정을 못 내리고 있을 때, 갑자기 원희가 군사 6만 명을 이끌고 유주에서, 원담은 군사 5만 명을 이끌고 청주에서, 그리고 외조카 고간(高幹)은 군사 5만 명을 이끌고 병주로부터 각각 자신을 돕기 위해 기주로 왔다는 보고가 왔다.

원소는 기뻐하며 다시 군사들을 재정비하여 조조와 싸우러 나갔다.

이때 조조는 승리한 군사들을 이끌고 강 위쪽에 진을 치고 있었는데 인근에 사는 백성들이 광주리와 항아리에 밥과 국을 가득 담아 와서 군사들에게 나누어 주었다. 조조는 그들 중 수염과 머리가 백발인 노인 몇 명을 막사 안으로 청하여 자리에 앉게 한 다음 묻기를: "어르신들은 연세가 어떻게 되십니까?"

그들이 대답하기를: "모두 백 살이 다 되어 갑니다."

조조 曰: "제 군사들이 어르신들 고향을 놀라게 하고 시끄럽게 해서 제 마음이 매우 편치 않습니다."

한 노인 曰: "환제(桓帝) 때 황성(黃星: 토성)이 초(楚)와 송(宋)을 나눈 것을 본적이 있습니다. 천문을 잘 보는 요동 사람 은규(殷馗)라는 사람이 이 고을에서 묵고 있었는데 우리들에게 말했었지요. '하늘에 황성이 나타나 이곳을 바로 비추고 있으니 50년 뒤에는 반드시 양군(梁郡)과 패군(沛郡) 사이에 진인(眞人)이 나타날 것이오.' 가만히 계산해 보니 올해가 바로 50년이 되는 해입니다. 원소는 백성들에게 세금을 너무 가혹하게 거두어, 원망을 하지 않은 백성이 없습니다. 승상께서 백성들을 위무하고 원소의 죄를 토벌하기 위해 인의(仁義)로써 군사를 일으키시어 관도에서 단 한 번의 싸움으로 원소의 백만 대군을 쳐부수었으니, 당시 은규의 말이 딱 맞아떨어진 것이지요. 이제 만백성들은 태평성대를 바라보게 되었습니다."

조조가 웃으며 말하기를: "내 어찌 어르신들 말씀을 감당할 수 있겠습니까?"

조조는 노인들에게 술과 음식에 비단까지 내어 주며 돌려보낸 뒤 전

군에 호령하기를: "만약 마을에 내려가 남의 닭이나 개를 잡아먹는 자는 살인의 죄로 다스릴 것이다."

이리하여 군사들이 모두 무서워서 복종했고, 백성들은 안심했으며 이를 본 조조는 내심 은근히 기뻐했다.

바로 그때 보고가 들어오기를, 원소가 네 개 주의 군사 2~30만 명을 지원 받아 창정(倉亭)에 영채를 세웠다고 했다. 조조도 군사를 거느리고 나가 맞은편에 영채를 세웠다.

다음 날 양군이 서로 마주보며 전투 진형을 갖추었다. 조조가 여러 장수를 이끌고 진 앞으로 나가니, 원소 역시 세 아들과 조카, 그리고 문무 장수들을 이끌고 진 앞으로 나왔다.

조조 曰: "본초는 이제 계책도 힘도 모두 떨어졌을 텐데, 어찌 아직도 항복할 생각을 하지 않는 것인가! 칼이 목에 닿을 때까지 기다렸다가는 그때는 후회해도 소용없다는 것을 왜 모르느냐?"

원소는 몹시 화가 나서 여러 장수들을 돌아보며 말하기를: "누가 먼저 나가겠느냐?"

원상이 부친 앞에서 자신의 무예를 뽐내고 싶어 쌍칼을 휘두르며 달려 나와 이리저리 휘젓고 다녔다.

조조가 손으로 그를 가리키며 장수들에게 묻기를: "저놈이 누구냐?"

그를 아는 자가 대답하기를: "원소의 셋째 아들 원상입니다."

말이 채 끝나기도 전에 한 장수가 창을 꼬나들고 달려 나갔다. 조조가 보니 그는 서황의 부장 사환이었다. 두 필의 말이 어우러져 싸우기를 채 3합도 안 되어 원상이 갑자기 말을 돌려 옆으로 달아났다. 사환이 그 뒤를 쫓아가니 원상은 달아나면서 화살을 뽑아 활에 메기더니 몸을 돌려 뒤를 보고 시위를 당겼다. 화살은 정통으로 사환의 왼쪽 눈에 맞아 말에서 떨어지며 그 자리에서 죽고 말았다.

원소는 막내아들이 이긴 것을 보고 채찍을 휘둘러 공격 명령을 내리자 대대(大隊)의 군사들이 달려 나가 양군은 서로 죽고 죽이며 한바탕 혼전을 벌이고 나서 각자의 진영에서 징을 울려 군사를 거두어 영채로 돌아갔다.

조조가 여러 장수들과 원소를 쳐부술 계책을 상의하는데, 정욱이 이른바 '십면매복지계(十面埋伏之計)'를 제안하며 조조에게 권하기를: "군사를 강변으로 물리어 군사를 10개 부대로 나누어 매복시켜 놓은 다음 원소가 강변까지 쫓아오도록 유인하면 우리 군사들은 퇴로가 없어 더 이상 물러갈 수 없으므로 죽을 각오로 싸울 것이니 틀림없이 원소를 이길 수 있습니다."

조조는 정욱의 계책대로 군사들을 좌우 각각 다섯 부대씩 나누었다. 왼쪽의 첫째 부대는 하후돈, 둘째 부대는 장료, 셋째 부대는 이전, 넷째 부대는 악진, 다섯째 부대는 하후연이 맡았으며, 오른쪽의 첫째 부대는 조홍, 둘째 부대는 장합, 셋째 부대는 서황, 넷째 부대는 우금, 다섯째 부대는 고람이 각각 맡았다. 그리고 중군의 선봉은 허저가 맡았다.

다음 날 10개 부대가 먼저 나가서 좌우로 매복을 하고 밤이 되자 허저가 군사를 이끌고 기습을 하는 척하며 원소의 군사를 유인했다. 그러자 원소의 다섯 영채의 군사들이 일제히 달려 나오니 허저는 곧바로 군사를 돌려 달아났다. 원소가 직접 군사를 이끌고 뒤쫓아 오며 함성 소리가 끊이지 않았다. 동이 틀 무렵이 되자 원소의 군사들이 강변까지 뒤쫓아 오니 조조의 군사들은 더 이상 물러갈 곳이 없었다.

이때 조조가 큰 소리로 외치기를: "더 이상 물러설 길이 없다. 이제 모든 군사들은 죽기를 각오하고 싸워라!"

모든 군사들이 갑자기 몸을 돌려 앞으로 돌진했다. 허저가 앞장을 서서 나는 듯이 말을 달려 적의 장수 10여 명을 순식간에 베어 버리자 원소의 군사들은 큰 혼란에 빠졌다.

원소가 급히 군사를 돌려 후퇴하기 시작했다. 그러자 조조의 군사가 뒤를 쫓았다. 원소가 한창 달아나고 있을 때 북소리가 한 번 크게 울리면서 왼편에서는 하후연이, 오른편에서는 고람이 각각 군사를 이끌고 불쑥 나타났다.

원소는 세 아들과 조카와 함께 죽기로 싸워 겨우 길을 열어 달아났다. 하지만 10리를 채 못 가서 왼편에서 악진이, 오른쪽에서는 우금이 또 군사를 몰고 달려들어 원소의 군사들을 쳐 죽이니, 죽은 시체가 들판을 뒤덮고 흘러내린 피가 내를 이루었다.

간신히 빠져나온 원소가 몇 리도 못 갔는데, 이번에는 왼쪽에서는 이전이, 오른쪽에서는 서황의 군사들이 길을 막고 나서 또 한바탕 싸움이 벌어졌다. 간담이 떨어질 정도로 놀란 원소 부자는 허겁지겁 영채 안으로 도망쳐 들어갔다. 배가 고파 걸을 힘도 없어 군사들에게 즉시 밥을 짓게 했다. 그러나 막 식사를 하려고 할 때 장료와 장합의 군사들이 양쪽에서 달려와 영채를 들이쳤다.

원소는 정신없이 말에 올라 창정을 향해 달아났는데, 사람도 말도 모두 지칠 대로 지쳐 잠시라도 쉬면서 숨을 돌리고 싶었지만, 조조의 대군이 뒤에서 쫓아오니, 목숨을 걸고 달아날 수밖에 없었다.

다시 한참을 달렸는데 또 오른쪽에서는 조홍이, 왼쪽에서는 하후돈이 길을 막고 나섰다. 원소가 외치기를: "죽기를 각오하고 싸우지 않으면 모두 다 사로잡히고 말 것이다!"

원소는 죽을힘을 다해 싸워 간신히 겹겹이 둘러싸인 포위망을 벗어났으나 원희와 고간은 화살에 맞아 중상을 입었고 많은 군사와 말들을 잃은, 그야말로 참담한 패배였다. 원소는 세 아들을 부둥켜안고 통곡을 하

曹操倉亭破本初

다 그만 혼절하고 말았다. 여러 사람들이 급히 응급조치를 하여 목숨은 구했지만 입에서는 여전히 선혈을 토해내고 있었다.

원소가 탄식하기를: "내 지금까지 수십 번을 싸워 왔지만 오늘처럼 낭패한 적은 없었다. 이는 하늘이 나를 버린 것이다. 너희들은 각자 맡은 본주(本州)로 돌아가 끝까지 조조 역적 놈과 자웅을 겨루도록 하거라!"

그러고는 신평과 곽도에게 조조가 경계를 넘어 쳐들어올지 모르니 급히 원담을 수행하여 청주로 가서 군마를 정비하라고 명하고, 원희와 고간에게도 각각 유주와 병주로 돌아가 군마를 수습해 다음 전투를 준비하라고 일렀다.

그리고 자신은 원상 등과 함께 기주로 돌아가서 병 치료를 하는 동안 원상에게 심배·봉기와 함께 군사 일을 맡아 처리하도록 했다.

창정에서 크게 이긴 조조는 전군에 후한 상을 내리고 정탐꾼을 보내 기주의 동태를 살펴보도록 했다.

그가 와서 보고하기를: "원소는 병으로 누워 있고 원상이 심배와 함께 성을 지키고 있으며, 원담과 원희 그리고 고간은 각자 자신의 본주로 돌아갔습니다."

여러 사람들이 조조에게 기주를 급히 공격하자고 권했다.

조조 曰: "기주는 양식이 풍족할 뿐만 아니라 심배는 지모가 있는 자이니 단시일 내에 기주를 함락시키기는 어렵다. 게다가 지금은 농번기 철이므로 백성들에게 폐를 끼칠 염려도 있으니 추수가 끝난 뒤에 공격하더라도 늦지 않지 않을 것이다."

이런 논의를 하고 있는데 문득 순욱으로부터 서신이 당도했다:

"유비가 여남(汝南)에서 유벽과 공도의 수만 명의 군사를 얻었는데, 승상께서 군사를 내어 하북에 출정하였다는 말을 듣고 그 틈을 타서 유벽에게 여남을 지키게 한 다음 자신이 몸소 군사를 이끌고 허도를 치러 가고 있습니다. 승상께서는 속히 회군하시어 이를 막으십시오."

조조는 크게 놀라 조홍에게 강변에 군사를 주둔시켜 놓고 허장성세하게 하고, 자신은 대군을 거느리고 유비를 맞으러 여남으로 떠났다.

한편 현덕은 관우·장비·조운 등과 함께 군사를 이끌고 허도를 치기 위해 여남을 떠나 양산(穰山)에 이르렀을 때 진격해 오는 조조의 군사와 마주쳤다.

현덕은 곧 양산 밑에 영채를 세우고 군사를 세 부대로 나누어 운장은 동남쪽에, 장비는 서남쪽에 각각 군사를 주둔해 있도록 하고, 현덕 자신은 조운과 함께 정남쪽에 영채를 세웠다.

조조의 군사가 가까이 이르자 현덕은 북을 울리고 고함을 지르며 나갔다. 조조 역시 전투 대형을 갖춘 뒤 현덕에게 이야기 좀 하자고 소리쳤다.

현덕이 말을 타고 문기 아래로 나가자, 조조가 채찍으로 그를 가리키며 욕하기를: "내 너에게 최고의 예우를 해 주었거늘, 네 어찌하여 배은망덕한 짓을 하는가?"

현덕 曰: "너는 한나라의 승상이라는 이름을 더럽히고 있는 실제 이 나라의 역적이 아니더냐. 나는 한 황실의 종친으로서 황제의 밀조를 받들어 역적을 치러 온 것이다."

그러고는 말 위에서 황제의 밀조를 낭독했다. 조조가 매우 화를 내며 허저에게 나가 싸우라고 하자, 현덕의 등 뒤에 있던 조운이 창을 꼬나들고 말을 달려 나갔다. 두 장수가 서로 어우러져 싸우기를 30여 합이 되었으나 승부가 나지 않았다. 그때 갑자기 지진이 진동하듯 함성을 지르며 동남쪽에서 운장이, 그리고 서남쪽에서 장비가 각각 군사를 이끌고 쳐들어오면서 중앙의 현덕의 군사까지 일제히 협공을 하니 조조의 군사는 멀리서 오느라 지쳐 있는 상태라 도저히 감당해 내지 못하고 크게 패하여 달아나고 말았다. 현덕은 승리를 거두고 영채로 돌아왔다.

다음 날 현덕은 또 조운으로 하여금 조조의 진영 앞에 가서 싸움을 걸도록 했으나 조조의 군사들은 아무 반응을 보이지 않았으며 그 후 열흘이 되도록 싸우러 나오지 않았다. 현덕은 다시 장비를 보내 싸움을 걸어 보았으나 조조의 군사는 여전히 움직일 기미를 보이지 않았다. 현덕은 뭔가 이상하다는 생각이 들었다.

그때 갑자기 공도가 군량을 운반해 오다가 조조의 군사에 포위되었다는 보고가 들어왔다. 현덕은 급히 장비를 보내 그들을 구하도록 했다. 그런데 다시 급보가 들어오기를 하후돈이 군사를 이끌고 배후에서 여남을 공격한다는 것이다.

현덕은 깜짝 놀라서 말하기를: "이렇게 되면 우리는 앞뒤로 적을 맞게 되었으니 이제 돌아갈 곳이 없지 않은가!"

현덕은 급히 운장을 보내 여남을 구해 주도록 했다. 이제 현덕의 양쪽 군사는 모두 떠나고 없다. 그들이 떠난 지 하루도 지나기 전에 정탐꾼이 달려와서 보고하기를, 여남을 지키던 유벽은 하후돈의 공격을 감당하지 못하고 이미 성을 버리고 달아났으며, 운장 역시 적에게 포위되어 있다고 했다.

깜짝 놀란 현덕에게 또다시 급보가 날아들었는데, 공도를 구하러 간 장비도 포위당해 있다는 것이다. 현덕은 급히 군사를 돌려 여남으로 가려고 하였으나 조조의 군사가 그 뒤를 쫓아올 것이 두려워 망설이고 있는데 영채 밖에 허저가 싸움을 걸어왔다. 현덕은 싸움에 응하지 않고 날이 밝기를 기다리면서 우선 군사들을 배불리 먹인 뒤, 보병을 먼저 출발시키고 기병은 그 뒤를 따르게 했다. 그러면서 적을 속이기 위해 영채 안에는 북을 쳐 시간을 알리는 군사들을 남겨 두어 빈 영채 안에서 계속 북과 징을 울리게 했다.

현덕 일행이 영채를 떠나 몇 리쯤 가다가 어느 산 밑을 돌아가고 있을 때 갑자기 횃불이 일제히 오르면서 산꼭대기에서 큰 소리로 외치기를: "유비는 걸음을 멈추어라! 승상께서 이곳에서 기다리고 계신다!"

현덕은 황급히 달아날 길을 찾고 있는데, 조운이 말하기를: "주공, 염려하지 마십시오. 제 뒤만 바짝 따라오십시오."

조운은 창을 꼬나들고 말을 달려 길을 뚫고 나가니 현덕이 쌍고검을 휘두르며 그 뒤를 따랐다. 한창 길을 뚫고 나가는데 허저가 그 뒤를 추격해 오니 조운이 그를 맞아 싸웠다. 그런데 이어서 우금과 이전이 또 달려왔다. 형세가 위태로운 것을 느낀 현덕이 큰길을 버리고 풀숲으로 달아났다. 등 뒤의 함성 소리가 점점 멀어지자 현덕은 깊은 산속의 후미진 길을 한필의 말에 의지하여 정신없이 달아났다.

날이 훤히 밝아올 무렵 측면에서 한 무리의 군사들이 몰려왔다. 현덕이 깜짝 놀라 살펴보니 유벽이 패잔병 1천여 명과 현덕의 가솔들을 데리고 오고 있었다. 손건과 간옹·미방 역시 당도했다. 그들이 하소연하기를: "하후돈의 군사력이 너무 강하여 어쩔 수 없이 성을 버리고 달아났습니다. 조조의 군사가 추격해 왔으나 마침 운장이 나타나 그들을 막아 주어 간신히 벗어날 수 있었습니다."

현덕 曰: "운장은 지금 어디에 있소?"

유벽 曰: "그보다는 일단 이곳을 빨리 벗어나야 합니다. 운장이 어디 있는지는 곧 아시게 될 것입니다."

현덕의 일행이 몇 리도 못 갔는데, 북소리가 한 번 울리더니 앞에서 한 무리의 군사들이 몰려왔다. 앞장 선 대장은 바로 장합이었다. 그가 큰 소리로 외치기를: "유비는 어서 말에서 내려 항복하라!"

현덕이 급히 말머리를 돌려 달아나려 하자 이번에는 산꼭대기에서 붉은 깃발이 펄럭이는 것이 보이는가 싶더니 산간의 평지에서 군사들이 우르르 몰려나왔다. 선두에 선 대장은 바로 고람이었다. 현덕은 이제 앞으로도 뒤로도 물러설 수 없는 그야말로 절체절명의 위기에 처했다. 현덕은 하늘을 우러러 큰 소리로 울부짖기를: "하늘은 어찌하여 나를 이런 궁지로 몰아넣는단 말인가! 형세가 이 지경에 이르렀으니 내 스스로 죽는 수밖에 없구나!"

곧바로 칼을 빼들고 자신의 목을 찌르려 했다.

유벽이 급히 말리며 말하기를: "제가 죽기로 싸워 탈출구를 만들어 주군을 구하겠습니다."

그러고는 곧 고람과 맞서 싸웠으나 3합도 버티지 못하고 고람이 휘두른 칼에 맞아 말에서 떨어지고 말았다. 당황한 현덕이 직접 나가서 싸우려고 할 때 갑자기 고람의 후군 쪽에서 소란이 일더니 한 장수가 좌충우돌 적진을 뚫고 달려왔다. 그의 창이 번쩍 들리자 고람의 몸이 뒤집히며 말에서 떨어졌다. 바로 조운이었다. 목숨까지 버릴 생각까지 했던 현덕은 비로소 안도의 한숨을 내쉬었다. 조운은 계속 말을 몰아 고람의 후군을 물리친 다음 다시 장합이 이끄는 전군 쪽으로 달려가서 혼자서 장합과 맞서 싸웠다. 장합은 조운과 30여 합을 버티다 끝내 말머리를 돌려 달아났다. 조운이 기세를 몰아 뒤를 쫓았지만 장합의 군사들이 좁은 산골짝 어귀를 막고 있어 더 이상 뚫고 나가기가 어려웠다. 조운은 어떻게든 달아날 길을 뚫기 위하여 사투를 벌이고 있는데 마침 운장과 관평 그리고 주창이 군사 3백 명을 이끌고 달려와 양쪽에서 협공을 하여 마침내 장합의 군사를 물리쳤다. 어렵게 산골짝 어귀를 빠져 나온 현덕은 험준한 산 아래에 영채를 세웠다. 그리고 즉시 운장에게 장비를 찾아보라고 했다.

사실 장비가 공도를 구하러 갔을 때 공도는 이미 하후연의 손에 죽은 뒤였다. 장비는 사력을 다해 하후연을 물리치고 계속해서 그 뒤를 쫓아갔으나, 뜻밖에 악진이 군사를 이끌고 들이닥치는 바람에 도리어 그들에게 포위당하고 말았던 것이다.

장비를 찾으러 간 운장은 다행히 길에서 만난 패잔병들에게 장비의 소식을 듣고 장비가 포위된 장소를 알아내서 악진을 물리치고 장비와 함께 현덕에게 돌아왔다.

그때 조조가 대군을 이끌고 다시 뒤를 쫓아오고 있다는 보고가 들어왔다. 현덕은 손건으로 하여금 가솔들을 보호하여 먼저 떠나도록 하고, 자신은 운장·장비·조운과 함께 뒤에 남아 조조의 군사와 맞서다 달아나기를 되풀이했다. 현덕이 멀리 달아난 것을 본 조조는 더 이상 쫓지 않고 군사를 거두어들였다.

현덕의 패잔병은 1천 명도 채 되지 않았다. 참담하게 패하고 달아나다 서쪽의 어느 강가에 이르러 지나가는 마을 사람을 불러 이 강이 무슨 강이냐고 물으니 한강(漢江)이라고 했다. 현덕은 일단 그곳에 영채를 세웠다. 마을 사람은 그가 현덕임을 알아보고 양고기와 술을 가져다주어 모두들 강가 모래사장에 모여 앉아 술을 마셨다.

현덕이 탄식하기를: "제군들은 모두 임금을 지근거리에서 보좌할 큰 재주를 지닌 분들인데 불행히도 이 변변치 못한 유비를 따르다 보니 그 피해가 모두 제군들에게 미치고 있소. 이제 이 몸은 송곳 하나 꽂을 땅조차 없으니 제군들의 앞날을 그르칠까 두렵소. 그러니 제군들은 나를 버리고 현명한 군주를 찾아가서 부디 공명을 떨치도록 하시오!"

모든 장수들이 얼굴을 가리고 눈물을 흘렸다.

운장 曰: “형님의 말은 옳지 않습니다. 옛날 한고조께서 항우와 더불어 천하를 다투실 때 여러 차례 항우에게 패했지만 결국 구리산(九里山) 싸움의 단 한 번 승리로 4백 년 기업(基業)을 세우셨지 않았습니까? 싸움에서 이기고 지는 일은 항상 있는 일(勝負兵家之常事)이거늘, 어찌 스스로 큰 뜻을 저버리려 하십니까?”

손건 曰: “성공과 실패에는 다 때가 있는 법이니 뜻을 결코 잃지 마십시오. 이곳은 형주(荊州)에서 멀지 않은데, 유경승(劉景升: 유표)은 형주의 아홉 개 군을 장악하고 있습니다. 그는 군사도 강하고 양식도 넉넉할 뿐만 아니라 무엇보다 주공과 같은 한실 종친이니 그에게 잠시 몸을 의탁해 보시지요?”

현덕 曰: “나도 그렇게 하고 싶지만 받아줄는지 걱정이오.”

손건 曰: “제가 먼저 가서 유경승을 만나 그를 설득하여 그로 하여금 고을 경계 밖으로 나와서 주공을 맞이하도록 하겠습니다.”

현덕은 크게 기뻐하며 손건에게 밤새도록 말을 달려 형주로 가게 했다.

형주에 도착한 손건이 들어가서 유표를 만나 인사를 하니 유표가 묻기를: “공은 현덕을 모시는 사람인데, 이곳에는 어쩐 일이오?”

손건 曰: “유(劉) 사군(使君)은 천하의 영웅이십니다. 지금은 비록 군사의 수가 미미하고 장수도 적지만 한순간도 한나라 종묘사직을 바로잡고자 하는 뜻을 굽힌 적이 없는 분이지요. 그래서 여남의 유벽과 공도는 유 사군과 어떠한 친교도 없으면서도 그를 위해 목숨까지 바쳤습니다. 명공께서는 유 사군과 더불어 한 황실의 후예가 아닙니까? 유 사군께서 이번 싸움에 패하고 강동으로 가서 손중모(孫仲謀: 손권)에게 몸을 의탁하고자 하셨습니다. 그런데 제가 참언하기를 ‘가까운 친척을 버리고 잘 알지도 못하는 사람을 찾아가서는 안 됩니다. 형주의 유 장군께서는 어진 이를 예로써 대하시어 마치 물이 동으로 흐르듯이 인재들이 그분께로 다 모이고 있습니다. 더욱이 두 분은 같은 한실의 종친간인데 어찌 그 분을 두고 다른 곳으로 가신다는 말입니까?'라고 했습니다. 제 말을 들은 사군께서 특별히 저로 하여금 먼저 찾아가서 이 말씀을 아뢰도록 한 것입니다. 오로지 명공의 명을 따르겠습니다."

유표가 크게 기뻐하며 말하기를: "현덕은 내 아우나 마찬가지요. 오래전부터 만나고 싶었지만 지금까지 그럴 기회가 없었는데, 이번에 찾아와 주겠다니 이보다 큰 다행이 어디 있겠소!"

채모가 헐뜯어 말하기를: "안 됩니다. 유비는 처음에는 여포를 따르다가 뒤에는 조조를 섬겼고, 근래에는 원소에게 몸을 의탁했는데 모두 다 끝이 좋지 않습니다. 이것만 보더라도 그의 사람됨을 충분히 알 수 있습니다. 이제 만약 그를 받아들이면 조조는 틀림없이 군사를 일으켜 우리를 치러 올 것인데, 우리가 공연한 싸움에 휘말릴 필요가 어디 있습니까? 차라리 손건의 머리를 베어 조조에게 바치면 조조는 주공께 반드시 그만한 대우를 해 줄 것입니다."

손건이 정색을 하며 말하기를: "나 손건은 죽음이 두렵지 않은 사람이오. 유 사군의 나라를 위한 충성심을 어찌 조조나 원소 그리고 여포 등과 비교하겠소. 이전에 그들과 상종했던 것은 그 당시 상황이 어쩔 수 없어서 그랬던 것이오. 지금 유 장군께서는 한 조정의 후예이시기에 같은 의로 맺은 종친으로서 천리 먼 길을 찾아와 의탁하려는 것인데 어찌하여 그대는 그런 어진 사람을 헐뜯고 질투한단 말이오?"

그 말을 들은 유표는 채모를 꾸짖기를: "나의 뜻은 이미 정해졌으니 너는 여러 말 하지 말라."

채모는 무안해 하면서도 내심 원한을 품고 물러갔다.

유표는 손건에게 먼저 돌아가서 현덕에게 보고하도록 했다. 그리고 유표는 몸소 성 밖 30리까지 나가서 현덕을 영접했다. 유표를 만난 현덕은 매우 공경하는 자세로 인사를 올렸다. 유표도 그를 매우 극진히 맞이했다. 현덕은 관우·장비 등을 불러 유표에게 인사를 시켰다. 유표는 마침내 현덕 일행과 함께 성 안으로 들어가서 그들에게 따로 거처를 마련해 주어 머물도록 했다.

한편 현덕이 이미 형주로 가서 유표에게 몸을 의탁했다는 소식을 탐지한 조조는 곧바로 군사를 이끌고 가서 형주를 치려고 했다.

정욱 曰: "원소를 아직 제거하지 못한 상황에서 형양(荊襄)을 치다가 만약 북쪽에서 원소가 다시 군사를 일으킨다면 그 승부는 알 수 없습니다. 차라리 허도로 돌아가서 군사를 길러 힘을 축적하여 내년 봄에 날이 좀 따뜻해지면, 먼저 원소를 격파한 뒤에 형양을 공격하면 일거에 남과 북 모두를 얻을 수 있습니다."

조조는 정욱의 말에 따라 군사를 이끌고 허도로 돌아갔다.

건안 8년 (서기 203년) 정월, 조조는 다시 군사를 일으켰다. 먼저 하후돈과 만총을 여남으로 보내 유표를 막도록 하고, 조인과 순욱은 남아서 허도를 지키게 한 뒤, 자신은 직접 대군을 이끌고 관도로 진군하여 주둔했다.

한편 원소는 지난해 싸움에서 패한 뒤에 생긴 피를 토하는 증세가 어느 정도 차도가 있자, 다시 허도를 치려고 상의했다.

심배가 간하기를: "지난해에 관도와 창정에서 패한 뒤 군사들의 사기가 아직 회복이 안 되어 있으니 지금은 해자를 깊이 파고 보루를 높이 쌓아 방비를 튼튼히 하면서 군사와 백성들의 힘을 기르는 것이 급선무입니다."

한창 이런 상의를 하고 있을 때 갑자기 조조가 관도로 진군하여 기주를 치러 온다는 보고가 들어왔다.

원소 曰: "만약 조조의 군사가 성 아래의 해자까지 오게 한다면 그때는 이미 늦다. 내가 직접 대군을 이끌고 나가서 맞아 싸우겠다."

원상 曰: "부친께서는 병환이 아직 완전히 회복되지 않았으므로 원정을 나가서는 안 됩니다. 차라리 제가 군사를 이끌고 나가서 적을 막겠습니다."

원소는 이를 허락하고, 곧바로 사자를 보내 청주의 원담, 유주의 원희, 병주의 고간에게 일제히 군사를 일으켜 네 방면에서 동시에 조조를 치도록 했다.

이야말로:

방금 전 여남에서 전쟁 북소리 울렸는데 才向汝南鳴戰鼓
이제 또 기주에서 출정의 북소리 울리네 又從冀北動征鼙

승패가 어찌 될지 궁금하거든 다음 회를 기대하시라.

제 32 회

원상은 기주를 차지하려고 형과 싸우고
허유는 장하를 터뜨릴 계책을 헌납하다

奪冀州袁尚爭鋒

決漳河許攸獻計

원상은 지난번 싸움에서 자신이 조조의 장수 사환을 죽인 뒤, 자신의 용맹을 과신한 나머지 원담 등의 군사들이 당도하기도 전에 직접 수만 명의 군사들을 이끌고 여양으로 나가 조조의 선봉 부대를 맞섰다.

장료가 말을 달려 나오자 원상이 창을 꼬나들고 나가 싸웠지만 불과 3합도 채 싸우지 못하고 그를 감당하지 못한 원상은 크게 패하여 달아났다. 장료가 그 여세를 몰아 들이치니 원상은 더 이상 버티지 못하고 결국 기주로 돌아갔다.

원상이 패하고 돌아왔다는 말을 들은 원소는 크게 놀라 그만 지병이 재발하여 피를 여러 말을 토하고 그 자리에서 혼절하고 말았다. 유 부인이 즉시 사람을 불러 내실에 옮겨 눕혔으나 그의 병세는 날로 위중해졌다. 유 부인은 급히 심배와 봉기를 청해 원소의 침상 앞에서 후사 문제를 상의했다. 그러나 원소는 손가락으로만 가리킬 뿐 말을 하지 못했다.

유 부인 曰: "상(尙)에게 후사를 잇게 할까요?"

원소가 고개를 끄덕였다.

심배는 즉시 원소의 침대 머리맡에서 유언장을 작성했다. 원소는 몸을 뒤집으면서 마지막 외마디 비명을 지르더니 피를 한 말이나 더 토하고 그 자리에서 죽고 말았다.

후세 사람이 원소에 대한 시를 지었으니:

여러 대 걸쳐 공경으로 큰 명성 떨치고	累世公卿立大名
젊은 시절엔 의기로 천하를 종횡했다네	少年意氣自縱橫
삼천 준걸 모았지만 공연한 헛일이었고	空招俊傑三千客
백만 대군과 영웅 거느려도 헛일이었네	漫有英雄百萬兵

양의 몸에 범 가죽으론 공을 못 세우고	羊質虎皮功不就
봉황 깃에 닭의 담력으론 일 못 이루지	鳳毛鷄膽事難成
가련하게도 생각할수록 가슴 아픈 것은	更憐一種傷心處
집안 재난이 형제들에게 이어진 일이네	家難徒延兩兄弟

원소가 숨을 거두니 심배 등이 장례를 주관했다. 유 부인은 즉시 원소의 애첩 다섯 명을 모조리 죽여 버렸다. 그러고도 혹시 그들의 넋이라도 저승에서 다시 원소를 만날까 봐 그들의 머리털을 몽땅 잘라버리고 얼굴을 칼로 난도질하여 형체를 알아볼 수 없을 정도로 그 시신을 훼손했다. 그녀의 질투심이 이처럼 악독했으며 원상은 또 그 애첩의 가족들이 자기에게 복수하지 않을까 염려되어 모조리 잡아 죽였다.

심배와 봉기는 원상을 후계자로 내세워 대사마장군(大司馬將軍)으로 삼고, 기주·청주·유주·병주의 4개 주의 목사를 겸하도록 하는 한편, 사방에 원소의 부고를 알렸다.

이때 원담은 이미 군사를 거느리고 청주를 떠나 조조의 군사와 싸우러 오는 도중에 부친의 사망 소식을 접하고 곧바로 곽도·신평과 상의했다.

곽도 曰: "주공께서 기주에 계시지 않으니 심배와 봉기가 제멋대로 현보(顯甫)를 주인으로 세웠을 것입니다. 속히 기주로 가셔야 합니다."

신평 曰: "심배와 봉기 두 사람은 이미 음모를 꾸며 놓았을 것이니, 지금 서둘러 갔다가는 틀림없이 화를 당하게 될 것입니다."

원담 曰: "그러면 어찌해야 좋겠소?"

곽도 曰: "군사를 성 밖에 주둔시켜 놓고 우선 동정을 살피는 게 좋을 듯합니다. 제가 먼저 가서 살펴보겠습니다."

원담이 그의 말을 따랐다. 곽도가 먼저 기주 성 안으로 들어가서 원상을 만났다. 인사를 마치자 원상이 묻기를: "형님은 왜 오시지 않았소?"

곽도 曰: "병이 나서 군중에 누워 계셔서 오실 수 없었습니다."

원상 曰: "나는 부친의 유언을 받들어 이 땅의 새 주인으로서 형을 거기장군(車騎將軍)으로 봉한다. 지금 조조의 군사가 우리의 경계를 범하려 하고 있으니, 형이 선봉 부대가 되어 주면 내가 곧 군사를 수습하여 뒤를 따르겠소."

곽도 曰: "지금 군중에는 계책을 상의할 사람이 없습니다. 그러니 심정남(審正南: 심배)과 봉원도(逢元圖: 봉기) 두 사람을 참모로 보내 주시기 바랍니다."

원상 曰: "나 역시 이 두 사람과 의논하여 조만간 계책을 세우려 하는데 어찌 보낼 수 있겠는가?"

곽도 曰: "그러시면 두 사람 중에 한 사람만이라도 보내 주시지요."

원상은 어쩔 수 없이 두 사람에게 제비를 뽑아서 뽑힌 사람이 가도록 했다. 결국 봉기가 제비를 뽑아서 원상은 봉기에게 원담에게 줄 인수를 가지고 곽도와 함께 원담의 군중으로 갈 것을 명했다.

봉기가 곽도를 따라 원담의 군중에 가 보니 원담은 아픈 사람이 아니었다. 봉기는 내심 불안해하며 거기장군의 인수를 바치니 원담이 크게 화를 내며 봉기의 목을 베어 버리려고 했다.

곽도가 은밀히 간하기를: "지금 조조의 군사가 지경을 넘보고 있으니 당분간 봉기를 이곳에 머물러 있게 함으로써 원상을 안심시켜야 합니다. 조조를 무찌른 후에 기주를 다투어도 늦지 않습니다."

원담은 그의 말에 따라 즉시 군사를 이끌고 여양에 이르러 조조의 군사와 대치했다. 원담이 대장 왕소(汪昭)를 내보내 싸우도록 하니 조조는 서황이 말을 달려 나왔다. 두 장수가 몇 합 싸우지도 않아서 서황의 칼에 왕소가 찔려 말 아래로 떨어졌다. 조조의 군사들이 그 기세를 타고 휘몰아 들이치니 원담의 군사는 크게 패했다. 원담은 패한 군사들을 거두어 여양으로 돌아가서 즉시 기주로 사람을 보내 원상에게 구원병을 요청했다.

원상은 심배와 의논 끝에 겨우 군사 5천 명을 보내 주었다. 조조는 기주에서 구원병이 온다는 첩보를 미리 받고 악진과 이전으로 하여금 군사를 이끌고 가서 도중에서 그들을 에워싸고 모두 죽여 버렸다.

원담은 원상이 구원병이라고 겨우 5천 명을 보낸 것과 그들마저 중간에 몰살당한 것을 알고 몹시 화가 나서 봉기를 불러 크게 꾸짖었다.

봉기 曰: "제가 기주에 편지를 써서 주공께서 직접 군사를 이끌고 오시도록 하겠습니다."

원담은 즉시 봉기에게 편지를 쓰게 하여, 사람을 시켜 원상에게 전했다. 원상이 다시 심배를 불러 상의하니 심배가 말하기를: "곽도는 꾀가 많습니다. 지난번 그가 기주를 치지 않고 그대로 간 것은 조조의 군사들이 지경에 와 있었기 때문입니다. 지금 만약 지원군을 보내 그가 조조를 쳐부순다면 틀림없이 기주를 차지하려 할 것이니 이번에 구원병을 보내지 말고 차라리 조조의 힘을 빌려 그들을 없애 버리는 편이 나을 것 같습니다."

원상은 심배의 말에 따라 지원군을 보내지 않고 사자를 그대로 돌려보냈다. 사자가 그대로 보고하자 원담은 버럭 화를 내며 그 자리에서 봉기를 죽여 버리고 조조에게 항복할 일을 상의했다.

이런 사실을 첩자가 원상에게 은밀히 보고하니, 원상은 심배와 상의했다.

심배 曰: "만약 원담이 조조에게 항복하여 둘이 힘을 합쳐 공격해 온다면 기주가 위험해 집니다."

결국 원상은 심배와 대장 소유(蘇由)에게 기주를 지키도록 하고 자신이 직접 대군을 거느리고 여양으로 떠났다. 행군 중 원상이 대장들에게 묻기를: "누가 이번에 선봉을 서겠느냐?"

대장 여광(呂曠)과 여상(呂翔) 형제가 선봉에 서겠다고 나섰다. 원상은 그들에게 군사 3만 명을 내어 주고 먼저 여양으로 가도록 했다. 원담은 원상이 직접 온다는 말을 듣고, 아주 기뻐하며 조조에게 투항하려던 계획을 그만두었다.

이리하여 원담은 성 안에 군사를 주둔시켜 놓고, 원상은 성 밖에 군사를 주둔시킴으로써 의각지세(犄角之勢)를 이루었다. 게다가 하루도 지나지 않아 원희와 고간도 군사를 거느리고 성 밖에 당도하니, 세 군데 군사를 주둔시키고 매일 나가서 조조의 군사와 싸웠지만 원상은 번번이 패했다.

건안 8년(서기 203년) 2월, 조조가 군사를 여러 길로 나누어 공격을 하자, 원담·원희·원상·고간이 모두 크게 패하여 결국 여양성을 버리고 달아났다. 조조가 군사를 이끌고 추격하여 기주에 이르니, 원담과 원상은 성으로 들어가 굳게 지키고, 원희와 고간은 성 밖 30여리 떨어진 곳에 영채를 세워 놓고 허장성세를 하고 있었다. 조조의 군사는 연일 공격을 했지만 성과를 보지 못했다.

곽가가 나서며 말하기를: "원씨가 장남을 폐하고 막내아들을 후사로 내세워서 저들은 서로 권력을 차지하기 위해 각자 자기 세력 형성에 몰두하고 있습니다. 그러면서 상황이 위급하면 서로 돕고 나아지면 서로 싸우고 있으니 승상께서는 일단 군사를 거두어 먼저 남쪽의 형주를 친 다음에 저들 사이에 변화를 기다렸다가 공격한다면 한 번에 평정할 수 있을 것입니다."

조조는 그럴 듯한 계책이라 여기고 가후(賈詡)를 태수로 삼아 여양을 지키게 하고, 조홍은 군사를 이끌고 가서 관도를 지키도록 한 다음, 자신은 대군을 이끌고 형주를 행해 진군했다.

원담과 원상은 조조의 군사가 스스로 물러간 것을 알고 서로를 축하했다. 원희와 고간은 하직 인사를 하고 군사를 거두어 돌아갔다.

원담이 곽도·신평과 상의하기를: "부친의 기업(基業)을 장남인 내가 이어받지 못하고, 계모의 소생인 막내 원상이 이어받는다는 게 말이 되는가?"

곽도 曰: "주공께서는 성 밖에서 군사를 통솔하고 계시면서 현보(顯甫 : 원상)와 심배를 청하여 술자리를 만드십시오. 그러면 제가 도부수들을 매복시켜 놓았다가 그들을 죽이면 대사는 바로 간단히 끝납니다."

원담은 그의 말대로 할 작정이었는데 그때 마침 청주에서 별가(別駕) 왕수(王修)가 왔다. 원담은 그 계책을 왕수에게 말해 주자 왕수가 말하기를: "형제는 양손과 같습니다. 지금 다른 사람과 싸우고 있는 마당에 내 오른손을 잘라 버리고 어찌 틀림없이 싸움에서 이긴다고 말을 할 수 있겠습니까? 형제를 버리고 형제간에 친하게 지내지 않은 사람과 천하에 그 누가 친하게 지내려 하시겠습니까? 저 참소하는 인간들은 골육간의 사이를 이간질하여 한 때의 이익을 구하려는 것이니, 주공은 부디 귀를 막으시고 듣지 마십시오."

뜻밖의 말을 들은 원담은 화가 나서 왕수를 꾸짖어 물리친 다음 사람을 보내서 원상을 청했다.

원상이 심배와 상의하자, 심배가 말하기를: "이는 틀림없는 곽도의 계책입니다. 만약 주공께서 청에 응하신다면 간사한 계책에 말려드는 것이니 차라리 이 기회를 이용하여 먼저 선수를 치도록 하십시오."

원상은 그의 말에 따라 곧바로 갑옷에 투구를 쓰고 말에 올라 군사 5만 명을 이끌고 성을 나갔다.

원상이 군사를 이끌고 온 것을 본 원담은 자신의 계책이 간파되었음을 알고 그 역시 즉시 갑옷에 투구를 쓰고 말에 올라 원상과 싸우러 나갔다.

원상이 원담을 보고 큰 소리로 욕을 하자, 원담 역시 욕하기를: "네놈이 아버님을 독살하고 작위를 찬탈하더니 이제는 이 형마저 죽이려 하는구나!"

두 형제가 직접 맞붙어 싸웠는데 형 원담이 동생을 감당하지 못하고 달아났다. 원상은 날아오는 돌과 화살을 무릅쓰고 형을 뒤쫓으며 쳐들어갔다. 원담은 패한 군사를 이끌고 평원(平原)으로 달아났으며, 원상은 군사를 거두어 성으로 돌아갔다.

원담은 곽도와 다시 출병을 의논하여 잠벽(岑璧)을 대장으로 삼아 군사를 이끌고 싸우러갔다. 원상은 직접 군사를 이끌고 기주성을 나왔다. 양군이 서로 마주보고 대치하여 깃발이 나부끼고 북을 울리는 가운데 잠벽이 진 앞으로 나와 큰 소리로 욕을 했다. 원상이 직접 나가 싸우려

하자, 대장 여광(呂曠)이 말에 박차를 가하여 칼을 휘두르며 나가서 잠벽과 싸웠다. 두 장수가 채 몇 합 싸우지도 않았는데 여광은 잠벽을 베어 말에서 떨어뜨렸다. 원담은 다시 패하여 평원으로 달아났다. 심배가 원상에게 여세를 몰아 계속 추격하자고 권하여 평원까지 쫓아가니 원담은 당해내지 못하고 결국 평원성 안으로 들어가 성을 굳게 지키며 나오지 않았다. 원상은 성을 삼면으로 에워싸고 공격했다.

원담이 곽도와 계책을 상의하는데, 곽도가 말하기를: "지금 성 안에는 양식이 부족한데다 저쪽은 군사들의 사기가 높아 도저히 성을 지키기가 어렵습니다. 저의 어리석은 생각으로는 조조에게 사람을 보내서 투항을 하고, 조조로 하여금 기주를 치게 하는 것이 좋을 듯합니다. 그러면 원상은 틀림없이 기주를 지키러 돌아갈 것이고 그때 장군께서 기주를 협공한다면 원상을 사로잡을 수 있습니다. 만약 조조가 먼저 원상의 군사를 격파하면 우리는 그 기회에 원상의 군사와 군수 물자를 거두어 조조에게 대항하면 됩니다. 조조의 군사는 멀리서 왔기에 양식이 제때에 공급되지 않으면 틀림없이 물러갈 것이니, 우리는 그때 기주를 차지하고 다음 일을 도모할 수 있습니다."

원담이 그 말을 따르기로 하고 다시 묻기를: "그러면 누구를 사자로 보내는 게 좋겠소?"

곽도 曰: "신평(辛評)의 아우 신비(辛毗)가 있는데 자는 좌치(佐治)라 하고 현재 평원의 현령으로 있습니다. 그는 언변이 좋은 사람이니 그를 사자로 보내는 것이 좋을 것 같습니다."

원담이 즉시 그를 부르자 신비가 흔쾌히 왔다. 원담은 편지를 써서 신비에게 주고 군사 3천 명으로 하여금 그를 지경 밖까지 호송토록 했다. 신비는 그의 서신을 가지고 밤낮으로 말을 달려 조조를 만나러 갔다.

奪冀州袁尚爭鋒

이때 조조는 유표를 치기 위해 군사를 서평(西平)에 주둔시켜 놓고 있었다. 유표는 현덕을 선봉으로 삼아 조조의 군사를 맞아 싸우도록 했다. 양쪽 군사들의 싸움이 시작되기 전에 원담이 사자로 보낸 신비가 조조의 영채에 도착하여 조조를 만나 뵙고 예를 올렸다. 조조가 찾아 온 이유를 묻자, 신비는 원담이 구원을 요청한다는 뜻을 자세히 설명하고 그의 서신을 조조에게 올렸다. 서신을 다 읽고 난 조조는 신비를 영채 안에 머물도록 한 뒤, 문무 관원들을 모아 놓고 계책을 상의했다.

정욱 曰: "원담은 원상의 공격으로 위급 상황에 빠져서 부득이 항복하려는 것으로 그의 말을 곧이곧대로 믿어서는 안 됩니다."

여건과 만총 역시 말하기를: "승상께서 유표를 치기 위해 이미 군사를 이끌고 여기까지 오셨는데, 어찌 다시 유표를 내버려두고 원담을 도우러 갈 수 있겠습니까?"

순유 曰: "세 분의 말씀은 옳지 않습니다. 제 소견으로는 천하는 바야흐로 변고가 일어나고 있는데, 유표는 장강과 한수 일대를 보전만 하려 할 뿐 감히 밖으로 발을 뻗어 보려고 하지 않는 것을 보면, 그에게는 천하를 차지하려는 큰 뜻이 없다는 것을 알 수 있습니다. 하지만 원씨는 네 개 주의 땅을 차지하고 있을 뿐만 아니라, 거느리는 군사들도 수십만 명이나 됩니다. 만약 두 형제가 서로 화목하게 지내면서, 부친이 못다 이룬 유업을 함께 이루고자 한다면, 장차 천하의 일이 어떻게 진행될지 알 수 없습니다. 지금 그 형제들이 서로 싸우다가 한쪽 세력이 궁해져서 우리에게 투항해 온 이 기회를 이용하여, 우리가 먼저 원상을 없애 버린 뒤, 그 변화를 살피면서 원담마저 멸한다면 천하는 곧 평정될 것입니다. 이런 절호의 기회를 놓쳐서는 안 됩니다."

조조는 크게 기뻐하며 곧바로 신비를 불러와서 술을 권하면서 묻기를: "원담이 내게 투항하겠다는 것은 진심인가 아니면 거짓인가? 그리고 우리가 과연 원상의 군사를 이길 수 있겠는가?"

신비가 대답하기를: "명공께서는 그가 투항하려는 것이 진심인지 거짓인지는 묻지 마시고 다만 그 대세만을 논하는 것이 옳은 줄로 아옵니다. 원씨는 여러 해 동안 연이어 싸움에 패한 결과 밖으로는 군사들이 지쳐 있고, 안으로는 모신들이 죽임을 당했을 뿐만 아니라 형제들은 이간질로 인해 서로 사이가 벌어져 나라는 둘로 쪼개져 있습니다. 게다가 기근까지 겹치고 하늘의 재앙으로 백성들의 삶은 곤궁하기 짝이 없어, 지혜로운 자 뿐만 아니라 어리석은 자들도 모두 나라가 망해가고 있다는 것을 알고 있으니, 지금이야말로 하늘이 원씨를 멸하시려는 때입니다.

지금 명공께서 군사를 거느리고 가서 업군(鄴郡)을 치실 때, 원상이 군사를 돌려서 구하지 않는다면 자기의 소굴을 잃게 될 것이고, 구하러 온다면 원담이 그 뒤를 바짝 좇아와 습격을 할 것이니, 그러면 명공의 위엄으로 지치고 쇠약한 무리를 치는 것은 마치 세찬 바람이 가을 낙엽들을 쓸어버리는 것과 같습니다.

이렇게 도모하기 좋은 기회를 버리고 형주를 치려고 하시는데, 형주는 물자가 풍부하고 살기가 좋아, 나라가 평화롭고 백성들도 순하여 전쟁을 해도 백성들의 인심을 얻기 쉽지 않을 것입니다. 지금 천하의 우환은 모두 하북에 있으니, 그곳만 평정되면 패업은 저절로 달성되지 않겠습니까? 명공께서는 부디 이 점을 깊이 살피소서."

조조는 아주 기뻐하며 말하기를: "신좌치를 너무 늦게 만난 것이 한이구려."

조조는 그날로 군사를 정비하여 기주를 공격하러 돌아갔다. 현덕은 조조가 급히 군사를 철수하자 무슨 속셈이 있는지 알지 못해, 감히 추격하지 못하고 군사를 거두어 형주로 돌아가 버렸다.

한편 조조의 군사가 황하를 건너 업군을 치러 온다는 정보를 입수한 원상은 황급히 군사를 이끌고 업군으로 돌아가면서 여광과 여상으로 하여금 후방의 원담의 추격을 차단하도록 했다. 원담은 원상의 군사가 물러가는 것을 보고 모든 군사를 동원하여 그 뒤를 쫓기 시작했다.

원담이 몇 십리도 채 쫓지 않아 포성이 한 번 크게 울리더니 양쪽에서 군사들이 일제히 달려 나오는데, 왼편에는 여광이, 오른편에는 여상의 군사들이 원담의 앞을 가로 막았다. 원담이 말을 세우고 두 장수에게 말하기를: "부친께서 살아계실 때 내가 두 장군을 서운하게 대하지 않았거늘 지금은 어찌하여 내 아우 편에 서서 나를 이다지도 핍박하는가?"

그 말을 들은 두 장수는 말에서 내려 원담에게 항복했다.

원담 曰: "두 장수는 내게 항복할 게 아니라 조 승상에게 항복하시오."

두 장수는 원담을 따라 막사 안으로 들어갔다. 조조의 군사가 당도하자 원담은 두 장수를 데리고 조조에게 가서 인사를 시키니, 조조는 크게 기뻐하며 원담에게 자신의 딸을 시집보내겠다고 하면서 여광과 여상에게 중매를 서도록 했다. 그러자 원담은 조조에게 기주를 즉시 공격하자고 했다.

조조 曰: "지금은 군량을 운반하기가 너무 힘들어 군량 보급이 원활하지 못하니 먼저 강을 건너가서 기수(淇水)의 물길을 막아 백구(白溝)로 물길을 내어 군량을 운반할 길을 뚫은 다음에 공격할 것이오."

조조는 원담에게 당분간 평원으로 돌아가 머물러 있게 하고 자신은 군사를 이끌고 여양으로 물러가 주둔하고, 여광과 여상은 열후로 봉하여 자신의 휘하에 두고 별도의 지시를 기다리게 했다.

곽도가 원담에게 말하기를: "조조가 자기 딸을 주공에게 주겠다고 한 말은 아무래도 진심이 아닌 것 같습니다. 또 여광과 여상을 열후로 봉하여 자신의 휘하에 둔 것은 하북의 인심을 구슬리고자 하는 수작으로,

나중에 우리에게는 큰 화근이 될 것입니다. 주공께서는 장군의 직인 두 개를 새겨 은밀히 여광과 여상에게 보내 주어 안에서 호응하도록 한 다음, 조조가 원상을 깨뜨리기를 기다렸다가 기회를 보아 도모하시면 됩니다."

원담은 곽도의 말에 따라 곧바로 장군 직인 두 개를 새겨 몰래 여광과 여상에게 보냈다. 그런데 두 사람은 이것을 받자마자 바로 조조에게 고해 바쳤다.

조조가 껄껄 웃으며 말하기를: "원담이 몰래 도장을 보낸 것은 너희들로 하여금 내응하도록 하여 내가 원상을 깨뜨리기를 기다렸다가 나를 치겠다는 속셈 아닌가? 내 다 생각이 있으니 자네들은 일단 그것을 넣어 두고 모른 척하고 있게."

조조가 원담을 죽여야겠다고 생각한 것은 이때부터다.

한편 원상은 심배와 상의하기를: "지금 조조의 군사들이 군량을 백구로 운반하는 것은 틀림없이 기주를 치겠다는 것인데 우리는 어찌하면 좋겠는가?"

심배 曰: "주공께서는 먼저 무안(武安) 현령 윤해(尹楷)에게 격문을 보내 모성(毛城)에 군사를 주둔시켜 놓고 상당(上黨)으로부터 양식을 운반해 오는 보급로를 확보하도록 하시고, 저수(沮授)의 아들 저곡(沮鵠)에게는 한단(邯鄲)을 지키면서 멀리서 성원하도록 하십시오. 그런 뒤 주공은 곧바로 평원으로 진군하여 원담을 습격하여 먼저 그를 제거한 다음 조조를 치면 됩니다."

원상은 크게 기뻐하며 심배에게 진림과 함께 남아서 기주를 지키게 하고 마연(馬延)과 장의(張顗) 두 장수를 선봉으로 삼아 그날 밤 군사를 일으켜 평원을 치러 떠났다.

원담은 원상의 군사가 가까이 온 것을 알고 즉시 조조에게 보고하니 조조가 말하기를: "이번에는 기필코 기주를 내손에 넣고 말테다!"

그때 마침 허도에서 허유(許攸)가 왔다. 그는 원상이 또 원담을 치러 온다는 말을 듣고 조조에게 들어가서 말하기를: "승상께서는 이곳에 가만히 앉아 지키고만 계시면서, 그저 하늘에서 벼락이라도 떨어져 원씨 형제가 죽기만을 기다리고 계십니까?"

조조가 웃으면서 말하기를: "하늘에서 벼락이 떨어질 만한 계책을 내 이미 세웠다네."

그러고는 조홍에게 먼저 업성을 치도록 하고 조조 자신은 한 부대의 군사를 이끌고 윤해를 치러 갔다. 조조의 군사가 자신의 경계에 이르자 윤해가 즉시 군사를 이끌고 말을 달려 앞으로 나왔다.

조조 曰: "허 중강(仲康: 허저)은 어디 있느냐?"

말이 떨어지기가 무섭게 허저가 나는 듯이 돌진해 윤해에게 덤벼들었다. 윤해는 미처 손을 써보지도 못하고 허저가 휘두른 칼에 두 동강이 나서 말 아래로 굴러 떨어지니 그의 군사들은 모두 흩어져 달아나기에 바빴다.

조조는 그들을 전부 항복시킨 다음 군사를 정비하여 다시 한단(邯鄲)을 치러 갔다. 저곡(沮鵠)이 군사를 이끌고 대적하러 나왔다. 장료가 말을 몰아 달려 나가 저곡과 맞붙어 싸우는데 3합도 채 싸우지 않아 저곡이 감당을 하지 못하고 달아나자, 장료가 그 뒤를 쫓았다. 두 필의 말의 거리가 그리 멀지 않게 가까워지자 장료가 급히 활을 잡고 쏘니, 저곡은 시위소리와 동시에 말에서 굴러 떨어졌다. 조조가 군사를 지휘하여 일제히 쳐들어가자 한단의 군사들은 모두 어지러이 흩어져 달아났다.

조조는 여세를 몰아 대군을 거느리고 마침내 기주에 이르렀다. 그때 조홍은 이미 성 아래에 이르러 적과 대치하고 있었다. 조조는 전 군사들에게 성을 완전히 에워싸고 토산을 쌓고 은밀히 땅굴을 파서 공격하도록 했다.

성 안에서는 심배가 계책을 세워 성을 굳게 지키고 있었는데, 군령이 매우 엄했다. 하루는 성문을 지키는 장수 풍예(馮禮)가 술이 취해 순찰 경계를 소홀히 하다 심배에게 발각되어 크게 꾸지람을 들었다. 이에 원한을 품은 풍예는 몰래 성을 빠져나가 조조에게 항복해 버렸다.

조조가 그에게 성을 쳐부술 계책을 묻자, 풍예가 말하기를: "돌문(突門: 정식 성문이 아닌 비밀 출구) 안쪽은 흙으로만 쌓여 있어 그곳에 땅굴을 파면 쉽게 들어갈 수 있습니다."

조조는 즉시 풍예에게 장사 3백 명을 이끌고 가서 밤중에 몰래 땅굴을 파도록 했다.

한편 심배는 풍예가 성문을 빠져나가 조조에게 항복한 이후로 매일 밤 몸소 성 위로 올라가서 군마를 점검했는데 그날 밤 돌문의 누각 위에서 바라보니 성 밖 조조의 진영에 이상할 정도로 불빛 한 점 보이지 않아 의심이 든 심배가 말하기를: "풍예는 틀림없이 이곳에 땅굴을 파고 들어올 것이다."

심배는 즉시 정예병들을 불러 돌맹이들을 날라다 놓고 출구가 뚫리는 순간을 기다렸다가 갑문을 무너뜨리니 풍예와 3백 명의 군사들은 모두 땅굴 속에서 죽고 말았다.

땅굴로 침입하려던 계획이 무산되자, 조조는 군사를 원수(洹水)의 상류로 물리고, 원상의 군사들이 돌아오기를 기다리기로 했다.

이때 원상은 평원을 공격하던 중에 조조가 이미 윤해와 저곡을 물리치고 대군이 기주성을 에워싸고 있다는 소식을 듣고 서둘러 기주로 돌아오는 중이었다.

부장 마연(馬延) 曰: "큰길에는 틀림없이 조조가 매복병을 숨겨 두었을 테니, 우리는 샛길을 이용하여 서산(西山)을 거쳐 부수(滏水) 어귀로 나가서 조조의 영채를 습격한다면 기주성의 포위망을 뚫을 수 있습니다."

원상은 그의 말에 따라 직접 대군을 이끌고 앞장을 서고 마연과 장의(張顗)는 후미에서 적의 추격을 막도록 했다. 그러나 이 사실은 정탐꾼에 의해 일찌감치 조조에게 보고되었다.

조조 曰: "저들이 만약 큰길로 온다면 내가 당연히 피하겠지만, 서산의 샛길로 온다면 한 번 싸움으로 그를 사로잡을 수 있을 것이다. 내 생각에는 원상이 틀림없이 횃불을 신호로 성 안과 호응하려 할 것이니, 우리는 군사를 나누어 공격하면 될 것이다."

그리하여 조조는 군사를 나누어 배치했다.

한편 부수 어귀로 나간 원상은 동쪽으로 가서 양평에 이르러 양평정(陽平亭)에 군사를 주둔시켜 놓았다. 이곳은 기주에서 17리 떨어진 곳으로 한쪽으로는 부수가 흐르고 있었다. 원상은 군사들에게 장작 나무와 마른 풀을 쌓아놓고 밤이 되면 그곳에 불을 놓아 신호로 삼게 했다. 그리고 주부 이부를 조조의 도독으로 변장시켜 기주성으로 보냈다.

그가 곧바로 성 아래에 이르러 큰 소리로 외치기를: "문 열어라!"

마침 성 위에 있던 심배는 그의 목소리가 이부인 줄 알고 문을 열어 성 안으로 들어오게 하자 이부가 심배에게 말하기를: "원상께서는 지금 양평정에 군사를 주둔시켜 놓고 성 안에서 호응하기를 기다라고 계십니다. 성에서 군사를 내보낼 때에는 역시 불을 피워 신호를 하십시오."

심배는 곧 군사들에게 마른 풀을 쌓아 불을 피워 신호를 전하도록 지시했다.

이부 曰: "성 안에 양식이 떨어져 항복하는 것으로 꾸미고 우선 노약

한 패잔병들과 부녀자들을 먼저 내보낸다면 저들은 틀림없이 안심을 하고 방비를 하지 않을 것입니다. 그때 우리가 뒤따라가 공격을 하도록 합시다."

심배는 그의 말을 따르기로 했다.

다음 날 성 위에 백기를 높이 세웠는데 거기에는 '기주백성 투항'이라 씌어 있었다.

조조 曰: "이는 성 안에 양식이 떨어져 늙고 약한 백성들을 내보내 항복하려는 것처럼 보이지만, 그 뒤에는 틀림없이 군사들이 나올 것이다."

조조는 장료와 서황으로 하여금 각각 3천 명의 군사를 이끌고 양쪽에 매복하게 한 다음, 자신은 몸소 말을 타고 머리 위에는 일산을 덮고 성 아래로 갔다. 과연 성문이 열리더니 백성들이 노약자를 부축하며 손에는 백기를 들고 나왔다. 백성들이 거의 나오는가 싶더니 갑자기 성 안의 군사들이 뛰쳐나왔다.

조조가 붉은 깃발을 한번 흔들자, 매복하고 있던 장료와 서황의 군사들이 길 양쪽에서 일제히 뛰쳐나와 닥치는 대로 죽이니, 서둘러 다시 성 안으로 되돌아 갈 수밖에 없었다.

조조가 직접 말을 달려 뒤를 쫓아가서 조교 앞에 이르니 성 안에서 쇠뇌와 화살이 빗발치듯 쏟아지면서 화살 하나가 조조의 투구를 정통으로 맞추어, 하마터면 그의 머리에 박힐 뻔했다. 여러 장수들이 급히 조조를 구하여 진으로 돌아갔다.

진중으로 돌아온 조조는 갑옷과 투구를 바꿔 입고 말을 갈아타고 여러 장수들을 이끌고 다시 원상의 영채를 치러 갔다. 원상은 직접 나가서 적을 맞아 싸웠지만 조조의 군사가 여러 방면에서 일제히 공격을 하니 양쪽의 군사는 일대 혼전을 벌였지만 결국 원상은 크게 패하고 말았다. 원상은 패잔병들을 이끌고 서산으로 물러가서 영채를 세운 뒤 평원으로 사람을 보내 마연과 장의의 군사들을 빨리 불러오도록 했다.

하지만 조조가 이미 여광과 여상으로 하여금 마연과 장의 두 장수를 찾아가 귀순토록 설득하여, 두 장수는 여씨 형제를 따라가 조조에게 항복했으며 조조는 이미 그들을 열후로 봉했는데, 원상은 이런 사실을 까맣게 모르고 있었다.

조조는 원상에게서 투항해온 여광·여상·마연·장의 등 네 장수로 하여금 원상의 군량 운반로를 차단케 한 다음, 자신이 직접 군사들을 이끌고 서산을 공격하러 갔다. 원상은 더 이상 서산을 지켜낼 수 없음을 알고, 군사를 이끌고 밤을 이용하여 남구(濫口)로 달아났다. 그러나 미처 영채를 다 세우기도 전에 사방에서 불길이 치솟으며 복병들이 일제히 뛰쳐나오니 원상의 군사들은 갑옷을 채 입지도 못하고 말안장도 얹지 못한 채 50리나 뒤로 달아났다. 참패를 당한 원상은 더 이상 버티기가 힘들다고 판단하여 예주자사 음기(陰夔)를 조조의 영채로 보내 항복을 청했다.

조조는 항복을 받아 주는 척하고 그날 밤 장료와 서황으로 하여금 원상의 영채를 습격하게 하니 원상은 인수(印綬)와 절월(節鉞), 의갑(衣甲)과 치중(輜重) 등을 모조리 내버리고 중산(中山)을 향해 달아났다.

조조는 군사를 돌려 다시 기주를 치러 갔다. 허유가 계책을 올리기를: "어째서 장하의 물길을 터서 기주성을 잠기게 하지 않으십니까?"

조조는 그 계책에 따라 군사들을 보내 성 둘레에 40리나 되는 해자를 파도록 했다. 심배가 성 위에서 조조의 군사들이 해자를 파고 있는데 그 깊이가 매우 얕은 것을 보고 속으로 웃으며 말하기를: "저것은 장하의 물길을 터서 우리의 성을 잠기게 할 계책인 것 같은데 저렇게 해자를 얕게 파서야 무슨 소용이 있단 말인가?"

그러고는 아무런 방비도 하지 않은 채 무시해 버렸다.

그날 밤 조조는 군사를 열 배로 늘려 밤새 해자를 깊게 파게 했다. 동이 틀 무렵이 되자 해자의 폭과 깊이가 두 길이나 되어 장하의 물이 성 안으로 흘러 들어가 성 안의 수심이 여러 자(尺)나 되었다. 게다가 양식마저 떨어지니 군사들은 모두 굶어죽게 생겼다.

이때 조조에게 투항한 신비가 성 밖에서 원상의 인수와 의복을 창끝에 매달아 흔들며 성 안에 있는 사람들에게 원상은 이미 죽었으니 모두 투항하라고 권했다. 몹시 화가 난 심배는 성 안에 있는 신비의 가솔 80여 명을 성 위로 끌고 와서 목을 베어 성 아래로 던졌다. 이 광경을 본 신비는 목을 놓아 통곡을 했다.

심배의 조카 심영(審榮)은 평소 신비와 교분이 두터운 사이였는데 신비의 가솔들이 참혹하게 죽임을 당하는 것을 보고 마음속의 울분을 참지 못하고 성문을 열어 주겠다는 글을 몰래 써서 화살에 묶어 성 밖으로 쏘아 보냈다. 조조의 군사가 그 화살을 주어 신비에게 보고하자 신비는 다시 그것을 조조에게 바쳤다.

조조는 먼저 군사들에게 명령하기를: "성에 들어가거든 원씨 일가는 노인이든 어린이든 일체 죽이지 말고, 투항하는 군사나 백성들도 모두 죽이지 마라."

다음 날 날이 밝자 심영은 서문을 활짝 열고 조조의 군사들이 성 안으로 들어오게 했다. 신비가 말을 달려 먼저 들어가고 군사들이 일제히 그 뒤를 따라 성 안으로 몰려 들어갔다. 동남쪽 성루에 있던 심배는 조조의 군사가 이미 성 안으로 들어온 것을 보고 성 아래로 내려와서 몇 명의 기병들과 함께 죽기로 싸웠다. 마침 심배를 본 서황이 맞붙어 불과 몇 합 만에 심배를 사로잡아 꽁꽁 묶어 성 밖으로 끌고가던 중에 신비를 만났다. 신비는 이를 갈면서 채찍으로 심배의 머리를 후려치며 말하

기를: "내 가족을 죽인 살인자! 나도 네놈을 똑같이 해 주마!"

심배도 지지 않고 큰 소리로 욕하기를: "이 역적 놈! 조조를 끌고 와서 우리 기주를 쳐부수다니, 네놈을 죽이지 못한 것이 한이로다!"

서황이 심배를 조조에게 끌고 갔다.

조조 曰: "성문을 열어서 나를 맞이한 사람이 누구인지 너는 아느냐?"

심배 曰: "모른다."

조조 曰: "바로 네 조카 심영이다."

심배가 화를 내며 말하기를: "그 철딱서니 없는 녀석이 결국 일을 이 지경으로 만들었구나!"

조조 曰: "어제 내가 성 아래에 갔을 때 어찌하여 성 안에서 그리 많은 쇠뇌와 화살을 쏘았느냐?"

심배 曰: "더 쏠걸, 적게 쏜 게 한이다!"

조조 曰: "자네가 원씨에게 충성하려니, 그렇게 할 수밖에 없었겠지. 이제 나에게 항복할 용의는 없는가?"

심배 曰: "내 죽을지언정 네놈에게 결코 항복하지는 않겠다!"

신비가 땅에 엎드려 울면서 조조에게 말하기를: "제 가솔들 80여 명이 모두 이 도적놈에게 죽었으니, 원컨대 승상께서는 이자를 도륙내서 제 한을 풀어 주십시오!"

심배 曰: "나는 살아서는 원씨의 신하요, 죽어서는 원씨의 귀신이 될 터이니, 네놈처럼 남을 참소하고 아첨하는 역적의 무리와는 근본이 다르다. 어서 내 목을 쳐라!"

조조는 그를 끌고 나가라고 명령했다. 그는 처형을 당하는 순간까지 형리를 꾸짖기를: "내 주인이 북쪽에 계시니 내 얼굴이 남쪽을 향하게 해서 죽이지 마라."

심배는 마침내 북쪽을 향해 꿇어앉아 목을 내밀었다.

후세 사람이 이 일을 한탄하여 시를 지었으니:

하북땅에 명사가 많다고들 하지만	河北多名士
심배와 같은 인물 그 누가 있으랴	誰如審正南
우매한 주인 잘못 만나 목숨 잃어	命因昏主喪
충성된 마음은 옛사람과 다름없네	心與古人參
충직한 그 말에는 감추는 게 없고	忠直言無隱
청렴한 그 뜻에는 탐하는 게 없네	廉能志不貪
죽음에 임해서도 북녘땅을 향하니	臨亡猶北面
항복한 무리들 모두 부끄러워하네	降者盡羞愧

심배가 죽자 조조는 그의 충의를 가상히 여겨 성 북쪽에다 장사를 지내주도록 했다.

여러 장수들이 조조에게 성 안으로 들어가기를 청하여 조조가 막 들어가려고 하는데 도부수들이 한 사람을 에워싸고 끌고 왔다. 조조가 가만히 보니 진림이었다.

조조가 그에게 말하기를: "너는 이전에 본초를 위해 격문을 지으면서 나의 죄상만 밝히면 될 일을, 어찌하여 내 조부까지 들먹이며 욕을 했느냐?"

진림 曰: "화살이 시위 위에 얹히면 어쩔 수 없이 발사되는 것이 아니오."

주위 사람들이 조조에게 그를 죽이자고 했다. 하지만 조조는 그의 재주를 아깝게 여겨 그의 죄를 용서하고 종사(從事)로 임명했다.

한편 조조의 장자 조비(曹丕)는 자를 자환(子桓)이라 했는데 이때 나이가 열여덟 살이었다. 조비가 처음 세상에 태어난 날은 푸른 보랏빛 구름 한 점이 수레 덮개처럼 둥그렇게 그 태어난 곳을 하루 종일 뒤덮고 있었다.

구름을 보고 운세를 점치는 어느 점술가가 조조에게 은밀히 말하기를: "이것은 천자의 기운으로 더없이 귀한 후사를 보셨습니다."

조비는 어려서부터 총명하여 여덟 살에 이미 글을 짓고, 재주가 뛰어나 고금에 통달했으며, 말 타고 활쏘기를 잘 하고, 격검도 좋아했다. 조조가 기주를 쳐부술 때 조비는 부친을 따라서 군중에 있다가 먼저 군사들을 거느리고 곧장 원소의 부중으로 찾아갔다. 그는 말에서 내려 칼을 뽑아들고 들어가려 하니 한 장수가 그를 막으며 말하기를: "승상께서 누구를 막론하고 원소 부중에 들이지 말라고 명하셨습니다."

조비가 그를 꾸짖어 물리친 다음 칼을 들고 후당으로 들어갔는데, 부인 둘이서 서로 부둥켜안고 울고 있었다. 조비는 앞으로 다가가서 그들을 죽이려고 했다.

이야말로:

4대 공후의 가문 흘러간 꿈이련가	四世公侯已成夢
그 집안 일가친척 또 재앙 만나네	一家骨肉又遭殃

그들의 목숨이 어찌 될지 궁금하거든 다음 회를 기대하시라.

제 33 회

조비는 혼란을 틈타 견씨를 받아들이고
곽가는 요동을 평정하는 계책을 남기다

曹丕乘亂納甄氏

郭嘉遺計定遼東

울고 있는 두 부인을 보고 칼을 뽑아 베어 죽이려던 조비는 문득 두 눈에 붉은 빛이 가득한 것을 보고 칼을 멈추고 묻기를: "너희는 누구냐?"

한 부인이 아뢰기를: "저는 원 장군의 처 유씨(劉氏)입니다."

조비 曰: "이 여자는 누구냐?"

유씨 曰: "둘째 아들 원희(袁熙)의 처 견씨(甄氏)입니다. 원희는 유주(幽州)를 지키고 있는데 애가 멀리 가려고 하지 않아 여기에 남아 있었습니다."

조비가 견씨를 앞으로 잡아당기어 보니 며칠 동안 씻지를 못했는지 머리는 산발이고 얼굴에는 때가 묻어 있었다. 조비가 소매로 그녀의 얼굴을 닦고 자세히 살펴보니 그녀는 옥과 같은 살결에 꽃 같은 얼굴이 그야말로 경국지색이었다.

조비는 유씨에게 말하기를: "나는 조승상의 아들이오. 내가 당신 집안을 보호해 줄 테니, 아무 걱정 마시오."

그러고는 칼을 들고 당상(堂上)에 앉았다.

한편 조조는 여러 장수를 거느리고 막 성 안으로 들어서려는데 허유가 말을 달려 가까이 오더니 채찍으로 성문을 가리키면서 조조에게 소리치기를: "아만(阿瞞: 조조의 아명)아! 네가 나를 얻지 못했다면 어찌 이 문을 들어갈 수 있었겠느냐?"

그 말을 들은 모든 장수들은 불쾌해했지만 조조는 그저 크게 웃고 말았다.

조조가 원소의 부중 앞에 이르러 묻기를: "이 안에 들어간 사람은 없겠지?"

수문장 曰: "세자께서 안에 계시옵니다."

조조가 당장 아들을 불러 꾸짖는데 유씨가 나와서 절을 하며 말하기를: "세자가 아니었다면 저의 집안은 보전하지 못했을 것입니다. 바라옵건대 견씨를 바치오니 세자의 첩이 되게 하여 주시옵소서."

조조가 견씨를 부르니 그녀가 앞으로 나와 엎드려 절을 하였다. 조조가 그녀를 보고 말하기를: "과연 내 며느리 감이로군!"

마침내 조비로 하여금 견씨를 아내로 맞게 했다.

기주를 평정한 조조는 몸소 원소의 무덤을 찾아가서 제물을 차려놓고 분향재배한 다음 곡을 하며 애도를 표했다. 그러고는 여러 관원들을 둘러보며 말하기를: "옛날 내가 본초와 더불어 군사를 일으켰을 때 나에게 묻기를, '만약 이번 일이 성공하지 못하면 그대는 어디를 근거지로 삼을 작정이오?' 하기에, 내가 다시 묻기를, '귀하는 어떻게 하실 생각이십니까?' 본초가 대답하기를, '나는 황하 북쪽을 근거지로 삼아 북으로는 연(燕)과 대(代), 그리고 사막의 무리들이 내려오는 것을 저지하고, 황하를 건너 남쪽으로 천하를 다투려고 하오. 그리하면 아마 뜻을 이룰 수 있을 것이오.' 그래서 내가 대답하기를, '저는 천하의 뛰어난 지혜와 힘이

있는 자들을 모아서 도(道)로써 다스릴 것입니다. 그리하면 안 될 것이 없을 것입니다.' 이런 말을 주고받은 게 바로 엊그제 같은데, 그런 그가 이제 가고 없으니, 내 어찌 울지 않을 수 있겠는가!"

이 말을 들은 사람들이 모두 탄식을 했다. 조조는 황금과 비단, 그리고 양식을 원소의 처 유씨에게 보내 주도록 했다.

그러고는 다시 명령하기를: "전란을 겪은 하북 백성들에게는 금년 한 해 동안 조세와 부역을 전부 면제해 주도록 하라!"

그리고 한편으로 황제에게 표문을 올려 기주성 함락 사실을 보고하고 조조 자신이 기주목(冀州牧)을 겸했다.

하루는 허저가 말을 달려 동문을 들어가던 중 마침 허유를 만났다. 허유가 허저를 부르더니 말하기를: "만약 내가 아니었다면 너희가 어찌 이 성문을 드나들 수 있었겠느냐?"

화가 난 허저가 말하기를: "우리가 죽을 고비를 수없이 넘기면서 그야말로 혈전을 벌인 끝에 빼앗은 성인데, 네가 어찌 감히 네 공이라고 함부로 지껄인단 말이냐!"

허유가 꾸짖기를: "너 같은 하찮은 놈들하고 무슨 말을 하겠느냐!"

더 이상 분을 참지 못한 허저는 바로 칼을 뽑아 허유를 죽여 버렸다. 그리고 그 머리를 들고 조조에게 가서 말하기를: "허유가 하도 무례하게 굴기에 도저히 참을 수 없어 제가 죽여 버렸습니다."

조조 曰: "자원(子遠)과 나는 어릴 적부터 친구이기에 농담을 한 걸 가지고 사람을 죽이기까지 했단 말인가?"

허저를 심하게 꾸짖은 조조는 허유를 후하게 장사 지내 주도록 했다. 그러고는 사람들에게 기주 땅의 어진 선비들을 널리 찾아보도록 했다.

어느 기주 백성이 고하기를: "기도위(騎都尉) 최염(崔琰)은 자를 계규(系

琰)라 하는데, 청하(淸河) 동무성(東武城) 사람입니다. 일찍이 원소에게 여러 차례 계책을 올렸으나 원소가 받아 주지 않아, 지금은 병을 핑계로 물러나서 집에 있습니다."

조조는 즉시 그를 불러와서 기주의 별가종사(別駕從事)로 임명한 다음 말하기를: "내 어제 기주의 호적을 살펴보니 인구가 30만 명이나 되는데, 이 정도면 가히 큰 주라고 할 수 있지 않소?"

최염 曰: "지금은 천하가 나뉘고 무너져서, 구주(九州)는 여러 갈래로 갈라져 있으며, 원씨 형제들은 서로 싸우기만 하여 수많은 기주 백성들은 백골이 되어 들판에 나뒹굴고 있는 실정입니다. 승상께서는 급히 백성들의 풍속을 살피시어 도탄에 빠진 백성들을 구하기는커녕, 먼저 호적부터 살피시니, 이것이 어찌 기주 백성들이 명공께 바라는 바이겠습니까?"

이 말을 들은 조조는 자신이 한 말을 크게 뉘우치고 자세를 고쳐 사과한 뒤 그를 상빈(上賓)으로 대우했다.

이미 기주를 평정한 조조는 사람을 시켜서 원담의 소식을 알아보게 했다. 이때 원담은 군사를 이끌고 감릉(甘陵)·안평(安平)·발해(渤海)·하간(河間) 등지에서 노략질을 일삼다가 원상이 조조에게 패하여 중산으로 달아났다는 소식을 듣고 군사를 거느리고 그를 치러 갔다. 그러나 원상은 싸울 생각이 없어 다시 유주(幽州)로 달아나서 원희를 찾아가니 원담은 원상의 군사들을 항복시키고 기주를 되찾으려고 했다.

조조가 사람을 보내 그를 불렀으나 원담은 가지 않았다. 몹시 화가 난 조조는 곧 글을 보내 딸과의 혼인 약속을 파기하고 직접 대군을 이끌고 그를 치기 위해 평원으로 나아갔다.

조조가 직접 군사를 거느리고 오고 있다는 말을 들은 원담은 유표에게 사람을 보내 구원을 요청했다. 유표는 현덕을 불러 상의했다.

현덕 曰: "지금 조조는 이미 기주를 평정하여 그 군세가 매우 강성합니다. 그러니 원씨 형제는 머지않아 조조에게 사로잡히고 말 것입니다. 이런 때에 그를 구해 주려는 것은 아무런 이득이 없습니다. 더구나 조조는 호시탐탐 이곳 형양(荊襄) 땅을 노리고 있는 상황인데, 그에게 공격할 빌미를 주지 말고 지금은 군사들의 힘을 길러 스스로를 지키고 있어야지 함부로 움직여서는 안 됩니다."

유표 曰: "그렇다면 어떻게 거절하면 좋겠소?"

현덕 曰: "원씨 형제들에게 서신을 보내되 서로 화해하기 바란다는 명분을 내세워 완곡하게 거절하시면 어떻겠습니까?"

유표는 현덕의 말에 따라 먼저 원담에게 사람을 보내 서신을 전하도록 했다. 그 서신의 내용은 대략 아래와 같다:

"군자는 난을 피해 가더라도 원수의 나라로는 가지 않는다고 했거늘, 일전에 그대는 조조에게 무릎을 꿇고 항복을 했다는데, 이는 선친의 원수를 망각한 것이고, 형제의 정의(情誼)를 내팽개친 것이며, 동맹을 맺은 사람들을 수치스럽게 하는 일이오. 설령 기주의 원상이 아우로서의 도리를 다하지 않았다 하더라도 우선은 마음을 가라앉히고 먼저 따른 후에 천하 사람들로 하여금 그 시비곡직(是非曲直)을 가리게 하는 것이 의기를 높이는 일이 아니었겠는가!"

또 원상에게 보낸 글의 내용은 대략 이러했다:

"청주(青州)의 원담은 본래 천성이 조급하여 사리의 옳고 그름에 분명치 못한 점이 있소. 하지만 그대는 마땅히 조조를 먼저 제거하여 선친의 원한을 풀어드린 뒤에 형과의 시비와 곡직을 가렸다면 얼마나 좋았겠는가! 만약 길을 잃고 바른 길로 돌아오지 않는다면, 이는 훌륭한 사냥개 한로(韓盧)와 영리한 토끼 동곽(東郭)이 끝까지 서로 쫓고 쫓기다 결국 지쳐서 둘 다 죽으니 지나가던 농부가 그들을 주웠다는 옛 고사처럼 되고 말 것이오."

유표의 서신을 받아 본 원담은 유표가 자신을 도와줄 의사가 없음을 알았다. 또 자기 혼자 힘으로는 도저히 조조를 대적할 수 없음을 깨닫고 결국 평원을 버리고 남피(南皮)로 달아났다. 조조는 그를 뒤쫓아 남피까지 갔다.

그러나 날씨가 갑자기 추워지면서 물길이 모두 얼어 양곡 운반선을 움직일 수가 없자, 조조는 그곳 백성들에게 얼음을 깨면서 배를 끌라고 명령했다. 그러나 조조의 명을 받은 백성들은 모두 달아나 버렸다. 크게 화가 난 조조는 달아난 자들을 모두 붙잡아 죽이겠다고 호령을 하니, 그 소문을 들은 백성들은 영채로 찾아와 자수를 했다.

조조 曰: "내가 너희들을 죽이지 않으면 군령이 바로 서지를 않고, 너희들을 죽이려 하니 이 또한 차마 못하겠구나. 너희들은 빨리 산속으로 달아나서 나의 군사들에게 붙잡히지 않도록 하라."

백성들은 모두 눈물을 흘리며 산속으로 달아나 숨었다.

조조가 남피까지 쫓아온 이상 원담이 더 이상 성 안에만 있을 수는 없었다. 결국 원담이 군사를 이끌고 성을 나와 조조의 군사를 대적하는데, 양군이 서로 마주보고 진을 치고 나자, 조조가 말을 타고 앞으로 나와 채찍을 들고 원담을 가리키며 꾸짖기를: "내 너를 후하게 대해 주었건만 어찌하여 딴 마음을 품은 것이냐?"

원담 曰: “너는 내 경계를 침범하여 내 성을 빼앗았을 뿐만 아니라 내 처자까지 가로채 놓고 도리어 내가 딴 마음을 품었다고 감히 말하는가!”

조조는 크게 화를 내며 서황에게 나가 싸우라고 명했다. 원담은 팽안(彭安)에게 나가서 그를 맞아 싸우라고 했다. 그러나 두 말이 서로 어우러져 불과 몇 합 싸우지 않아 팽안은 서황의 칼에 베어 말 아래로 떨어지고 말았다. 원담의 군사는 패하여 달아나 남피성 안으로 들어갔다. 조조의 군사가 성을 사면으로 에워싸니 당황한 원담은 신평(辛評)을 조조에게 보내 항복하겠다는 뜻을 전하게 했다.

조조 曰: “변덕이 죽 끓듯 하는 원담의 말은 더 이상 믿을 수 없다. 자네 아우 신비는 내 이미 중용하고 있으니 자네 역시 여기에 머물러 있지 않겠는가?”

신평 曰: “그럴 수는 없습니다. 제가 알기로는, ‘주인이 귀하게 되면 신하가 영화롭고, 주인이 근심이 있으면 신하가 욕을 본다(主貴臣榮,主憂臣辱).’고 했습니다. 저는 오래 전부터 원씨를 섬겨 왔는데 이제 와서 어찌 그를 배반할 수 있겠습니까?”

조조는 그를 붙들어 둘 수 없음을 알고 돌려보냈다. 신평이 돌아가서 조조가 투항을 받아 주지 않더라고 원담에게 보고하자, 원담이 그를 꾸짖기를: “네 아우가 조조를 섬기고 있다고 너도 딴 마음을 품은 게냐?”

그 말을 들은 신평은 그만 기가 막히고 가슴이 답답해지더니 정신을 잃고 바닥에 쓰러지고 말았다. 원담이 그를 부축하여 밖으로 나가라고 명했지만 잠시 후 신평은 숨을 거두고 말았다. 원담은 그제서야 자신이 한 말을 후회했다.

곽도가 나서며 말하기를: “내일 백성들을 모조리 몰아 앞세우고 그 뒤에 군사들을 내보내어 조조와 마지막 일전을 벌여 보는 것이 어떻겠습니까?”

원담은 그의 말에 따라 그날 밤 남피의 백성을 모조리 동원하여 칼과 창을 들고 대기하도록 했다.

다음 날 새벽이 되자 원담은 성의 네 개의 문을 모두 활짝 열고 먼저 백성들을 내몰았다. 이어서 뒤따라 나온 군사들이 일제히 함성을 지르며 곧바로 조조의 영채로 달려들었다. 양쪽의 군사들이 어우러져 싸웠는데 진시(辰時:오전 7시부터 9시)부터 오시(午時: 오전 11시부터 오후 1시)까지 싸웠으나 좀처럼 승부는 나지 않았고 죽은 시체들만 들판에 가득했다.

조조는 완전한 승리를 거두지 못하고 생각보다 싸움이 길어지자 군사들을 독려하기 위해 말을 타고 산 위로 올라가 직접 북을 쳤다. 장수와 군사들은 조조가 직접 북을 치는 것을 보고 힘을 얻어 죽을힘을 다해 싸우니 원담의 군사는 결국 크게 패하고 말았으며 특히 백성들 가운데 죽은 자는 그 수를 헤아릴 수조차 없었다.

이때 조홍이 용감하게 적진으로 돌진하다가 마침 원담과 마주쳤다. 조홍이 곧바로 달려들어 원담의 목에 칼을 내리치니 원담은 그 자리에서 죽고 말았다.

곽도는 자기 진영의 세가 크게 불리해지자 급히 말을 몰아 성 안으로 달아나려고 해자를 막 건너려고 했다. 이를 본 악진이 쏜 화살이 그의 뒤통수에 박히니 사람과 말이 함께 해자 속에 빠져 모두 죽고 말았다.

조조는 마침내 군사를 이끌고 남피성으로 들어가 남은 백성들을 위로했다. 그때 갑자기 한 무리의 군사들이 몰려오고 있다는 보고를 받고 조조가 직접 군사를 이끌고 성 밖으로 나갔다. 그들은 원희의 부하 장수 초촉(焦觸)과 장남(張南)이었다. 두 장수는 성문 가까이 이르자 갑옷을 벗고 창을 거꾸로 잡고 투항하러 온 것이다. 조조는 그들을 열후(列侯)로 봉했다. 또 흑산(黑山)의 산적 장연(張燕)이 군사 10만 명을 이끌고 와서 항복을 하니 조조는 그를 평북장군(平北將軍)으로 봉했다.

조조는 원담의 수급을 북문 밖에 높이 매달아 많은 사람들에게 보이도록 하고 만약 그 앞에서 곡을 하는 자가 있으면 즉시 목을 베라는 명을 내렸다.

그럼에도 한 사람이 흰 건에 상복을 입고 원담의 머리 앞에서 곡을 했다. 사람들이 즉시 그를 붙잡아 끌고 조조에게 데려갔다. 조조는 그가 누구이며 왜 곡을 했는지 물으니, 그는 청주별가(青州別駕) 왕수(王修)로, 청주자사 원담에게 바른 말을 간하다가 쫓겨나긴 했지만 지금 원담이 죽었다는 소문을 듣고 찾아와 곡을 했다는 것이다.

조조 曰: "너는 내가 내린 명령을 모르고 있었느냐?"

왕수 曰: "아니오. 알고 있었습니다."

조조 曰: "그러면 너는 죽는 게 두렵지 않단 말이냐?"

왕수 曰: "나는 그분 밑에서 벼슬까지 하며 살았는데, 그의 죽음에 곡조차 하지 않는다면 이는 의(義)가 아니오. 죽는 것이 두려워 의를 저버린다면 무슨 낯으로 세상 사람들을 볼 수 있겠소? 원담의 시신을 거두어 장사를 지내줄 수만 있다면, 내 도륙을 당하더라도 여한이 없겠습니다."

조조 曰: "하북에는 의사들이 이리도 많단 말인가! 원씨가 이들을 쓰지 못한 것이 안타깝구나. 만약 그가 이들을 제대로 썼다면 내 어찌 감히 이 땅을 넘볼 수 있었겠는가!"

조조는 마침내 자신이 내린 명을 철회하여 원담의 시신을 거두어 장사를 지내 주도록 하고 예를 다해 왕수를 상빈으로 대우하며 사금중랑장(司金中郎將)으로 임명했다. 그러고는 그에게 묻기를: "원상은 지금 원희에게 몸을 의탁하고 있는데 그들을 취하려면 어찌해야 좋겠소?"

왕수는 대답을 하지 않았다.

조조 曰: “과연 충신이야!”

다시 곽가에게 물으니, 곽가가 말하기를: “얼마 전 원씨에게서 항복해 온 초촉과 장남 등에게 그를 치도록 하시지요.”

조조는 그의 말에 따라 즉시 초촉·장남·여광·여상·마연·장의로 하여금 각기 군사를 세 방면으로 나누어 가서 유주를 치도록 했다. 그리고 다른 한편으로는 이전과 악진에게 장연과 연합하여 병주로 가서 고간을 치도록 했다.

한편 원상과 원희는 조조의 군사가 쳐들어오고 있음을 알고, 그들을 도저히 막아낼 수 없다고 판단하여 성을 버리고 군사들을 이끌고 오환(烏桓)에게 몸을 의탁하기 위해 밤을 새워 요서(遼西)로 달아났다. 유주자사 오환촉(烏桓觸)은 유주의 여러 관원들을 모아 놓고 원씨를 배반하고 조조에게 투항할 것을 제의하면서 피로써 맹세하자고 했다.

오환촉이 먼저 말하기를: “내가 알기로 조 승상은 당세의 영웅이오. 그래서 지금 그에게 투항하려고 하는데, 내 명을 따르지 않는 자는 모두 목을 벨 것이오.”

그 자리에 모인 사람들이 차례로 피를 마시는데, 별가 한형(韓珩)의 차례가 되자 한형은 칼을 땅에 던지며 큰 소리로 말하기를: “나는 원공 부자로부터 두터운 은혜를 받은 사람으로서 지금 주인의 패망을 눈앞에 두고 구해 드리지 못해 용기를 내서 따라 죽지 못한 것도 의리에 어긋나는데, 하물며 조조에게 항복하여 그의 신하가 되는 일은 죽으면 죽었지 나는 그리는 못 하겠소!”

관원들의 얼굴이 모두 하얗게 변했다.

오환촉 曰: “무릇 거사를 하려면 대의를 세우는 것은 당연한 일이오. 일의 성사 여부가 어느 한 사람에게 달려 있는 것은 아니니, 그대의 뜻이 정 그러하다면 좋을 대로 하시오."

오환촉은 마침내 한형은 제외하고 나머지 관원들과 함께 성 밖으로 나가서, 세 방면으로 나뉘어 오는 조조의 군사들을 영접하고 곧바로 조조에게 투항했다. 조조는 크게 기뻐하며 그를 진북장군(鎭北將軍)으로 삼았다.

이때 파발꾼이 와서 보고하기를: "악진·이전·장연이 병주를 치러 갔는데, 고간이 호관구(壺關口)를 단단히 지키고 있어 더 이상 나가지 못하고 있습니다."

조조가 직접 군사를 이끌고 병주로 향했다. 세 장수가 마중을 나와 고간이 호관을 철통같이 막고 있어 공격하기 어렵다고 말했다.

조조는 여러 장수들을 모아 놓고 호관을 깨뜨릴 계책을 상의하는데, 순유가 말하기를: "고간을 쳐부수려면 거짓으로 항복하는 사항계(詐降計)를 쓰는 것이 좋을 듯합니다."

조조는 그의 말에 따라 원씨에게서 투항해 온 장수 여광과 여상을 불러 은밀히 지시를 했다.

여광 등이 수십 명의 군사들과 함께 곧장 호관 아래로 다가가서 큰 소리로 부르기를: "우리는 원래 원씨의 옛 수하 장수였소. 어쩔 수 없이 조조에게 항복했었는데, 조조의 사람됨이 속임수를 워낙 잘 쓰고 우리를 박대하기에 지금 옛 주인을 다시 모시기 위해 돌아온 것이니 빨리 성문을 열어 주시오."

고간은 그들을 믿을 수가 없어서 두 장수만 관 위로 올라와서 설명을 해보라고 했다. 두 장수는 갑옷을 벗고 말에서 내려 성 안으로 들어가서 고간에게 말하기를: "조조의 군사는 방금 도착하여 군사들의 마음이 아직 안정되지 않은 상태이니 이 틈을 이용하여 오늘 밤 그들의 영채를 먼저 급습한다면 우리가 선봉에 서겠습니다."

고간은 기뻐하여 그들의 말을 믿었다.

그날 밤 고간은 여광과 여상을 선봉으로 군사 1만 명을 거느리고 성을 나와 앞으로 나아갔다. 조조의 영채에 이르렀을 때 배후에서 함성이 크게 울리더니 사방에서 복병들이 쏟아져 나왔다. 적의 계략에 걸려들었음을 눈치 챈 고간이 급히 군사를 돌려 성 안으로 들어가려 했지만 성은 이미 악진과 이전에게 빼앗긴 뒤였다.

고간은 가까스로 길을 열고 달아나서 흉노(匈奴)의 선우(單于)에게 투항하러 달려갔다. 조조는 군사를 거느리고 관 입구를 막고 있으면서 군사들로 하여금 고간을 추격하도록 했다. 선우의 지경에 도착한 고간은 마침 북번(北番)의 좌현왕(左賢王: 선우의 왕자)을 만났다.

고간은 말에서 내려 땅에 엎드려 절을 하며 말하기를: "조조가 제 영토를 집어삼키고 이제 왕자의 지경까지 침범하려 하고 있습니다. 엎드려 청하오니 함께 힘을 합해 저의 잃은 땅을 되찾고 북방을 보전하시기 바랍니다."

좌현왕 曰: "내 조조와 원수진 일이 없거늘 그가 어찌 내 땅을 침범한단 말인가? 네놈이 나로 하여금 조조와 원수가 되게 하려는 수작이겠지!"

그는 고간을 꾸짖어 물리쳤다. 아무리 생각해도 갈 곳이 없는 고간은 마지막으로 유표를 찾아가는 수밖에 없었다. 하지만 가는 도중 상락(上洛)에 이르렀을 때 도위(都尉) 왕염(王琰)의 손에 결국 죽고 말았다. 왕염이 그의 수급을 조조에게 바치자 조조는 왕염을 열후로 봉했다.

이제 병주까지 평정한 조조는 오환을 치는 문제를 상의했다.

조홍 曰: "원희와 원상은 패망하여 따르는 장수와 군사가 거의 없이 멀리 사막으로 달아났는데, 굳이 우리가 지금 군사를 이끌고 오환을 치러 갔다가 만일 유비와 유표가 그 틈을 이용하여 허도를 공격한다면, 우리는 군사를 돌려 구하려 해도 이미 때를 놓쳐 큰 화를 부를 수도 있으니 더 나아가지 말고 이쯤에서 군사를 돌리시는 게 좋을 듯합니다."

곽가 曰: "다들 그렇게 말씀하시는데 저는 동의할 수 없습니다. 비록 지금 주공의 위엄이 천하에 떨치고는 있지만, 사막에 사는 자들은 그들이 멀리 떨어져 있음을 믿고 주공의 위엄이 미치지 못하고 있을 뿐만 아니라, 지금 틀림없이 아무런 방비도 하지 않고 있을 것이니, 이런 기회를 노려 갑자기 기습을 한다면 간단히 쳐부술 수 있습니다.

게다가 원소는 이전에 오환에게 은혜를 베푼 적이 있는데다 원상과 원희 형제가 아직 살아 있으므로 이들을 제거하지 않으면 안 됩니다. 여러분들이 유표를 걱정하시는데, 유표는 기껏해야 그저 앉아서 얘기나 나눌 손님에 불과하고 유표 자신도 자기 재능이 유비보다 부족하다는 것을 잘 알고 있습니다. 그래서 유비에게 중임을 맡기자니 그를 통제할 수 없을까 봐 두렵고, 가벼운 임무를 맡긴다면 유비가 그를 위해 일을 하려들지 않을 것입니다. 그러므로 허도를 비워 놓고 원정을 가시더라도 주공께서는 염려하실 게 없습니다."

조조 曰: "봉효(奉孝: 곽가)의 말이 지극히 옳소."

마침내 조조는 전군을 일으키어 수천 량의 수레를 끌고 요서를 향해 출발했다. 그러나 사막에 들어서니 보이는 것이라고는 끝도 없이 이어져 있는 누런 모래뿐인데다 수시로 광풍이 사방에서 불어오고, 길은 푹푹 빠져 사람이나 말 모두 걸어가기가 어려웠다. 조조는 군사를 되돌리고 싶은 마음에 곽가에게 물었다. 이때 곽가는 물과 토양이 몸에 맞지 않아 병을 얻어 수레에 실려 가고 있었다.

조조가 울며 말하기를: "내가 사막을 평정하려는 욕심 때문에 그대를 이 먼 곳까지 오게 하여 고생 끝에 몸져눕게 하였으니 내 마음이 몹시 아프오."

곽가 曰: "저는 승상의 크나큰 은혜를 입은 터에 비록 죽는다 해도 그 은혜의 만분의 일도 갚지 못할 것입니다."

조조 曰: "나는 북쪽 땅이 이처럼 험한 줄은 미처 몰랐소. 지금이라도 회군할까 하는데 공의 생각은 어떠하오?"

곽가 曰: "군사를 움직이는 데는 신속함이 중요합니다. 지금 천리나 되는 원정길을 나서면서 군수품을 수송하는 수레가 너무 많아 행군이 어려우니, 가볍게 무장한 군사들로 행군 속도를 빨리하여 적이 무방비 상태일 때 기습을 해야 합니다. 다만 길을 잘 아는 사람의 안내를 받아야 합니다."

조조는 곽가를 역주(易州)에 남겨 두어 몸조리를 하도록 하고 길을 안내할 향도관(嚮導官)을 구했다.

누군가 원소의 옛 장수인 전주(田疇)가 이 지방의 지리를 잘 알고 있다고 추천했다. 조조가 그를 불러 물어보니 전주가 말하기를: "이 길은 여름과 가을 사이에는 물이 있어 수레와 말이 가기가 힘들고, 그렇다고 배를 띄울 수도 없습니다. 차라리 군사를 돌려 노룡구(盧龍口)를 출발하여 백단(白檀)의 험한 고개를 넘어 가시지요. 그러면 평탄한 사막 지대가 나오는데 그곳만 가로지르면 바로 유성(柳城) 근처에 이르게 될 것입니다. 아무 방비가 없을 때 즉시 기습을 하면 단번에 답돈(蹋頓: 선우)을 사로잡을 수 있습니다."

조조는 그의 말에 따라 전주를 정북장군(靖北將軍)으로 봉하여 향도관으로 삼아 선봉에 서도록 하고, 장료는 그 다음에, 그리고 조조 자신은 후미를 맡아 평소보다 두 배나 빠른 속도로 나아갔다.

전주가 장료를 인도하여 백랑산(白狼山)에 다다랐을 때 원희와 원상이 답돈과 함께 수만 명의 기병들을 거느리고 오고 있었다. 장료는 급히 이를 조조에게 보고했다. 조조가 말을 달려 높은 곳에 올라가 살펴보니 답돈의 군사들은 비록 수는 많지만 대오도 갖추지 않은 그야말로 오합지졸에 불과했다. 조조가 장료에게 말하기를: "적병이 저렇듯 무질서한 것을 보니 곧바로 공격하는 게 좋겠다."

그러고는 대장 기(麾)를 장료에게 넘겨주었다. 장료는 허저·우금·서항을 거느리고 네 방면으로 나누어 산을 달려 내려가 적을 급습하니 답돈의 군사들은 큰 혼란에 빠졌다. 장료가 말을 몰아 적진 속으로 뛰어들어가 답돈을 단 칼에 베어 말에서 떨어뜨리자 남은 무리들은 모두 항복했다. 원희와 원상은 수천 명의 기병을 이끌고 다시 요동(遼東)으로 달아나 버렸다.

조조는 군사들을 수습하여 유성(柳城)으로 들어가 전주를 유정후(柳亭侯)에 봉하여 유성을 지키도록 했다.

전주가 울면서 말하기를: "저는 의리를 저버린 도망자에 불과합니다. 승상의 두터운 은혜를 입어 살아남은 것만 해도 다행이라 여기는데 어찌 노룡(盧龍)으로 가는 향도 역할로 상과 녹을 모두 받겠습니까! 죽어도 감히 후(侯)의 작위만은 받을 수가 없습니다."

조조는 그의 말을 의롭게 여기고 전주를 의랑(議郎)으로 임명했다. 조조는 선우(單于)를 따르던 자들을 격려해 주고, 준마 1만여 필을 거두어 곧바로 회군했다.

이때 날씨는 매우 춥고 또 가물어 2백 리를 가도 물 구경을 할 수 없었다. 게다가 양식도 떨어져 말을 잡아서 먹고, 땅속을 3~40길이나 파야 겨우 마실 물을 얻었다.

어렵사리 역주로 돌아온 조조는 먼저 요서를 치러 가지 말자고 간했던 장수들에게 후한 상을 내리고 여러 장수들에게 말하기를: “내가 이번에 위험을 무릅쓰고 원정을 하여 요행히 이기기는 했지만 이는 전적으로 하늘이 도와주신 덕분이지 내가 잘한 결정이라고 결코 말할 수 없다. 여러분이 가지 말라고 간한 것이 가장 안전한 계책이었다. 그래서 내가 상을 내린 것이니 앞으로도 간하기를 주저하지 말라.”

조조가 역주로 돌아왔을 때, 곽가는 이미 수일 전에 죽어 영구를 관아에 안치해 놓았었다. 조조가 직접 제사를 지내주며 대성통곡을 하며 말하기를: “봉효가 죽다니! 하늘이 나를 버리시려는가!”

그러고는 여러 관원들을 돌아보며 말하기를: “그대들의 나이는 나와 거의 비슷하지만 봉효는 그중 젊어서 나의 후사를 부탁하려 했는데 뜻밖에도 가장 먼저 요절하고 말았으니, 참으로 내 마음이 무너지고 창자가 끊어지는 것만 같구나!”

이때 곽가 수하의 사람이 곽가가 임종 전에 써서 봉해놓은 글을 조조에게 바치며 말하기를: “곽공이 임종 직전 친필로 이 글을 쓰면서 부탁하기를, ‘승상께서 만약 이 글에 쓰인 대로만 하신다면 요동의 일은 저절로 평정될 것이다.’라고 하셨습니다.”

조조는 그 서신을 뜯어서 읽어 보고 고개를 끄덕이며 찬탄했다. 하지만 다른 사람들은 모두 그 뜻을 알지 못했다.

다음 날 하후돈이 여러 사람들을 데리고 들어와서 조조에게 아뢰기를: “요동 태수 공손강(公孫康)은 오래 전부터 승상께 복종을 하고 있지 않은데 지금 원희와 원상조차 그에게 의탁하고 있으니 틀림없이 후환이 될 것입니다. 그들이 움직이지 않고 있는 지금, 속히 가서 친다면 요동을 얻을 수 있지 않겠습니까?”

조조가 웃으며 말하기를: “여러분들의 범과 같은 위용을 공연히 낭비

할 필요 없네. 수일 내로 공손강이 직접 두 원씨 형제의 수급을 보내 올 것이야!"

여러 장수들은 모두 그 말을 믿으려 하지 않았다.

한편 원희와 원상은 기병 수천 명을 거느리고 요동으로 달아났다. 요동 태수 공손강은 원래 양평(襄平) 사람으로 무위장군(武威將軍) 공손도(公孫度)의 아들이다.

이날 공손강은 원희와 원상이 요동으로 오고 있다는 보고를 받고 본부의 관리들을 불러 모아 대책을 논의했다.

공손공(公孫恭) 曰: "원소가 생전에도 늘 요동을 집어삼킬 기회만 엿보고 있었습니다. 지금 원씨 형제가 싸움에 패하여 의탁할 곳이 없어 어쩔 수 없이 우리를 찾아온다고 하지만, 이는 비둘기가 까치집을 빼앗으려는 것과 같은 생각입니다. 만약 저들을 받아 준다면 후에 반드시 우리를 도모하려 할 것입니다. 차라리 그들을 반기는 척 성 안으로 들어오게 한 다음, 두 사람의 목을 베어 조조에게 바친다면 조조는 틀림없이 우리를 후대할 것입니다."

공손강 曰: "그렇기는 하지만 만약 조조가 군사를 일으켜 요동을 공격해 온다면 두 원씨를 받아들여 우리를 돕도록 하는 편이 낫지 않을까?"

공손공 曰: "그건 사람을 보내 저쪽 사정을 알아보면 즉시 알 수 있습니다. 만약 조조가 우리를 치러 올 것 같으면 두 원씨를 받아들여 머물게 하시고, 만약 조조의 움직임이 없으면 그들을 죽여 그 머리를 조조에게 보내도록 하시지요."

공손강은 그의 말을 따라 사람을 보내서 조조의 동정을 살피도록 했다.

요동의 지경에 도착한 원희과 원상은 은밀히 상의하기를: "요동의 군사는 수만 명이나 되니 조조와 충분히 맞붙어 싸워볼 만하다. 잠시 그에게 의탁해 있다가 기회를 보아 공손강을 죽이고 그 땅을 빼앗아 힘을 기른 다음 중원과 대항한다면 충분히 하북을 되찾을 수 있다."

이렇게 뜻을 모은 두 사람은 마침내 공손강을 만나러 들어갔다. 하지만 공손강은 역참에 머물면서 병을 핑계로 선뜻 그들을 만나주지 않았다.

하루도 지나지 않아 정탐꾼이 돌아와서 보고하기를: "조조의 군사는 지금 역주에 주둔하고 있는데 요동으로 내려올 낌새는 전혀 보이지 않습니다."

공손강은 크게 기뻐하며 미리 도부수들을 벽장 뒤에 숨겨 두고 두 원씨를 들어오도록 했다. 서로 인사를 마친 뒤 앉으라고 명령했다. 이날은 날씨가 몹시 추웠는데 원상은 자리에 아무것도 깔리지 않은 것을 보고 공손강에게 말하기를: "깔고 앉을 것을 마련해 주시지요?"

공손강이 눈을 부라리며 꾸짖기를: "네놈들의 머리는 장차 만리 길을 가야 하는데 자리는 깔아서 뭐하겠느냐?"

원상이 소스라치게 놀라자 공손강이 다시 큰 소리로 외치기를: "빨리 나와서 해치우지 않고 뭣들 하느냐?"

말이 미처 끝나기도 전에 도부수들이 일제히 튀어나와 두 사람의 머리를 베어 버렸다. 공손강은 즉시 두 사람의 머리를 상자에 담아 역주의 조조에게 보냈다.

이때 역주에 머물러 있던 조조는 좀처럼 군사를 움직이려 들지를 않았다. 보다 못한 하후돈과 장료가 들어와서 참하기를: "승상께서 요동을 칠 생각이 없으시면 허도로 돌아가시지요. 유표가 딴 마음을 먹지 않을까 걱정됩니다."

조조 曰: "두 원씨의 수급이 오는 대로 바로 돌아갈 것이네."

모든 장수들이 속으로 비웃고 있는데 갑자기 요동의 공손강이 보낸 사람이 원희와 원상의 수급을 가지고 왔다는 보고가 들어왔다. 이 소식에 깜짝 놀라지 않은 장수가 어디 있겠는가!

사자가 서신을 올렸다. 그것을 본 조조가 껄껄 웃으며 말하기를: "역시 봉효의 예측은 틀리지 않았어!"

조조는 사자에게 후한 상을 내리고 공손강을 양평후(襄平侯) 좌장군(左將軍)에 봉했다. 여러 장수들이 묻기를: "봉효의 예측이라는 것은 무슨 말씀이십니까?"

조조는 그제야 곽가의 유서를 꺼내 그들에게 보여 주었다. 유서의 내용은 대략 이러했다:

"제가 들은 바로는 원희와 원상이 몸을 의탁하러 요동으로 갔다고 합니다. 명공께서는 절대로 군사를 움직여서는 안 됩니다. 공손강은 오래 전부터 원씨가 요동 땅을 빼앗을까 봐 두려워했으므로 원씨 형제가 찾아가면 반드시 의심을 할 것입니다. 만약 이때 군사를 일으켜 공격을 하게 되면 저들은 틀림없이 힘을 합쳐 대적을 할 것이므로 쉽게 쳐부술 수 없습니다. 만약 느긋하게 기다린다면 공손강과 원씨는 반드시 서로를 도모하려 할 것입니다. 지금의 형세가 그렇게 흐르고 있습니다."

모두 다 곽가의 예측에 혀를 내두르며 탄복할 뿐이다.

조조는 여러 관원들을 데리고 가서 곽가의 영전에 다시 한 번 제사를 지냈다. 이때 그의 나이 38세였으니, 조조를 따라다니며 정벌 전쟁에 참여한 11년 동안 그가 세운 기이한 공은 셀 수도 없었다.

후세 사람이 시를 지어 그를 칭찬했으니:

하늘이 내린 인물이 있으니 곽봉효라　天生郭奉孝
모든 영웅 가운데 첫째가는 호걸이라　豪傑冠群英
뱃속에는 경서와 사서의 지혜 감추고　腹內藏經史
가슴 속에는 병법과 술책 감추었다네　胸中隱甲兵

지모는 구천을 도왔던 범여와 같았고　運謀如范蠡
계책은 한고조를 도운 진평과 같더라　決策似陳平
애석하구나 젊은 나이에 먼저 죽어서　可惜身先喪
중원의 큰 대들보 이렇게 기울었으니　中原樑棟傾

군사를 거느리고 기주로 돌아온 조조는 맨 먼저 사람들을 시켜 곽가의 영구를 허도로 옮겨 안장케 했다.

정욱 등이 청하기를: "북방은 이제 평정되었으니, 허도로 돌아가시면 강남의 계책을 세우셔야 합니다."

조조가 웃으며 말하기를: "나 또한 오래전부터 그리 생각하고 있네. 그대들의 말이 바로 내 뜻이네."

그날 밤 기주에서 묵은 조조는 성 동쪽 누각에 올라 난간에 기대어 천문을 살폈다. 곁에 있던 순유에게 조조가 손으로 하늘을 가리키며 말하기를: "남방의 왕성한 기운이 찬란하게 빛나고 있는 것을 보니 아직은 도모하기가 쉽지 않겠구나!"

순유 曰: "승상의 하늘과 같은 위엄으로 어느 곳인들 복종시키지 못하겠습니까?"

두 사람이 한창 천문을 살피고 있을 때, 문득 한 줄기 금빛 광채가 땅으로부터 솟구쳐 올라갔다.

순유 曰: "이것은 필시 땅속에 보배가 있는 것입니다."

조조가 즉시 누각에서 내려가 군사들에게 광채가 뻗어 나온 그곳을 파보게 했다.

이야말로:

별빛은 바야흐로 정남쪽을 가리키는데　　星文方向南中指
황금 보배 오히려 북쪽 땅에서 나오네　　金寶旋從北地生

어떤 물건을 얻게 될지 궁금하거든 다음 회를 기대하시라.

제 34 회

채 부인은 병풍 뒤에 숨어 밀담 엿듣고
유 황숙은 말 타고 단계를 뛰어 건너다

蔡夫人隔屏聽密語

劉皇叔躍馬過檀溪

조조는 금빛이 솟아나는 곳을 파보니 그곳에서 구리로 만든 참새(銅雀) 모양의 물건이 나왔다. 조조가 순유에게 묻기를: "이것은 어떤 조짐인가?"

순유 曰: "옛날 순(舜) 임금의 모친은 옥으로 만든 참새(玉雀)가 품안에 안기는 꿈을 꾸고 나서 순을 낳았다고 합니다. 오늘 동작을 얻은 것 또한 길조임에 틀림없습니다."

조조는 매우 기뻐하며 그곳에 높은 누대를 지어 이 일을 축하하도록 했다. 그날부터 터를 파고 나무를 자르고, 기와를 굽고 벽돌을 다듬는 작업이 시작되어 장하(漳河) 가에 이른바 동작대를 쌓도록 했는데, 적어도 1년 내에 공사를 마무리 할 예정이었다.

그런데 둘째 아들 조식(曹植)이 건의하기를: "기왕 누대를 세울 바에는 세 개를 세우시지요. 가운데 가장 높은 것은 동작대(銅雀臺)라 이름 짓고, 왼쪽 것은 옥룡대(玉龍臺), 오른쪽 것은 금봉대(金鳳臺)라고 이름을 지으시고 공중에 두 개의 구름다리를 가로질러 걸쳐 놓으면 가히 장관일 듯싶습니다."

조조 曰: "내 아들의 말이 참으로 좋은 생각이다. 누대가 완성되면, 내 노후를 즐기기에 이만한 곳이 또 어디 있겠는가!"

원래 조조에게는 아들 다섯이 있었는데 그중에서도 둘째인 조식이 가장 영민하고 지혜로운데다 문장에도 뛰어나 조조의 사랑을 가장 많이 받았다.

조조는 조식과 조비를 업군(鄴郡)에 남겨 두어 동작대를 짓도록 하고, 장연으로 하여금 북방 영채를 지키도록 했다.

북방 정벌을 성공리에 마친 조조는 투항한 원소의 군사들과 함께 5~60만 명의 대군을 거느리고 마침내 허도로 돌아와서 공신들에게 대대적으로 벼슬을 내리고 또 황제에게 표문을 올려 곽가에게는 특별히 정후(貞侯) 작위를 추증(追贈)하고, 그의 아들 곽혁(郭奕)을 부중으로 데려와 친아들처럼 길렀다.

그러고는 다시 여러 모사들을 모아 놓고 남방의 유표를 칠 계책을 상의했다.

순욱 曰: "대군이 방금 북방 정벌을 마치고 돌아왔는데 곧바로 군사를 움직이는 것은 옳지 않습니다. 앞으로 반년 동안 군사를 정예병으로 양성하면 유표와 손권은 단 한 번의 공격으로도 승리할 수 있습니다."

조조는 순욱의 건의에 따라 군사를 나누어 훈련과 식량 자급을 위한 경작을 함께하며 다음 출병을 기다리도록 했다.

한편 유표는 형주로 온 현덕을 매우 후하게 대접했다. 하루는 함께 술을 마시고 있을 때 갑자기 항복해 온 장수 장무(張武)와 진손(陳孫)이 강하(江夏)에서 백성들을 노략질하며 반란을 일으키려 한다는 보고가 들어왔다.

유표가 놀라며 걱정스럽게 말하기를: "두 도적이 또 반란을 일으키면 그 화가 적지 않을 것이오.”

현덕 曰: “형님, 걱정하실 필요 없습니다. 제가 직접 가서 토벌하겠습니다.”

유표는 아주 기뻐하며 군사 3만 명을 내어 주며 그들을 토벌하게 했다. 명령을 받고 즉시 출발한 현덕은 하루도 되기 전에 강하에 도착했다. 장무와 진손이 군사를 이끌고 나와 현덕을 대적했다. 현덕이 관우·장비·조운과 함께 말을 달려 나가 문기(門旗) 아래에서 바라보니 장무가 타고 있는 말은 범상치 않은 말이었다.

현덕 曰: “저 말은 천리마임에 틀림이 없다.”

말이 미처 끝나기도 전에 조운이 창을 꼬나들고 적진을 향해 쏜살같이 달려갔다. 장무가 달려 나와 맞섰으나 장무는 3합도 버티지 못하고 조운의 창에 찔려 말 아래로 떨어졌다. 조운은 즉시 말고삐를 잡아당겨 말을 끌고 진으로 돌아왔다. 이를 본 진손이 그것을 빼앗으려고 조운을 쫓아오니 장비가 고래고래 소리를 지르며 장팔사모를 꼬나들고 곧바로 달려 나가 진손을 찔러 죽였다. 이를 본 장무의 부하들은 모두 뿔뿔이 흩어졌다.

현덕은 남은 무리들의 항복을 받고 강하의 여러 현(縣)을 평정하고 백성들을 위로한 후 개선장군으로 형주로 돌아왔다.

유표는 성 밖까지 나와 현덕을 맞이하고, 함께 성 안으로 들어가서 연회를 베풀어 그의 승리를 축하했다.

술이 거나하게 취하자 유표가 말하기를: “이처럼 영웅호걸인 아우님이 내 곁에 있으니 이제 형주는 염려할 게 없소이다. 다만 남방의 남월(南越)이 언제 쳐들어올지 모르고 장노(張盧)와 손권도 걱정하지 않을 수 없으니 무슨 좋은 수가 없겠소?”

현덕 曰: “이 아우에게 세 장수가 있는데 충분히 믿고 쓸 만합니다.

장비에게 남월의 지경을 순찰토록 하시고, 운장은 고자성(固子城)으로 보내 장로를 진압하게 하시고, 조운으로 하여금 삼강(三江)을 지키면서 손권을 대적하게 하시면 걱정하지 않으셔도 됩니다."

유표는 기뻐하며 현덕의 말을 따르려고 했다. 그런데 이 사실을 채모(蔡瑁)가 자기 여동생인 채 부인에게 고하기를: "유비가 세 장수를 밖에 나가 있도록 하고, 자신은 형주에 남아 있으려고 하는데, 그리 하면 반드시 후환이 될 것입니다."

잠자리에 들기 전 채 부인이 유표에게 말하기를: "최근 형주의 많은 사람들이 유비와 왕래를 하고 있다고 합니다. 이를 그냥 내버려 두어서는 안 됩니다. 그가 계속 성 안에 머물게 하는 것은 이로울 게 없으니 다른 곳으로 내보내시지요."

유표 曰: "현덕은 어진 사람이니 괜한 걱정 하지 마시오."

채씨 曰: "모든 사람들의 마음이 다 당신 같은 줄 착각하지 마세요."

유표는 더 이상 대꾸하지 않았다.

다음 날 유표가 성 밖으로 나갔다가 우연히 현덕이 타고 있는 말을 보았는데, 그가 평소에 타는 말이 아닌 범상치 않은 명마로 보여 물으니 그것이 장무가 타던 말임을 알았다.

유표가 그 말을 보고 몇 번이고 칭찬을 하자, 현덕은 곧바로 그 말을 유표에게 주었다. 유표는 매우 기뻐하며 그 말을 타고 성 안으로 돌아오는데 괴월(蒯越)이 무슨 말이냐고 물었다.

유표 曰: "현덕이 나에게 선물했네."

괴월 曰: "말의 관상에 대해서는 돌아가신 저의 형님 괴량(蒯良)을 따라갈 사람이 없지만 저도 조금은 볼 줄 아는데, 이 말은 눈 아래에 눈물주머니가 있고, 이마에 흰 점이 있는 것으로 보아 적로마(的盧馬)가 틀림없습니다. 이 말은 반드시 주인을 해치는 말이니, 장무는 이 말 때문에 죽었습니다. 주공께서는 그 말을 타시면 안 됩니다."

이 말을 들은 유표는 다음 날 현덕을 청해 술을 마시면서 말하기를: "어제 좋은 말을 내게 선물해 주어 무척 고맙기는 한데, 가만히 생각해 보니 아우님은 불시에 싸우러 나가는 몸이니 아무래도 아우님이 타는 게 좋을 것 같아 내 다시 돌려주겠네."

현덕이 일어서서 감사의 인사를 했다.

유표는 또 말하기를: "아우님이 이곳에 오래 머물러 있으면 혹시 무예가 녹슬지 않을까 염려되어 드리는 말씀인데 양양(襄陽)의 신야현(新野縣)에 가 있으면 어떨까 싶소. 그곳은 물자와 양식이 넉넉한 곳이니 아우님이 휘하의 군사를 이끌고 그곳에 주둔해 있으면 어떻겠소?"

다음 날 현덕은 유표에게 하직 인사를 하고 군사를 이끌고 신야로 떠나기 위해 막 성문을 나서려고 할 때, 한 사람이 말 앞으로 다가와서 말하기를: "공은 그 말을 타시면 안 됩니다."

현덕이 보니 그 사람은 바로 형주의 막빈(幕賓) 이적(伊籍)으로 자는 기백(機伯)이며 산양(山陽) 사람이었다. 현덕이 재빨리 말에서 내려 그 이유를 물었다.

이적 曰: "어제 괴이도(蒯異度: 괴월)가 유 형주(劉荊州: 유표)에게 하는 말을 들었는데, '이 말은 적로마로 반드시 주인을 해치는 말이다.'라고 했습니다. 그래서 공에게 돌려준 것이니 다시 타지 않으시는 게 좋을 듯합니다."

현덕 曰: "저를 생각해 주시는 선생의 마음에 깊은 감명을 받았습니다. 하지만 사람의 생사는 모두 천명에 달려 있거늘, 어찌 말에게 핑계를 댈 수 있겠습니까?"

이적은 현덕의 고견에 탄복하여 이때부터 현덕을 늘 공경했다.

현덕이 신야로 온 뒤로 군사들과 백성 모두 기뻐했으며 정치도 날로 새로워졌다.

건안 12년(서기 207년)봄, 감 부인이 유선(劉禪)을 낳았다. 이날 밤 백학(白鶴) 한 마리가 관아 지붕 위에 날아와 40여 차례나 울고 서쪽으로 날아갔다. 또 아기가 태어날 때쯤 기이한 향기가 분만실에 가득했다. 감 부인이 일찍이 북두칠성을 삼키는 태몽을 꾸었던지라 어릴 적에는 그를 아두(阿斗)라 불렀다.

이때 조조는 군사를 거느리고 북방 정벌을 하고 있을 때였다. 현덕은 형주로 유표를 찾아가 말하기를: "지금 조조는 모든 군사를 동원하여 북방을 치러 갔기 때문에 허도는 텅 비어 있습니다. 이 틈에 형주와 양주의 군사를 일으켜 허도를 친다면 대사를 이룰 수 있습니다."

유표 曰: "나는 아홉 개 군을 차지하고 있는 것만으로도 족한데, 다른 일을 도모할 필요가 없지 않은가!"

현덕은 입을 다물고 말았다. 유표는 그를 후당으로 청하여 술을 마시는데 술이 어느 정도 취하자 유표가 갑자기 한숨을 내쉬었다.

현덕 曰: "형님께선 어인 한숨을 그리 쉬십니까?"

유표 曰: "내 실은 남에게 말하기 어려운 걱정거리가 하나 있네."

현덕이 다시 물으려는데 마침 채 부인이 병풍 뒤에서 나와 유표를 노려보니 유표는 곧 머리를 숙이고 입을 다물어 버렸다. 잠시 후 술자리가 파한 뒤 현덕은 바로 신야로 돌아왔다.

그해 겨울, 조조가 유성으로부터 돌아왔다는 말을 들은 현덕은 유표가 자신의 말을 들어주지 않은 것이 못내 아쉬워 생각할수록 한스러웠다.

어느 날 갑자기 유표가 사람을 보내 현덕에게 만나자고 청했다. 현덕이 그를 따라 형주로 갔다. 유표는 후당에 술자리를 만들어 놓고 마주 앉아 술을 마셨다.

유표가 현덕에게 말하기를: "근자에 들으니 조조가 군사를 거느리고 허도로 돌아왔는데 그 위세가 날로 강해지고 있다고 하네. 그는 틀림없이 형주와 양양도 집어삼킬 생각을 하고 있을 텐데, 지금 생각해보니 지난날 아우가 한 말을 듣지 않아 그 좋은 기회를 잃고 만 것이 못내 후회되오."

현덕 曰: "지금은 천하가 분열되어 하루도 싸움이 없는 날이 없는 세상이니 기회가 또 있겠지요. 만약 다시 그런 기회가 왔을 때 잘만 대응하신다면 지난 일은 후회하실 필요 없습니다."

유표 曰: "그렇지, 내 아우 말이 역시 지당하네."

두 사람은 술잔을 주거니 받거니 하면서 계속 마셨다. 술이 거나하게 취하자 유표가 갑자기 눈물을 흘렸다. 현덕이 놀라서 묻자 유표가 말하기를: "내 전에도 아우에게 말하려다 못 했는데 요즘 심사가 괴로워 잠을 잘 수가 없네."

현덕 曰: "무슨 결단하기 어려운 일이라도 있으십니까? 혹시 제가 도울 수 있는 일이라면 죽는 한이 있더라도 돕겠습니다."

유표 曰: "실은 내 후사 문제요. 내게는 아들이 둘 있는데 전처 진씨(陳氏) 소생의 장남 기(琦)와 후처 채씨(蔡氏) 소생의 둘째 종(琮)이 있소. 장남은 사람됨은 어질지만 너무 나약하여 큰일을 하기에는 부족하고, 둘째 종은 매우 총명하여 나는 둘째를 후계로 세우고 싶은데 그리하면 예법에 어긋난다는 게 걱정이네. 그렇다고 장자를 세우자니 채씨 사람들이 현재 군무를 몽땅 장악하고 있어 후에 변란이 일어날 게 뻔하여, 이러지도 저러지도 못하고 걱정만 하고 있다네."

현덕 曰: "자고로 장자를 제쳐놓고 그 아우를 후계자로 세우는 것은 변란을 자초하는 길입니다. 만약 채씨 집안의 권력이 너무 큰 것이 염려되신다면 서서히 줄여 나가시면 됩니다. 정에 끌려 어린 자식을 후계로 세워서는 안 됩니다."

유표는 더 이상 말을 하지 않았다.

원래 채 부인은 현덕에 대해 늘 의심을 품고 있었다. 그래서 유표가 현덕과 이야기할 때면 반드시 몰래 엿들었다. 이날도 마침 병풍 뒤에서 현덕이 하는 말을 엿듣고 속으로 그를 몹시 미워했다.

현덕은 문득 자신이 쓸데없는 말을 했음을 깨닫고 변소에 간다는 핑계로 자리에서 일어났다. 현덕은 그곳에서 자기 허벅지에 살이 너무 많이 붙은 것을 보고 자기도 모르게 눈물을 흘리고 말았다. 잠시 후 다시 자리로 돌아온 현덕의 얼굴에 눈물 자국이 있는 것을 보고 이상히 여긴 유표가 그 연유를 물으니, 현덕이 길게 탄식을 하며 말하기를: "전에는 제가 매일 말을 타서 허벅지에 살이 붙을 새가 없었는데, 근래에 오랫동안 말을 타지 않아 허벅지에 살이 너무 많이 올랐습니다. 세월은 덧없이 흘러가고 있는데 아직 이렇다 할 공을 세우지 못하고 있는 것이 서글퍼서 저도 모르게 눈물이 나왔나 봅니다."

유표 曰: "내 듣기로 아우님이 허도에 있을 때 조조와 더불어 푸른 매실을 안주 삼아 술을 마시며 영웅을 논했다지요? 그때 아우님이 당세의 영웅을 다 거명했으나 조조는 그들을 모두 받아들이지 않고 스스로 말하기를, '천하의 영웅은 오직 아우님과 조조 자신뿐이다.'고 했다 들었소이다. 조조는 자신이 권력을 쥐고 있으면서도 아우보다 자신이 낫다는 말을 감히 하지 못하는데, 어찌 공을 세우지 못할까 근심을 한단 말인가?"

현덕은 술이 취해 이번에도 그만 입에서 나오는 대로 대답을 하기를: "사실 저에게 기본 터전만 있으면 천하의 녹록한 무리들 쯤이야 두려울

게 뭐 있겠습니까?"

그 말을 들은 유표는 그만 입을 다물어 버렸다. 현덕은 그제야 자신이 실언을 했음을 깨닫고 취했다는 핑계로 얼른 자리에서 일어나 역관으로 돌아갔다.

후세 사람이 시를 지어 현덕을 칭찬했으니:

조조가 첫 손가락을 꼽으며 말하기를	曹公屈指從頭數
천하영웅은 오직 사군밖에 없다 했지	天下英雄獨使君
허벅지 살 오른다고 오히려 탄식하니	髀肉復生猶感歎
어찌 천하가 셋으로 나뉘지 않겠는가	爭敎寰宇不三分

현덕의 말을 들은 유표는 비록 입으로 말은 안 했지만 내심 언짢은 기분으로 현덕과 헤어지고 안채로 들어갔다.

채 부인 曰: "방금 내가 병풍 뒤에서 현덕이 하는 말을 들었는데 사람을 업신여기는 투가 얼마나 심한지, 아예 형주를 집어삼켜도 모자랄 것 같네요. 지금 만약 그를 제거하지 않으면 틀림없이 후환이 될 겁니다."

유표는 아무 대꾸도 하지 않은 채 그저 머리만 흔들 뿐이었다.

채씨는 은밀히 채모를 불러들여 이 일을 상의했다.

채모 曰: "먼저 관사로 가서 그를 죽여 버린 뒤에 주공께 알리도록 하겠습니다."

채씨는 그의 말에 따르기로 했다. 밖으로 나간 채모는 즉시 군사를 점검했다.

한편 역관으로 돌아와 촛불을 밝혀놓고 시름에 잠겨 있던 현덕은 삼경이 지나 막 잠자리에 들려고 하는데 누군가 문을 두드리고 들어 왔는데 바로 이적이었다. 그는 채모가 현덕을 해치려고 하는 것을 알고 일부러 알려주기 위해 심야에 황급히 달려왔던 것이다. 이적은 채모의 음모를 현덕에게 알려주고 급히 떠나라고 재촉했다.

현덕 曰: "경승(景升: 유표)에게 하직 인사도 하지 않고 어떻게 그냥 떠난단 말이오?"

이적 曰: "공이 만약 하직 인사를 하러 가신다면 반드시 채모에게 화를 입고야 말 것입니다."

현덕은 결국 이적과 작별을 하고 급히 따라온 자를 불러 함께 말을 타고 즉시 역관을 빠져나와 신야로 돌아왔다. 채모가 군사를 거느리고 역관에 도착했을 때는 현덕은 이미 멀리 가 버린 뒤였다. 분을 참지 못하던 채모는 벽에다 시 한수를 써놓고 그 길로 유표에게 가서 말하기를: "유비에게 배신할 뜻이 있었던 게 틀림없습니다. 벽에다 반역시를 적어 놓고 하직 인사도 없이 달아나 버렸습니다."

유표는 믿기지 않았지만 직접 역관에 가서 확인해 보니 과연 네 구로 된 시가 적혀 있었다.

수년간을 부질없이 곤궁하게 지내며	數年徒守困
옛 산천만 바라보며 허송세월하였네	空對舊山川
용이 어찌 연못에서 지낼 수 있으랴	龍豈池中物
우레를 타고 하늘 높이 오르고 싶네	乘雷欲上天

시를 본 유표는 크게 화가 나서 칼을 뽑으며 말하기를: "내 맹세코 이 의리 없는 놈을 죽이고야 말 테다."

하지만 몇 발자국 걷다가 문득 뭔가 이상하다는 느낌이 들어서 혼자 중얼거리기를: "내가 지금까지 현덕과 오랫동안 지내왔지만 시를 짓는 것을 한 번도 본 적이 없거늘, 이는 분명 누군가 우리 사이를 이간질하기 위해 꾸민 짓일 게야."

유표는 다시 역관으로 들어가 칼끝으로 그 시를 긁어 없애 버린 후 칼을 내던지고 말에 올랐다.

채모가 청하기를: "군사를 이미 대기시켜 놓았으니 곧바로 산야로 가서 유비를 사로잡아 오겠습니다."

유표 曰: "서두를 일이 아니다. 천천히 도모하도록 하겠네."

채모는 유표가 의심을 하며 쉽게 결정을 하지 않은 것을 보고 은밀히 채부인과 상의를 하여, 당장 모든 관리들을 양양에 모이도록 하여 그곳에서 거사를 치르기로 했다.

다음 날 채모가 유표에게 아뢰기를: "최근 몇 년 연속 풍년이 들어 여러 관원들을 양양에 모이도록 하여, 그간의 수고를 위무하고 앞으로 더 열심히 일하도록 격려하는 자리를 만들까 하오니, 주공께서 직접 참석해 주십시오."

유표 曰: "내 요사이 기력이 많이 떨어져 가지 못하겠으니 대신 두 아들에게 손님들을 잘 대접하도록 하게."

채모 曰: "두 공자님들은 아직 어려 실례를 범하지 않을까 염려됩니다."

유표 曰: "그러면 신야로 가서 현덕을 청하여 내 대신에 손님을 대접하도록 부탁해 보거라."

채모는 일이 자신의 계획대로 척척 진행되는 것을 보고 내심 쾌재를 부르며 사람을 보내 현덕을 양양으로 청했다.

한편 유표에게 하직 인사도 못한 채 도망치듯 산야로 돌아온 현덕은 술김에 내뱉은 순간적인 실수로 화를 자초하게 된 것을 못내 후회하면서도 그 일을 다른 사람들에게 말하지는 않았다. 그런데 갑자기 사자가 와서 자신을 양양으로 청하자 뭔가 낌새를 느낀 손건이 말하기를: "어제 주공께서 황급히 돌아오신 뒤, 줄곧 언짢은 표정이신 것을 보니 제 어리석은 소견으로 어제 형주에서 무슨 일이 있었던 것으로 짐작되는데, 오늘 갑자기 사자를 보내 연회에 참석하라고 청하니, 가벼이 가셔서는 안 될 것 같습니다."

현덕은 그제야 어제 형주에서 있었던 일을 여러 사람들에게 털어놓았다.

운장 曰: "형님은 실언하신 것에 대해 자책하고 계시지만 정작 유 형주는 책망하려는 뜻이 없을 수도 있습니다. 가벼이 결정할 일은 아니지만, 그래도 양양은 여기서 멀지 않은 곳이니 만약 가지 않으면 도리어 유 형주에게 의심을 살 수도 있습니다."

현덕 曰: "운장의 말이 일리가 있네."

장비 曰: "잔치에 좋은 잔치 없고, 모임에 좋은 모임 없소. 가지 않는 게 상책이오."

조운 曰: "제가 마보군(馬步軍) 3백 명을 데리고 가서 주공을 무사히 호위하면 되지 않겠습니까?"

현덕 曰: " 그래, 그리하면 좋겠네."

마침내 현덕은 조운과 함께 그날로 양양으로 향했다. 채모가 성 밖에까지 나와 영접을 하는데 평소보다 더 정중하게 대우를 했다. 그 뒤를 이어 유표의 두 아들, 유기와 유종이 여러 관료들과 함께 나와서 맞이했다. 현덕은 두 공자가 있는 것을 보고 유표에 대한 의심은 하지 않았다.

이날 그들은 현덕을 관사에 머무르도록 했다. 조운은 3백 명의 군사로 관사를 에워싸고 경호를 했으며 조운 자신은 갑옷에 칼을 차고 한시도 현덕의 곁을 떠나지 않았다.

유기가 현덕에게 고하기를: "부친께서는 기력이 떨어지셔서 참석하지 못하시고 특별히 숙부님을 청하셔서 각처의 관원들을 위로하고 격려해 주기를 부탁하셨습니다."

현덕 曰: "내 이런 막중한 소임을 감당할 수 있을지 모르겠지만, 형님의 분부이시니 따르겠네."

다음 날 9군(郡) 43주(州)의 관원들이 모두 참석했다는 보고가 들어왔다.

채모는 미리 괴월을 불러 계책을 말하기를: "유비는 천하의 효웅(梟雄)[22]으로 이곳에 오래 머물러 있으면 반드시 후환이 될 것이니 오늘 그를 없애 버릴까 하오."

괴월 曰: "현덕은 평소 백성들 사이에 덕망이 높은 사람인데 그랬다가 군사와 백성들의 신망을 잃게 될까 봐 두렵소이다."

채모 曰: "내 이미 이곳에서 은밀히 처리하라는 유 형주의 지시를 받아 놓았소."

괴월 曰: "그렇다면 미리 준비를 철저히 해야 하오."

채모 曰: "준비는 이미 끝났소. 동문 밖 현산(峴山)으로 가는 큰길은 내 아우 채화(蔡和)가 군사를 거느리고 지키고 있고, 남문 밖은 채중(蔡中)이, 북문 밖은 채훈(蔡勳)으로 하여금 각각 군사를 거느리고 지키도록 하였소이다. 서문은 지킬 필요가 없소. 그 앞은 단계(檀溪)로 막혀 있어 비록 유비의 군사가 수만 명이 있어도 그곳을 건너기는 어렵소."

괴월 曰: "내가 보니 조운이 항시 현덕의 곁에 붙어 있으니 손을 쓰기가 쉽지 않을 것 같소."

채모 曰: "내 이미 군사 5백 명을 성 안에 매복해 두었소."

22 사납고 용맹스러운 인물. 역자 주.

괴월 曰: "문빙(文聘)과 왕위(王威) 두 사람으로 하여금 외청(外廳)에 따로 자리를 만들어 무장들을 대접하도록 하시되, 먼저 조운을 청해 그 자리에 묶어놓은 뒤, 거사를 시작하는 게 좋을 듯하오."

채모는 그의 말을 따르기로 했다.

그날 소와 말을 잡는 등 대규모 연회 자리가 마련되었다. 현덕은 적로마를 타고 관아로 가서 말을 후원에 매어 놓도록 했다. 모든 관원들이 대청 안으로 들어갔다. 현덕이 상석에 앉고 두 공자는 그 양편에 나뉘어 앉았다. 그 나머지는 직위 순서대로 차례로 자리를 잡고 앉았다. 조운은 칼을 차고 현덕의 곁에 서 있었다. 그때 문빙과 왕위가 조운에게 다가가 따로 마련되어 있는 자리로 가자고 청했다. 조운이 사양하며 가지 않으려고 했으나 현덕이 가도록 권하니, 조운은 마지못해 그들을 따라 나갔다.

채모는 바깥에서 철통같이 준비를 끝냈다. 현덕이 데리고 온 3백 명의 군사는 모두 관사로 돌려보냈으니, 이제 술이 한창 거나하게 취하기를 기다려 신호만 올려 즉시 손을 쓰면 끝장이 날 것이다.

술이 세 순배쯤 돌았을 때 이적이 술잔을 들고 현덕의 곁에 오더니 그에게 눈짓을 하며 나지막한 소리로 말하기를: "측간에 다녀오시지요."

현덕은 그 의미를 눈치 채고 즉시 일어나서 측간으로 갔다. 이적은 잔 돌리기를 마치자마자 급히 후원으로 달려가 현덕에게 귓속말로 말하기를: "채모가 계략을 꾸며 사군을 해치려고 합니다. 어서 피하셔야 합니다. 지금 성 밖 동·남·북 세 곳은 모두 군사들이 지키고 있으니 오직 서문으로만 달아날 수 있습니다."

몹시 놀란 현덕은 급히 적로마의 고삐를 풀고 후원의 문을 열고 말을 끌어 낸 다음 말에 올라, 따르는 자도 없이 그야말로 단기필마로 무조건 서문을 향해 달렸다. 문지기가 누구냐고 물었지만 어떠한 대꾸도 없이 쏜살같이 서문을 통과하여 달려 나갔다.

현덕을 막지 못한 문지기가 급히 채모에게 보고하니, 채모는 즉시 말에 올라 5백 명의 군사를 이끌고 그 뒤를 쫓았다.

서문을 박차고 나온 현덕은 몇 리를 못가서 앞을 가로막는 계곡을 만났다. 이 계곡은 단계(檀溪)로 그 폭이 몇 길(丈)이나 되고 물길이 양강으로 이어지고 있어 물살이 매우 빠르고 또 깊었다. 현덕은 도저히 이 단계를 건널 수 없음을 직감하고 말머리를 돌려 다시 되돌아가려고 하는데 멀리 성 서편에 먼지가 자욱하게 일면서 추격병들이 쫓아와 금방이라도 당도할 것 같았다.

현덕 曰: "이번에는 꼼짝없이 죽었구나!"

어쩔 수 없이 말머리를 다시 돌려 계곡 쪽으로 달렸다. 고개를 돌려보니 추격병들은 이미 거의 다가왔다. 당황한 현덕은 말을 몰아 계곡 아래로 내려갔다. 그러나 몇 걸음 못가 말의 앞발이 물속으로 푹 빠지며 옷이 젖었다.

현덕은 채찍을 내리치며 큰 소리로 외치기를: "적로야! 적로야! 네 정녕 나를 죽게 할 셈이냐!"

그 순간 적로가 갑자기 물속에서 몸을 솟구치더니 단 한 번에 세 길(丈)이나 되는 거리를 훌쩍 뛰어 서쪽 기슭으로 나는 듯이 올라섰다. 현덕은 마치 운무(雲霧) 속을 뚫고 지나온 것만 같았다.

훗날 당송 8대가 중의 한 사람인 소학사(蘇學士: 소동파)가 고풍스러운 시 한 편을 지어 현덕이 적로마를 타고 단계를 뛰어넘은 일을 노래하였으니:

꽃들은 이미 시들었고 봄도 기울었는데	老去花殘春日暮
벼슬길 옮겨 다니다가 단계에 이르렀지	宦遊偶至檀溪路
말을 세우고 조망하며 혼자서 배회하니	停驂遙望獨徘徊
눈앞에 붉은 버들강아지 흩어져 날리네	眼前零落飄紅絮

한나라의 국운 쇠함을 속으로 떠올리니	暗想咸陽火德衰
용호상박하며 서로 버티던 때가 있었네	龍爭虎鬪交相持
양양의 연회석에서 왕손들 술을 드는데	襄陽會上王孫飮
앉아 있던 현덕에게 위험이 닥쳐왔다네	坐中玄德身將危

목숨 건지려고 홀로 서문 빠져나왔지만	逃生獨出西門道
뒤에서는 추격병들 다시 바짝 쫓아왔지	背後追兵復將到
앞에는 거센 물살의 단계가 가로막지만	一川烟水漲檀溪
황급히 적로마 몰아 물속으로 뛰어든다	急吒征騎往前跳

말발굽에 맑고 푸르른 물결이 부서지고	馬蹄踏碎青玻璃
공중에 바람소리 내며 채찍을 휘두르니	天風響處金鞭揮
오직 수많은 말발굽 소리만 들려오는데	耳畔但聞千騎走
물결 속에서 갑자기 쌍용이 날아오른다	波中忽見雙龍飛

그 사람 서천에 나라 세울 뛰어난 임금	西川獨霸眞英主
그가 탄 말도 용마이니 서로 잘 만났네	坐上龍駒兩相遇
단계의 물은 여전히 동쪽으로 흐르는데	檀溪溪水自東流
적로마와 영명한 주인은 어디로 가는가	龍駒英主今何處

냇가에서 탄식만 하자니 마음이 쓰리고　　臨流三嘆心欲酸
저녁 햇살은 쓸쓸히 텅 빈 산만 비추네　　斜陽寂寂照空山
천하삼분 계획도 이젠 흐릿한 꿈이런가　　三分鼎足渾如夢
그 발자취만 부질없이 세상에 전해지네　　踪跡空流在世間

단계의 서쪽으로 뛰어 건넌 현덕이 동쪽 기슭을 돌아보니 채모가 군사를 이끌고 이미 물가에 이르렀다. 채모가 큰 소리로 외치기를: "사군께서는 어찌 자리를 피해 달아나시는 겁니까?"

현덕 曰: "내 너와 원수진 일이 없거늘, 어찌 나를 해치려 하는가?"

채모 曰: "저는 결코 그런 마음이 없습니다. 사군께서는 다른 사람의 말을 믿지 마십시오."

채모가 활에 화살을 메기고 있는 것을 본 현덕은 급히 말을 돌려 서남쪽을 향해 달렸다.

채모가 주위를 돌아보며 말하기를: "신의 도움이 아니고서는 어찌 이 단계를 건널 수 있다는 말인가!"

채모가 군사를 거두어 막 성으로 돌아가려는데 서문 안쪽에서 조운이 3백 명의 군사를 이끌고 쫓아오고 있는 것이 보였다.

이야말로:

용 같은 말 높이 뛰어 능히 주인 구하니　　躍去龍駒能救主
호랑이 장수 쫓아와 원수를 베려 하누나　　追來虎將欲誅仇

채모의 목숨이 어찌 될지 궁금하거든 다음 회를 기대하시라.

제 35 회

현덕은 남장에서 숨어사는 선비 만나고
선복은 신야에서 영명한 군주를 만나다

玄德南漳逢隱淪

單福新野遇英主

채모가 막 성으로 돌아가려는데 조운이 군사를 이끌고 성문을 나와 달려오고 있었다.

원래 조운은 다른 자리에서 술을 마시고 있었는데 갑자기 군사들이 움직이는 것을 보고 급히 안으로 들어가 살펴보니 현덕이 보이지 않았다. 몹시 놀란 조운은 관사로 달려갔는데 누군가 말하기를 '채모가 군사를 이끌고 서쪽 방향으로 급히 갔다.'고 하는 것이 아닌가!

조운은 부리나케 창을 들고 말에 올라 산야에서 데리고 온 3백 명의 군사를 이끌고 서문 밖으로 달려가다가 마침 돌아오는 채모를 만난 것이다.

조운이 급히 묻기를: "나의 주인은 어디 계시냐?"

채모 曰: "사군께서는 자리를 피해 달아났는데 어디로 갔는지 나도 모르오."

조운은 원래 신중한 성격이라 섣불리 판단하지 않고 곧장 말을 달려 앞으로 나가 보았다. 그러나 저만치 보이는 것은 큰 계곡이 가로막고 있을 뿐 달리 갈 길이 보이지 않았다. 조운은 다시 말머리를 돌려 큰 소리로 채모에게 따지기를: "당신이 나의 주공을 청하여 연회의 주빈으로 모신 터에 무슨 이유로 군사를 이끌고 그 뒤를 추격했는가?"

채모 曰: "9군 42주 관원들이 다 여기에 와 있는데, 나는 상장(上將)으로서 어찌 호위하지 않을 수 있단 말이오?"

조운 曰: "당신이 우리 주공을 핍박하여 어디로 몰아넣은 것이 아닌가?"

채모 曰: "사군께서 혼자 말을 타고 서문을 나가셨다는 말을 듣고 뒤쫓아가 찾아보았지만 나도 찾지 못했소."

조운은 놀람과 의혹을 금치 못해 곧장 계곡으로 달려가서 자세히 살펴보니, 건너편 기슭에 물 자국이 보이는 것이 아닌가!

조운은 속으로 생각하기를: '설마 말을 타고 이 단계를 뛰어 건너셨을 리는 만무하다.'

조운은 군사들을 풀어 사방으로 찾아보도록 했지만 도무지 종적을 찾을 길이 없었다. 조운이 다시 말머리를 돌려 서문 쪽을 보니 채모는 이미 성 안으로 들어가고 없었다. 조운은 곧바로 성 문지기를 붙잡고 캐물었다. 그들은 모두 유 사군께서 말을 달려 서문을 나가 단계 쪽으로 나는 듯이 가는 것만 봤다고 했다. 조운은 다시 성 안으로 들어가 보고 싶었으나, 혹시 복병이 있을까 염려되어 일단 군사를 이끌고 산야로 돌아갔다.

한편 말을 탄 채 단계를 뛰어 건넌 현덕은 마치 취한 듯, 홀린 듯하며 생각하기를: '이 넓은 계곡을 한 번에 뛰어 넘다니, 하늘의 뜻이 아니고서야 어찌 가능한 일인가!'

그는 구불구불 이어진 길을 따라 남장(南漳)을 향해 말을 채찍하며 가는데 어느덧 날이 저물었다. 마침 저편에서 목동이 소 등에 앉아 피리를 불며 오고 있었다.

현덕이 한탄하기를: "내 신세가 저 목동만도 못하구나."

현덕은 가던 말을 세우고 그 아이를 구경했다. 목동 역시 소를 세우고 불던 피리도 멈추고 현덕을 물끄러미 바라보더니 말하기를: "장군은 지난날 황건적을 쳐부순 유현덕이 아니신지요?"

현덕이 깜짝 놀라서 묻기를: "이런 촌구석에 사는 어린애가 어찌 나를 아느냐?"

목동 曰: "저는 본래 몰랐지요. 그런데 제 사부님께서 손님이 오실 때마다 늘 유 장군에 대해 말씀하시면서 생김새를 설명하시기를, '유현덕은 키는 일곱 자 다섯 치나 되고, 손을 아래로 내리면 무릎을 지나고, 눈으로는 능히 자기 귀를 보니 당세의 영웅이야!' 라고 말씀하시는 것을 귀에 못이 박히게 들었지요. 그런데 지금 장군을 보니 스승님께 들었던 말과 똑같아 혹시나 하고 여쭤본 겁니다."

현덕 曰: "너의 사부님은 누구시냐?"

목동 曰: "제 사부님은 복성(複姓)인 사마(司馬)이시고, 함자는 휘(徽)이시고, 자는 덕조(德操)라 하십니다. 영주(潁州) 출신으로 도호(道號: 불도에 든 뒤의 이름)는 수경선생(水鏡先生)이라고 하십니다."

현덕 曰: "너의 사부님은 누구와 벗하고 지내시느냐?"

목동 曰: "양양의 방덕공(龐德公)과 방통(龐統)이란 분들과 친하십니다."

현덕 曰: "방덕공과 방통은 어떤 분들이시냐?"

목동 曰: "그 두 분은 숙질간인데 방덕공 어른은 자를 산민(山民)이라 하시는데 제 사부님보다 열 살 많으시고, 방통 어른은 자를 사원(士元)이라 하시는데 사부님보다 다섯 살 아래십니다. 예전에 이런 일이 있었지요. 사부님께서 뽕나무에 올라가 뽕잎을 따고 계시는데 방통 어르신께서 찾아오셨지요. 그날 두 분은 그 뽕나무 밑에서 하루 종일 담소를 나누셨는데, 서로 조금도 싫증을 느끼지 않으셨어요. 제 사부님은 그 분을 매우 좋아하시며 늘 아우라고 부르신답니다."

현덕 曰: "네 사부님은 지금 어디 계시느냐?"

목동이 먼 곳을 가리키며 말하기를: "저 앞의 숲속에 사부님의 장원이 있습니다."

현덕 曰: "내가 바로 유현덕이다. 너의 사부님을 한번 뵙고 싶은데 안내해 주겠느냐?"

동자를 따라간 현덕은 2리 남짓 가서 그 장원 앞에 이르렀다. 말에서 내려 중문(中門)으로 들어가니 거문고 타는 소리가 들리는데 그 소리가 너무나 아름답다.

현덕은 동자에게 잠시 알리지 말라 하고 그 소리에 귀를 기울이는데 거문고 소리가 갑자기 뚝 멈추더니 한 사람이 웃으며 밖으로 나오면서 말하기를: "거문고의 맑고 그윽한 가락이 갑자기 요동을 치는 것을 보니 이는 틀림없이 영웅이 엿듣고 있음이야!"

동자가 그를 가리키며 현덕에게 말하기를: "이분이 바로 제 사부님이신 수경선생이십니다."

그를 보니 풍채는 비록 야위고 파리하지만 위풍당당하고 기상이 비범했다. 현덕은 자신도 모르게 앞으로 나아가서 인사를 드리는데 입은 옷이 흠뻑 젖어 있었다.

수경 曰: "공께서는 오늘 다행히 큰 화를 면했습니다."

현덕은 놀라움을 금치 못했다.

동자 曰: "이분은 유현덕이십니다."

수경을 그를 초당으로 청해 손님과 주인으로 자리를 정하여 앉았다.

방안의 서가에는 책으로 가득하고 창 밖에는 소나무와 대나무가 울창하며, 석상 위에 거문고가 가로놓여 있어 맑고 표연한 기운이 초당 안을 가득 감돌았다.

수경이 묻기를: "공께서는 어디서 오시는 길이오?"

현덕 曰: "우연히 이곳을 지나다가 동자를 만나서 선생 말씀을 듣게 되었는데, 존안을 뵙게 되어 너무나 기쁘고 다행입니다."

수경이 웃으며 말하기를: "굳이 숨기실 필요 없습니다. 공께서는 지금 곤경을 피해서 이곳까지 오셨지요."

현덕은 마침내 양양에서 있었던 일을 사실대로 말했다.

수경 曰: "공의 기색을 보고 이미 그런 줄 알았습니다."

그러고는 다시 현덕에게 묻기를: "내 일찍이 공의 명성을 잘 알고 있는데, 어찌하여 아직 때를 만나지 못해 기를 펴지 못하는 것이오?"

현덕 曰: "아직 운이 따르지 않아 이리 되었습니다."

수경 曰: "그렇지 않습니다. 장군은 아직 도와줄 인재를 구하지 못했기 때문입니다."

현덕 曰: "저는 비록 변변치 못하나 그래도 문관으로는 손건·미축·간옹 등이 있고, 무장으로는 관우·장비·조운 같은 사람이 있습니다. 그들이 충심으로 도와주고 있어 그들에게 많이 의지하고 있습니다."

수경 曰: "관우·장비·조운은 모두 가히 1만 명을 대적할 수 있는 용장이지만 문제는 그들을 잘 활용할 수 있는 사람이 없다는 것입니다. 손건이나 미축 같은 자들이야 한낱 백면서생(白面書生)에 불과하니, 세상을 구제할 경륜을 가진 인물들은 못되지요."

현덕 曰: "저 역시 일찍이 몸을 낮추고 초야에 묻혀 있는 훌륭한 인재들을 구하려고 애썼지만 아직 그런 분을 만나지 못했습니다."

수경 曰: "공자께서 말씀하시기를, '열 집이 모여 사는 작은 마을에도 충성스럽고 미더운 사람이 있다(十室之邑 必有忠信).'고 하셨는데 어찌 사람이 없다고 하십니까?"

현덕 曰: "제가 어리석고 사리에 어두워 아직 알아보지 못한 것이니 부디 가르침을 주시기 바랍니다."

수경 曰: "공께서는 형주와 양양의 여러 군(郡)의 아이들이 부르는 이런 동요 들어 보셨습니까?

팔구년 사이에 쇠잔해지기 시작하여 八九年間始欲衰
십삼 년에 이르면 남는 자가 없으리 至十三年無孑遺
마침내 천명은 누구에게로 돌아가나 到頭天命有所歸
진흙 속에 서린 용 하늘로 비상하네 泥中蟠龍向天飛

이 노래는 건안(建安) 초에 불리기 시작했는데, 건안 8년(서기 203년) 유경승(劉景升)이 전처를 잃고 집안이 어지러워지면서 동요의 내용대로 쇠약해지기 시작했지요.

동요에 '남는 자가 없다.'고 한 것은 머지않아 유표가 세상을 떠나고 그 수하의 문관과 무관들이 다 몰락하여 남는 사람이 없으리라는 것입니다. 그리고 천명을 받아 용이 하늘로 비상한다는 것은 바로 장군을 두고 한 말입니다."

그 말을 들은 현덕은 놀라면서도 겸손하게 사양하면서 말하기를: "제가 어찌 감당할 수 있겠습니까?"

수경 曰: "지금 천하의 기재(奇才)는 다 이 지방에 있으니, 공은 속히 그들을 공의 사람으로 만들어야 합니다."

현덕이 급히 묻기를: "그 기재들은 어디에 계시며, 도대체 누구십니까?"

수경 曰: "복룡(伏龍)과 봉추(鳳雛) 두 사람 중 한 사람만 얻어도 천하를 평정할 수 있을 것이오."

현덕 曰: "복룡과 봉추는 어떤 분입니까?"

수경이 박장대소하며 말하기를: "됐어요, 됐어!"

현덕이 다시 묻자 수경이 말하기를: "날이 이미 저물었으니, 오늘은 이곳에서 묵어가시지요. 내일 말씀드리겠습니다."

수경은 즉시 동자에게 저녁을 준비하라 이르고 말은 후원으로 끌고 가서 여물을 먹이도록 했다.

저녁 식사를 마친 현덕은 초당 옆방에 마련해준 잠자리에 들었는데 수경선생의 말이 머릿속을 맴돌아 한밤중이 되도록 잠을 이룰 수가 없었다. 그때 갑자기 옆방 문을 두드리고 누군가 들어가는 소리가 들렸다.

수경 曰: "원직(元直)은 이 밤중에 어디에서 오는가?"

현덕은 잠자리에서 일어나 가만히 귀를 기울이고 들어 보았다.

그 사람이 대답하기를: "오래 전부터 유표가 선과 악을 분명히 한다(善善惡惡)하기에 일부러 찾아갔는데, 가서 만나 보니 한낱 허명뿐이더군요. 선한 자를 좋아하면서도 쓸 줄 모르고, 악한 자를 미워하면서도, 내칠 줄 모르는 그런 사람이더군요. 그래서 글을 남겨 작별하고 이리로 오는 길입니다."

수경 曰: "왕을 보좌할 재주를 가진 공이 마땅히 사람을 가려서 섬겨야지, 어찌 경솔하게 경승(景升) 같은 사람을 찾아갔단 말인가? 진짜 영웅호걸을 눈앞에 두고도 공은 알아보지 못 하는군."

그 사람 曰: "선생 말씀이 옳소이다."

그들의 대화를 엿들은 현덕은 몹시 기뻐하며 속으로 생각하기를: '이 사람은 틀림없이 복룡 아니면 봉추일 게야.'

마음 같아선 즉시 나가서 만나 보고 싶었지만, 너무 덤벙대는 것이 아닌지 염려되어 날이 밝기를 기다려, 현덕이 수경에게 문안을 한 뒤 묻기

를: "간밤에 오신 분은 누구십니까?"

수경 曰: "나의 벗이오."

현덕이 인사를 시켜달라고 청하니, 수경이 말하기를: "그 사람은 현명한 주인을 찾으러 간다며 이미 떠났습니다."

현덕이 그 사람의 성명을 묻자, 수경이 웃으면서 말하기를: "됐습니다. 됐어요."

현덕이 다시 묻기를: "복룡과 봉추는 과연 어떤 인물인지요?"

수경은 오직 웃기만 하면서 말하기를: "됐다니까요."

몇 번을 물어도 계속 딴 청만 부리자 현덕은 수경 선생에게 큰 절을 하며 자신이랑 함께 하산하여 한나라 황실을 다시 일으키는데 도움이 되어달라고 청했다.

수경 선생이 다시 빙그레 웃으며 말하기를: "산야에서 한가히 지내는 나 같은 사람이 무슨 도움이 되겠소. 나 보다 열 배나 나은 사람이 나타나 공을 도울 것이니, 공이 그 사람을 찾도록 하시오."

바로 그때 갑자기 밖에서 사람들이 떠들고 말이 우는 소리가 들렸다.

동자가 들어와 아뢰기를: "어떤 장군이 군사 수백 명을 이끌고 집으로 들어왔습니다."

몹시 놀란 현덕이 급히 밖으로 나가 보니 다름 아닌 조운이었다. 현덕은 너무 기뻤다.

조운이 말에서 내려 들어와 보고하기를: "어젯밤 제가 신야로 돌아갔으나 주공이 와 계시지 않아, 밤새 찾아 헤매다가 여기까지 오게 되었습니다. 어서 신야로 돌아가시지요. 우리가 없는 동안 누군가 신야를 기습이라도 하지 않을까 염려됩니다."

현덕은 수경 선생에게 하직 인사를 하고 조운과 함께 말에 올라 신야를 향해 길을 재촉했다. 몇 마장 가지 않아 한 무리의 군사들이 달려오는데, 바로 운장과 익덕이다. 그들은 서로 만나 재회의 기쁨을 나누었다. 현덕이 말을 타고 단계를 넘은 일화를 말해 주자, 다들 감탄하고 놀라 마지않았다.

현으로 돌아온 현덕이 손건 등과 상의했다.

손건 曰: "우선 이 사실을 유표에게 자세히 알려야 합니다."

현덕은 그의 말에 따라 즉시 손건에게 서신을 써 주며 형주로 가도록 했다. 유표가 손건을 불러들여 묻기를: "내 현덕에게 내 대신 양양 회합을 주관해 달라고 청했거늘 무슨 연유로 그 자리를 도망쳤는가?"

손건은 서찰을 올리고 채모가 음모를 꾸며 해치려 했던 일과 말을 타고 단계를 건너뛰어 가까스로 화를 면한 일들을 구체적으로 설명했다. 유표는 몹시 화를 내며 급히 채모를 불러들여 꾸짖기를: "네가 어찌 내 아우를 해치려 했단 말이냐!"

그를 끌고 나가 당장 목을 베라고 했다. 채 부인이 나와서 목숨만은 살려 달라고 애원하였으나, 유표의 노여움은 좀처럼 풀리지 않았다.

손건이 아뢰기를: "채모를 죽이시면 황숙께서 어찌 이곳에 마음 편히 계실 수 있겠습니까?"

유표는 이에 그를 다시 엄히 꾸짖고 물러가 있도록 했다. 그러고는 장자 유기에게 손건과 함께 현덕에게 가서 사죄드리도록 했다. 명을 받은 유기는 신야로 갔다. 현덕이 그를 맞이하여 연회를 베풀어 대접했다. 술이 거나하게 취한 유기가 갑자기 눈물을 흘렸다.

현덕이 그 연유를 묻자, 유기가 말하기를: "계모 채씨가 늘 저를 해치려는 마음을 품고 있으니, 이 조카는 그 화를 면할 계책이 없습니다. 부디 숙부님께서 좋은 방법을 가르쳐 주십시오."

현덕은 그저 조심하며 효성을 다한다면 저절로 화도 없을 것이라고 말했다. 다음 날 유기는 울면서 작별 인사를 했다. 현덕은 유기를 배웅하러 성 밖에까지 나가서 자기 말을 손으로 가리키며 말하기를: "이 말이 아니었다면 나는 이미 황천에 가 있을 것이네."

유기 曰: "그것은 말의 힘이 아니라 숙부님의 홍복이십니다."

서로 작별 인사를 하니 유기는 울면서 떠났다.

현덕이 말머리를 돌려 성 안으로 들어오는데 문득 저잣거리에서 한 사내가 머리에 갈건(葛巾)을 쓰고, 삼베도포에 검은 띠를 두르고 검정 신을 신고서 곡조가 긴 노래를 부르며 다가왔다. 그 가사는 이러했다:

하늘과 땅이 뒤집어지니 불은 꺼지려 하고
큰집 무너지니 나무 하나로 버티지 못하네
산중에 있는 현자는 밝은 주인 찾아가는데
현자 찾는 영명한 주인은 나를 모르는구나
天地反覆兮 火欲殂
大廈將崩兮 一木難扶
山谷有賢兮 欲投明主
明主求賢兮 却不知吾

이 노래를 들은 현덕이 문득 속으로 생각하기를: '혹시 이 사람이 수경 선생이 말한 복룡이나 봉추 아닐까?'

현덕은 곧바로 말에서 내려 인사를 한 다음 그를 관아로 데리고 가서 그의 성명을 물었다.

그가 대답하기를: "저는 영상(潁上) 사람으로 성은 선(單), 이름은 복(福)이라 합니다. 오래 전부터 사군께서 현사(賢士)를 불러 모으신다는 말을 듣고 몸을 의탁하려 했으나 감히 함부로 찾아올 수 없어 일부러 저잣

거리에서 노래를 불러 들으시게 했던 것입니다.

현덕은 아주 기뻐하며 그를 최고의 손님으로 대우했다.

선복 曰: "조금 전 사군께서 타고 오신 말을 다시 한번 보여 주십시오."

현덕은 말안장을 내리고 말을 대청 앞으로 끌어오게 했다.

선복 曰: "이건 적로가 아닙니까? 비록 천리마이긴 하지만 주인을 해칠 말이니 다시는 타지 마시지요."

현덕 曰: "이미 경험해 봤는데 그렇지 않소이다."

그러고는 단계를 뛰어넘어 자신의 목숨을 구해준 일을 자세히 설명해 주었다.

선복 曰: "그것은 주인을 구한 것이지 주인을 해친 것은 아니지요. 언젠가는 주인을 해치고 말 것입니다. 저에게 재앙을 막을 방법이 있습니다."

현덕 曰: "그 방법을 알려주시오."

선복 曰: "공이 마음속에 원한을 품고 있는 사람이 있으면, 이 말을 주어서, 이 말이 그 사람을 해친 뒤에 다시 타시면 무사하실 것입니다."

그 말을 들은 현덕이 안색을 바꾸며 말하기를: "선생은 이곳에 오자마자 나를 바른 길로 인도하려 하지 않고, 자신이 살기 위해 남을 해치는 법을 가르친단 말이오. 이 유비는 감히 그 가르침은 받지 못하겠소."

선복이 웃으며 사과하기를: "전부터 사군께서 인덕이 많으신 분이라고 들었기에 감히 일부러 시험 삼아 한 말씀 올린 것이니 용서하시지요."

현덕 역시 자세를 고치고 자리에서 일어나 고맙다고 인사를 하며 말하기를: "저에게 어찌 남에게 미칠 만한 인덕이 있겠습니까? 그저 선생님의 가르침만 바랄 뿐입니다."

선복 曰: "제가 영상에서 이곳으로 오던 중 신야 사람들이 부르는 노래를 들었는데, 그 가사의 내용은, '신야 목사 유 황숙이 이곳에 오신 후로 백성은 태평을 누리네(新野牧 劉皇叔, 自到此 民豊足).' 라고 했습니다. 이것만으로도 사군의 인덕이 사람들에게 미치고 있음을 알 수 있지요."

현덕은 선복을 군사(軍師)로 삼아 본부 군사들을 훈련시키도록 했다.

한편 조조는 기주에서 허도로 돌아온 뒤로 형주를 칠 궁리만 하고 있었다. 그리하여 조인과 이전 및 원씨 휘하에서 항복해 온 여광과 여상 등에게 군사 3만 명을 주어 번성(樊城)에 주둔하고 있으면서 호시탐탐 영양 땅을 넘보며 그 내부 사정을 탐지하도록 지시했다.

여광과 여상이 조인에게 건의하기를: "지금 유비가 신야에 주둔하며 군사를 계속 모집하고 말을 사들이며, 군량과 마초도 비축하고 있다 하니 예사롭지 않습니다. 세력을 더 키우기 전에 속히 도모해야 합니다.

우리 두 사람은 승상께 항복한 뒤로 아직 이렇다 할 공을 세우지 못했는데, 바라건대 정예병 5천 명만 내어 주시면 유비의 목을 베어 승상께 바치겠습니다."

조인은 크게 기뻐하며 여광과 여상에게 군사 5천 명을 주고 신야를 치게 했다. 정탐꾼이 이 사실을 현덕에게 즉시 보고했다. 현덕이 선복을 청하여 계책을 물으니, 선복이 말하기를: "기왕 적들이 쳐들어 온 이상, 우리의 지경에 한 발짝도 들여놓게 해서는 안 됩니다. 관공으로 하여금 군사를 이끌고 왼쪽으로 나아가서 적들의 중간 허리를 기습하게 하고, 장비는 오른쪽으로 나아가서 적의 후미를 치게 하며, 주공께서는 직접 조운을 데리고 출병하시어 적을 정면에서 맞서 싸우면 적을 쳐부술 수 있습니다."

현덕은 그의 말에 따라 관우와 장비를 양쪽으로 떠나보내고 선복·조운 등과 함께 2천 명의 군사를 이끌고 적을 맞으러 관문을 나갔다.

현덕이 성을 나가 몇 리쯤 갔을 때, 산 너머에서 먼지가 일면서 여광과 여상이 군사를 거느리고 오고 있다. 양편에서 각기 전투 대형을 벌이고 늘어섰다.

현덕이 문기 아래로 말을 달려 나가서 큰 소리로 외치기를: "너희는 누구이기에 감히 우리 경계를 침범하느냐?"

여광이 말을 타고 나와 말하기를: "나는 대장 여광이다. 승상의 명을 받들어 특별히 너를 사로잡으러 왔느니라."

몹시 화가 난 현덕은 조운에게 나가 싸우라고 했다. 두 장수가 어울려 싸우기를 미처 몇 합 되지 않아 조운은 여광을 창으로 찔러 말에서 떨어뜨렸다. 현덕이 그 기세를 타고 군사를 휘몰아 적진으로 돌진하니 여상은 대적하지 못하고 군사를 돌려 달아났다. 그때 길가에서 한 무리의 군사들이 뛰쳐나오는데 선봉은 바로 관운장이다. 운장이 적진을 한바탕 휘젓고 나니, 여상은 군사의 절반을 잃어버리고 간신히 혈로를 뚫고 달아났다. 하지만 10리도 못 가서 또 한 무리의 군사가 나타나서 길을 막는데, 앞장 선 대장이 장팔사모를 번쩍 치켜들며 크게 외치기를: "장익덕이 여기 있다."

장비가 곧바로 여상에게 달려드니, 여상은 미처 손 한 번 쓰지 못하고 장비의 창에 찔려 몸이 벌렁 뒤집히며 말에서 떨어져 죽고 말았다. 남은 군사들은 사방으로 흩어져 달아나니 현덕의 군사들이 하나로 합쳐, 그들을 쫓아가 태반이나 사로잡았다.

군사를 돌려 현으로 돌아온 현덕은 선복을 극진히 대우하고, 군사들을 위무하고 포상했다.

한편 싸움에 패한 군사가 돌아가 조인에게 여광과 여상 두 장수가 모두 죽고 수많은 군사들이 사로잡혔음을 보고했다. 조인은 크게 놀라 이전과 대책을 상의했다.

이전 曰: “두 장수가 적을 우습게보다가 그리 되었소. 지금은 군사를 움직이지 말고 승상께 보고하여 대군을 일으켜 토벌하는 게 상책입니다.”

조인 曰: “그렇지 않소. 지금 두 장수와 많은 군사를 잃었으니 속히 원수를 갚지 않을 수 없소. 신야 같은 탄환만한 작은 땅을 치는데 어찌 승상의 대군에게 수고를 끼친단 말이오.”

이전 曰: “유비는 보통 장수와는 다릅니다. 가벼이 보아선 안 됩니다.”

조인 曰: “공은 어찌 그리 겁이 많으시오?”

이전 曰: “병법에서도 이르기를, ‘지피지기(知彼知己)면 백전백승(百戰百勝)’이라고 했지 않소. 나는 싸움을 겁내는 것이 아니라 싸워서 이기지 못할까 걱정하는 것이오.”

조인이 화를 내며 말하기를: “공은 혹시 두 마음을 품고 있는 건 아니오? 내 반드시 유비를 사로잡을 테니 두고 보시오.”

이전 曰: “장군이 기어이 가시겠다면 나는 번성을 지키고 있겠소.”

조인 曰: “당신이 함께 가지 않겠다는 걸 보니, 정말로 두 마음을 품은 게로군.”

이전은 어쩔 수 없이 조인과 함께 군사 2만 5천 명을 거느리고 강을 건너 신야로 갔다.

이야말로:

부장들의 시신 실려 오는 모욕을 당하니	偏裨旣有輿尸辱
주장이 치욕 씻으려 다시 군사 일으키네	主將重興雪恥兵

승부가 어찌 될지 궁금하거든 다음 회를 기대하시라.

제 36 회

현덕은 계책을 시용해 번성을 습격하고
원직은 말을 달려서 제갈량을 천거하다

玄德用計襲樊城

元直走馬薦諸葛

분을 삭이지 못한 조인은 마침내 그날 밤 군사를 거느리고 강을 건너 신야로 향했다.

한편 싸움에 이기고 신야로 돌아 온 선복이 현덕에게 말하기를: "번성에 주둔하고 있는 조인이 지금쯤 두 장수가 죽은 줄 알았을 테니 반드시 대군을 이끌고 싸우러 올 것입니다."

현덕 曰: "그러면 우리는 어떻게 맞서 싸워야 좋겠소?"

선복 曰: "저들이 만약 대군을 이끌고 온다면 번성은 텅 비게 될 것이니, 우리는 그 기회에 번성을 빼앗도록 하시지요."

현덕이 계책을 묻자, 선복이 현덕의 귀에 대고 여차여차하면 된다고 가만히 속삭였다. 현덕은 크게 기뻐하며 만반의 준비를 했다.

그때 정탐꾼이 달려와 보고하기를: "조인이 대군을 이끌고 강을 건너 왔습니다."

선복 曰: "역시 내 짐작대로 되어가는군요."

그는 곧바로 현덕에게 군사를 이끌고 나가서 적을 맞으라고 했다. 양군이 서로 마주보고 둥그렇게 진을 치자 조운이 말을 타고 나가서 적장은 나와서 답을 하라고 소리쳤다. 조인은 이전으로 하여금 나가서 조운과 싸우라고 했다. 이전이 조운과 겨루기를 10여 합 쯤 싸우다 이전은 더 이상 버티지 못하고 말머리를 돌려 진으로 돌아갔다. 조운이 그 뒤를 쫓았으나 양쪽 날개에서 적의 화살이 빗발치듯 날아오니 조운은 더 이상 쫓지 않고 돌아오고 양 진영은 일단 각자의 영채로 돌아갔다.

이전은 조인에게 적군의 세력이 예상보다 훨씬 강하여 가벼이 대적하기 어려워 차라리 번성으로 돌아가자고 했다.

이 말을 들은 조인이 크게 화를 내며 말하기를: "너는 출병 전에도 우리 군사들의 사기를 이미 꺾어놓았다. 지금 또 적과 내통하여 고의로 져주고 왔으니 그 죄는 참수형에 처함이 마땅하다!"

조인은 도부수들을 불러 그를 끌어내어 당장 목을 베라고 명했으나, 여러 장수들이 모두 극력 만류하여 겨우 죽음은 면했다.

그러고는 이전을 후군으로 물라나게 하고 자신이 직접 선봉이 되어 군사를 지휘했다.

다음 날 조인은 북을 치며 진군하여 하나의 진세(陣勢)를 벌여 세우고 다른 군사를 시켜 현덕에게 묻기를: "이게 무슨 전술인줄 아느냐?"

선복은 곧바로 높은 곳에 올라가 적진의 진세를 살펴본 뒤 현덕에게 말하기를: "저것은 팔문금쇄진(八門金鎖陣)입니다. 팔문(八門)이란 휴(休)·생(生)·상(傷)·두(杜)·경(景)·사(死)·경(驚)·개(開)라 불리는 여덟 개의 문을 말합니다. 만약 생문·경문·개문으로 들어가면 길(吉)하고, 상문·경문·휴문으로 들어가면 피해를 당하며, 두문·사문으로 들어가면 망합니다. 지금 저들은 비록 여덟 개의 문을 그런대로 벌리기는 했지만 중간 부분이 허술한 부분이 있으니 만약 동남쪽 귀퉁이의 생문으로 쳐들어가서 서쪽 경문으로 무찔러 가면 저들의 진영은 반드시 혼란에 빠지게 될 것입니다."

현덕은 군사들에게 진영을 굳게 지키도록 한 다음 조운으로 하여금 군사 5백 명을 이끌고 동남쪽으로 쳐들어가서 서쪽으로 무찔러 나오도록 했다. 명령을 받은 조운은 즉시 창을 치켜들고 말에 올라 군사들을 이끌고 함성을 지르며 적진의 동남쪽으로 쳐들어갔다. 놀란 조인은 북쪽으로 달아났다. 하지만 조운은 그 뒤를 쫓지 않고 도리어 서문을 뚫고 나온 뒤, 다시 동남쪽으로 돌아 들어오니 조인의 군사는 큰 혼란에 빠지고 말았다. 이 틈을 타서 현덕이 군사를 휘몰아 쳐들어가니, 조인의 군사는 크게 패하여 물러갔다. 선복은 더 이상 추격하지 말라고 하고 군사를 수습하여 돌아왔다.

싸움에서 크게 패한 조인은 비로소 이전의 말이 옳았다는 것을 깨닫고 그를 다시 청하여 상의하며 말하기를: "유비의 군중에 진법을 잘 아는 자가 있는 게 분명하오. 그렇지 않고서는 우리의 진세가 그리 쉽게 무너질 리가 없소."

이전 曰: "그보다 저는 번성이 더 걱정됩니다."

조인 曰: "오늘 밤 적의 영채를 습격하여 성공하면 작전을 다시 짜고 실패하면 그때는 번성으로 돌아가면 어떻겠소."

이전 曰: "안 됩니다. 유비는 반드시 대비를 하고 있을 것입니다."

조인 曰: "이렇게 의심이 많아서야 어찌 용병을 한단 말이오!"

끝내 이전의 말을 듣지 않은 조인은 그날 밤 이경(二更: 밤 9시에서 11시) 자신이 직접 군사를 이끌고 선봉에 서고, 이전은 뒤에서 지원토록 하고 적의 영채를 습격하러 갔다.

한편 선복이 영채 안에서 현덕과 한창 상의를 하고 있는데 갑자기 광풍이 휘몰아쳤다.

선복 曰: "오늘 밤 조인이 반드시 우리 영채를 습격해 올 것입니다."

현덕 曰: "우리는 어떻게 대비를 해야 할까요?"

선복이 웃으며 말하기를: "제가 이미 대책을 세워 놓았습니다."

그러고는 은밀하게 군사들을 나누어 배치했다.

이경이 되어 조인의 군사들이 적의 영채 가까이 다가와서 보니, 영채 안의 사방에서 갑자기 불길이 일면서 영채의 울타리를 모두 태우고 있는 것이 아닌가!

유비가 미리 대비를 하고 있었다고 판단한 조인은 급히 퇴군 명령을 내렸다. 그때 조운이 군사를 휘몰아 달려드니 왔던 길로 돌아가지 못하고 북쪽 강을 따라 달아날 수밖에 없다. 가까스로 강가에 이르러, 배를 구한 조인이 막 강을 건너려고 할 때 강기슭 위에서 한 무리의 군사들이 몰려오는데, 선두에 선 장수는 바로 장비였다. 조인은 죽기로 싸웠고, 마침 이전이 그를 도와 간신히 배를 타고 강을 건넜다. 하지만 조인의 군사 태반은 강물에 빠져 죽고 말았다. 강을 건너 강기슭 위로 올라간 조인은 그대로 번성까지 내달아서 군사들에게 성문을 열라고 소리치게 했다.

그런데 성 위에서 북소리가 울리면서 한 장수가 군사를 거느리고 나타나 크게 꾸짖기를: "내 이미 번성을 차지한지 오래다."

깜짝 놀란 조인의 무리들이 위를 쳐다보니 바로 유비의 장수 관운장이 아닌가!

어안이 벙벙해진 조인은 말머리를 돌려 곧바로 달아났다. 운장이 뒤에서 쫓아왔다. 조인은 다시 수많은 군사를 잃고 밤새도록 말을 달려 허도를 향해 달아났다. 도중에 물어보니 선복이라는 자가 군사(軍師)로 있으면서 모든 계책을 꾸미고 있다는 사실을 비로소 알게 되었다.

참패를 하고 허도로 돌아간 조인의 이야기는 잠시 접어두겠다.

한편 완벽한 승리를 거둔 현덕이 군사를 이끌고 번성으로 들어가자 현령 유필(劉泌)이 나와서 맞이했다. 현덕은 백성들을 위무하고 안정시켰다.

유필은 본래 장사(長沙) 사람으로 그 또한 한실 종친이다. 그는 현덕을 자신의 집으로 초청하여 극진히 대접했다.

유필의 곁에 풍채가 좋고 위풍당당한 사내가 그를 모시고 있는 것을 본 현덕이 유필에게 묻기를: "이 사람은 누구요?"

유필 曰: "제 생질 구봉(寇封)이라 합니다. 본래 나후(羅侯) 구씨(寇氏)의 아들인데 부모가 다 돌아가셔서 이곳에 와서 의탁하고 있습니다."

현덕이 그를 아끼는 마음에 양자로 삼겠다고 하니 유필은 흔쾌히 응낙했다. 곧바로 구봉으로 하여금 현덕에게 절을 올리고 아버지로 모시도록 했다. 그로부터 구봉은 성을 고쳐 유봉(劉封)이 되었다. 현덕은 그를 데리고 나와 운장과 익덕에게 절을 올리고 숙부로 모시도록 했다.

운장 曰: "형님께서는 이미 아들이 있는데 무엇 하러 또 양자를 두려고 하십니까? 후에 반드시 난이 일어날 것입니다."

현덕 曰: "내가 저를 친자식처럼 대하면 저도 나를 친아버지처럼 섬길 텐데 무슨 난이 생긴단 말인가!"

하지만 운장은 못내 미덥지가 않았다.

현덕은 선복과 의논하여 조운에게 군사 1천 명을 주어 번성을 지키도록 하고, 나머지 군사를 거느리고 신야로 돌아갔다.

한편 허도로 돌아간 조인과 이전은 조조를 보고 땅에 엎드려 울면서 죄를 청했다. 그러면서 장수와 군사를 잃게 된 경위를 소상히 보고했다.

조조 曰: "싸움에서 이기고 지는 일은 항상 있는 일이다. 하지만 누가 유비를 위해 계책을 냈는지는 알고 있느냐?"

조인 曰: "선복이라는 자가 군사로 있답니다."

조조 曰: "선복은 어떤 사람이냐?"

그때 정욱이 웃으며 말하기를: "그는 선복이 아닙니다. 그는 어려서부터 격검 배우기를 좋아했는데, 중평(中平) 말년에 다른 사람의 원수를 대신 갚아준다고 사람을 죽였지요. 그래서 사람들의 눈을 피하기 위해 머리를 풀어 헤치고 얼굴에는 검은 숯을 칠하고 도망 다녔지요. 그러다 관리에게 붙잡혀 성명을 물어도 대답을 하지 않아 관리가 그를 결박하여 수레에 태워 저잣거리에서 북을 치며 사람들에게 그의 이름을 묻고 다녔지만, 결국 그를 아는 사람이 나타나지 않았을 뿐더러 설령 그를 알아보는 사람이 있어도 감히 나서서 말을 하지 않았지요. 그러던 중 그의 동료가 그를 몰래 빼내어 구해 주자 도망을 쳤습니다. 그 뒤로 성과 이름을 바꾸고 학문에 뜻을 두고 유명한 스승을 두루 찾아다녔지요. 그는 일찍이 사마휘(司馬徽)와도 담론을 나눈 적이 있습니다. 그는 바로 영주 사람 서서(徐庶)로서 자는 원직(元直)이라 합니다. 선복은 그의 가명입니다."

조조 曰: "서서의 재주는 그대와 비교하면 어떤가?"

정욱 曰: "저보다 열배는 뛰어납니다."

조조 曰: "아깝구나!, 그런 뛰어난 인물이 유비에게 갔으니, 유비는 이제 날개가 생겼구나! 장차 이 일을 어찌하면 좋을까?"

정욱 曰: "서서가 비록 유비에게 가 있지만, 승상께서 꼭 쓰시고자 한다면, 불러오는 것은 그리 어렵지 않습니다."

조조 曰: "대체 어떻게 불러들인다는 말이오?"

정욱 曰: "그는 본래 효성이 지극한 사람입니다. 어려서 부친을 여의고 집에는 노모만 계시는데, 노모를 부양하던 그의 아우 서강(徐康)마저 죽어서 현재 노모를 봉양할 사람이 없습니다. 승상께서 사람을 보내 그 모친을 속여 허도로 데리고 온 뒤 서서에게 편지를 쓰게 하여 그를 부른다면, 서서는 틀림없이 올 것입니다."

조조는 매우 기뻐하며 그날 밤으로 사람을 보내 서서의 모친을 모셔오도록 했다. 하루도 지나지 않아 서서의 모친이 허도로 왔다.

조조는 그를 극진하게 모시며 말하기를: "듣자하니 노모의 아들 서원직은 천하의 기재라 합니다. 그런데 지금 신야에서 역적 유비를 돕고 조정을 배반하고 있으니, 이는 마치 아름다운 옥이 진흙 속에 묻힌 것과 같은 참으로 애석한 일이오. 그러니 지금 노모께서 수고스럽더라도 아들에게 편지를 써서 허도로 돌아오도록 불러 준다면 내가 황제께 아뢰어 큰 상을 내리게 하겠소."

즉시 좌우에 명하여 지필묵을 가져오게 한 뒤 그에게 편지를 쓰라고 명령했다.

서서의 모친 曰: "유비는 어떤 인물이오?"

조조 曰: "패군(沛郡)의 미천한 놈이 함부로 황숙(皇叔)이라 칭하며 신의라고는 털끝만큼도 없는 놈이오. 말하자면 겉으로는 군자인척 하지만 실은 소인배에 불과한 놈이지요."

서서의 모친이 버럭 화를 내며 말하기를: "너는 거짓말을 어찌 그리 심하게 하느냐! 나는 오래 전부터 현덕은 중산정왕(中山靖王)의 후예이며 효경황제(孝景皇帝) 각하의 현손(玄孫)으로서 자신의 몸을 낮춰 훌륭한 선비를 맞이하고, 공손한 태도로 사람을 대하므로 어지신 분이라는 소문이 널리 퍼져 세상의 어린애부터 백발노인들까지, 그리고 목동이나 나무꾼까지도 그의 이름을 모르는 자가 없을 정도로 당대의 영웅이라 들었다. 그런 분을 내 아들이 돕고 있다면 그야말로 주인을 제대로 만난 것이다. 너는 비록 한나라의 승상으로 행세하고 있지만 실은 이 나라의 최고의 역적이 아니더냐! 그럼에도 현덕을 역적으로 몰아 내 아들로 하여금 명군을 배반하고 역적에게 투항하게 하다니, 그러고도 어찌 부끄러움을 모르느냐?"

말을 마친 노모는 벼루를 들어 조조에게 던져 버렸다. 몹시 화가 난 조조는 큰 소리로 무사를 불러 그를 끌고 나가서 목을 베라고 했다.

정욱이 급히 그를 말리려고 안으로 들어가서 간하기를: "서서의 모친이 승상을 모욕하는 것은 자신을 죽여 달라는 것입니다. 승상께서 만약 그를 죽이신다면 의롭지 못한 짓을 했다는 누명만 쓰게 되며 서서 모친의 덕만 높이 올려주는 것이 됩니다. 게다가 서서의 모친이 죽고 나면 서서는 죽기를 각오하고 유비를 도와 복수하려 할 것입니다. 그러니 일단은 살려두시어 서서로 하여금 몸과 마음이 두 곳으로 갈라져 있도록 한다면, 설령 그가 유비를 돕는다 하더라도 힘껏 돕지는 못할 것입니다. 당분간 서서의 모친을 살려두시면 제가 계책을 꾸며 반드시 서서를 불러다가 승상을 도와드리도록 하겠습니다."

조조는 정욱의 말대로 서서의 모친을 죽이지 않고 별실로 보내서 지내도록 했다.

정욱은 날마다 서서의 모친을 찾아가 문안을 드리며 서서와 자신은 일찍이 의형제를 맺은 사이라고 거짓말을 하며 마치 친모처럼 대했다. 때로는 여러 가지 물건을 보내며 그때마다 반드시 친필로 서찰을 써서 같이 보냈다. 그러니 서서의 모친도 그때마다 친필로 답서를 써서 보냈다.

정욱은 서서 모친의 필적을 모아 그 글씨체를 모방하여 한 통의 편지를 작성하여 심복 한 사람에게 그것을 가지고 신야로 가서 선복에게 전해 주도록 했다.

한 군사가 그를 안내하여 서서에게 데리고 가서 만나도록 했다. 서서는 모친의 가서(家書)를 가지고 왔다는 말에 급히 그를 불러 물었다.

그 사람이 대답하기를: "저는 관사에서 일하는 심부름꾼인데 노부인의 분부를 받들어 서신을 가져왔습니다."

서서가 봉투를 뜯어보니 그 내용은:

"근자에 네 아우 강(康)이 죽은 후로 사고무친(四顧無親)하여 슬픔에 빠져 있던 중, 뜻밖에 조 승상이 사람을 보내 나를 속여 허도로 데려와서는 네가 조정에 배반했다며 나를 꽁꽁 묶어 감옥에 넣으려고 했다. 다행히 정욱 등이 간하여 지금 목숨은 겨우 유지하고 있다만, 네가 항복해야만 내 죽음을 면할 수 있을 것 같다. 이 글이 전해지면 어미가 너를 낳아 길러준 은혜를 생각하여 밤낮을 가리지 말고 달려와 효도를 다하여라. 그런 뒤에 천천히 고향으로 돌아가 농사지을 궁리를 한다면 큰 화는 면할 수 있지 않겠니? 지금은 내 목숨이 실오라기에 매달려 있는 것과 같으니 오직 네가 와서 구해 주기만을 바랄 뿐, 더는 여러 말은 하지 않겠다."

모친의 편지를 읽고 난 서서의 눈에서는 눈물이 샘솟듯 흘러내렸다. 그는 편지를 들고 현덕에게 가서 말하기를: "저는 본래 영주(穎州) 사람 서서(徐庶)로 자를 원직(元直)이라 합니다. 도망을 다니느라 이름을 선복으로 바꿨던 것입니다. 일전에 형주의 유표가 어진 선비를 공경한다는 소문을 듣고 가서 만나 보았더니 쓸모없는 인물이기에 글을 써놓고 떠나서 그날 밤으로 수경선생의 장원에 들렀다가 그 일을 이야기했었지요. 그랬더니 수경이 저에게 주인을 알아보지 못한다며 심하게 책망하면서 유(劉) 예주께서 여기 와 계시다고 하면서 꼭 그 분을 섬기라 하더이다. 그래서 제가 일부러 미친 체하고 저잣거리에서 노래를 불러 사군의 마음을 움직여 보려 했는데, 다행히 사군께서 저를 버리지 않고 중용해 주셨습니다.

그런데 제 노모께서 지금 조조의 간계에 빠져 허도에 갔다가 옥에 갇히셨는데, 제가 오지 않으면 노모를 해치려 한답니다. 노모께서 손수 글월을 써 보내시어 저를 부르시니, 차마 가지 않을 수가 없습니다. 견마지로(犬馬之勞)를 다하여 사군께 보답하려 했는데, 노모께서 붙잡혀 계시니 사군을 더 모시지 못하고 작별 인사를 드리려 합니다. 훗날 다시 뵐 날이 있기를 바랄 뿐입니다."

서서의 말을 들은 현덕은 통곡을 하며 말하기를: "모자지간은 천륜이오. 원직은 이 유비를 괘념치 마시고 우선 모친부터 만나 뵌 후에 다시 가르침을 받을 수 있을지 기다리겠소."

서서는 곧비로 하직을 고히고 떠나려 했다.

현덕 曰: "부디 하룻밤만 더 주무시고 내일 송별연을 한 뒤 떠나시지요."

손건이 은밀히 현덕에게 말하기를: "원직은 천하의 기재입니다. 더구나 오랫동안 신야에 있었기 때문에 우리 군사의 내막을 너무 잘 알고 있습니다. 지금 만약 조조에게 가도록 내버려 두시면, 그는 반드시 중용될 것이고, 그리되면 우리가 위태로워집니다. 주공께서는 어떻게든 그를 붙들어 두시고 절대 보내시면 안 됩니다. 만일 서서가 허도로 오지 않으면 조조는 반드시 그의 모친을 죽이고 말 터이니, 그렇게 되면 서서는 모친의 원수를 갚기 위해서라도 사력을 다해 조조를 치려고 할 것입니다."

현덕 曰: "그건 옳지 않소. 남의 손을 빌려 그의 모친을 죽이도록 한 뒤, 내가 그 아들을 쓴다는 것은 어질지 못한(不仁) 일이오. 붙들어 두고 가지 못하게 함으로써 모자간의 천륜을 끊는 것은 의롭지 못한(不義) 일이오. 나는 차라리 죽을지언정 인의(仁義)에 어긋나는 일은 못하오."

현덕의 이 말에 모든 사람들이 감탄했다.

현덕은 서서를 위한 송별의 자리를 마련했다.

서서 曰: "지금 노모께서 옥에 갇혀 있다는데 아무리 좋은 술이라고 한들 목에 넘어가겠습니까?"

현덕 曰: "이 유비도 공이 가신다는 말에 마치 두 팔을 잃은 것 같아 비록 용의 간과 봉황의 골수로 만든 진미라도 맛을 모르겠습니다."

두 사람은 서로 마주 앉아 울면서 밤을 새웠다.

여러 장수들이 성 밖에 송별연을 베풀기 위한 자리를 마련해 놓았다. 현덕과 서서가 나란히 말을 타고 성을 나갔다. 장정(長亭)에 이르러 두 사람은 말에서 내려 서로 작별 인사를 하는데, 현덕이 먼저 술잔을 들어 서서에게 말하기를: "유비는 선생과의 연분이 박하여 함께 지낼 수 없게 되었지만 선생께서는 부디 새 주인을 잘 섬겨 공명(功名)을 이루십시오."

서서가 울면서 말하기를: "재주도 없고 지혜도 부족한 이 사람을 사군께서 중용해 주셨습니다. 이제 불행히도 도중에 떠나게 됨은 오로지 노모 때문입니다. 설령 조조가 제아무리 핍박한다 해도 절대로 그를 위해 어떠한 계책도 내지 않을 것입니다."

현덕 曰: "선생께서 떠나고 나면 이 유비도 멀리 산속에 들어가서 살 생각이오."

서서 曰: "제가 사군을 모시고 패업을 도모하려 했던 것은 제 신념을 믿었기 때문입니다. 그런데 노모의 일 때문에 제 마음이 어지러워져, 설령 이곳에 남아 있더라도 큰 도움이 되지 못할 것입니다. 사군께서는 따로 뛰어난 현자를 구해서 계속 대업을 도모하셔야지, 어찌 이처럼 낙심하신단 말입니까?"

현덕 曰: "아무리 천하의 뛰어난 현자라도 선생만한 분이 있겠습니까?"

서서 曰: "보잘것없는 저에게는 너무나 과분한 말씀이라 감당하기 어렵습니다."

서서는 작별하기에 앞서 여러 장수들을 돌아보며 간절히 당부하기를:

"부디 여러분은 사군을 잘 섬겨, 이름을 역사에 남기고 공적을 청사(靑史)에 빛나도록 하십시오. 행여 저처럼 중간에 흐지부지 그만두는 일이 있어서는 안 됩니다."

모든 장수들이 비애에 잠겼다. 현덕은 차마 이별하기가 아쉬워 한참 동안을 배웅하고, 또 얼마 동안을 따라가며 못내 헤어지지를 못했다. 마침내 서서가 말하기를: "이제는 정말 돌아가시지요. 여기서 하직을 고하겠습니다."

현덕이 말 위에서 서서의 손을 잡고 말하기를: "이제 가시면 같은 하늘 아래 따로 살아야 하니, 어느 날 어느 곳에서 다시 만나 뵐 수 있을지 모르겠군요."

말을 마친 현덕은 눈물을 비 오듯 흘렸다. 서서 역시 울면서 떠났다. 현덕은 숲가에 말을 세우고 서서가 종자 한 명만 데리고 총총히 떠나가는 뒷모습을 바라보다 그만 통곡을 하며 말하기를: "원직이 떠났으니, 나는 장차 어찌한단 말인가!"

눈물을 글썽이며 서서가 떠나간 쪽을 바라보니 숲이 가로막아 보이지 않는다. 현덕은 채찍으로 숲을 가리키며 말하기를: "내 저 숲의 나무들을 모조리 베어 버리고 싶구나!"

여러 사람들이 의아해 하며 묻자, 현덕이 말하기를: "원직이 가는 모습을 저 나무들이 가리지 않느냐?"

현덕이 못내 아쉬워 계속 앞만 바라보고 있는 그때, 서서가 말에 채찍을 가하며 다시 돌아오고 있는 것이 아닌가!

현덕 曰: "원직이 다시 돌아오고 있다! 혹시 마음이 바뀐 게 아닐까?"

들뜬 마음에 박차를 가하여 달려가 묻기를: "가다 말고 다시 돌아오시다니, 틀림없이 무슨 하실 말씀이 있는 게지요?"

서서가 말을 멈추고 현덕에게 말하기를: "제 마음이 하도 산란하여 떠나기 전, 한 말씀 드린다는 걸 깜빡 잊었습니다. 양양 성 밖 20리 떨어진 융중(隆中)이라는 곳에 기이한 인사가 한 사람 있습니다. 사군께서는 꼭 그 분을 찾아가 보십시오."

현덕 曰: "그렇다면 수고스럽지만 원직이 그를 청해 와서 만나 보게 해 주면 안 되는가?"

서서 曰: "그 사람은 다른 사람이 대신 불러올 그런 인물이 아닙니다. 사군께서 몸소 찾아가서 만나 보셔야 합니다. 만약 그 사람만 얻을 수 있다면 주(周) 문왕(文王)이 여망(呂望)을 얻고 한(漢) 고조(高祖)가 장량(張良)을 얻은 것과 다름이 없습니다."

현덕 曰: "그 사람을 선생과 비교하면 그 재주와 덕이 어떻습니까?"

서서 曰: "굳이 저와 비교하자면, 노둔한 말을 기린과 비교하는 것이요, 까마귀를 봉황에 비교하는 격입니다. 그 분은 항상 자신을 관중(管仲)과 악의(樂毅)에 비교해서 말하는데, 제가 보기에는 관중이나 악의도 그를 따르지 못합니다. 그는 하늘과 땅을 움직이는 능력이 있으니, 천하에 오직 하나밖에 없는 인물입니다."

현덕이 기뻐서 묻기를: "그 사람의 성명을 알려주시오?"

서서 曰: "그 사람은 본래 낭야(瑯琊)의 양도(陽都) 사람으로 성은 제갈(諸葛)이요, 이름은 량(亮)에 자는 공명(孔明)입니다. 한나라 사예교위(司隸校尉) 제갈풍(諸葛豊)의 후손입니다. 그의 선친의 이름은 규(珪), 자는 자공(子貢)으로 태산군의 군승(郡丞) 벼슬을 하다가 일찍이 세상을 떠났기 때문에 제갈량은 그의 숙부 제갈현(諸葛玄)의 집에서 자랐습니다.

제갈현은 형주목(荊州牧) 유경승과 오랜 교분이 있어 함께 양양에서 살았습니다. 그 뒤 제갈현이 죽자, 아우 제갈균(諸葛均)과 더불어 남양(南陽)에서 직접 농사를 지으며 '양보음(梁父吟)'이란 노래를 지어서 즐겨 읊었지요.

元直走馬薦諸葛

그가 사는 곳에 와룡강(臥龍岡)이라는 언덕이 있는데, 그 언덕의 이름을 따서 자신의 호(號)를 와룡선생(臥龍先生)이라고 지었습니다. 그 사람이야말로 당대의 견줄만한 사람이 없는 기재(奇才)이니, 사군께서는 급히 직접 찾아가 보십시오. 만약 그 사람이 사군을 도와주려고 한다면 천하를 바로잡는 데 무슨 걱정이 있겠습니까?"

현덕 曰: "지난번 수경선생께서 나에게 복룡과 봉추 두 사람 가운데 한 사람만 얻어도 천하를 안정시킬 수 있을 것이라고 말 한 적이 있는데, 지금 말씀하신 사람이 혹시 복룡이나 봉추 아닌가요?"

서서 曰: "봉추는 양양사람 방통(龐統)이고, 복룡이 바로 제갈공명입니다."

그 말을 들은 현덕은 뛸 듯이 기뻐하며 말하기를: "오늘에야 비로소 복룡과 봉추가 누구인지 알게 되었소이다. 그런 큰 인물이 바로 눈앞에 계신 줄은 꿈에도 생각하지 못했습니다. 선생께서 말씀해 주시지 않았으면 유비는 눈뜬 장님과 마찬가지였습니다."

후세 사람이 말을 달려와 제갈공명을 천거한 일을 두고 시를 지었으니:

뛰어난 인재와의 이별을 가슴 아파 하면서 痛恨高賢不再逢
갈림길에 울며 작별하는 둘의 정 애틋하다 臨岐泣別兩情濃
서서의 말 한마디가 봄철 우렛소리 같아서 片言却似春雷震
남양땅의 와룡선생을 능히 불러일으키셨네 能使南陽起臥龍

서서는 공명을 천거한 뒤 다시 현덕과 작별하고 말에 채찍질하여 떠나갔다. 현덕은 서서의 말을 듣고 나서야 비로소 지난날 수경선생 사마덕조(司馬德操)가 한 말의 뜻을 깨닫고 마치 만취상태에서 갓 깨어난 듯,

아니면 깊은 꿈에서 막 깨어난 듯했다.

여러 장수들과 함께 신야로 돌아온 현덕은 곧바로 예물을 후하게 장만하여 관우·장비와 함께 공명을 만나러 남양으로 향했다.

한편 현덕과 작별하고 허도로 향하던 서서는 떠나보내기 서운해 하는 현덕의 정에 감격해 하며 혹시 공명이 현덕의 청을 거절하고 산에서 나오지 않을까 염려되어, 결국 말머리를 돌려 곧장 와룡강 아래로 달려가 초려(草廬)로 들어가 와룡선생을 만났다.

공명이 그를 찾아온 까닭을 물으니, 서서가 말하기를: "나는 원래 유예주를 끝까지 섬기고자 했으나 노모께서 조조에게 붙잡혀 계시며 글을 보내와 나를 부르시니 하는 수 없이 그를 하직하고 가는 길이오. 나는 떠나면서 공을 현덕에게 천거했소. 현덕이 조만간 찾아와서 뵙기를 청할 것이니 공은 부디 거절하지 마시고 평생의 큰 재주를 펴시어 그를 도와 드리기를 간청하오."

공명이 그 말을 듣고 얼굴색을 바꾸며 말하기를: "그대는 나를 제사상에 올리는 제물로 생각하시오?"

말을 마친 공명은 소매를 뿌리치고 안으로 들어가 버렸다.

무안하고 부끄러운 마음을 뒤로 하고 물러나온 서서는 다시 말에 올라 길을 재촉하며 모친을 뵈러 허도로 향했다.

이야말로:

벗에게 한 마디 당부는 주인 사랑해서이고　　囑友一言因愛主
천리 먼 집에 달려감은 모친 그리워서이네　　赴家天里爲思親

뒷일이 어찌 될지 궁금하거든 다음 회를 기대하시라.

제 37 회

사마휘는 다시 유명한 인사를 천거하고
유현덕은 세 번씩이나 초가를 찾아가다

司馬徽再薦名士

劉玄德三顧草廬

서서는 길을 재촉하여 허창(許昌: 허도)에 이르렀다. 서서가 이미 당도했다는 보고를 받은 조조는 곧바로 순욱·정욱 등 모사들을 보내 그를 맞이하도록 했다. 서서가 상부로 들어가 조조를 만났다.

조조 曰: "공처럼 고명하신 선비가 어찌하여 유비에게 몸을 굽혀 섬기었소?"

서서 曰: "저는 어려서 난을 피해 강호를 떠돌다가 우연히 신야에 이르러 그를 알게 되어 교분이 두터워졌습니다. 노모가 이곳에서 보호를 받고 계신다니 자식된 자로서 부끄럽소이다."

조조 曰: "공이 이곳에 오셨으니, 이제 조석으로 자당(慈堂) 어른을 뫼시게 되었소이다. 나 역시 여러 가지로 가르침을 받겠소."

서서는 고맙다고 인사를 하고 나오자마자 즉시 모친을 뵈러 갔다. 서서가 대청 아래 엎드려 울면서 인사를 올렸다.

모친이 깜짝 놀라며 묻기를: "네가 여길 왜 왔느냐?"

서서 曰: "소자는 근자에 신야에서 유 예주를 섬기고 있었는데 모친께서 보내신 서찰을 받고 밤낮없이 달려왔습니다.

모친이 버럭 화를 내고 탁자를 내리치면서 꾸짖기를: "이 못난 놈아! 오랫동안 강호를 떠돌아다니기에 그래도 글공부는 좀 했을 거라고 여겼거늘 어찌하여 예전만도 못하단 말이냐? 네놈이 글 꽤나 읽었다면 임금에 대한 충성과 부모에 대한 효도를 함께 할 수 없다는 것쯤은 알았을 것 아니냐! 조조는 황제를 속이는 역적이고, 현덕은 인의(仁義)를 세상에 떨치는 한 황실의 후예라는 것도 모른단 말이냐? 그분을 네가 섬겼다면 그분이 바로 너의 주인이거늘, 위조 편지 한 장에 속아 자세히 살펴보지도 않고, 영명한 군주를 버리고 사악한 역적에게로 와서, 오명을 자초하여 쓰다니 참으로 어리석은 놈이구나!

내 무슨 얼굴로 네 낯짝을 본단 말이냐! 너는 조상을 욕되게 한 천지간에 아무 쓸모도 없는 인간이 되었구나!"

어미의 꾸중을 들은 서서는 땅바닥에 엎드린 채 감히 얼굴을 들 수가 없었다. 모친은 자리에서 일어나 병풍 뒤로 들어가 버렸다.

잠시 후 하인이 나와서 아뢰기를: "노마님께서 대들보에 목을 매셨습니다."

서서가 황급히 들어가 구하려 했으나 모친은 이미 숨을 거둔 뒤였다.

후세 사람이 서서의 모친을 찬탄하여 시를 지었으니:

어질도다 서서의 모친이여 그 이름 천추에 남기셨네
흠 한점 없이 절개 지키니 집안을 바른 길로 이끄네
자식을 여러모로 가르치고 처신을 바로 하려 애썼네
꿋꿋한 기개 산과 같았고 의리는 가슴속에서 나오네

인의의 유비는 찬미하고 역적인 조조를 야단을 치니

가마솥 죽음 두려워 않고 목에 든 칼도 겁내지 않아
오직 그가 두려워함은 자식이 조상을 욕보이는 행위
검에 죽은 왕모와 같았고 맹자의 모친과 마찬가지네

살아서는 어진 모친에 죽어서는 후세의 모범이 되니
어질도다 서서의 모친이여 그 이름 천고에 전해오네

賢哉徐母 流芳千古
守節無虧 於家有輔
教子多方 處身自苦
氣若丘山 義出肺腑

讚美豫州 毁觸魏武
不畏鼎鑊 不懼刀斧
唯恐後嗣 玷辱先祖
伏劍[23]同流 斷機[24]堪伍

生得其名 死得其所
賢哉徐母 流芳千古

서서는 죽은 모친을 보자 대성통곡을 하다 결국 기절하고 말았으며

---

23 복검(伏劍): 진나라 말기 초한이 싸우던 시절, 항우가 유방의 부하 왕릉을 투항하게 하기 위하여 그의 모친을 잡아다가 협박하였음. 항우가 왕릉의 모친에게 왕릉을 부르게 하자, 그는 사사로이 사자를 왕릉에게 보내 유방을 잘 섬기라고 전한 뒤, 자신은 칼로 자결하였음. 역자 주.

24 단기(斷機): 맹자가 어린 시절 학업을 그만 두고 집으로 돌아오자 그의 모친이 아들의 학문을 권하기 위해 짜던 베를 끊어 그를 훈계하였던 고사. 역자 주.

한참 후에야 깨어났다. 조조는 사람을 보내 조문한 뒤 자신도 직접 가서 제사를 지냈다.

서서는 허창 남쪽 들판에 어머니를 장사 지내고 묘를 지키며 조조가 보내 주는 어떠한 물건도 받지 않았다.

이때 조조는 남쪽의 정벌 문제를 상의하는데, 정욱이 간하기를: "지금은 겨울이라 날씨가 추워서 군사를 움직여서는 안 됩니다. 내년 봄 날씨가 따뜻해지면, 그때 군사를 크게 일으키는 것이 좋을 듯합니다."

조조는 그의 말을 들었다. 그러고는 장하(漳河)의 물을 끌어와 호수를 만들어, 현무지(玄武池)라 이름 짓고, 그 안에서 수군을 훈련시키며 남쪽 정벌을 준비했다.

한편, 현덕이 예물을 준비하여 융중으로 떠날 채비를 하려는데 갑자기 보고가 들어오기를: "지금 문 밖에 손님 한 분이 와 계십니다. 높은 관(冠)에 넓은 허리띠를 두른 도인의 풍모를 지닌 범상치 않은 분 같은데 특별히 주공을 뵙자고 하십니다."

현덕은 내심 생각하기를: '혹시 공명이 찾아오신 것은 아닐까.'

즉시 의관을 가지런히 하고 맞이하러 나가 보니 사마휘(司馬徽)였다. 현덕은 기쁜 마음으로 그를 후당으로 청해 상석에 앉게 한 다음 묻기를: "선생님을 하직한 뒤로 저는 날마다 군무에 바빠서 한 번도 찾아뵙지 못했는데 이렇게 직접 왕림해 주시니, 평소 우러러 사모하는 마음이 위로 되옵니다."

사마휘 曰: "서원직이 여기 있다기에 한번 만나 보려고 일부러 왔소이다."

현덕 曰: "근자에 조조가 서서의 모친을 가두어 놓자, 그의 모친이 인편에 편지를 보내 부르는 바람에 이미 허창으로 떠났습니다."

사마휘 曰: "이런, 조조의 꾀에 걸려들고 말았구려. 내 듣기로 원직의 모친은 매우 현명한 분이오. 비록 조조에게 붙잡혀 갇혀 있더라도 절대로 서찰을 보내 자기 아들을 부르실 분이 아니오. 그 서찰은 위조된 것이 틀림없소. 만약 원직이 가지 않았다면 그의 모친은 살아 계시겠지만, 가 버렸으니 모친께서는 틀림없이 죽었을 것이오."

현덕이 깜짝 놀라 그 연유를 물었다.

사마휘 曰: "원직의 모친은 매우 의로운 분이오. 조조에게 속아서 온 아들을 수치스럽게 생각할 것이오."

현덕 曰: "원직이 떠나면서 남양의 제갈량을 천거했는데, 그는 어떤 분입니까?"

사마휘가 껄껄 웃으며 말하기를: "떠나려면 자기 혼자 떠나면 그만인 것을 왜 남까지 끌어들여 신경을 쓰게 하는 것은 도대체 무슨 심보란 말인가!"

현덕 曰: "선생은 무슨 그런 말씀을 하십니까?"

사마휘 曰: "공명은 원래 박릉(博陵)의 최주평(崔州平), 영천(穎川)의 석광원(石廣元), 여남(汝南)의 맹공위(孟公威) 그리고 서원직 이들 네 사람과 가장 친하게 지내는 사이이지요. 이 네 사람은 한 분야에 대해 정통하고 숙달하려고 한 반면, 공명은 오직 전체적인 흐름을 직관하기를 좋아했지요. 어느 날 공명은 무릎을 안고 길게 읊조리고 네 사람을 가리키며 말하기를, '그대들이 벼슬을 한다면 자사(刺史)나 군수(郡守) 정도는 오를 수 있을 것이네.' 하고 말하자, 네 사람이 그대의 뜻은 무언인가 하고 물으니 공명은 그저 웃기만 할 뿐 아무 대답도 하지 않았소. 그는 늘 자신을 옛 관중·악의와 비교했으니 그 재주는 헤아릴 수 없지요."

현덕 曰: "영천에는 현사(賢士)들이 왜 이리 많습니까?"

사마휘 曰: "옛날 은규(殷馗)란 사람이 천문을 잘 보았는데 '모든 별이 영천 지방 위에 모여 있으니, 그 지방에 반드시 많은 인재가 날 것이다.' 라고 말한 적이 있습니다."

그때 옆에 있던 운장이 말하기를: "제가 듣기로 관중과 악의는 춘추 전국시대의 유명한 인물로, 그 공로가 천하를 뒤덮었다는데, 공명이 자기 자신을 그들과 비교하는 것은 너무 지나친 과장이 아닌가요?"

사마휘가 웃으며 말하기를: "내가 보기에 공명을 그 두 사람과 견주는 것은 오히려 합당치 않소. 나는 오히려 그를 다른 두 사람과 견주고 싶소."

운장이 그 두 사람이 누군지 물었다.

사마휘 曰: "주(周) 나라를 팔백년 간 일으킨 강태공(姜太公: 姜子牙)과 한 왕조를 사백년 간 왕성하게 만든 장량(張良: 張子房)과 견줄 수 있을 것이오."

이 말을 들은 모든 사람들은 깜짝 놀라지 않을 수 없었다.

사마휘가 계단을 내려와 하직 인사를 하고 떠나려 했다. 현덕이 더 머물다 가라고 붙들었지만 듣지 않았다.

문을 나선 사마휘가 하늘을 우러러보며 큰 소리로 웃으며 말하기를: "와룡이 비록 그 주인은 만나겠으나, 때를 만나지 못하니 그것이 애석하구나!"

말을 마친 그는 바람에 나부끼듯 훌쩍 떠나버렸다.

현덕은 감탄하며 말하기를: "참으로 세상을 피해 숨어 사는 어진 선비로다!"

다음 날 현덕은 관우·장비 그리고 수행원 몇 명을 대동하고 융중으로 갔다. 가까이 이르러 저편을 보니 산기슭 밭에서 농부들이 호미로 김을 매면서 노래를 부르고 있었다.

푸른 하늘은 둥그런 덮개와 같고　蒼天如圓蓋
큰 땅은 하나의 바둑판과 같도다　陸地如棋局
세상 사람들 흑과 백으로 나누어　世人黑白分
영욕 다투느라 바쁘게 오고 가네　往來爭榮辱

영광 얻는 자는 스스로 편안하고　榮者自安安
모욕 당한 자는 필시 녹록해지니　辱者定碌碌
남양땅에 숨어 사는 사람 있는데　南陽有隱居
누워서 온종일 잠만 자고 있구나　高眠臥不足

노래 소리를 듣던 현덕이 말을 세우고 농부를 불러 묻기를: "그 노래를 누가 지었소?"

농부 曰: "와룡선생께서 지은 것입니다."

현덕 曰: "와룡선생은 어디에 사시오?"

농부 曰: "이 산 남쪽부터 높은 언덕으로 이어지는데 바로 와룡강이지요. 언덕 앞 듬성듬성한 숲 속에 초가집이 한 채 있는데 그곳이 바로 제갈선생이 사는 곳입니다."

유비는 감사의 인사를 한 뒤 말에 채찍을 가하여 몇 리를 가지 않아 와룡강이 보였는데 과연 그 곳의 경치가 범상치가 않았다.

후세 사람이 와룡이 살던 곳을 고풍스럽게 묘사한 시가 있으니:

양양성에서 서쪽으로 이십 리 떨어진 곳의　襄陽城西二十里
일대가 높은 언덕 옆으로 시냇물이 흐르고　一帶高岡枕流水
높은 언덕 굽이진 곳에 구름을 가라앉히고　高岡屈曲壓雲根
종유석 돌들 사이로 시냇물은 졸졸 흐르네　流水潺湲飛石髓

지세는 지친 용이 바위 위에 서리를 튼 듯	勢若困龍石上蟠
모양은 봉황이 소나무 그늘에 앉은 듯하네	形如單鳳松陰裏
사립문은 반쯤 닫혀 초가집 가리고 있는데	柴門半掩閉茅廬
안에는 고명한 선비 누워서 일어나지 않네	中有高人臥不起
곧은 대나무 우거져 푸른 병풍을 이루었고	修竹交加列翠屏
사시사철 울타리에 들꽃 향기 그윽 풍기네	四時籬落野花馨
침상머리에 쌓인 것은 다 누런 서적뿐이고	床頭堆積皆黃卷
왕래하는 손님들 가운데 무식한 사람 없네	座上往來無白丁
원숭이는 때때로 문을 두드려 과일 바치고	叩戶蒼猿時獻果
문지기 늙은 학은 밤에 경 읽는 소리 듣네	守門老鶴夜聽經
오래된 비단 주머니 속에 거문고 숨어있고	囊裏名琴藏古錦
벽장에 걸린 보검에는 소나무 무늬 비친다	壁間寶劍映松文
초가에 계신 선생은 우아하고 기품이 있어	廬中先生獨幽雅
한가할 때면 몸소 나와 밭 갈고 농사 짓네	閒來親自勤耕稼
오로지 봄 우렛소리에 꿈 깨기 기다렸다가	專待春雷驚夢回
긴 휘파람 휙휙 불어 천하를 안정시키리라	一聲長嘯安天下

현덕은 초가 앞에 이르러 말에서 내려 직접 사립문을 두드렸다. 동자가 나오더니 누구시냐고 물었다.

현덕 曰: "한(漢) 좌장군(左將軍) 의성정후(宜城亭侯) 예주목(豫州牧) 황숙(皇叔) 유비(劉備)가 선생을 뵈러 찾아왔느니라."

동자 曰: "저는 그렇게 긴 이름은 다 외울 수 없습니다."

현덕 曰: "그냥 유비라는 사람이 찾아왔다고 여쭈어라."

동자 曰: "선생님께서는 오늘 아침에 출타하셨습니다."

현덕 曰: "어디에 가셨느냐?"

동자 曰: "말씀을 안 하셔서 어디 가신지는 잘 모릅니다."

현덕 曰: "언제쯤 돌아오시느냐?"

동자 曰: "돌아오시는 것도 일정치 않습니다. 어느 때는 사나나달, 또 어느 때는 열흘이 넘어서 돌아오시기도 합니다."

현덕은 낙심을 금치 못했다.

장비 曰: "안 계신다는데 돌아가면 그만이지요."

현덕 曰: "잠시만 기다려 보자."

운장 曰: "일단 돌아가고 나중에 사람을 보내 돌아왔는지 알아보도록 하지요."

현덕은 그러기로 하고 동자에게 당부하기를: "선생께서 돌아오시거든 유비라는 사람이 찾아 왔었다고 말씀 드려라."

현덕이 말에 올라 몇 리쯤 가다가 말을 멈추고 융중 경치를 구경했다. 과연 산은 그리 높지는 않지만 수려하고, 강은 그리 깊지 않아도 맑은 물이 흐른다. 땅은 좁지만 평탄하고, 숲은 작지만 무성하다. 원숭이와 학들은 서로 사이좋게 지내고, 소나무와 대나무가 적당히 어우러져 무성하니 볼수록 장관이다.

이때 갑자기 저편에서 오고 있는 한 사람이 보였다. 훤칠한 용모에 인품이 넘쳐 보이는 풍채다. 머리에는 소요건(逍遙巾)을 쓰고 몸에는 검은 도포를 걸치고, 손에는 청려장(靑藜杖)을 쥐고 산간 오솔길을 걸어온다.

현덕이 혼자말로 중얼거리기를: "틀림없이 와룡선생이다."

현덕은 급히 말에서 내려 앞으로 나아가 인사를 하고 묻기를: "혹시

제갈량이 거처하던 초가

현재의 와룡강 전경

와룡선생 아니시옵니까?"

그 사람 曰: "장군은 뉘시오?

현덕 曰: "유비라고 합니다."

그 사람 曰: "저는 공명이 아니고 그의 친구 박릉 사람 최주평이라 하오."

현덕 曰: "존함은 오래 전부터 들었는데 이렇게 만나 뵙게 되어 반갑습니다. 자리는 마땅치 않지만 잠시 앉아 가르침을 받고 싶습니다."

두 사람은 숲속 돌 위에 마주 앉으니, 관우와 장비가 그 곁에 서 있었다.

주평 曰: "장군께서는 무슨 일로 공명을 만나려 하십니까?"

현덕 曰: "지금 천하가 크게 어지러워 사방이 소란하니 공명을 찾아뵙고 나라를 안정시킬 방책을 구하고 싶어서입니다."

주평이 껄껄 웃으며 말하기를: "공께서 어지러운 세상을 안정시키려 하는 것이 비록 어진 마음이기는 하나, 다만 예로부터 지금까지 치세와 난세는 늘 반복되어 왔지요.

한 고조께서 백사(白蛇)를 죽이고 봉기하여 무도한 진(秦)을 멸망시킬 때부터 난세에서 치세로 들어갔지요. 그리하여 서한(西漢) 말 애제(哀帝)와 평제(平帝: 기원전1~ 서기 5년)에 이르기까지 약 2백 년간 태평성대를 누렸습니다. 그러나 왕망(王莽)이 반역하여 황제의 자리를 빼앗으면서 다시 난세로 바뀌었지요. 그러나 광무제(光武帝: 서기 25~56년) 때에 중흥하여 왕조의 기틀을 재정비하니, 다시 치세로 바뀌게 됩니다.

그 후 지금까지 2백 년 동안 백성들이 편안하게 지내다 보니 다시 전란이 사방에서 일어나고 있는 것이지요. 지금은 치세에서 난세로 들어가는 시기이므로 짧은 시간 내에 안정시킬 수는 없습니다.

장군께서 공명으로 하여금 어지러운 세상을 재정비하고 갈라진 하늘과 땅을 다시 꿰매려 하시지만, 이는 아마 쉬운 일은 아닐 것 같아 공연히 장군의 몸과 마음만 상하지 않을까 두렵소이다. 장군도 익히 아시는 말이지만 '하늘에 따르는 자는 편안하고 하늘에 거스르는 자는 고생만 하며(順天者逸, 逆天者勞), 하늘이 정한 운명(天數)은 하늘의 이치(天理)도 이를 빼앗지 못하며(數之所在, 理不得而奪之), 천명이 정한 바는 사람의 힘으로도 어쩔 수 없다(命之所定, 人不得强之).'라고 하지 않았소이까?"

현덕 曰: "선생의 말씀은 참으로 고견이십니다. 다만 이 유비는 한나라의 후예로서 마땅히 황실을 바로 부축해 일으켜야 할 의무가 있으니, 어찌 이 상황을 천수와 천명에만 맡겨 놓을 수 있겠습니까?"

주평 曰: "산속에 묻혀 사는 촌부인 제가 천하의 일을 논하기는 역시 부족하오. 다만 공께서 물으시기에 그저 망령된 말을 하고 말았소이다."

현덕 曰: "선생의 가르침은 잘 받았습니다. 정말 공명께서 어디 가신지는 모르시는지요?"

주평 曰: "저 역시 그를 보러 오는 중이니, 그가 어디 갔는지는 모르겠소."

현덕 曰: "선생을 모시고 저의 현으로 함께 갔으면 하는데, 어떠신지요?"

주평 曰: "제가 원래 놀기를 좋아하고 공명(功名)의 뜻을 버린 지 오래되었습니다. 훗날 다시 뵐 날이 있겠지요."

말을 마치자 그는 정중하게 예를 차린 뒤 떠나 버렸다.

현덕이 관우·장비와 함께 말에 올라 다시 돌아오는데, 장비가 말하기를: "만나려던 공명은 그림자도 못 보고, 도리어 썩은 선비를 만나 쓸데없는 말을 그리 오래 하시오."

현덕 曰: "쓸데없는 말이 아니네. 그 역시 귀담아 듣기에 충분한 말이었네."

세 사람은 신야로 돌아온 지 며칠이 지나, 사람을 보내 공명의 소식을 알아보도록 했다. 그가 돌아와서 보고하기를: "와룡선생께서 이미 돌아오셨답니다."

현덕은 즉시 말을 준비하라고 일렀다.

장비 曰: "한낱 촌부를 만나려고 형님이 직접 또 가실 필요가 뭐 있소. 사람을 시켜 불러오면 되지요."

현덕이 꾸짖기를: "너는 어찌 맹자의 말씀도 들어 보지 못했는가? 맹자께서 말씀하시기를, '현자를 만나려 하면서 그에 합당한 예를 갖추지 않는 것은 마치 그가 들어오려고 하는데 문을 닫아버리는 것과 같다(欲見賢而不以其道, 猶欲其入而閉之門也).'고 하셨다. 공명은 이 시대의 대현(大賢)이신데 어찌 감히 오라고 부른단 말이냐?"

그러고는 곧바로 말에 올라 다시 공명을 만나러 갔다. 관우와 장비는 하는 수 없이 따라 나섰다.

때는 마침 한겨울이라 날씨는 몹시 추운데다 먹구름이 온 하늘을 덮고 있었다. 몇 리도 못 갔는데 갑자기 살을 에는 듯한 삭풍이 매섭게 몰아치며 함박눈이 펑펑 쏟아졌다. 산은 백옥으로 변하고 숲은 은빛으로 화장했다.

장비 曰: "날은 춥고 땅도 꽁꽁 얼어 군사도 움직일 수 없는 이런 때에, 쓸모도 없는 사람을 만나러 먼데까지 꼭 가야만 하오? 차라리 신야로 돌아가서 눈바람이나 피하는 게 훨씬 낫겠소."

현덕 曰: "공명에게 나의 은근한 성의를 보이려면 이런 날씨가 오히려 도움이 될 것이네. 아우들은 추위가 겁나거든 돌아가도 괜찮네."

장비 曰: "죽는 것도 겁내지 않는데, 이까짓 추위를 겁내겠소! 다만 형님께서 쓸데없이 고생만 할 것 같아 한 말이우."

현덕 曰: "그럼 잔말 말고 따라오기나 하시게."

초려 가까이 이르렀을 때 갑자기 길옆 주점에서 노랫소리가 흘러나왔다. 현덕이 잠시 말을 세우고 들어 보니, 그 가사 내용은:

장사가 아직까지 공명을 이루지 못한 것은	壯士功名尙未成
아! 오랫동안 따뜻한 봄을 못 만났기 때문	嗚呼久不遇陽春
그대는 보지 못했는가?	君不見
동해의 강태공이 폭군 주왕을 피해 있다가	東海老叟辭荊榛
문왕의 수레를 타고서 함께 일했던 사실을	後車遂與文王親
팔백여 명 제후들이 기약도 없이 모였으며	八百諸侯不期會
맹진을 건널 때는 잉어들이 배에 뛰어들고	白魚入舟涉孟津
목야의 한 전투에서 피가 강을 이루었으니	牧野一戰血流杵
놀라운 그의 용맹 무신들 중에 으뜸이로다	鷹揚威烈冠武臣
그대는 또 보지 못했는가?	又不見
고양의 술꾼 출신 역이기 초야에서 일어나	高陽酒徒起草中
망탕의 한 고조를 찾아가서 읍했던 사실을	長揖芒碭隆準公
폐업의 높은 식견에 많은 사람들이 놀라서	高談王覇驚人耳
씻다 말고 모셔서 영웅의 풍모를 흠모했지	輟洗延坐欽英風
그런 그가 제의 일흔 두 개 성 항복받으니	東下齊城七十二
천하에 그의 공적 따를 수 있는 장수 없네	天下無人能繼踪
그러나 위 두 분도 어진 천자 못 만났다면	兩人非際聖天子
지금 그들이 영웅인 줄 누가 알아주겠는가	至今誰復識英雄

노래가 끝나자, 또 한 사람이 탁자를 치면서 노래를 부르는데:

우리 고조 황제 칼 들어 천하를 평정하여	吾皇提劍淸寰海
한나라 세워 기초 다지신지 어언 사백 년	創業垂基四百載
환제, 영제 말기 때부터 국운이 쇠약해져	桓靈季業火德衰
간신 역적들이 조정의 권세를 좌우했도다	奸臣賊子調鼎鼐

푸른 구렁이가 날아와 옥좌에 내려앉더니	靑蛇飛下御座旁
또 요사스런 무지개는 옥당에 내려왔도다	又見妖虹降玉堂
도적떼는 사방에서 개미떼 같이 모여들고	群盜四方如蟻聚
간사한 영웅들 무수히 사방에서 일어나니	奸雄百輩皆鷹揚

우린 휘파람 길게 불며 그저 박수나 치고	吾儕長嘯空拍手
울적하면 마을 주점에서 술이나 마신다네	悶來村店飮村酒
자기 한 몸 잘 보전하면 날마다 편안한데	獨善其身盡日安
굳이 천고에 이름을 남기려 할 필요 있나	何須千古名不朽

노래가 끝나자, 두 사람은 손뼉을 치며 크게 웃었다.

현덕이 혼자말로 중얼거리기를: "혹시 여기에 와룡선생도 계시는 건 아닐까?"

현덕이 말에서 내려 술집으로 들어갔다. 두 사람이 탁자에 기대어 서로 마주보고 앉아 술을 마시고 있었다. 상석에 앉은 사람은 얼굴이 길고 수염도 길다. 아랫자리에 앉은 사람은 용모가 수수하면서도 고풍스럽다.

현덕이 정중히 예를 갖추고 묻기를: "두 분 중에 어느 분이 와룡선생이신가요?"

긴 수염을 한 사람이 말하기를: "공은 뉘시오? 와룡은 왜 찾으시오?"

현덕 曰: "저는 유비라 합니다. 선생을 찾아뵙고 세상을 구제하고 백성을 편안하게 할 수 있는 가르침을 받고자 합니다."

긴 수염을 한 사람이 말하기를: "우리는 와룡이 아니고 그의 친구들이오. 나는 영주의 석광원이며, 저 사람은 여남의 맹공위라 하오."

현덕은 기뻐서 말하기를: "제가 오래 전부터 두 분의 높은 명성을 들었는데, 이렇게 만나 뵙게 되어 영광입니다. 밖에 말이 준비되어 있으니 두 분께서도 함께 와룡선생 댁으로 가셔서 얘기나 나누시지요."

석광원 曰: "우리는 다 산야에 묻혀 사는 게으름뱅이라 나라 다스리고 백성 편안히 하는 일은 모르니, 더 물어보려고 수고하지 마시고, 공께서는 어서 말에 올라 와룡이나 찾아가 보시구려."

현덕은 두 사람과 작별하고 와룡강으로 갔다. 집 앞에 이르러 말에서 내려 문을 두드려서 동자에게 묻기를: "선생께서는 지금 안에 계시느냐?"

동자 曰: "지금 대청에서 책을 읽고 계십니다."

현덕은 크게 기뻐하며 동자를 따라 안으로 들어갔다. 중문에 이르니 문 위에 크게 쓴 대구(對句) 하나가 붙어 있다:

담백하게 함으로써 뜻을 밝게 하고 淡泊以明志
평온히 함으로써 먼 앞날 바라본다 寧靜以致遠

현덕이 한참을 쳐다보고 있는데 노래 소리가 들렸다. 현덕이 문가에 서서 안을 가만히 들여다보니, 초당 위에서 한 젊은이가 화로 앞에 앉아 무릎을 안고 노래를 부르고 있었다.

그 노래 가사는:

봉황은 천 길 절벽 위를 날아도 鳳翶翔於千仞兮
오동나무가 아니면 깃들지 않고 非梧不棲

선비는 한곳에 숨어서 살지라도 士伏處於一方兮
주인이 아니면 섬기지 않는다네 非主不依

몸소 언덕에서 농사를 즐기면서 樂躬耕於隴畝兮
오직 나의 초가집을 좋아한다네 吾愛吾廬
잠시 거문고 독서에 의탁하면서 聊寄傲於琴書兮
하늘이 내릴 시기만을 기다리네 以待天時

현덕은 그의 노래가 다 끝나자 초당으로 들어가서 정중하게 예를 갖추며 말하기를: "저는 유비라고 합니다. 오랫동안 선생님을 흠모해 왔으나 만나 뵐 인연이 없었습니다. 지난번 서원직이 선생님을 소개해 주어서 가르침을 받으려고 삼가 댁을 찾아왔었는데 뵙지 못하고 그냥 돌아갔습니다. 오늘은 일부러 눈보라를 무릅쓰고 왔더니 이렇듯 존안을 뵙게 되어 실로 천만다행입니다."

그 젊은이가 황망히 일어나 예를 갖추며 답하기를: "장군께서는 저의 형님을 만나러 오신 유 예주가 아니십니까?"

현덕은 깜짝 놀라서 말하기를: "선생 역시 와룡선생이 아니시군요?"

젊은이 曰: "저는 와룡의 아우 제갈균(諸葛均)이라고 합니다. 저희는 삼형제인데, 큰형님 제갈근(諸葛瑾)은 지금 강동의 손권 밑에서 모사로 있으며, 공명은 바로 제 둘째형입니다."

현덕 曰: "와룡께서는 지금 집에 안 계시나요?"

제갈균 曰: "어제 최주평이 와서 밖으로 놀러 나갔습니다."

현덕 曰: "어디로 가셨습니까?"

제갈균 曰: "정해진 곳이 없습니다. 때로는 호수에서 작은 배를 타고 노닐기도 하고, 때로는 승려나 도사를 찾아 산 속으로 들어가시기도 하

고, 때로는 친구를 찾아 마을로 내려가기도 하고, 때로는 동굴에 들어가 거문고나 바둑을 즐기기도 합니다. 다니는 곳이 일정치가 않으니 저도 잘 모르겠습니다."

현덕 曰: "내 정녕 선생님과의 인연은 아니라는 말인가? 두 번이나 찾아왔지만 대현(大賢)을 뵙지 못하다니!"

제갈균 曰: "잠시 자리에 앉으시지요. 차를 준비하겠습니다."

장비 曰: "선생도 없다는데, 형님 그냥 돌아갑시다."

현덕 曰: "내 여기까지 왔는데, 어찌 말 한마디 없이 그냥 돌아간단 말이냐!"

제갈균에게 다시 묻기를: "내 듣기로 형님인 와룡선생께서는 도략(韜略)[25]에 정통하시어 매일 병서(兵書)를 읽으신다고 하던데 그에 관한 이야기를 들어볼 수 있겠습니까?"

제갈균 曰: "저는 잘 모릅니다."

장비 曰: "그런 건 물어서 뭐 하겠수. 눈바람이 심하니 어서 돌아나 갑시다."

현덕이 장비를 꾸짖는데 제갈균이 말하기를: "형님이 안계시니 오래 계시라 하기도 그렇습니다. 형님이 오시면 일간 장군을 직접 찾아가 뵙도록 말씀 드리겠습니다."

현덕 曰: "어찌 감히 선생께서 직접 찾아오게 하신단 말입니까? 수일 내로 제가 다시 와야지요. 종이와 붓을 빌려주시면 저의 간절한 뜻을 몇 자 적어 드릴 테니 형님께 전해 주시지요."

제갈균이 곧바로 문방사우(文房四友)를 내놓았다. 현덕이 얼어붙은 붓에 입김을 불어 가며 종이를 펼치고 글을 썼다. 그 글의 내용은:

---

25 육도(六韜)와 삼략(三略)을 이르는 말로 군사를 지휘하여 전쟁하는 방법. 역자 주.

"저 유비는 오래 전부터 선생님의 고명(高名)을 흠모하여 두 번 찾아왔다가 뵙지 못하고 그냥 돌아가게 되니 그 낙담한 마음을 무엇에 비하오리까! 유비는 황실의 후예로서 외람되게 명성과 작위를 얻고 있으나, 조정의 기강은 무너지고, 군웅들이 전국을 할거하여 나라를 어지럽히고, 악당들은 임금을 속이고 있지만, 그런 것을 엎드려 보고만 있자니 제 심장과 간담은 모두 찢어지는 듯합니다. 저는 비록 이들을 바로잡아 구제하고 싶은 마음은 간절하오나 이를 실천할 경륜과 계책이 부족합니다.

바라옵건대, 선생의 인자한 마음씨와 충의의 기상으로 흔쾌히 여망(呂望: 강태공)과 같은 큰 재주와 장자방(張子房: 장량)의 큰 계략을 펼쳐 주신다면, 천하를 위해 그리고 사직을 위해 이보다 더 큰 다행이 없을 것입니다.

우선 제 뜻을 이 몇 자의 글로 전하고, 다시 목욕재계한 뒤 찾아와서 직접 존안을 뵙고 저의 간절한 마음을 아뢰고자 하오니 부디 헤아려 주시기 바랍니다."

현덕은 쓴 편지를 제갈균에게 건네 준 뒤 하직을 하고 문을 나왔다. 제갈균은 문 밖까지 나와 전송하자 현덕은 자신의 뜻을 재삼 당부하고 떠났다.

현덕이 막 말에 오르려 하다가 문득 보니 동자가 울타리 밖을 향해 손을 흔들며 소리치기를: "노선생께서 오십니다!"

현덕이 그곳을 바라보니, 작은 다리 서편에 머리에는 털모자를 쓰고 몸에는 여우 털가죽으로 안을 댄 옷을 입은 사람이 나귀를 타고 오는데, 그 뒤에 푸른 옷을 입은 동자 하나가 호리술병을 손에 들고 눈을 밟으며 따라왔다. 그 사람은 다리를 건너오면서 시 한수를 읊었다. 그 시는:

지난밤 북풍한설이 그리도 몰아치더니 一夜北風寒
만 리 하늘에 먹구름이 두텁게 끼었네 萬里彤雲厚
끝이 없는 하늘 위엔 눈발만 흩날리니 長空雪亂飄
강산의 옛 모습이 몽땅 바뀌어 버렸네 改盡江山舊

고개를 들어 멀고 먼 허공을 바라보니 昂面觀太虛
마치 옥룡들이 서로 싸우는 듯 하구나 疑是玉龍鬪
옥룡의 비늘들이 어지러이 휘날리면서 紛紛鱗甲飛
잠깐 동안에 온 우주에 널리 퍼져가네 頃刻遍宇宙

나귀를 타고 조그만 다리 건너서 가며 騎驢過小橋
매화꽃이 시들었다 나홀로 탄식하노라 獨歎梅花瘦

현덕은 노래들 듣고 말하기를: "저분이야말로 와룡선생이시다."

말안장을 구르듯 내려온 현덕은 나아가 정중히 예를 갖추고 말하기를: "이 추운 날씨에 어디 다녀오시는지요! 이 유비 기다린 지 오래되었습니다."

그 사람이 황망히 나귀에서 내려 답례를 하는데 제갈균이 뒤에서 말하기를: "이분은 제 형님이 아니고 형님의 장인어르신인 황승언(黃承彦)이십니다."

현덕 曰: "방금 읊으신 시구(詩句)는 매우 훌륭하십니다."

황승언 曰: "이 늙은이가 작은사위 집에서 양보음(梁父吟)을 본 적이 있어 그 중 한 편을 외웠지요. 마침 작은 다리를 지나다가 우연히 울타리 사이에 떨어진 매화꽃을 보고 감흥이 일어 저도 모르게 읊었는데, 손님께서 듣고 계신 줄은 몰랐습니다."

현덕 曰: "사위님은 보셨습니까?"

황승언 曰: "이 늙은이도 그를 보려고 오는 중입니다."

현덕은 그 말을 듣고 황승언과 작별 인사를 하고 말을 타고 돌아가는데 눈바람이 더욱 거세졌다. 고개를 돌려 와룡강을 바라보는 현덕의 마음은 더욱 더 서글퍼진다.

후세 사람이 현덕이 눈바람을 맞아가며 공명을 찾아갔던 일만을 읊은 시가 있으니:

눈바람 몰아치던 날 어진 선비 찾아갔으나	一天風雪訪賢良
못 만나고 돌아서니 그 마음이 서글프도다	不遇空回意感傷
냇가의 다리는 얼고 산의 돌은 미끄러운데	凍合溪橋山石滑
추위는 말안장까지 파고들고 갈 길은 머네	寒浸鞍馬路途長
눈꽃송이는 머리 위로 배꽃 같이 흩날리고	當頭片片梨花落
솜버들 같은 눈송이들 얼굴 마구 때리는데	撲面紛紛柳絮狂
말채찍 멈추고서 고개 돌려 멀리 바라보니	回首停鞭遙望處
빛나는 은 조각들이 와룡강에 가득 쌓이네	爛銀堆滿臥龍岡

현덕이 신야로 돌아온 뒤로 세월은 덧없이 흘러 어느덧 이른 봄이 되었다. 현덕은 점쟁이로 하여금 점을 쳐서 길일을 택하고, 삼일 간 목욕재계하고 새 옷으로 갈아입고 다시 와룡강으로 공명을 만나 뵈러 떠날 준비를 했다.

보다 못한 관우와 장비는 마침내 함께 들어가 현덕에게 간하는데,

이야말로:

고현은 아직 영웅 뜻 따르려 하지 않는데　　高賢未服英雄志
몸 낮춰 찾아가려니 장수들이 언짢아하네　　屈節偏生傑士疑

그들이 무슨 말을 간하려는 건지 궁금하거든 다음 회를 기대하시라.

제 38 회

공명은 융중에서 천하삼분 계책 정하고
손중모는 장강에서 부친의 원수를 갚다

定三分隆中決策

戰長江孫氏報仇

현덕이 두 번이나 공명을 찾아갔으나 만나지 못하고, 이제 세 번째로 다시 찾아가려는 참이다.

관공 曰: "형님이 두 번이나 직접 찾아가신 것만 해도 그 예를 지나치게 베푼 것입니다. 내 생각에는 제갈량은 실속 없는 헛된 명성뿐인 자라 형님을 일부러 피하면서 만나려고 하지 않는 것입니다. 형님은 어쩌다가 그런 사람에게 이렇게 홀리어 있습니까?"

현덕 曰: "그렇지가 않네. 옛날 제(齊) 환공(桓公)은 그저 그런 선비인 야인(野人) 동곽(東郭)을 만나기 위해 다섯 번이나 찾아가서 겨우 한 번 만나 보았거늘, 하물며 내가 만나 보려는 분은 대현(大賢) 아니냐?"

장비 曰: "형님이 틀렸소이다. 그까짓 별 볼일 없는 촌놈이 무슨 대현이란 말이우? 이번엔 굳이 형님이 가실 필요가 뭐 있소. 만약 그가 오지 않겠다면 내가 삼밧줄로 꽁꽁 묶어 끌고 오리다."

현덕이 꾸짖기를: "너는 옛날 주(周) 문왕(文王)이 강자아(姜子牙: 강태공)를 찾아뵌 이야기도 들어 보지 못했단 말이냐? 문왕께서도 현자를 그처럼 공경했는데, 너는 어찌 이리도 무례하단 말이냐? 너는 이번에는

따라오지 마라. 나는 운장과 함께 갈 것이다."

장비 曰: "두 형님만 가면서, 왜 나만 남으라고 그러시오?"

현덕 曰: "네가 따라오려거든 절대로 무례한 짓을 해서는 안 된다. 알겠느냐?"

장비는 그러겠다고 대답했다.

이리하여 세 사람은 시종들을 데리고 융중으로 떠났다.

초려에 가까워지자 현덕은 말에서 내려서 걸어갔다. 마침 제갈균을 만난 현덕은 황급히 예를 갖추고 묻기를: "형님께서는 댁에 계신가요?"

제갈균 曰: "어제 저녁에 돌아오셨습니다. 지금 가시면 만날 수 있습니다."

말을 마치자마자 그는 훌쩍 제 갈 길을 가 버렸다.

현덕 曰: "이번엔 다행히 뵐 수 있겠구나."

장비 曰: "그 사람 참 무례하기 짝이 없구먼. 어딜 가더라도 우리를 집까지 안내해 주고 갈 것이지, 어찌 그냥 가 버린단 말이우!"

현덕 曰: "그 사람도 자신의 일이 있을 터인데, 어찌 강요할 수 있겠는가?"

집 앞에 이른 세 사람이 대문을 두드리자 동자가 문을 열고 나왔다.

현덕 曰: "미안하지만 들어가서 선생님께 유비가 만나 뵈러 왔다고 여쭈어라."

동자 曰: "오늘은 선생님께서 안에 계시기는 하는데, 지금 초당에서 낮잠을 주무십니다."

현덕 曰: "그렇다면 지금 알리지 말거라."

현덕은 관우와 장비에게 문 앞에서 기다리라 하고 천천히 문 안으로 들어가 보니 선생은 초당의 평상에 반드시 누워 자고 있었다. 현덕은 계단 아래서 공손히 두 손을 모으고 서 있었다.

반 식경이 지났지만 선생은 아직 깨어나지 않았다. 대문 밖에서 한참을 기다리던 관우와 장비는 안에서 아무런 인기척이 없자 안을 살짝 들여다보니 현덕이 여전히 꼼짝을 않고 서 있지 않는가!

몹시 화가 난 장비가 운장에게 말하기를: "저 선생이라는 자가 어찌 저리도 오만하단 말인가! 우리 형님이 계단 아래서 저렇게 공손히 서 있는 것을 보고도 제 놈은 높은 평상위에 누워서 낮잠을 핑계로 태연히 자는 척하다니! 내 집 뒤로 돌아가서 불을 질러도 제깟 놈이 일어나지 않는지 한번 두고 봅시다!"

운장이 그를 재삼 말렸다. 현덕은 두 사람에게 낮은 목소리로 밖에 나가서 기다리라고 했다. 마침 당상을 바라보니 선생이 몸을 뒤척이며 일어날 듯하더니, 벽 쪽으로 돌아누워 다시 잠을 잤다.

동자가 깨우려고 하는데 현덕이 낮은 소리로 말하기를: "놀라시게 하지 말거라."

그리고 현덕이 또 한 시진(時辰: 약 2시간)정도 서 있은 후, 공명은 비로소 잠을 깬 뒤 혼자말로 시를 읊었다:

큰 꿈에서 누가 먼저 깨어났는가 大夢誰先覺
내 일생 나 자신이 잘 알고 있네 平生我自知
초당에서 봄 낮잠 실컷 잤는데도 草堂春睡足
창 밖의 하루해는 길기도 하구나 窓外日遲遲

시를 다 읊은 공명이 몸을 뒤치며 동자에게 묻기를: "속세의 손님이 오시지 않았더냐?"

동자 曰: "유 황숙께서 오셔서 여기 서서 계신지 오래되었습니다."

공명이 일어서며 말하기를: "왜 일찍 깨우지 않고! 옷 좀 갈아입어야

겠구나!"

그러고는 후당으로 들어가 버렸다. 또 반 시진이 지난 뒤 마침내 의관을 정제하고 영접하러 나왔다.

현덕이 보니 공명은 키가 8척이요, 얼굴은 관옥(冠玉)처럼 희고, 머리에는 윤건(綸巾)[26]을 쓰고, 몸에는 학창의(鶴氅衣)[27]를 걸친 모습이 마치 세속을 초연한 신선의 기개가 풍긴다.

현덕이 절을 하며 말하기를: "한 황실의 후예로 탁군 출신의 우둔한 이 유비가 오래 전부터 선생의 존함을 우렛소리처럼 들었습니다. 지난번 두 번 찾아왔다가 뵙지 못하고 제 이름만 두어 자 적어 놓고 갔었는데, 혹시 보셨는지 모르겠습니다."

공명 曰: "남양의 야인으로 살다보니 게으름이 습관이 되어 버려 장군을 여러 번 오시게 하였으니 부끄럽기 짝이 없소이다."

두 사람이 예를 마치고 손님과 주인의 자리를 정하고 앉으니, 동자가 차를 올렸다.

차를 한 모금 마신 공명이 먼저 말하기를: "전번에 두고 가신 글을 보고 장군의 백성과 나라를 걱정하는 마음은 충분히 알 수 있었습니다. 하지만 제가 아직 어리고 재주가 없어서 물으시는 말씀에 옳게 대답할 수 없는 게 한이오."

현덕 曰: "사마덕조와 서원직의 말씀이 어찌 모두 빈말이겠습니까? 부디 선생께서 이 어리석은 유비를 버리지 마시고 가르침을 주시기 바랍니다."

공명 曰: "덕조와 원직은 천하의 이름 높은 선비들이지만, 저는 한낱 밭을 가는 농사꾼에 지나지 않는데, 어찌 감히 천하의 일을 논하겠소?

26 청색실로 만든 두건, 일명 제갈건. 역자 주.

27 소매가 넓고 뒤 솔기가 갈라진 흰옷의 가를 검은 천으로 넓게 댄 웃옷. 역자 주.

두 사람이 잘못 천거하였소. 장군께서는 어찌하여 아름다운 옥돌을 내버리고 쓸모없는 잡석을 찾으시려는 것이오?"

현덕 曰: "대장부가 세상을 경영할 기이한 재주를 품고 있으면서 어찌 산속에서 은둔하면서 헛되이 세월만 보내고 계십니까?

원컨대 선생께서는 천하의 불쌍한 백성들을 생각하시어, 유비의 우둔함을 깨우치고 가르침을 주시기 바랍니다."

공명이 웃으며 말하기를: "장군의 뜻을 들어 보고 싶소."

현덕이 주위 사람들을 물리고 자세를 고쳐 앉으며 고하기를: "한 황실은 붕괴되어 간신들이 황명을 훔쳐 나라를 다스리는 것을 보고, 저 자신의 역량을 가늠하지 못하고 대의(大義)를 천하에 펴려고 하다 보니, 지혜는 얕고 책략마저 모자라 결국 성취한 게 아무것도 없습니다. 부디 선생께서 저의 우둔함을 깨우쳐 주시고, 재앙에 빠진 나라를 구제하여 주시면 실로 천만다행이겠습니다."

공명 曰: "동탁이 모반을 일으킨 이래로 천하의 호걸들이 사방에서 일어났지요. 처음에 조조의 세력이 원소에 훨씬 미치지 못했지만 결국 원소를 이길 수 있었던 것은 그가 천시(天時)를 얻었을 뿐만 아니라 그의 계략이 뛰어났기 때문이오.

지금 조조는 백만 대군을 보유하고 있으며, 천자를 끼고 모든 제후들을 호령하고 있으니, 지금은 그와 맞붙어 싸워서는 안 됩니다.

손권은 강동을 삼대(三代)가 지나도록 오랫동안 점거하고 있는데다 그곳은 곳곳마다 험준한 요새이고 백성들도 그를 잘 따르므로, 그와는 동맹을 맺어 원군으로 활용은 할 수 있어도 그를 도모할 수는 없습니다.

그러나 형주(荊州)는 북으로는 한수(漢水)와 면수(沔水)까지 차지하고 있고, 남으로는 남해(南海)에 이르기까지 모두 이로운 땅이며, 동으로는 오(吳)와 회(會)에 이르고 서로는 파군(巴郡)과 촉군(蜀郡)까지 통하니, 이곳이야말로 지금 군사를 사용할 수 있는 지역으로, 그에 걸맞은 주인이 아니면 지켜낼 수 없는 곳입니다. 이곳은 아마 하늘이 장군께 주시려는 땅이라고 생각되는데, 뜻이 있으신지 모르겠습니다.

익주(益州)는 지세가 험한 요새인데다 비옥한 땅이 천리나 뻗어있고 천연자원이 풍부한 곳입니다. 그래서 고조께서는 이곳을 근거지로 삼아 제업(帝業)을 이루셨지요. 현재 이곳을 다스리는 유장(劉璋)은 어리석고 나약하여 백성도 많고 물자도 풍부함에도 그들을 잘 돌볼 줄을 몰라, 그곳의 지혜가 있고 능력이 있는 인사들은 밝은 군주를 만나기만을 바라고 있습니다.

장군께서는 한 황실의 후예로서 신의를 천하에 날리고 계신데다 영웅들을 모두 끌어안고 있으면서도 어진 인재를 목마르게 갈구하고 있으니, 만약 형주와 익주 두 곳을 차지하고 그 요새를 발판으로 서쪽 오랑캐들과 화친하고 남쪽의 이족(彝族)과 월족(越族)들을 잘 위무하고 밖으로는 손권과 동맹하고, 안으로는 정사를 잘 돌보면서 천하의 변화를 기다렸다가, 상장군 한 명에게 형주 군사를 거느리고 완성(宛城)과 낙양(洛陽)을 향해 쳐들어가게 하고, 장군께서는 몸소 익주의 군사를 거느리고 진천(秦川)으로 나가신다면 백성들은 도처에서 모두 음식을 싸들고 나와 장군을 환영할 것입니다.

만약 이렇게만 하신다면 대업을 이룰 수 있을 뿐만 아니라 한 황실도 일으켜 세울 수 있습니다.

이것이 저 제갈량이 장군을 위해 생각해 낸 계책이오니, 장군께서 한 번 시도해 보시지요."

말을 마친 공명은 동자에게 그림 한 두루마리를 가지고 나오라고 하더니 중당(中堂)에 걸도록 했다. 그리고 그 지도를 가리키며 현덕에게 말

하기를: "이것은 서천(西川)의 54개 주를 그린 지도입니다. 장군께서 패업(霸業)을 성취하시고자 한다면 북쪽은 천시(天時)를 얻은 조조에게 양보하고, 남쪽은 지리(地利)를 점한 손권에게 양보하시고, 장군께서는 인화(人和)를 차지하셔야 합니다.

그러기 위해서 우선 형주를 차지하여 기반을 닦으신 후에 서천을 취하여 나라의 기틀(基業)을 세워, 조조와 손권 그리고 장군이 솥의 세 발 모양의 형세인 정족지세(鼎足之勢)를 이루고, 그런 연후에 비로소 중원을 도모할 수 있습니다."

그의 말을 듣고 난 현덕은 자리에서 벌떡 일어나 두 손을 마주 잡으며 고맙다고 인사하며 말하기를: "선생의 말씀은 지금까지 꽉 막혀있던 제 가슴을 훤히 뚫어주셨으며, 마치 구름과 안개를 헤치고 푸르른 창공을 바라보는 듯합니다. 하지만 형주 유표와 익주 유장은 모두 한 황실의 종친인데 제가 어찌 그들의 땅을 차마 빼앗을 수 있겠습니까?"

공명 曰: "제가 어젯밤 천문을 보니 유표는 얼마 살지 못할 것 같으며, 익주의 유장은 나라를 세울만한 인물이 못 되니, 머지않아 그들의 땅이 틀림없이 장군에게로 돌아올 것입니다."

현덕은 그 말을 듣고 머리를 조아려 절을 하며 감사했다.

공명이 방금 한 말은 그가 초려(草廬)를 떠나기 전에 천하가 셋으로 나누어 질 것을 이미 알고 있었다는 것으로, 세상 어느 누구와도 비교할 수 없는, 실로 만고의 특출한 인물이라 하겠다.

후세 사람이 그를 찬탄하는 시를 지었으니:

현덕은 그 당시 곤궁해 탄식만 했는데	豫州當日嘆孤窮
남양 땅에 와룡 있어 얼마나 다행인가	何幸南陽有臥龍
훗날 천하가 삼분되는 곳 알고자 하니	欲識他年分鼎處

와룡선생은 웃으면서 지도만 가리키네 先生笑指畵圖中

현덕은 절을 하며 공명에게 진심으로 부탁하기를: "제가 비록 이름도 없고 덕도 부족하지만 선생께서는 부디 미천한 몸을 버리지 마시고 산을 내려가 저를 도와주시기 바랍니다. 저는 선생님의 밝은 가르침을 마땅히 받들겠습니다."

공명 曰: "저는 세상사에 관심을 버린 지 이미 오래고 농사나 짓는 게 마음이 편하여 장군의 명을 받들 수가 없습니다."

현덕이 울면서 말하기를: "선생께서 산을 내려가지 않으시면 장차 불쌍한 백성들은 어찌합니까?"

말을 마친 현덕의 눈에서는 하염없이 눈물이 흘러 겉옷의 소매는 물론 옷깃까지 다 젖었다.

공명은 현덕의 이러한 모습에 감동하지 않을 수 없어 마침내 말하기를: "장군께서 저를 그렇게 인정해 주시니 저 또한 견마지로(犬馬之勞)를 다하겠습니다."

현덕은 너무나 기쁜 마음에 곧바로 관우와 장비를 불러 인사를 시키고 가지고 온 황금과 비단 등 예물을 바쳤으나 공명은 한사코 사양하며 받지 않았다.

현덕 曰: "이것은 대현을 초빙하려는 의미의 예물이 아니오라 저의 작은 정성을 표시하는 것일 뿐입니다."

공명은 그제야 예물을 받았다. 이에 현덕은 공명의 초려에서 하룻밤을 함께 지냈다.

다음 날 제갈균이 돌아오자 공명이 당부하기를: "나는 유 황숙께서 세 번이나 찾아주신 은혜를 입었으니 이곳을 떠나지 않을 수가 없구나. 너는 여기서 부지런히 농사를 지어 땅을 묵히는 일이 없도록 하거라. 나는 공을 이루는 그날로 이곳으로 다시 돌아올 것이다."

후세 사람이 이 일을 감탄한 시가 있으니:

출세하기 전에 먼저 물러날 일을 생각하니	身未升騰思退步
공 이룬 날에는 떠날 때의 말 잊지 않으리	功成應憶去時言
다만 유현덕의 간곡한 당부가 있는 후여서	只因先主丁寧後
별은 가을바람 불 때 오장원에서 떨어졌네	星落秋風五丈原

또 이런 고풍스런 시가 있으니:

한고조 유방이 석 자 길이 검을 쥐고	高皇手提三尺雪
맹탕산에서 밤에 백사 죽이고 일어나	芒碭白蛇夜流血
진과 초 평정하고 함양에 들어갔지만	平秦滅楚入咸陽
이백 년 전 거의 대가 끊어질 뻔했지	二百年前旣斷絕
위대한 광무제가 낙양에서 다시 세워	大哉光武興洛陽
이어오다 환영제 때 다시 허물어졌네	傳至桓靈又崩裂
헌제 때 어쩌다 허창으로 천도했지만	獻帝還都幸許昌
천하 호걸들 사방에서 들고 일어났네	紛紛四海生豪杰
조조는 천시를 얻어 권력을 농단하고	曹操專權得天時
강동 땅에선 손권이 나라를 세웠다네	江東孫氏開鴻業
곤궁한 현덕은 천하를 도망 다니다가	孤窮玄德走天下
홀로 신야에 머물며 백성들 걱정했네	獨居新野愁民危

남양현의 와룡선생 큰 뜻이 있었으니 南陽臥龍有大志
용병과 온갖 병법 가슴속에 숨겨놓고 腹內雄兵分正奇
서서가 떠나면서 남긴 말에 의지하여 只因徐庶臨行語
삼고초려 끝에 서로의 마음 알았다네 草廬三顧心相知

와룡선생 그때 나이 겨우 27세였으니 先生爾時年三九
거문고와 책만 가지고 초려를 떠났네 收拾琴書離隴畝
먼저 형주 땅 차지한 뒤 서천 취하는 先取荊州後取川
큰 경륜 펼쳐 하늘 같은 솜씨 보이네 大展經綸補天手

거침없는 언변은 폭풍우를 몰고 오고 縱橫舌上鼓風雷
담소 중에도 흉중에선 별자리 바꾸네 談笑胸中換星斗
늠름한 위풍 떨치어 천하를 안정시켜 龍驤虎視安乾坤
천추만고에 그 이름 길이길이 남기네 萬古千秋名不朽

현덕 등 세 사람은 제갈균과 작별하고 공명과 함께 신야로 돌아왔다. 공명을 스승처럼 모시는 현덕은 식사 때는 한 식탁에서 밥을 먹는 것은 물론이며 잠잘 때도 한 침상에서 자는 등 하루 종일 함께 천하대사를 의논했다.

공명 曰: "조조가 기주에서 현무지(玄武池)라는 호수를 만들고 수군을 훈련시키는 것은 틀림없이 강남을 칠 생각이 있기 때문입니다. 주공께서는 은밀히 사람을 보내 강동의 내막을 알아오게 하십시오."

현덕은 그의 말에 따라 강동으로 사람을 보내 그곳의 내부 사정을 탐지하도록 했다.

한편 손권은 손책이 죽은 뒤에 강동을 다스리며 부친과 형님의 기업을 이어받아 현사(賢士)들을 널리 받아들여, 오군(吳郡)과 회군(會郡)에는 아예 영빈관(迎賓館)까지 설치해 놓고, 고옹(高雍)과 장굉(張紘)으로 하여금 사방에서 모여드는 인재들을 영접하도록 했다.

그 결과 몇 년 동안 너나없이 서로서로를 천거하여 인재들이 속속 모여들었다. 이때 등용된 인물들을 보면, 회계(會稽) 출신의 감택(闞澤: 자는 덕윤德潤), 팽성(彭城) 출신의 엄준(嚴畯: 자는 만재 曼才), 패군(沛郡) 출신의 설종(薛綜: 자는 경문 敬文), 여남(汝南) 출신의 정병(程秉: 자는 덕추 德樞), 오군(吳郡) 출신의 주환(朱桓: 자는 휴목 休穆), 육속(陸續: 자는 공기 公紀), 장온(張溫: 자는 혜서 惠恕), 능통(凌統: 자는 공적 公積), 회계군 오상현(烏傷縣) 출신의 낙통(駱統: 자는 공서 公緖), 오군 오정(烏程) 출신의 오찬(吾粲: 자는 공휴 孔休) 등이다. 손권은 강동으로 자신을 찾아온 이런 인사들을 모두 공경하며 매우 후하게 대우했다.

또한 여러 명의 뛰어난 장수들도 구했으니, 여양(汝陽) 출신의 여몽(呂蒙: 자는 자명 子明), 오군 출신의 육손(陸遜: 자는 백언 伯言), 낭야(琅琊) 출신의 서성(徐盛: 자는 문향 文向), 동군(東郡) 출신의 반장(潘璋: 자는 문규 文珪), 여강(廬江) 출신의 정봉(丁奉: 자는 승연 承淵) 등을 얻었다.

이러한 문관과 무관들이 손권을 보좌하니, 이로써 강동에는 인재가 흥성하다는 소문이 파다했다.

건안 7년(서기 202년), 원소를 격파한 조조는 강동으로 사자를 보내 손권으로 하여금 그의 아들을 조정으로 보내 황제의 어가를 모시게 하도록 했다.

손권이 결단을 못 내리고 머뭇거리자 그의 모친 오(吳) 태부인(太夫人)이 주유와 장소를 불러들여 직접 의논을 했다.

장소 曰: “조조가 주공의 아들을 조정으로 불러들이는 것은 아들을 볼모로 삼아 제후들을 견제하려는 수법입니다. 만약 들여보내지 않으면 그것을 핑계로 강동으로 쳐들어올 것이니, 그리되면 형세는 틀림없이 위태로워질 것입니다.”

주유 曰: “우리 장군께서는 부친과 형님께서 물려주신 넉넉한 물자와 여섯 개 군의 백성을 거느린 뒤로 병사들은 용맹하고 군량미도 넉넉하며, 장수와 병사들 간의 명령 체계도 잘 수립되어 있는데, 뭐가 무서워서 그들이 강요한다고 볼모로 보낸단 말입니까? 일단 볼모로 잡히면 어쩔 수 없이 조씨 일가와 화친해야 하고, 그가 오라고 부르면 또 가지 않을 수 없으니, 이렇게 되면 늘 그들의 통제를 받게 됩니다. 차라리 보내지 말고 천천히 그 사태의 변화를 지켜보면서 상황에 따라 좋은 계책을 세워 대처하는 편이 낫습니다.”

오 부인 曰: “공근(公瑾: 주유)의 말이 옳다.”

손권은 결국 주유의 말에 따라 사자를 그냥 돌려보내고 아들을 보내지 않았다. 이때부터 조조는 강남을 칠 생각을 품고 있었지만 현재 북방이 안정되지 못해 남쪽을 정복할 겨를이 없었을 뿐이다.

건안 8년 11월(서기 203년 11월), 군사를 이끌고 황조를 치러간 손권은 장강 전투에서 황조 군에 승리를 거두었다. 하지만 작고 빠른 배로 선두에 서서 하구(夏口)로 쳐들어갔던 손권의 부장(副將) 능조(凌操)가 황조의 부장 감녕(甘寧)이 쏜 화살에 맞아 죽고 말았다.

함께 전투에 나섰던 능조의 아들 능통(凌統)이 죽을힘을 다해 싸워 부친의 시신을 빼앗아 가지고 돌아왔는데, 이때 나이 겨우 15세였다.

손권은 비록 싸움에서 승리를 거두기는 했지만 더 이상 쳐들어가는 것은 무리라고 판단하여 군사를 거두어 동오(東吳)로 돌아왔다.

한편 단양(丹陽) 태수로 있는 손권의 아우 손익(孫翊)은 성미가 괴팍

한데다 술을 좋아해, 술에 취하기만 하면 군사들을 매질하기 일쑤였다. 단양의 감찰 장수인 규람(嬀覽)과 군승(郡丞: 부군수)인 대운(戴員) 두 사람은 늘 손익을 죽이려는 마음을 품고 있었다. 그리하여 손익의 시종(侍從) 변홍(邊洪)과 결탁하여 그를 심복으로 만든 뒤, 손익을 죽이려고 공모를 했다.

마침 태수 손익이 여러 장수와 현령들을 단양으로 불러 모아 연회를 베풀었다.

손익의 처 서씨는 미모와 지혜를 모두 갖춘 여자로 주역(周易)도 통달하여 점까지 잘 쳤다. 이날 서씨가 점괘를 뽑아보니 매우 안 좋게 나와, 손익에게 연회에 나가지 말라고 권했다. 하지만 손익은 부인의 말을 듣지 않고 연회장에서 술을 잔뜩 마시고 밤이 되어서야 연회를 마쳤다. 손익이 술에 취한 채로 문을 나서는 순간, 그를 수행하던 변홍의 칼에 찔려 죽고 말았다. 규람과 대운은 모든 죄를 변홍에게 뒤집어씌워 그를 저잣거리로 끌고 가서 목을 베어 버렸다. 그러고는 손익의 재산은 물론 시녀들까지 약탈했다.

게다가 규람은 손익의 처 서씨가 미모임을 알고 그녀에게 말하기를: "내가 네 남편의 원수를 갚아주었으니 너는 나를 섬기라. 그렇지 않으면 죽여 버릴 것이다."

서씨 曰: "남편이 돌아가신지 며칠도 안 되었는데 차마 곧바로 당신 말을 따를 수는 없소. 그믐날까지만 기다려주시면 제사를 지내고 상복을 벗은 다음에 당신을 섬기겠소."

규람은 그 말을 믿었다.

서씨는 은밀히 손익의 심복 장수였던 손고(孫高)와 부영(傅嬰)을 부중(府中)으로 불러 울면서 부탁하기를: "제 남편이 살아계실 적에 늘 두 분의 충성과 의리에 대해 말씀하셨지요. 지금 규람과 대운 두 역적 놈이

제 남편을 모살해 놓고 변홍에게 그 죄를 뒤집어씌우고 우리 집 재물과 노비들까지 그 놈들 둘이 나누어 가졌어요. 그뿐만 아니라 규람은 제 몸까지 강제로 차지하려고 하기에, 일단 거짓으로 허락하여 이달 그믐날까지는 시간을 벌어 그놈을 안심시켜 놓았어요.

두 분 장군께서는 오늘 밤 당장 사람을 오후(吳侯: 손권)께 보내어 이 사실을 알리는 한편, 비밀리에 두 놈을 도모할 계책을 세워 이 원수를 갚아주신다면 죽어서도 그 은혜는 잊지 않을 것입니다."

말을 마친 서씨는 다시 두 번 절을 했다.

손고와 부영 역시 울면서 말하기를: "저희는 평소 태수님의 특별한 은혜를 입었습니다. 이런 변고를 당하고도 저희가 곧바로 따라 죽지 못한 것은 바로 태수님의 원수를 갚기 위해서인데, 부인께서 명령하신 일을 어찌 감히 소홀히 할 수 있겠습니까?"

두 사람은 은밀히 심복 사자를 손권에게 보고하러 보냈다.

그믐날이 되었다.

서씨는 먼저 손고와 부영 두 장수를 불러 밀실의 휘장 뒤에 숨어 있게 한 다음, 대청 위에 제사상을 차려놓았다. 제사를 마치고 상복을 벗어버린 서씨는 목욕을 하고 향유도 바르고 화장까지 곱게 한 뒤에 마치 아무 일도 없었던 것처럼 천연스럽게 웃고 이야기를 했다. 이런 말을 들은 규람은 매우 기뻐했다.

밤이 되자 서씨는 시비(侍婢)를 보내 규람을 오시도록 청했다. 대청 한가운데 술상을 잘 차려놓고 술을 대접했다. 술이 거나하게 취한 것을 본 서씨는 규람에게 밀실로 들어가자고 했다. 기뻐 어쩔 줄을 모르는 규람은 비틀거리며 서씨를 따라 안으로 들어갔다.

그때 서씨가 큰 소리로 부르기를: "손 장군과 부 장군은 어디 계십니까?"

말이 채 끝나기도 전에 휘장 뒤에서 두 장군이 뛰쳐나왔다. 규람은 미처 손 쓸 새도 없이 부영의 칼에 맞아 쓰러졌다. 이어서 손고가 다시 칼을 내리쳐 규람의 목을 베어 버렸다.

서씨는 다시 대운에게 사람을 보내 술을 드시러 오라고 청했다. 대운이 부중으로 들어와 대청에 이르자 그 역시 두 장수에 의해 죽임을 당했다. 그러고는 사람들을 보내 두 원수 집안의 가솔들은 물론 나머지 잔당들까지 모조리 죽여 버렸다.

서씨는 다시 상복을 입고 손익의 영전에 규람과 대운의 수급을 올려놓고 제사를 지냈다.

아우의 갑작스런 사망 소식을 들은 손권이 몸소 군사를 이끌고 단양에 도착했을 때는 서씨가 이미 규람과 대운 두 놈을 죽인 뒤였다. 손권은 손고와 부영을 아문장(牙門將)으로 봉하여 단양을 지키도록 하고 서씨를 데리고 돌아가서 여생을 편안하게 지내도록 했다. 이 일을 두고 서씨를 칭찬하지 않는 강동 사람은 하나도 없었다.

후세 사람이 서씨를 찬탄한 시가 있으니:

재색과 절개 겸비한 여인 세상에 없다지만 　　才節雙全世所無
하루아침에 간악한 무리 없앤 여인 있었네 　　姦回一旦受摧鋤
못난 신하 역적 따르고 충신은 죽을지라도 　　庸臣從賊忠臣死
이들 모두 동오의 여장부에 미치지 못하네 　　不及東吳女丈夫

동오 전 지역의 모든 산적들을 평정하고, 장강에는 7천여 척의 전선을 갖게 된 손권은 주유를 대도독(大都督)으로 임명하여 강동의 수륙 군사를 총괄하도록 했다.

건안 12년(서기 207년) 겨울 10월, 손권의 모친 오 태부인은 그의 병세가 위중해지자 주유와 장소 두 사람을 불러 말하기를: "나는 원래 오나라 사람으로 어릴 때 부모를 여의고, 남동생 오경(吳景)과 함께 월(越) 땅으로 가서 살았소. 뒤에 손씨 집안에 시집을 와서 아들 넷을 낳았으니, 큰아들 책(策)을 낳을 때는 달이 내 품에 들어오는 꿈을 꾸었고, 둘째 권(權)을 낳을 때에는 해가 품속으로 들어오는 꿈을 꾸었소. 당시 점쟁이가 말하기를, '해와 달이 품안으로 들어오는 꿈을 꾸면 그 자식들은 크게 귀하게 된다.'고 하더이다. 그런데 불행하게 큰아들은 일찍 죽고 말았소. 이제 강동의 기업은 둘째에게 맡기려고 하니, 부디 공들은 한마음으로 권을 도와주기 바라오. 그러면 그 은혜는 죽어서도 잊지 않을 것이오."

이어서 손권에게 당부하기를: "너는 자포(子布: 장소)와 공근(公瑾: 주유)을 스승의 예로 섬기기를 하루도 소홀히 해서는 안 된다. 내 여동생은 나와 함께 네 부친을 섬겨 왔으니, 역시 네 모친이기도 하다. 내가 죽은 뒤, 내 여동생을 나를 섬기듯 대해야 한다. 그리고 네 누이도 잘 돌보아 주고, 좋은 신랑감을 골라 시집을 보내 주거라."

말을 마친 오 태부인은 곧 숨을 거두었다. 손권이 슬피 곡을 하고 예를 다해 장례를 치러 주었음은 새삼 말할 필요도 없다.

다음해 봄이 되자 손권은 다시 황조를 치기 위해 상의했다.

장소 曰: "모친상 중으로 아직 1년도 안 됐는데, 군사를 움직여서는 안 됩니다."

주유 曰: "원수를 갚아야 하는데 언제까지 기다린단 말이오?"

손권은 주저하며 결정을 내리지 못했다.

마침 그때 북평도위(北平都尉) 여몽(呂蒙)이 들어와서 고하기를: "제가 용추수(龍湫水)의 어귀를 지키고 있는데 황조의 부장 감녕(甘寧)이 투항을 해왔습니다. 제가 자세히 물어보니 그의 자는 흥패(興覇)이고 파군(巴郡) 출신입니다. 그는 경서와 사기에 밝을 뿐만 아니라, 힘이 장사이고 의협심이 강해 일찍이 떠돌아다니는 자들을 불러 모아 강호를 누비고 다녔습니다.

그는 허리에 구리 방울을 차고 다녔는데, 당시 사람들은 그 방울 소리만 들어도 다 달아났다고 합니다. 그는 일찍이 서천 땅에서 나는 비단, 즉 서천금(西川錦)으로 돛을 만들어 배를 타고 다녔기 때문에 사람들은 모두 그를 '금범적(錦帆賊)'이라 불렀다고 합니다.

그러다가 그는 지난날 자신의 잘못을 뉘우치고 좋은 일을 해보려고 무리들을 이끌고 형주의 유표를 찾아갔으나 유표가 큰일을 이룰만한 인물이 아님을 알고 곧바로 동오로 투항하기 위해 찾아오던 중 하구(夏口)에서 황조를 만나 그곳에 머물게 되었습니다.

지난번 동오가 황조를 쳤을 때, 감녕의 힘으로 황조는 하구를 되찾았음에도 그를 매우 박대했습니다. 도독인 소비(蘇飛)가 여러 차례 감녕을 중용토록 천거했지만, 황조가 말하기를, '강에서 노략질이나 일삼던 도적 출신을 어찌 중용할 수 있나!'라며 거절했다고 합니다.

그래서 감녕은 더욱 불만을 품게 되었고, 그런 마음을 잘 알고 있는 도독 소비가 하루는 감녕을 자신의 집으로 초대하여 술을 마시며 말하기를, '내가 공을 황조에게 여러 번 천거했지만 주공이 쓸 줄을 모르니 어쩔 수 없네. 세월은 빠르게 지나가는데, 사람이 살면 얼마나 살겠는가! 그러니 공은 스스로 앞길을 개척하시게. 내가 그대를 악현(鄂縣)의 현령으로 천거할 테니, 그곳에 계속 있던지, 아니면 다른 길을 택하던지 그것은 그대가 결정하시게.'

이리하여 하구를 떠나온 감녕은 곧바로 강동으로 오고 싶었으나 지난번 자신이 황조를 구하기 위해 능조를 죽인 일로 주공께서 원한을 품고 계실까 두려워 먼저 저에게 연락을 했습니다. 그래서 제가, '우리 주공께서는 유능한 인재를 마치 목마른 사람이 물을 찾듯이 구하시는 분이시라 지난날의 원한을 마음에 새겨두실 분이 아니오. 하물며 그때 그 일은 각자 자신의 주인을 위해서 한 일인데 어찌 그대에게 원한을 품고 있겠느냐?'고 말해 주었습니다.

그랬더니 감녕이 흔쾌히 자신의 부하들을 이끌고 강을 건너 주공을 뵈러 온 것이니, 주공께서 처분을 내려주시기 바랍니다."

손권이 매우 기뻐하며 말하기를: "내가 흥패(興霸: 감녕)를 얻었으니 이젠 황조를 쳐부순 거나 다름없다."

그러고는 여봉에게 즉시 감녕을 데리고 들어오라고 명했다.

감녕이 들어와서 절을 하자, 손권이 말하기를 "흥패가 나를 찾아와 주니 내 마음이 너무나 흡족하오. 내 어찌 지난 일을 원망하겠는가? 어떤 의심도 품지 말고 황조를 깨뜨릴 계책이나 나에게 알려주시오."

감녕 曰: "지금 한나라는 날로 위태로워지고 있으며 조조는 결국 황제의 자리를 빼앗고 말 것입니다. 또한 조조는 남쪽의 형주 땅을 빼앗으려고 할 것입니다. 그러나 형주의 유표는 먼 앞날을 내다볼 줄 모르고 그의 아들 또한 어리석고 무능하여 부친의 기업을 이어받아 지킬만한 능력이 없으니 공께서는 속히 형주를 취하도록 하십시오. 만약 지체하시면 조조가 먼저 차지할 것입니다.

하지만 당장은 황조부터 치셔야 합니다. 황조는 이제 너무 늙어서 사리에 어둡고 재물만 밝히면서, 백성은 물론 관리들의 재물도 탐하고 있어 사람들은 모두 그를 원망하고 있습니다. 병장기들은 모두 녹이 슬고 군중에는 규율이 무너졌습니다. 명공께서 만약 쳐들어가시면, 그들의 기세는 금방 깨뜨려질 것입니다. 황조를 쳐부수면 즉시 서쪽으로 진격하여 초관(楚關)을 차지하고, 그 다음 파(巴), 촉(蜀)을 도모하십시오. 그러면 패업을 성취할 수 있습니다."

손권 曰: "이야말로 금과옥조(金科玉條)로 삼을 귀중한 말씀이오."

마침내 손권은 주유를 대도독으로 삼아 수륙(水陸) 양군을 총감독하게 하고, 여몽을 전방 부대의 선봉으로, 동습과 감녕을 부장으로 삼고, 손권 자신은 10만 대군을 거느리고 황조를 치러 출발했다.

첩자가 이 사실을 탐지하여 즉시 강하로 보고하니, 황조가 급히 여러 장수들을 불러 모아 상의하여 소비를 대장으로 삼고, 진취(陳就)와 등룡(鄧龍)을 선봉으로 삼아, 강하의 전 군사를 동원하여 적을 맞으러 나갔다.

진취와 등용은 각기 한 부대의 전선(戰船)을 거느리고 면수(沔水)의 하구(下口) 위에 진지를 세우고, 전함마다 각기 강궁과 쇠뇌 1천여 개를 설치해 놓고 수면 위에 전선들을 굵은 밧줄로 단단히 매어 연결해 놓았다.

동오의 군사들이 가까이 오자, 황조의 군사들은 전선 위에서 북소리를 울리며 화살과 쇠뇌를 일제히 쏘니, 동오의 군사들은 감히 앞으로 나아가지 못하고 강 아래로 몇 리를 후퇴했다.

감녕이 동습에게 말하기를: "일이 이 지경에 이르렀으니, 진격하지 않을 수 없소."

작은 배 1백여 척을 골라, 배 1척 당 정예병 50명씩 태웠다. 그중 20명은 전속력으로 노를 젓고, 나머지 30명은 모두 갑옷을 입고 칼을 들고 날아오는 화살과 돌을 무릅쓰며 곧바로 적의 전선 속으로 깊숙이 침투하여 붙들어 매어놓은 전선들의 밧줄을 닥치는 대로 칼로 끊어 버리자, 전선들이 제멋대로 뒤엉키며 흩어지기 시작했다.

감녕은 몸을 날려, 적의 전선으로 올라가 칼로 적의 선봉장 등용을 찍어 죽였다. 이를 본 진취는 배를 버리고 달아났다. 진취가 달아나자 여몽이 작은 배로 옮겨 타고 자신이 직접 노를 저어 곧바로 선대(船隊)로 들어가 불을 질러 배들을 불태웠다. 진취가 황급히 강기슭 위로 올라가려고 할 때, 여몽이 필사적으로 앞으로 쫓아가 칼로 가슴을 찌르니 그는 바로 뒤집히고 말았다.

소비가 군사를 이끌고 강기슭 위로 와서 지원하려고 했으나, 동오의 여러 장수들이 먼저 강기슭 위로 올라오니 그 세력을 감당할 수가 없었다. 결국 황조의 군사는 대패했고 소비는 황급히 달아나다 동오의 대장 반장(潘璋)과 마주쳤다. 두 필의 말이 서로 어우러져 싸운 지 불과 몇 합 만에 소비는 반장에게 사로잡혀 손권이 있는 본선의 배로 끌려갔다.

손권은 그를 함거에 가둬 놓도록 하고, 황조를 잡으면 함께 죽이려고 했다. 그러고는 전군을 독려하여 밤낮을 가리지 않고 하구를 공격하도록 했다.

이야말로:

비단 돛단배 도적 출신을 기용하지 않더니	只因不用錦帆賊
굵은 밧줄로 매어놓은 전선 깨어져 버리네	致令衝開大索船

황조와의 승부가 어찌 될지 궁금하거든 다음 회를 기대하시라.

제 39 회

형주의 유기 공자 세 번이나 계책 묻고
공명은 박망파에서 처음 군사를 부리다

荊州城公子三求計

博望坡軍師初用兵

손권이 군사를 독려하여 하구를 맹공격하니, 황조는 군사들이 패한데다 장수들마저 죽어서 끝까지 지켜낼 수 없음을 알고 결국 하구를 버리고 형주로 달아났다.

황조가 틀림없이 형주로 달아날 것으로 예상한 감녕은 미리 동문 밖에 군사들을 매복시키고 기다렸다.

황조가 기병 수십 명만 데리고 동문을 막 벗어나려는 순간, 갑자기 함성이 크게 일면서 감녕이 그의 앞길을 가로막고 나섰다.

황조가 말 위에서 감녕에게 말하기를: "내 지난날 너를 그리 박대하지 않았거늘, 지금 왜 이리 나를 핍박하는가?"

감녕이 꾸짖기를: "내가 지난날 강하(江夏)에서 그리 많은 공을 세웠음에도 너는 끝까지 나를 강에서 도적질이나 하는 놈으로 취급해 놓고 이제 와서 뻔뻔하게 박대하지 않았다고 말하느냐?"

황조는 가로막고 있는 감녕을 뚫고 나가기는 어렵다고 판단하여 갑자기 말머리를 돌려 달아났다. 감녕은 부하들을 제치고 직접 황조의 뒤를 쫓았다. 그 순간 등 뒤에서 갑자기 함성이 일어나면서 여러 기병들이 쫓아왔다. 감녕이 뒤돌아보니 정보가 기병을 거느리고 오고 있었다.

감녕은 정보에게 공을 뺏기지 않을까 염려되어 황급히 활을 잡고 화살을 메겨 황조의 등을 향해 쏘았다. 화살에 맞은 황조가 몸이 뒤집히며 말에서 굴러 떨어지니 감녕은 즉시 달려가서 그 머리를 베어 말머리를 돌려, 달려오는 정보의 군사들과 하나로 합친 다음 돌아와서 손권에게 황조의 수급을 바쳤다.

손권은 황조의 수급을 나무상자에 담아서, 강동으로 돌아가 부친의 영전에 바치고 제사를 지낼 것이라고 했다.

손권은 전 군사들에게 후한 상을 내리고 특히 공을 세운 감녕은 도위로 승진시키고 일부 군사를 남겨 그에게 강하를 지키는 문제를 상의했다.

장소 曰: "홀로 멀리 떨러져 있는 성을 작은 군사로 지켜내기 어렵습니다. 차라리 모두 강동으로 돌아가는 편이 낫습니다. 우리가 황조를 죽인 것을 유표가 알면, 그는 틀림없이 원수를 갚으려고 우리를 공격하러 올 것이니, 우리 군사들이 체력을 보강하고 있다가 멀리서 오느라 지친 유표의 군사를 일시에 들이치면 쉽게 승리할 수 있습니다. 유표를 물리친 뒤에 여세를 몰아 계속 쳐들어간다면 형주와 양양까지 모두 차지할 수 있습니다."

손권은 장소의 말에 따라 강하를 버려두고 군사를 돌려 강동으로 돌아갔다.

함거에 갇혀 호송 중이던 소비는 은밀히 사람을 시켜 감녕에게 구원을 청했다.

감녕 曰: "소비가 말을 하지 않더라도 내 어찌 그의 은혜를 잊어버리겠느냐?"

대군의 일행이 오회(吳會)에 이르자, 손권은 소비의 머리를 베어 황조의 수급과 함께 제사상에 바치라고 명령을 했다.

감녕이 들어와 손권을 뵙고 머리를 조아리며 통곡을 하며 고하기를: "지난날 만약 소비가 저를 도와주지 않았다면, 저는 벌써 언제 죽었을 지도 모릅니다. 그랬다면 제가 어찌 장군의 휘하에서 목숨을 바쳐 싸울 수 있었겠습니까? 소비의 죄는 참수형이 마땅하지만, 옛날 그가 저에게 베풀어 준 은혜를 잊을 수가 없으니, 바라옵건대 저의 관직을 모두 내려놓을 테니 소비의 죄를 용서해 주시기 바랍니다."

손권 曰: "자네가 그의 은혜를 입었다니, 자네를 위해 그를 용서해 줄 수는 있겠지만, 만약 그가 도망가면 어찌 하겠는가?"

감녕 曰: "소비의 참수형을 면해준다면, 하늘같은 은혜에 감사하여 그 은혜를 어찌 갚아야 할지 몰라 할 텐데, 도망을 치다니요. 만약 그가 도망을 간다면, 제 목을 계단 아래에 바치겠습니다."

이리하여 손권은 소비의 죄를 사면해 주고 황조의 수급만을 제사상에 바쳤다. 제사를 마치고 손권은 문관과 무관들 모두를 위한 대 연회를 베풀어 이번 싸움의 승리를 축하했다.

한창 술자리의 분위기가 무르익어 가는데, 문득 한 사람이 대성통곡을 하며 일어서더니, 칼을 빼어 손에 쥐고 감녕에게 달려드는 것이 아닌가!

엉겁결에 감녕은 앉아 있던 의자를 들어 칼을 막았다.

놀란 손권이 그 사람을 보니 바로 능통이었다. 지난번 감녕이 강하에서 자신의 부친 능조를 활로 쏘아 죽인 일이 있었기 때문에 오늘 한자리에서 만난 김에 부친의 원수를 갚으려 했던 것이다.

손권이 급히 말리며 능통에게 말하기를: "그때 홍패가 자네의 부친을 쏘아 죽인 것은 각자 자신의 주인을 위해 힘을 다하지 않을 수 없었기 때문이네. 그러나 이제 한식구가 되었으니 어찌 지난날의 원수를 갚으려 한단 말이냐? 모두 내 체면을 봐서라도 참도록 하게."

능통은 머리를 조아리고 통곡을 하며 말하기를: "한 하늘 아래 함께 살 수 없는 원수를 어찌 용서하란 말씀입니까?"

손권과 여러 관원들이 재삼 말렸지만 능통은 단지 노기가 서린 눈으로 감녕을 노려보기만 했다.

손권은 즉시 감녕에게 군사 5천 명과 배 1백 척을 내어 주며 하구로 가서 지키도록 함으로써 잠시 능통을 피해 있도록 했다. 감녕은 감사의 하직 인사를 하고 군사를 거느리고 하구로 떠나갔다.

손권은 또 능통을 승렬도위(丞烈都尉)로 벼슬을 올려주니 능통도 한을 머금은 채 그만두는 수밖에 없었다.

동오는 이때부터 전선들을 많이 만들었으며, 군사들을 나누어 장강 일대의 강기슭을 지켰다. 또한 손정(孫靜)에게 일부 군사를 주어 오회를 지키도록 하고 손권 자신은 대군을 거느리고 시상현(柴桑縣)으로 가서 주둔하였으며, 주유는 매일 파양호(鄱陽湖)에서 수군을 훈련시키며 유표와의 싸움을 준비했다.

한편 강동의 소식을 알아보라고 보낸 첩자가 돌아와서 현덕에게 동오가 이미 황조를 공격하여 그를 죽이고 현재는 시상에 대규모 군사를 주둔하고 있다고 보고를 했다.

현덕은 곧바로 공명과 계책을 논의하고 있는데, 갑자기 유표가 사람을 보내 와서 현덕에게 의논할 일이 있으니 형주로 와달라고 청했다.

공명 曰: "이는 필시 강동이 황조를 쳐부수니 주공을 청하여 원수를 갚기 위한 계책을 상의하려는 것입니다. 제가 주공을 모시고 함께 가서 상황을 보아가며 대처해야 할 것으로 보이며 아마 좋은 계책이 있을 것입니다."

현덕은 그의 말에 따라 운장은 남아서 신야를 지키고 있도록 하고 장비로 하여금 5백 명의 기마병을 이끌고 그를 수행하여 함께 형주로 가기로 했다.

현덕이 말을 타고 가며 공명에게 말하기를: "이번에 경승을 만나면 어떻게 대답을 하는 게 좋을까요?"

공명 曰: "먼저 양양에서의 일부터 사과를 하십시오. 그가 만약 주공께 강동을 치러 가라고 하시면 절대로 승낙하지 마시고 그저 일단 신야로 돌아가서 군사를 정돈하겠다고만 말씀하십시오."

현덕은 그가 말한 대로 하기로 하고, 형주에 도착하자 역참에 자리를 잡고 장비에게는 성 밖에 군사를 주둔시켜 놓고 대기하도록 한 다음, 공명과 함께 성 안으로 들어가서 유표를 만났다. 인사를 올린 현덕은 다시 계단 아래로 내려와서 죄를 청했다.

유표 曰: "내 이미 아우님이 해를 당한 사실을 잘 알고 있네. 그 당시 즉시 채모의 머리를 베어 아우님께 주려고 했는데, 여러 사람들이 그의 목숨만은 살려 달라고 극력 말리기에 일단 용서해 주었네. 아우님이 죄를 청할 일이 아니네."

현덕 曰: "채 장군이 간여된 일은 아닙니다. 모두 아래에서 꾸민 일일 것입니다."

유표 曰: "지금 강하를 빼앗기고 황조까지 목숨을 잃었기에 함께 보복할 계책을 논의하기 위해 아우님을 부른 것이네."

현덕 曰: "황조는 성미가 난폭하고 인재를 쓸 줄 몰라 그런 화를 당한 것입니다. 지금 만약 군사를 일으켜 강동을 치러 갔다가, 조조가 북에서 쳐들어오면 어찌 하시려고요?"

유표 曰: "내 이제 늙고 병도 많아 일을 처리하기가 힘드니 아우님이 와서 나를 좀 도와주시게. 내가 죽은 후에 아우님이 형주의 주인이 되어 주면 안 되겠나?"

현덕 曰: "형님께선 무슨 그런 황당한 말씀을 하십니까? 제가 어찌 그런 막중한 임무를 감당할 수 있겠습니까?"

공명이 현덕에게 눈짓을 보냈다.

그러자 현덕이 말하기를: "제가 천천히 좋은 계책을 생각해 보겠습니다."

하직 인사를 한 현덕은 역참으로 돌아왔다.

공명 曰: "경승이 형주를 주공께 내주겠다는데 왜 거절하신 겁니까?"

현덕 曰: "경승이 나를 은혜와 예의로써 대하는데, 내 어찌 그의 위기를 기회로 삼아 형주를 빼앗을 수 있단 말이오?"

공명이 찬탄하며 말하기를: "진정으로 인자하신 주공이시구려!"

두 사람이 한창 일을 상의하고 있을 때, 갑자기 유표의 아들 유기(劉琦)가 찾아 왔다고 알렸다. 현덕이 그를 맞아들이자 유기는 바닥에 엎드려 울면서 말하기를: "제가 기업을 물려받는 것을 계모가 용납하지 않아 저는 언제 죽게 될지 모르는 상황입니다. 숙부께서 부디 저를 불쌍히 여겨 구해 주십시오."

현덕 曰: "그것은 조카님 집안일이거늘 어째서 나에게 묻는가?"

공명이 옆에서 빙긋이 미소를 지었다. 현덕이 공명에게 계책을 구했다.

공명 曰: "남의 집안일에 제가 어찌 관여할 수 있겠습니까?"

잠시 후 현덕은 유기를 전송하러 밖으로 나와 귓속말로 말하기를: "내일 내가 공명을 조카에게 보낼 것이니 조카는 여차여차하시게. 그러면 공명이 절묘한 계책을 일러줄 것이네."

유기는 감사하다고 인사하고 돌아갔다.

다음 날 현덕은 배가 아프다는 핑계로 자기 대신 공명에게 유기를 방

문해 달라고 부탁하자 공명은 그리하겠다고 승낙했다.

공명이 유기의 집 앞에 이르러 말에서 내려 들어갔다. 유기는 공명을 후당으로 안내했다. 차를 마시고 나자 유기가 말하기를: "계모가 저를 용납하지 않습니다. 제가 어찌 해야 할까요?"

공명 曰: "저는 손님으로 이곳에 와 있는데, 어찌 감히 남의 혈육지간의 일에 관여할 수 있겠습니까? 만약 말이 새어나가면 그 피해가 실로 적지 않을 것입니다."

공명이 대답을 하고 일어나 하직 인사를 하려고 했다.

유기 曰: "기왕 이렇게 왕림하셨는데 어찌 그리 빨리 가시려고요."

그러고는 공명을 밀실로 안내하여 함께 술을 마셨다.

다시 유기가 말하기를: "계모가 저를 용납하지 않습니다. 제가 어찌해야 할지 가르침을 주소서."

공명 曰: "이 일은 제가 감히 계책을 말씀드릴 일이 아닙니다."

말을 마친 공명이 다시 떠나려고 했다.

유기 曰: "선생께서 말씀 안 해 주시면 그만이지 어찌 가시려고만 하십니까?"

공명은 다시 자리에 앉았다.

유기 曰: "제게 옛 책이 한 권 있는데 선생께서 한번 봐 주시겠습니까?"

하고는 공명을 작은 다락방으로 안내했다.

공명 曰: "책은 어디 있습니까?"

유기가 엎드려 울면서 말하기를: "계모가 저를 용납하지 않아 제가 언제 죽을지 모르는 상황인데 선생께서는 끝내 저를 구해 주지 않으시렵니까?"

공명의 안색이 변하며 일어서서 다락방을 내려가려는데 이미 내려가는 사다리가 치워져 있었다.

유기가 진심으로 사정하기를: "선생께서 말이 새어나갈까 염려되어 감히 말씀을 않으시니, 이젠 하늘로 올라갈 수도, 땅으로 내려갈 수도 없습니다. 선생께서 하시는 말씀은 오직 제 귀로만 들어갈 뿐이니, 제발 가르침을 주시지요?"

공명 曰: "소불간친(疎不間親)[28]이라 했소이다. 그러니 제가 어찌 공자를 위한 계책을 말할 수 있겠습니까?"

유기 曰: "선생께서 끝내 제게 가르침을 주려 하지 않으신다면 저는 결국 죽을 몸이니 차라리 선생 앞에서 죽을 것입니다."

그러고는 칼을 들고 자신의 목을 찌르려고 했다.

공명이 그를 세지하며 말하기를: "좋은 계책이 있기는 합니다."

유기가 절을 하며 말하기를: "제발 가르쳐 주십시오!"

공명 曰: "공자께서는 신생(申生)과 중이(重耳)의 이야기[29]는 들어 보셨겠지요. 신생은 계속 나라 안에 있다가 억울하게 죽임을 당했고, 중이는 나라 밖으로 달아나 있어서 무사했습니다.

최근 황조가 죽어서 지금은 강하를 지킬 사람이 없습니다. 공께서는 부친께 말씀드려서 군사를 이끌고 나가서 강하를 지키겠다고 건의해 보시지요. 그러면 화를 피할 수 있을 것입니다."

유기는 두 번 절을 하여 가르침에 감사함을 표시한 뒤에 사람을 불러 사다리를 갖다 놓게 하여 공명을 다락 아래로 내려가시게 했다. 공명은 작별하고 돌아가 현덕에게 이 일을 자세히 설명하니 현덕도 매우 기뻐했다.

다음 날 유기는 부친에게 자신이 직접 강하를 지키러 가겠다고 말씀드렸다. 유표는 선뜻 결정을 못 내리고 현덕을 초청하여 이 일을 상의했다.

---

28 관계가 소원한 사람이 친하게 지내는 사람들의 사이를 떼어 놓지 못함. 역자 주.

29 춘추시대 때 진晉 헌공獻公의 두 공자. 역자 주.

현덕 曰: “강하는 매우 중요한 지역으로 다른 사람이 지킬 수 있는 곳이 아닙니다. 공자가 직접 가서 지켜야 합니다. 동남쪽은 형님 부자께서 맡으십시오. 서북쪽은 제가 맡도록 하겠습니다.”

유표 曰: “근자에 듣자하니 조조가 업군에 현무지를 파 놓고 그곳에서 수군을 훈련 중이라고 하던데 이는 필시 우리를 공격하기 위함 아니겠소. 방비를 철저히 하지 않으면 안 되겠소.”

현덕 曰: “저도 이미 알고 있습니다. 형님께서는 너무 염려하지 마십시오.”

현덕은 하직 인사를 하고 신야로 돌아왔다.

유표는 아들 유기에게 군사 3천 명을 내어 주며 강하로 가서 지키도록 했다.

한편 조조는 그동안 이어져 내려오던 삼공(三公)[30]의 직위를 제멋대로 폐지해 버리고 자신이 승상을 하면서 그 직을 모두 겸했다. 그러면서 모개(毛玠)를 동조연(東曹掾)[31]에, 최염(崔琰)을 서조연(西曹掾)[32]에, 그리고 사마의(司馬懿)를 문학연(文學掾)[33]에 각각 임명하여 자신을 보좌하도록 했다.

사마의의 자는 중달(仲達)이며 하내온(河內溫) 출신으로 영천(潁川) 태수 사마준(司馬儁)의 손자이자, 경조윤(京兆尹) 사마방(司馬防)의 아들이며, 주부(主簿) 사마랑(司馬朗)의 아우이다.

이렇게 사마의를 중심으로 문관 체재를 모두 정비한 조조는 마침내 모든 장수들을 불러 모아 남정(南征) 문제를 상의했다.

---

30 태위太尉 사도司徒, 사공司空. 역자 주.

31 승상부의 관료 선발에 관한 일을 처리. 역자 주.

32 고위 관료 및 군 인사에 관한 일. 역자 주.

33 사서 오경의 교육을 담당하는 일. 역자 주.

먼저 하후돈이 나서며 말하기를: "근자에 들으니 유비가 신야에서 매일 군사훈련을 하고 있다 합니다. 틀림없이 후환이 될 것이니 일찌감치 없애 버리는 것이 좋겠습니다."

조조는 즉시 하후돈을 도독으로 임명하여, 우금·이전·하후란(夏侯蘭)·한호(韓浩)를 부장(副將)으로 삼아 군사 10만 명을 거느리고 박망성(搏望城)으로 가서 신야를 몰래 살펴보도록 했다.

순욱이 간하기를: "유비는 영웅인데다 지금 제갈량을 군사(軍師)로 두었으니 그들을 가볍게 봐서는 안 됩니다."

하후돈 曰: "유비 그 쥐새끼 같은 놈, 내 반드시 그놈을 사로잡고 말겠습니다."

서서 曰: "장군은 현덕을 가볍게 봐서는 안 되오. 현덕은 지금 제갈량의 보좌를 받고 있어 마치 범에게 날개가 달린 것과 같소이다."

조조 曰: "제갈량은 어떤 인물이오?"

서서 曰: "제갈량의 자는 공명이며, 도호(道號)는 와룡선생으로 그는 천하를 마음대로 주무를 수 있는 재주(經天緯地之才)가 있으며, 귀신조차도 혀를 내두를 정도로 예측하기 어려운 절묘한 계책(出鬼入神之計)을 낼 수 있는 당대의 기인입니다. 결코 만만히 보아서는 안 됩니다."

조조 曰: "공과 비교하면 어떠하오?"

서서 曰: "저를 어찌 제갈량과 비교할 수 있겠습니까만, 굳이 비교하자면 제가 반딧불이라면 제갈량은 밝은 달빛과 같습니다."

하후돈 曰: "원직의 말은 틀렸소이다. 나는 제갈량을 한낱 지푸라기 정도로 보오. 겁낼 게 뭐 있소! 내가 만약 첫 번째 싸움에서 유비와 제갈량을 사로잡지 못 한다면 제 목을 승상께 바치리다."

조조 曰: "그대는 하루속히 승전 소식을 알려 내 마음을 위로하도록 하시오."

한편 현덕은 공명을 얻은 뒤로 늘 그를 사부의 예로 대했다. 관우와 장비는 현덕의 그런 모습을 볼 때마다 마땅치 않아 하며 투덜거리기를: "공명이 나이도 어린데 재주와 능력이 있으면 얼마나 있겠소! 형님께서 그를 너무 지나치게 대우하고 계시지만 공명은 아직 자기 실력을 한 번도 보여준 적도 없지 않소!"

현덕 曰: "내가 공명을 얻은 것은 마치 물고기가 물을 만난 것과 같다. 두 아우는 다시는 그런 말을 하지 말거라."

이 말을 들은 관우와 장비는 더 이상 말을 하지 않고 물러갔다.

하루는 누군가 얼룩소 꼬리를 하나 보내 왔는데, 현덕이 그 꼬리로 직접 모자를 짜고 있었다. 이를 본 공명이 정색을 하고 말하기를: "원대한 뜻을 구상하셔야 할 명공께서 어찌 이런 하찮은 일을 하고 계신지요?"

현덕이 즉시 짜던 모자를 땅에다 내던지고 사과하며 말하기를: "내 잠시 근심을 잊고자 했을 뿐이오."

공명 曰: "명공께서는 조조와 비교할 때 자신은 어떻다고 생각하십니까?"

현덕 曰: "조조만 못하오."

공명 曰: "명공의 군사는 수천 명에 불과한데, 만약 조조의 군사가 쳐들어온다면 어찌하시렵니까?"

현덕 曰: "나는 지금 그 일을 걱정하고 있습니다. 좋은 계책이 떠오르지 않아서요."

공명 曰: "속히 민병을 모집하시지요. 제가 그들을 적들과 대적할 수 있도록 조련하겠습니다."

현덕은 즉시 신야의 백성들 중에서 3천 명을 모집하여 공명이 매일 그들에게 진법을 훈련시켰다.

어느 날 파발꾼이 보고하기를, 하후돈이 이끄는 조조의 군사 10만 명이 신야로 쳐들어오고 있다는 것이다.

이 소식을 들은 장비가 운장에게 말하기를: "이제 공명으로 하여금 앞으로 나아가 적을 맞아 싸우라고 하면 되겠수."

한창 이야기를 하고 있을 때 현덕이 두 아우를 불러 말하기를: "하후돈이 군사를 이끌고 왔는데 어떻게 적을 맞이하면 좋겠느냐?"

장비 曰: "형님이 물을 만났다고 했지 않수. 그 물보고 가서 싸우라고 하면 되지 않겠수?"

현덕 曰: "지모야 공명에게 의지하겠지만, 싸우는 것은 두 아우가 해야지 이제 와서 사양하겠다는 말이냐?"

관우와 장비가 나간 뒤 공명을 불러 상의했다.

공명 曰: "적을 물리칠 계책은 이미 준비되어 있습니다. 다만 관우와 장비가 제 명령에 복종하지 않을까 걱정됩니다. 그러니 제가 군사를 지휘할 수 있도록 주장(主將)의 검과 인수(印綬)를 빌려주십시오."

현덕은 곧바로 주장의 검과 인수를 공명에게 건네줬다. 공명은 마침내 모든 장수들을 불러들이도록 명령했다.

장비가 운장에게 말하기를: "오라고 하니 일단 가서 어떻게 군사를 배치하겠다는 건지 들어나 봅시다."

공명이 명령을 내리기를: "박망의 왼쪽에 산이 있으니 그 산의 이름은 예산(豫山)이요, 오른쪽에 있는 숲은 그 이름이 안림(安林)이오. 그곳에 군사를 매복할 만하니 운장은 군사 1천 명을 데리고 예산에 매복해 있다가 일단 적병이 오거든 그대로 지나가도록 하고 대적하지 마시오. 적의 군량과 마초를 실은 수레가 반드시 후방에서 따라올 것이니, 남쪽에서 불길이 오르거든 즉시 군사들을 출격시켜 그 군량과 마초들에 불을 지르도록 하시오.

장비는 군사 1천 명을 거느리고 안림 너머 산림에 매복해 있다가 남쪽에서 불이 일어나는 것이 보이면 박망성의 군량과 마초를 저장해 놓은 곳으로 가서 불을 지르시오. 관평(關平)과 유봉(劉封)은 군사 5백 명을 거느리고 인화물들을 준비하여 박망파 뒤쪽의 양편에서 기다리고 있다가 초경(初更: 저녁 7시~9시)이 되어 적의 군사들이 당도하거든 즉시 불을 지르시오."

또한 공명은 번성(樊城)에 있는 조운을 불러들여 선두부대의 선봉장으로 삼은 후 지시하기를: "싸우되 절대로 이기려 들지 말고 지기만 하며 계속 물러나시오. 그리고 주군은 나머지 군사들을 이끌고 후원 부대를 맡아주십시오. 각자 반드시 계책에 따라 움직여야 하며, 실수가 없어야 할 것이오."

운장 曰: "우리들은 모두 나가서 적을 맞아 싸우는데, 군사(軍師)께서는 무슨 일을 하려는지 궁금하오?"

공명 曰: "나는 이곳에 앉아서 성을 지킬 것이오."

장비가 크게 웃으며 말하기를: "우리들에게는 모두 나가서 목숨 걸고 싸우라 해놓고 그대는 집안에 앉아 있겠다니, 참 편안하시겠소!"

공명 曰: "주군의 검과 인수가 여기에 있느니라. 명령을 위반한 자는 모두 참하리라!"

현덕 曰: "자네들은 '전략은 막사 안에서 세우지만 승패는 천리 밖에서 결정된다(運籌帷幄之中, 決勝千里之外).'라는 말도 들어 보지 못했는가? 두 아우는 절대로 명령을 어겨서는 안 된다."

장비는 비웃으면서 떠났다.

운장 曰: "우리는 일단 그의 계책이 들어맞는지 어떤지 보고 나서 그에게 따지더라도 늦지 않을 게야."

두 사람은 떠났다. 다른 장수들도 모두 공명의 책략을 알지 못하여,

비록 명령을 따르기는 하지만 다들 마음속에는 의혹을 품고 있었다.

공명이 현덕에게 말하기를: "주공께서는 오늘 곧바로 군사를 이끌고 박망산 아래에 가서 주둔하고 계십시오. 내일 저녁때면 적군이 당도할 테니. 그때 주공은 영채를 버리고 달아나시되, 불길이 일어나는 것이 보이시거든 즉시 군사를 돌려 덮치십시오. 저는 미축·미방과 함께 군사 5백 명을 이끌고 가서 현을 지키겠습니다. 그리고 손건과 간옹에게는 승전을 축하하기 위한 연회 자리를 준비시키는 동시에 각각의 공로를 기록할 공로부(功勞簿)를 미리 만들어 기다리겠습니다."

공명의 지시대로 군사 배치는 모두 마쳤다. 하지만 현덕 역시 마음속으로 의심이 들기는 마찬가지였다.

한편 하후돈은 우금 등과 함께 군사를 이끌고 박망에 이르자, 군사를 정예병 중심으로 절반으로 나누어 전위 부대로 삼고 그 나머지는 군량과 마초를 호위하도록 했다.

때는 마침 가을이라 가을바람이 솔솔 불어왔다. 군사들이 앞으로 나아가는데 멀리 전방에서 먼지가 일어나기 시작했다. 하후돈이 군사를 벌려 세우고 향도에게 묻기를: "여기가 어디쯤인가?"

그가 답하기를: "저 앞이 바로 박망성이고 그 뒤는 라천(羅川) 입구입니다."

하후돈은 우금과 이전에게 벌려 세운 군사들을 관리하라 이르고 자신이 직접 말을 타고 앞으로 나아갔다. 멀리서 군사들이 오고 있는 것을 본 하후돈이 크게 웃었다.

여러 사람들이 동시에 묻기를: "장군께서는 왜 웃으십니까?"

하후돈 曰: "내 문득 서원직의 말이 생각나서 웃었느니라. 서원직이 승상 앞에서 제갈량이 마치 하늘에서 내려온 사람인양 떠벌이더니, 지금 군사 쓰는 꼴을 보니, 이런 군사들을 선봉으로 나와 대적하겠다니 마치 개나 양을 데리고 범과 싸우겠다는 것 아니냐? 내가 승상 앞에서 유비와 제갈량을 사로잡아서 바치겠다고 장담했는데, 이제 내 말대로 되어 가는구나!"

그러고는 말을 달려 앞으로 나가니, 조운이 대적하러 나왔다.

하후돈이 욕을 하기를: "네놈들이 유비를 따르는 것은 마치 외로운 넋이 귀신을 섬기는 것과 무엇이 다르겠느냐!"

조운이 크게 화를 내며 말을 달려 싸우러 나왔다. 두 필의 말이 서로 어우러져 싸우기를 불과 몇 합 만에 조운이 패한 척 달아나니 하후돈이 그 뒤를 쫓았다. 조운이 약 10여 리를 달아나다 말을 돌려 다시 싸우다 몇 합 만에 다시 달아났다. 한호가 말에 박차를 가하여 앞으로 와서 간하기를: "조운이 우리를 유인하려는 것 같습니다. 적이 매복하고 있을지도 모릅니다."

하후돈 曰: "적군이 이런 놈들 이라면 설령 열 겹으로 매복하고 있다고 한들 겁낼 게 뭐 있나!"

하후돈은 한호의 말을 무시하고 조운을 뒤쫓아 박망파에 이르렀다.

그때 갑자기 포성 소리가 울리면서 현덕이 몸소 군사를 거느리고 내달려와서 싸움을 지원했다.

하후돈이 웃으며 한호에게 말하기를: "이게 바로 적의 복병들이란 말이냐? 내 오늘밤 안으로 신야까지 쳐들어가지 않고서는 결코 군사를 물리지 않을 것이다."

하후돈이 군사를 재촉하여 계속 추격하니 현덕과 조운은 또 달아났다.

해는 이미 저물고 짙은 구름이 하늘을 뒤덮은 데다 달빛도 없었다. 낮에 불던 미풍은 어느새 거센 바람으로 바뀌었다. 하후돈은 오로지 적을 쫓아 앞으로 나아갔다. 하후돈을 뒤따르던 우금과 이전이 길이 좁아지는 곳에 이르러 주위를 둘러보니 양편이 온통 갈대밭이다.

이전이 우금에게 말하기를: "적을 얕보는 자는 반드시 패한다고 했소. 남쪽 길은 좁아지고 산골짜기 역시 좁아진데다 수목은 울창하니, 만약 저들이 이런 곳에서 화공을 쓴다면 어찌할 테요?"

우금 曰: "자네 말이 맞네. 내 앞으로 달려가 도독에게 전할 것이니 자네는 후군으로 달려가 잠시 멈추도록 하시게."

이전이 말을 돌려 큰 소리로 외치기를: "후군은 행군 속도를 줄이라!"

하지만 지금까지 계속 달려오던 군사와 말들의 행군을 어떻게 갑자기 정지시킬 수 있겠는가?

우금은 말을 급히 몰아 큰 소리로 외치기를: "전군의 도독은 잠시 멈추시오!"

한창 말을 달려 나가던 하후돈이 뒤에서 우금이 급히 달려오면서 부르는 것을 보고 그 까닭을 물었다.

우금 曰: "남쪽으로 이어진 도로는 갑자기 좁아지고 산골짜기도 몹시 좁은데다 수목이 너무 울창합니다. 적들이 화공을 사용할 수도 있습니다."

그 말을 들은 하후돈은 정신이 번쩍 들었다. 자신이 유비를 너무 얕보고 있었던 것을 후회한 것이다. 하후돈은 급히 말을 돌려 세우며 군사들에게 더 이상 나아가지 말라고 명령했다.

그러나 말이 미처 끝나기도 전에 등 뒤에서 함성이 일면서 한 줄기 불꽃이 치솟았다. 곧바로 양쪽 갈대밭에서도 동시에 불길이 붙더니 순식간에 사면팔방이 모두 불바다로 변하는데 마침 거센 바람을 타고 맹렬한 기세로 타올랐다. 극도로 혼란에 빠진 조조의 군사들은 우왕좌왕 어디로 달아나야 할지를 몰라 서로 짓밟는 바람에 밟혀 죽은 자만도 헤아릴 수 없이 많았다. 조운이 군사를 돌려 쳐들어오니 하후돈은 연기와 화염

을 뚫고 달아나기에 정신이 없었다.

한편 후방의 이전은 형세가 불리해진 것을 알고 급히 말을 달려 박망성으로 돌아오는데, 불빛 속에서 한 무리의 군사들이 길을 가로막았다. 앞장선 대장은 관운장이다. 이전은 말을 달려 혼전을 벌이다가 겨우 혈로를 뚫고 달아났다.

우금은 군량과 마초를 실은 수레들이 모조리 불에 타고 있는 것을 보고도 어찌할 방법이 없어 그저 샛길을 찾아 달아나 버렸다. 하후란과 한호는 박망성의 군량과 마초 저장소를 구하러 오다가 마침 장비를 만나서 몇 합 싸워보지도 못하고 하후란은 장비의 창에 찔려 말에서 굴러 떨어지고 한호는 겨우 혈로를 뚫고 달아났다. 현덕의 군사는 날이 샐 때까지 싸우고 나서야 군사를 거두었는데 죽은 시체들이 온 들판을 뒤엎고 흐르는 피가 강을 이루었다.

후세 사람이 이 장면을 묘사한 시가 있으니:

박망 싸움에서 버티다 화공을 사용하니	博望相持用火攻
웃고 말하는 중에 뜻대로 지휘하는구나	指揮如意笑談中
그야말로 조조의 간담을 서늘하게 하니	直須驚破曹公膽
초려를 나온 후 첫 번째 세운 공이로다	初出茅廬第一功

하후돈은 패잔병을 수습하여 허창으로 돌아갔다.

공명도 군사를 거두었다.

관우와 장비는 신야로 돌아오는 길에 서로를 보고 말하기를: "공명은 참으로 영걸(英傑)이로다!"

두 사람이 몇 리쯤 갔을 때 미축과 미방이 군사를 이끌고 작은 수레 한 대를 에워싸고 오는데, 수레 안에 단정히 앉아 있는 사람은 바로 공명이다. 관우와 장비는 얼른 말에서 내려 수레 앞에 엎드려 절을 했다.

잠시 후 현덕·조운·유봉·관평 등도 모두 도착하니 군사들을 모두 합쳐 노획한 군량·마초·무기 등 전리품을 군사들에게 상으로 나누어주고 신야로 돌아갔다.

신야의 백성들이 멀리서 현덕의 군사들이 개선하여 돌아오는 것을 보고 나와서 길을 막고 절을 하며 말하기를: "저희들이 목숨을 온전히 유지하는 것은 모두 유 사군께서 어진 분을 얻으신 덕분입니다."

공명은 현으로 돌아와서 현덕에게 말하기를: "하후돈은 비록 패하고 돌아갔지만, 조조는 반드시 직접 대군을 거느리고 다시 올 것입니다."

현덕 曰: "그렇다면 어찌하면 좋을까요?"

공명 曰: "저에게 조조를 대적할 계책이 있습니다."

이야말로:

적을 깨뜨렸지만 아직 군사를 쉬게 못하네　　破敵未堪息戰馬
싸움을 피하려니 더 좋은 계책을 만들어야　　避兵又必賴良謀

그 계책이 어떤 것인지 궁금하거든 다음 회를 기대하시라.

제 40 회

채 부인은 형주성을 조조에게 헌납하고
제갈량은 신야를 온통 불바다로 만들다

蔡夫人議獻荊州

諸葛亮火燒新野

현덕이 공명에게 조조의 군사를 막을 계책을 물었다.

공명 曰: "신야는 너무나 작은 현(縣)이어서 오래 머물러 있을 곳이 못 됩니다. 근자에 듣자하니 유표의 병세가 위중하다 합니다. 이 기회에 형주를 차지하여 장차 대업을 이룰 전초 기지로 삼으면 조조의 군사도 막아낼 수 있을 것입니다."

현덕 曰: "공의 말은 매우 타당하지만 내 지금까지 유경승의 은혜를 입은 처지에 어찌 그곳을 도모할 수 있겠소?"

공명 曰: "이번에 만약 그곳을 취하지 않는다면 정말 후회하실 것입니다."

현덕 曰: "나는 차라리 죽을지언정, 의리를 저버리는 일은 차마 못 하겠소."

공명 曰: "다음에 다시 상의하기로 하시지요."

한편 싸움에 지고 허창으로 돌아간 하후돈은 스스로 자신의 몸을 결박하고 조조 앞으로 나아가 땅에 엎드려 죄를 청했다.

하지만 조조는 그를 풀어 주었다.

하후돈 曰: "제가 제갈량의 계책에 말려들고 말았습니다. 그가 쓴 화공에 우리 군사들이 속수무책으로 당하고 말았습니다."

조조 曰: "어릴 적부터 병법을 익혀온 자네가 좁은 곳에서는 화공에 대비해야 한다는 것을 어찌 몰랐단 말이냐?"

하후돈 曰: "이전과 우금이 그것을 지적했음에도 제가 무시했던 게 지금 생각해보면 후회막급입니다."

조조는 두 사람에게 상을 내렸다.

하후돈 曰: "유비가 이처럼 날뛰고 있으니 참으로 걱정입니다. 서둘러 제거하지 않으면 안 됩니다."

조조 曰: "다른 사람들이야 신경 쓸 거리도 안 되지만 나 역시도 유비와 손권은 신경을 쓰고 있느니라. 지금이 강남을 쓸어버려야 할 시기가 아니겠느냐?"

조조는 마침내 군사 50만 명을 일으키도록 명령을 하고, 조인과 조홍을 제 1대로, 장료와 장합을 제 2대로, 하후연과 하후돈을 제 3대로, 우금과 이전을 제 4대로 각각 삼고, 자신은 직접 여러 장수들을 거느리고 제 5대가 되니, 각 대마다 군사가 10만 명씩이요, 또 허저를 절충장군(折衝將軍)으로 삼아 군사 3천 명을 이끌고 선봉에 서도록 했다.

건안 13년(서기 208년) 가을 7월 병오일(丙午日)에 출병하기로 날짜까지 정했다.

태중대부(太中大夫) 공융이 간하기를: "유비와 유표는 모두 황실의 종친으로 그들을 무시하여 가볍게 토벌하려 해서는 안 됩니다. 손권 역시 여섯 개 군을 차지하고 있을 뿐만 아니라 장강의 험한 요새를 차지하고 있으니, 취하기기 쉽지 않습니다. 지금 승상께서 대의명분이 없는 군사를 일으키시면 천하의 신망을 잃지 않을까 걱정됩니다."

조조가 화를 내며 말하기를: "유비·유표·손권은 모두 조정의 명령을 거역한 역적들인데 어찌 내버려둘 수 있는가!"

공융을 물러가라고 꾸짖고 명령하기를: "만약 다시 간하는 자가 있거든 그자의 목부터 벨 것이다!"

공융이 승상부를 나와 하늘을 바라보며 탄식하기를: "어질지 못한 자가 어진 자를 치니 어찌 패하지 않겠는가?"

이때 마침 어사대부(御使大夫) 치려(郗慮)의 손님이 공융의 말을 듣고 치려에게 이 사실을 보고했다. 치려는 평소 공융에게 무시당하며 모욕을 느끼고 있던 터라 조조에게 곧바로 일러바치기를: "공융은 평소에도 승상을 업신여겼을 뿐만 아니라 또 예형(禰衡)과도 친하게 지내왔습니다. 예형은 공융을 보고 말하기를, '중니(仲尼: 공자)는 죽지 않았어.' 또 공융은 예형을 보고 말하기를, '중니의 제자 안회(顔回)가 다시 태어났소.' 하고 서로 칭찬해 주었습니다. 지난날 예형이 승상을 욕보인 것 역시 공융이 뒤에서 그리 하도록 시킨 것입니다."

몹시 화가 난 조조는 곧바로 정위(廷尉: 형벌과 옥사를 담당하는 직책)에게 공융을 체포하도록 명을 내렸다.

공융에게는 어린 아들이 둘 있었다. 그들은 집 안에서 바둑을 즐기고 있는데 주위에서 급히 알리기를: "부친께서 정위에게 붙잡혀 가셨는데 곧 참수당할 것이라 합니다. 두 공자께서는 어찌 피하시지 않는 것입니까?"

두 아들이 말하기를: "깨어진 새 둥지 속에 있는 알이 어찌 무사하길 바라겠느냐?"

말이 채 끝나기도 전에 정위가 들이닥쳐 두 아들을 포함한 공융의 가솔들을 모조리 잡아다가 목을 베어 버렸다. 그리고 공융의 시신은 저잣거리에 높이 매달아 모든 백성들에게 구경하도록 했다.

경조윤(京兆尹: 허창의 최고위 관직) 지습(脂習)이 공융의 시신 앞에 엎드려 곡을 했다. 이를 보고 받은 조조가 몹시 화를 내며 그를 죽이려고 했다.

순욱 曰: "제가 듣기에 지습이 늘 공용에게 간하기를, '공은 강직함이 너무 지나쳐서 그로 인해 화를 자초하리라.'고 했다 합니다. 이제 공융이 죽어서, 시신 앞에서 곡을 하는 그는 분명 의로운 사람이니 죽여서는 안 됩니다."

결국 조조는 그를 죽이지 않았다. 지습은 공융 부자의 시신을 거두어 모두 장례를 치러 주었다.

후세 사람이 공융을 찬탄하여 지은 시가 있으니:

공융이 북해의 태수로 재직할 때에는 孔融居北海
호탕한 그의 기백 무지개까지 뻗혔지 豪氣貫長虹
그를 찾는 벗들로 문전성시를 이루고 座上客常滿
술독에는 약주가 떨어질 날이 없었지 樽中酒不空

그의 문장은 세인들을 놀라게 하였고 文章驚世俗
벗과 담소할 때에는 왕공도 조롱했지 談笑侮王公
사가들도 그의 충직함 높게 칭찬하여 史筆褒忠直
죽을 때에도 관직명 그대로 기록했네 存官紀太中

조조는 공융을 죽인 뒤, 순욱 혼자만 허창에 남겨 두고 5대의 군사를 차례로 출발시키고 자신도 그 뒤를 따랐다.

한편 형주의 유표는 병세가 위독해지자 자식을 부탁하기 위해 사람을 보내 현덕을 청했다. 현덕이 관우와 장비를 데리고 형주로 가서 유표를 뵈었다.

유표 曰: "나는 이미 병이 깊어 살날이 얼마 남지 않았소. 그래서 특별이 아우님께 어린 자식들을 부탁하려 하오. 내 자식들은 재주가 없어 애비의 기업을 이어받을 수 없으니 내가 죽거든 아우님이 이 형주를 맡아 주시게."

현덕은 울면서 절을 하고 대답하기를: "제가 있는 힘을 다하여 조카를 도울 것입니다. 어찌 감히 다른 뜻을 품을 수 있겠습니까!"

한창 이런 이야기를 나누고 있을 때, 조조가 직접 대군을 거느리고 오고 있다는 보고가 들어왔다. 현덕은 급히 유표에게 하직 인사를 하고 그날 밤 신야로 돌아갔다. 병중에 조조가 쳐들어온다는 소식까지 접한 유표는 더욱 마음이 급해져서 상의를 하여 현덕으로 하여금 장자 유기를 보좌하여 그를 형주의 주인이 되도록 하려는 유언장을 작성하였다.

이런 소식을 들은 채 부인이 크게 화를 내며 안쪽 대문을 닫아걸고 채모와 장윤으로 하여금 바깥 대문을 굳게 지키도록 했다.

이때 강하에서 부친의 위독 소식을 접한 유기가 부친의 병문안을 위해 형주로 달려와서 문 밖에 이르렀으나 채모가 그를 들어가지 못하게 막으면서 말하기를: "공자께서는 부친의 명을 받들어 강하를 지키고 있습니다. 그 맡은 임무가 막중한데도 지금 함부로 임지를 떠나왔으니, 이럴 때 동오의 군사가 쳐들어오면 어찌하실 것입니까? 만약 들어가서 주공을 뵈면 주공께서 틀림없이 격노하시어 그 병세가 더 위중해지실 텐데, 그것은 효도가 아니니 그냥 속히 돌아가시지요."

유기는 대문 밖에 서서 한동안 대성통곡을 한 뒤 다시 강하로 돌아갈 수밖에 없었다. 병세가 더욱 악화된 유표는 기다리던 유기가 오지를 않자, 8월 무신일(戊申日) 외마디 비명을 크게 몇 번 지르고 죽고 말았다.

후세 사람이 유표를 탄식하여 지은 시가 있으니:

지난날 원씨는 하북에서 세력을 떨쳤으며	昔聞袁氏居河朔
이어서 유표는 한양에서 패권을 다투었지	又見劉君覇漢陽
그러나 둘 다 암탉이 울어 화가 미쳤으니	總爲牝晨致家累
가엾게도 오래지 않아 모조리 망했음이라	可憐不久盡消亡

유표가 죽자 채 부인은 채모·장윤과 상의하여 가짜 유서를 만들어 자신의 소생인 둘째 아들 유종(劉琮)을 형주의 주인으로 삼은 연후에 비로소 곡을 하고 유표의 죽음을 알렸다. 이때 유종의 나이 겨우 열네 살이었지만 그는 꽤 총명했다.

유종은 여러 문·무관들을 모아 놓고 말하기를: "아버님께서 세상을 떠나셨으나 지금 큰 형님은 강하에 계시고, 게다가 현덕 숙부님은 신야에 계시오. 그런데 그대들이 나를 형주의 주인으로 세웠으나, 만일 형님과 숙부가 군사를 거느리고 와서 죄를 물으면 어찌 대답해야 하오?"

여러 관원들이 말을 못하고 있을 때, 막료 이규가 대답하기를: "공자의 말씀이 극히 지당하십니다. 지금 즉시 강하로 부고를 띄워 큰 공자님을 모셔다 형주의 주인으로 삼으시고, 현덕에게 분부하여 함께 정사를 돌보도록 하신다면 북으로는 조조를 대적할 수 있을 것이고, 남으로는 손권을 막을 수 있을 것이니, 이것이 바로 '만전지책(萬全之策)'입니다."

채모가 꾸짖으며 말하기를: "네깟 놈이 감히 여기가 어디라고 함부로 주둥이를 놀려 주공의 유명(遺命)을 거역하려 하느냐?"

이규도 큰 소리로 욕하며 말하기를: "네놈이 안팎으로 짜고서 가짜 유서를 만들어 장자를 폐하고 어린 동생을 내세워 형양(荊襄)의 아홉 개 군을 송두리째 채씨의 손아귀에 넣으려는 수작이 뻔히 보이는구나! 만약 옛 주인의 영혼이 계신다면 반드시 너희들을 살려두지 않을 것이다!"

크게 화가 난 채모는 좌우에 명하여 이규를 끌어내어 목을 베라고 했다. 이규는 죽는 순간까지 욕설을 퍼부었다. 이리하여 채모는 마침내 유종을 형주의 새 주인으로 세웠다.

채씨 일가는 형주의 군사를 나누어 거느리고, 치중(治中) 등의(鄧義)와 별가종사(別駕從事) 유선(劉先)에게 형주를 지키도록 하고, 채 부인은 유종과 함께 군사를 거느리고 양양으로 가서 유기와 현덕이 쳐들어올 것에 대비했다. 그리고 양양성 동편 한양의 벌판에 유표를 장사 지냈다. 하지만 끝내 유기와 현덕에게는 부고를 알리지 않았다.

부친의 장례를 치르고 양양으로 돌아온 유종이 잠시 쉬려고 하는데 갑자기 조조가 대군을 이끌고 양양으로 쳐들어오고 있다는 보고가 들어왔다. 유종은 크게 놀라 급히 괴월(蒯越)과 채모 등을 불러 상의했다.

동조연(東曹椽) 부손(傅巽)이 건의하기를: "지금은 조조의 군사가 내려오는 것만 걱정이 아닙니다. 큰 공자는 강하에 계시고 현덕은 신야에 있는데, 우리는 그들에게 부고조차 보내지 않았습니다. 만약 그들이 군사를 일으켜 죄를 물으러 온다면, 형주와 양양 모두 위태로워집니다. 제게 한 가지 계책이 있는데 형주와 양양의 백성들을 태산처럼 평안케 할 뿐만 아니라, 주공의 명성과 작위 또한 보전할 수 있을 것입니다."

유종 曰: "그 계책이 무엇이오?"

부손 曰: "형양의 아홉 개 군을 모두 조조에게 바치는 것입니다. 그리하면 조조는 반드시 주공을 극진히 대우할 것입니다."

유종이 꾸짖기를: "그게 대체 무슨 말이오! 내가 선친의 기업을 물려받아 앉은 자리에 온기조차 느껴보지 못 했는데, 어찌 모든 걸 남에게 내어 준다는 말인가?"

괴월 曰: 부공제(傅公悌)의 말이 옳습니다. 대체로 거역하는 것과 순종하는 것에는 중요한 이치가 있으며,(逆順有大體) 강한 것과 약한 것에는 정해진 추세가 있습니다.(强弱有定勢) 지금 조조는 조정의 이름으로 북벌과 남정을 하고 있으니 주공께서 그를 거역하는 것은 명분이 없습니다. 게다가 주공께서는 새로이 자리에 오르셨는데, 외환(外患)으로 나라가 안녕치 못하고 내우(內憂)까지 일어날 조짐이 높으니, 이런 판국에 형주와 양주의 백성들이 조조의 군사가 왔다는 소문만으로도 싸우기도 전에 간담이 서늘해질 터인데, 어떻게 조조의 대군을 맞아 싸울 수 있겠습니까?"

유종 曰: "여러분들의 말에도 일리는 있지만 내가 따르지 않겠다는 것이 아니라, 선친께서 물려주신 기업을 하루아침에 남에게 넘겨주면 천하의 웃음거리가 되지 않겠소?"

유종의 말이 채 끝나기도 전에 한 사람이 고개를 쳐들고 나서기를: "부공제와 괴이도(蒯異度: 괴월)의 말이 모두 옳거늘, 주공께서는 어찌 따르려 하지 않으십니까?"

그는 바로 산양(山陽) 고평(高平) 출신으로 성은 왕(王), 이름은 찬(粲)이요, 자는 중선(仲宣)이다. 왕찬의 생김새는 비쩍 마른데다 키도 작아 볼품이 없는 사람이다. 그가 어릴 적에 중랑(中郎) 채옹(蔡邕)을 찾아간 일이 있는데. 그때 채옹의 집에는 귀한 손님들이 많이 와서 그들과 담소를 나누고 있던 중 어린 왕찬이 왔다는 말을 듣고 채옹이 신발을 거꾸로 신고 급히 나가서 영접을 하니 오신 손님들이 그 모습을 보고 모두 놀라서 묻기를: "채 중랑께서는 어찌 이런 어린애에게 그리 공경을 하시오?"

채옹 曰: "이 아이는 기이한 천재로 나는 이 아이만도 못하오."

왕찬은 비록 나이는 어리지만 아는 것이 많고 기억력이 비상하여 누구도 그를 따를 자가 없었다. 그는 길가에 세워진 비석의 긴 비문도 한 번 훑어보고 곧바로 외웠으며, 남들이 바둑을 두는 것을 잠시 들여다보던 그가 흐트러진 바둑판을 다시 한 점도 틀림없이 바둑돌을 그대로 놓아준 일도 있었다. 그는 산술과 문장력에도 당시 그를 따를 자가 없었다. 그의 나이 열일곱 살 때 조정으로부터 황문시랑을 제수 받았으나 나아가지 않았으며, 후에 난을 피하여 형주로 왔다가 유표에게 상빈 대우를 받고 있었던 것이다.

왕찬이 유종에게 묻기를: "장군은 스스로 조조와 비교하면 어떻다고 생각하시오?"

유종 曰: "나는 조조만 못하오."

왕찬 曰: "조조는 병사의 수도 많고 강하며 장수들 또한 용맹하며 지모도 뛰어납니다. 그는 하비성에서 여포를 사로잡았고 관도에서는 원소를 꺾었으며, 농우(隴右)에서는 유비를 몰아넣었으며 백랑(白狼)에서는 오환(烏桓)을 깨드렸으니, 지금까지 그에게 목이 달아나고 소탕되고 평정된 자들이 이루 다 헤아릴 수 없을 정도입니다.

그러한 조조가 이제 대군을 거느리고 형양으로 내려오고 있으니, 그 세력을 대적하기란 어렵습니다. 부손과 괴월의 계책은 아주 훌륭합니다. 장군께서는 주저하시면 안 됩니다. 나중에 후회하실 것입니다."

유종 曰: "선생의 가르침은 지극히 옳지만 그래도 이 일은 반드시 모친께 여쭈어 보아야만 합니다."

이때 병풍 뒤에서 엿듣던 채 부인이 나타나서 유종에게 말하기를: "이미 중선(仲宣: 왕찬)·공제(公悌: 부손)·이도(異度: 괴월) 세 사람의 의견이 모두 같은데, 내게 여쭤볼 필요가 어디 있겠느냐?"

이리하여 유종은 결단을 내리고 곧바로 항복 문서를 작성하여 송충으로 하여금 은밀히 조조에게 가서 바치도록 했다. 명을 받은 송충은 곧장 완성(宛城)으로 가서 조조를 만나 항복 문서를 바쳤다.

조조는 매우 기뻐하며 송충에게 큰 상을 내리고 유종에게 성 밖으로 나와서 영접하라고 분부하면서 그리하면 그를 영구히 형주의 주인으로

蔡夫人議獻荊州

삼겠다고 전하라고 했다.

송충이 조조에게 하직 인사를 하고 형양으로 돌아오는 길이었다. 그가 막 강을 건너려고 할 때, 갑자기 한 무리의 군사들이 몰려왔다. 바로 관운장이 이끄는 군사들이다. 송충은 미처 몸을 피하지 못하고 운장에게 붙잡히고 말았다. 운장은 송충에게 형주의 소식을 물었다. 송충은 처음에는 사실대로 말을 하려 하지 않았으나 운장이 계속 꼬치꼬치 묻는 바람에 하는 수 없이 전후 사정을 사실대로 모두 고할 수밖에 없었다.

몹시 놀란 운장은 송충을 데리고 신야로 가서 현덕에게 자세히 보고했다. 그 이야기를 들은 현덕은 대성통곡을 했다.

장비 曰: "일이 이 지경이 된 이상, 우선 송충의 목부터 베어 버리고 즉시 군사를 일으켜 강을 건너가서 양양을 함락한 다음에 채씨와 유종을 없애고 조조와 맞서는 것이 좋겠소."

현덕 曰: "내게 따로 생각이 있으니, 자네는 일단 잠자코 있게."

그리고는 송충에게 꾸짖기를: "너는 그들이 작당을 하여 일을 꾸민다는 것을 알면서도 왜 진작 나에게 알리지 않았느냐? 그렇다고 지금 너의 목을 벤들 무슨 소용이 있겠는가! 어서 떠나거라."

송충은 고맙다고 연신 절을 하고, 머리를 감싸 쥐고 쥐새끼처럼 달아났다.

현덕이 한창 고민을 하고 있는 그때, 갑자기 공자 유기가 보낸 사자 이적이 왔다고 보고를 했다. 현덕은 이적이 지난번 자신을 구해준 은혜를 생각하여 직접 계단 아래로 내려가서 그를 맞이하면서 그 당시 일을 거듭 감사했다.

이적 曰: "강하에 계신 큰 공자께서는 부친께서 이미 세상을 떠나셨는데도 자신에게 알리지도 않고 채 부인과 채모 등이 공모하여 유종을 형양의 주인으로 내세웠다는 소문을 듣고 곧바로 사람을 양양으로 보내 알아보도록 했는데 그 소문이 모두 사실이라고 했습니다. 그래서 공자께서는 혹시 사군께서 모르고 계실까 봐 저를 보내 부고를 알려드리라고 해서 온 것입니다. 그러면서 사군께 휘하의 군사들을 모두 일으켜 함께 저들의 죄를 물으러 가자고 하셨습니다."

유기의 글을 다 읽고 난 현덕은 이적에게 말하기를: "기백(機伯: 이적)은 유종이 주인 자리를 가로챈 것만 알고, 형양의 아홉 개 군을 모조리 조조에게 바친 사실은 모르고 계시지요!"

크게 놀란 이적이 묻기를: "사군께서는 그걸 어떻게 아셨습니까?"

현덕은 송충을 붙잡은 일을 자세히 말해 주었다.

이적 曰: "만약 그게 사실이라면 사군께서는 조문을 핑계로 양양으로 가셔서 유종을 영접 나오게 하여, 그 자리에서 유종을 사로잡은 뒤 그의 일당들을 모두 죽여 버리면 형주는 곧 사군의 차지가 됩니다."

공명 曰: "기백의 말이 옳으니 주공께서는 그의 말대로 하십시오."

현덕은 눈물을 흘리며 말하기를: "형님께서 위독하실 때 나에게 그의 아들을 부탁했는데, 이제 아들을 인질로 그 땅을 빼앗는다면 훗날 내 죽은 뒤 저세상에서 무슨 낯으로 다시 형님을 뵙겠는가?"

공명 曰: "만약 그렇게 하지 않으시면 지금 조조의 군사들은 이미 완성까지 와 있는데, 어떻게 적을 막으시겠습니까?"

현덕 曰: "차라리 번성으로 달아나서 적을 피하는 게 나을 것 같소."

한창 상의를 하고 있을 때 조조의 군사들이 이미 박망까지 이르렀다고 정탐꾼이 급보를 전했다. 현덕은 황급히 이적을 강하로 돌려보내 군사를 정비하도록 이르는 한편, 공명과 적을 막을 계책을 상의했다.

공명 曰: "조공은 일단 안심하십시오. 지난번 하후돈이 왔을 때 불속에서 군사를 태반이나 잃었는데, 다시 왔으니 이번에는 다른 계책에 말려들도록 하겠습니다. 하지만 우리가 언제까지 신야에 계속 머물러 있을 수는 없으니, 차라리 번성으로 떠나도록 하시지요."

그러고는 방(榜)을 써서 사방 성문에 내걸도록 했는데 그 내용은, "남녀노소를 불문하고 따라가기를 원하는 자는 모두 오늘 즉시 우리를 따라서 번성으로 가서 잠시 몸을 피하라. 이곳에 남아 있다가 스스로 잘못되는 일이 없도록 하라."

공명은 손건을 강변으로 보내 배들을 동원하여 백성들을 건네주도록 하고, 미축에게는 관리들의 가족을 번성으로 호송하도록 했다.

그러고는 여러 장수들을 모아놓고 명령을 내렸다.

먼저 운장에게 명령하기를: "장군은 군사 1천 명을 이끌고 백하(白河) 상류로 가서 매복하도록 하시오. 군사들에게 포대를 주어 포대에 모래와 흙을 가득 넣어 상류의 물을 막고, 내일 삼경(밤 11시에서 새벽 1시)이 지나 하류에서 사람소리와 말소리가 들리거든 급히 막았던 물을 일제히 터놓고 물길을 따라 내려와 적을 무찌르시오."

장비를 불러 지시하기를: "장군은 군사 1천 명을 거느리고 박릉 나루터로 가서 매복하도록 하시오. 그곳은 물살이 가장 느리기 때문에 조조의 군사가 그쪽으로 도망쳐 올 것이니 그때를 틈타 적을 무찌르시오."

이어서 조운에게 지시하기를: "장군은 군사 3천 명을 4대로 나누어 그 중 1대는 몸소 거느리고 동쪽 성문 밖에 매복하고, 나머지 3대는 각각 서·남·북쪽 세 성문 밖에 매복시키되, 그보다 먼저 성 내의 모든 집들의 지붕에 유황·염초 등 인화물질을 많이 뿌려두도록 하시오. 조조의 군사가 성 안으로 들어오면 필시 백성들의 집에서 편히 쉴 것이오.

내일 황혼 무렵이면 틀림없이 큰 바람이 불 것이니 그때 즉시 서·남·북의 세 성문 밖에 매복해 있던 군사들은 일제히 불화살을 성안으로 쏘아 보내시오. 온 성안이 불길에 휩싸이거든 성 밖에서 크게 함성을 질러 위세를 돕도록 하되 동문만은 남겨 두어 그들이 빠져나가도록 하시오.

조 장군은 동문 밖에 있다가 달아나는 적의 뒤를 치도록 하시오. 날이 밝으면 관우·장비 두 장수와 모여서 군사를 거두어 번성으로 돌아오시오."

다음은 미방과 유봉 두 사람에게 명령하기를: "두 장군은 군사 2천 명을 거느리고 가되, 절반은 홍기군(紅旗軍), 나머지 절반은 청기군(靑旗軍)으로 나누어 신야성에서 30리 떨어진 곳에 있는 작미파(鵲尾坡)에 가서 그 앞에 주둔해 있다가 조조의 군사가 오거든, 홍기군은 왼쪽에서 달아나고, 청기군은 오른쪽에서 달아나시오. 그러면 적들은 의심을 하여 감히 추격을 하지 못할 것이니, 두 장군은 양쪽에 매복해 있다가 성 안에서 불길이 치솟는 것이 보이면 즉시 패하여 달아나는 적군들을 추격하여 무찌르도록 하시오. 그런 뒤 백하 상류로 와서 싸움을 지원하도록 하시오."

군사를 모두 나누어 보낸 공명은 현덕과 함께 높은 곳으로 올라가 멀리 바라보며 승전보가 오기만 기다렸다.

한편 조인과 조홍은 군사 10만 명을 거느리고 선두 부대가 되었는데, 그 앞에는 허저가 이끄는 철기병 3천 명이 길을 열며 거침없이 신야로 오고 있었다. 정오 무렵 작미파에 이른 허저가 멀리 보니 작미파 앞에 한 무리의 군사들이 청·홍기를 흔들고 있었다. 허저가 군사를 재촉하여 다가가자 유봉과 미방은 4개의 부대로 나누어 청·홍기가 각각 왼편과 오른편으로 돌아갔다.

허저는 잠시 말을 세우고 지시하기를: "전진하지 마라. 앞에는 틀림없이 복병이 있을 것이다. 우리는 여기서 머물 것이다."

허저는 혼자 말을 달려 뒤에 따라오는 선두 부대 조인에게 가서 보고했다.

조인 曰: "그건 필시 우리를 속이기 위한 가짜 군사들이오. 매복은 없을 것이니 속히 진격하시오. 나도 군사들을 재촉하여 곧 뒤따를 것이오."

허저가 다시 언덕 앞으로 와서 군사를 이끌고 곧장 앞으로 나아가서 숲 앞에 이르렀으나 과연 적병은 하나도 보이지 않았다. 해는 이미 서산으로 기울기 시작했다. 허저가 계속 전진하려는데 산 위에서 나팔 소리와 북소리가 크게 들렸다. 머리를 들어 소리 나는 쪽을 바라보니 산 정상에 깃발들이 총총히 꽂혀 있고, 그 깃발들 사이로 두 개의 일산(日傘)이 서 있었다. 왼쪽 일산 아래에는 현덕이, 오른쪽 일산 아래에는 공명이, 둘이 마주보고 앉아 술을 마시고 있었다.

화가 치밀어 오른 허저가 군사를 이끌고 길을 찾아 산으로 올라가는데, 산 위에서 통나무들이 굴러 내려오고 돌쇠로 돌을 쏘아 더 이상 앞으로 올라갈 수가 없었다. 그때 산 뒤에서 함성이 크게 울렸다. 허저는 길을 찾아 그들과 한바탕 싸우고 싶었지만 이미 날은 어두워지고 있었다.

그때 군사를 거느리고 온 조인이 우선 신야성을 빼앗고 사람과 말들을 쉬도록 하라고 명령을 했다. 군사들이 성 아래에 이르러 보니 네 개의 성문들이 모두 열려 있었다. 조인의 군사들이 성 안으로 무사통과하여 들어가서 보니 성 안에는 사람 한 명 없이 텅 비어 있었다.

조홍 曰: "이는 형세도 몰리고 계책도 없으니 모든 백성들을 데리고 도망을 간 것이다. 우리 군사들은 오늘 밤 푹 쉬었다가 내일 날이 밝으면 공격을 시작한다."

조인의 군사들은 먼 길을 행군해 오느라 지치고 배가 고파 모두 민가에 들어가 밥을 지었다. 조인과 조홍은 관아에 들어가서 쉬었다.

초경이 지나자 광풍이 불기 시작하는데 성문을 지키는 군사들이 불이 났다고 보고를 했다.

조인 曰: "이는 필시 군사들이 밥을 짓다가 부주의로 일어난 불일 테니 놀랠 필요 없다."

말을 미처 끝내기도 전에 잇달아 군사들이 달려와서 보고를 하기를: "서·남·북쪽 세 성문 안에서 모두 불이 타고 있습니다."

조인이 급히 모든 장수들에게 말에 오르라고 명령을 내렸을 때에는 성 안 전체가 이미 시뻘건 불바다가 되어 있었다.

이날 밤의 불은 지난번 박망파의 군량과 마초를 쌓아둔 곳을 불태웠던 것보다도 훨씬 심했다.

후세 사람이 이를 탄식하여 지은 시가 있으니:

간사한 영웅 조조가 중원을 차지하더니	奸雄曹操守中原
구월에는 남정을 하여 한천에 이르렀지	九月南征到漢川
바람의 신이 노하여 신야현에 찾아왔고	風伯怒臨新野縣
화염의 신도 내려와서 하늘높이 치솟네	祝融飛下焰摩天

조인은 여러 장수들을 이끌고 화염을 뚫고 연기를 헤치며 길을 찾아 달아나는데, 동쪽 성문에는 불길이 없다는 말을 듣고 허겁지겁 동문으로 달아났다. 모든 군사들이 일시에 좁은 문 하나로 빠져나가려니 서로 밀고 짓밟혀서 죽은 자가 수없이 많았다.

조인 등이 겨우 불길을 피해 동문을 빠져나오기는 했지만 등 뒤에서 다시 함성이 일더니 조운의 군사들이 쫓아와서 혼전을 이뤘다. 조인의 군사들은 겨우 살길을 찾아 빠져나왔으니, 그런 상황에서 어느 누가 몸을 돌려 적과 싸우려 하겠는가!

한창 도망가기에 바쁜 조인의 군사들 앞에 다시 미방의 군사들이 들이닥쳤다. 조인은 크게 패하여 길을 찾아 달아나는데 유봉이 또 한 무리의 군사를 이끌고 달려와 길을 막고 싸웠다.

사경(四更: 새벽 1시~3시) 무렵이 되자 군사도 말도 지칠 대로 지쳐, 군사의 대부분은 머리를 태우고 이마를 데었다.

가까스로 백하 강변에 이른 조인의 군사들은 다행히 강물이 그리 깊지 않아 사람도 말도 모두 강가에 내려가 앞 다투어 물을 마시느라 군사들은 떠들썩하고 말들도 모두 울어댔다.

이때 강 상류에서 포대로 강물을 막고 기다리던 운장은 황혼 무렵 멀리 바라보이는 신야에서 불길이 솟고 사경이 되자 갑자기 강 하류에서 사람들의 고함소리와 말울음 소리를 들었다. 운장은 급히 군사들에게 막아 놓았던 모래 포대를 일제히 터뜨리게 했다. 순간 갇혀 있던 강물이 마치 하늘까지 덮칠 기세로 하류를 향하여 넘쳐흘러 조인의 군사를 일시에 휩쓸어 버리니 물에 빠져 죽은 자도 부지기수였다.

조인은 여러 장수들과 함께 물살이 느린 곳을 찾아 길을 열며 달아났다. 박릉 나루터에 이르자 문득 함성이 크게 일더니 한 무리의 군사들이 다시 길을 막아서는데, 앞장 선 대장은 바로 장비다.

장비가 큰 소리로 외치기를: "조가 이 역적 놈들, 빨리 목숨을 내놓아라!"

조인의 군사들은 아연실색을 했다.

이야말로:

성안에선 시뻘건 불길에 당할 뻔했는데	城內纔看紅焰吐
물가에선 다시 시꺼먼 바람과 마주치네	水邊又遇黑風來

조인의 목숨이 어찌 될지 궁금하거든 다음 회를 기대하시라.

삼국지연의 2 _삼고초려

초판 발행 2022년 8월 29일
2쇄 발행 2024년 11월 4일

지 은 이 나관중
옮 긴 이 김민수
펴 낸 이 김재광
펴 낸 곳 솔과학
등 록 제10-140호 1997년 2월 22일
주 소 서울특별시 마포구 독막로 295번지 302호(염리동 삼부골든타워)
전 화 02-714-8655
팩 스 02-711-4656
E-mail solkwahak@hanmail.net

ISBN 979-11-92404-09-7 (04820)

값 20,000원